ミッドナイツ

《狂騒の八〇年代(ロアリング・エイティーズ)》作品集成

山口雅也
YAMAGUCHI MASAYA

講談社

MIDNIGHTS

ミッドナイツ

MIDNIGHTS

《狂騒の八〇年代(ロアリング・エイティーズ)》作品集成

Intro.／《狂騒の八〇年代（ロアリング・エイティーズ）》問答

——先生、今度はまたブ厚い本、二冊も出すんですって？

「うむ、一冊は、執筆三〇周年記念で光文社から『生ける屍の死　永久保存版』を。もう一冊が、この講談社の『ミッドナイツ』——一九八〇年代半ば、日本が異常な好景気にわきつつあった《バブル期》に書いた小説や創作的記事・画像を集成したデラックス・エディションだよ」

——はぁ？　《バブル期》に小説を？　先生の作家デビューは一九八九年じゃなかったのか？

「それは公式の長編デビュー。私の小説家デビューは実は一九八四年なの。それで、光文社の復刊シリーズのために自分の書誌を確定しておこうと、収納庫の鍵を開けたら、なんと……未発表のものも含めて五十編近くの小説が出てきた」

——五十編！　そりゃ、知らなかった。

「自分でも数の多さに驚いてるよ。ほとんどが短い作品だが、中編、長編も書いているよ」

——それにしても、それだけの数を書いていて、付き合いの長いアタシの目に触れなかったというのは……先生は確か、大学入学前の七〇年代半ばから、『ミステリマガジン』に書いていて、大学時代も連載や単著もあったのに、八〇年代半ばの山口雅也（やまぐちまさや）は、どこで何やっているんだなんて言うミステリ関係者もいましたが？

「ああ、ミステリ村しか知らない書評屋さんに、そんなこと言われたな。まあ、ミステリ以前に、文芸畑以外の媒体――レコードのブックレットやアーティスト・ブック、男性誌などが主戦場だったからね。それにキミね、学生時代から書いていたって言うが、当時の出版界の状況からして、ミステリ専業で食っていけるわけないと思ったから、私は普通に就職して、兼業で細々とミステリの仕事もしていたんだ。だが、結局、会社勤めにも嫌気がさして、とりあえず、フリー・ライター専業で行くことにした」

――物書き一本でやっていけたんなら、よかったじゃないか。

「よくはないよ。物書きとしては閉塞状態にあった。何でも屋のフリーランスの原稿書きを一生続けられるとは思えなかったし、それでも、物書きとしてやっていくなら、少なくとも小説家にならなければ駄目だとも考えていた。しかし、なまじ業界デビューが早かったお陰で、いまさら原稿持ち込みはできなかったし、新人賞応募なども考えなかった。――当時は自分が書くようなものが、各賞の選考を通過するとは、とても思えなかったんだ」

――ああ……先生の発想やセンスは、ちと「特殊」ですから。

「うむ、まあ、世間と自分のミステリ観が乖離している感じはあったわな……ともかく、そんな中、自分の作家志望とライター稼業を両立させる妥協策として、当時、私に大半の仕事を回してくれていた編集プロダクション南洋社を主宰していた森永博志さんに『音楽、文芸、アート関係などで――小説が書けるのなら、何でもやります』と頼み込むことにしたんだ。森永さんは、文芸畑の編集者ではなかったが、『雑高書低』と言われ、雑誌がまだ売れていた時代に、流行の先端を行くような雑誌企画をリードしていたフリー・エディターであり、また音楽やアートの分野にも強い方だった。そうしたわけで、一九八四年、画家の吉田カツさんの画集へ寄稿した『Travelin' Light』で、ささやかな小説家デビューを果たすことになる。当時、森永さんは《コラボ》ということを盛んに口にしていて――」

——コラボ？

「うん。カツさんの本のコンセプトを説明する時、『小説と挿絵という関係じゃなくて、小説と絵が対峙するコラボだから』と。文芸畑からは出てこない、また、今の出版状況では考えられないアーティスティックな発想だと思ったよ」

——そうですね、経費や手間が掛かるような本は、今はなかなか出せませんよね。

「だろ？　そうした森永さんの言葉通り、その後、僕のところに回って来た創作の仕事は、画家、写真家、ミュージシャン、俳優、アーティスト、あるいは時代を象徴する文物（カクテル、販促品、テーマパーク等）との《コラボ》小説が大半を占めることになる。《コラボ》相手は、名前を聞けば、びっくりするような各界の著名人ばかりだよ」

——おお、仕事ついでに、サイン貰いましたか？

「いや、お会いしたのはカツさんと鈴木英人（すずきえいじん）さんぐらいかな」

——鈴木英人……おお、ヤマタツのレコードジャケットの！

「そう、でも、山下達郎（やましたたつろう）さんにも会えなかったし、英人さんご本人にも原稿渡した後に会っただけ。だからね、共同制作（コラボレーション）と言っても、映画製作みたいなそれじゃなくて、音楽で言うところの一夜限りのジャム・セッションに近い感じの仕事だった」

——《ジャム》小説ってのも、なんだかスイーツ大好き女子のラノベみたいで……。

「そうだねえ……ジャンル視点で言えば、あの頃は、ミステリ、ＳＦ、ホラー、幻想……何でも書いていたな。そういうわけで、今後、この時期の自分の仕事を一括りに《コラボ》小説と呼ぶことにしたんだ」

——なるほど。《コラボ》という言葉に背中を押されて山口雅也は作家になれたと。先生らしい、やけに変則的な「作家ができるまで」エピじゃないですか。じゃ、早速、読んで——。

「ちょい待ち。もう一つこの本について語っておきたいことがある」

——なんすか？

「元号も平成から令和と改まった今、三十五年の長きにわたって庭の収納庫に眠っていた《コラボ》小説掲載の多種多様な分野の媒体を眺めて思うところは、否定的な経済視点の《バブル期》というより、文化的には贅沢だった《狂騒の八〇年代（ロアリング・エイティーズ）》を、自分は駆け抜けていたのではないかということ」

——ロアリングって、あのアメリカ史の？

「そう、好景気により大量の消費財や技術が大衆に行き渡り、アール・デコ、ジャズ、ダンス、フラッパー、自動車、映画産業など、軽快で自由でファッショナブル、一見、軽薄そうで騒々しいが、風変りや面白さ重視の《狂騒文化》が花開いたアメリカの《狂騒の二〇年代（ロアリング・トゥエンティーズ）》に擬（なぞら）えて、そう思うんだよ。スポンサー企業の潤沢な資金がメディアに投入されていた八〇年代の日本だからこそ生まれた《コラボ》小説の企画ではないかと。

同時代を生きた読者には懐旧の情を、知らない世代の読者には、時代のムードを味わってもらうために、各篇に前説と私の《狂騒の八〇年代（ロアリング・エイティーズ）》媒体コレクションの画像データを挿入することにした。この頃のブツは、デジタル化されていないから、ヤフオクでも高値の貴重なもので——」

——先生、そのくらいで。こんな冗長で真面目くさった時代論を端（はな）からするなんて、《狂騒の八〇年代（ロアリング・エイティーズ）》の案内役失格ですよっ。

「すまん、それでは、サディスティック・ミカ・バンドの気分になって、タイムマシンにお願いッ——てことで、狂騒のアノ時代へＧＯでよ！」

令和元年九月　魅捨理庵（ミステリあん）にて

contents

ミッドナイツ

MIDNIGHTS

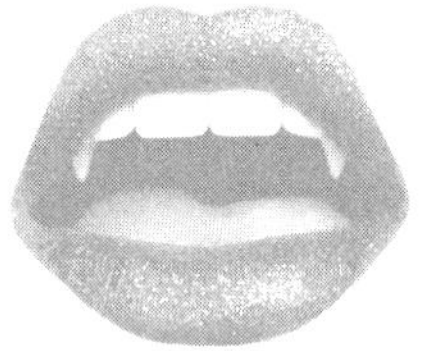

《狂騒の八〇年代（ロアリング・エイティーズ）》作品集成

ブックデザイン　坂野公一（welle design）
編集協力　藤原義也（藤原編集室）
写真　Adobe Stock, Shutterstock

MIDNIGHTS
YAMAGUCHI MASAYA

未発表小説

夢魔で逢えたら

I'll see me in my nightmares.

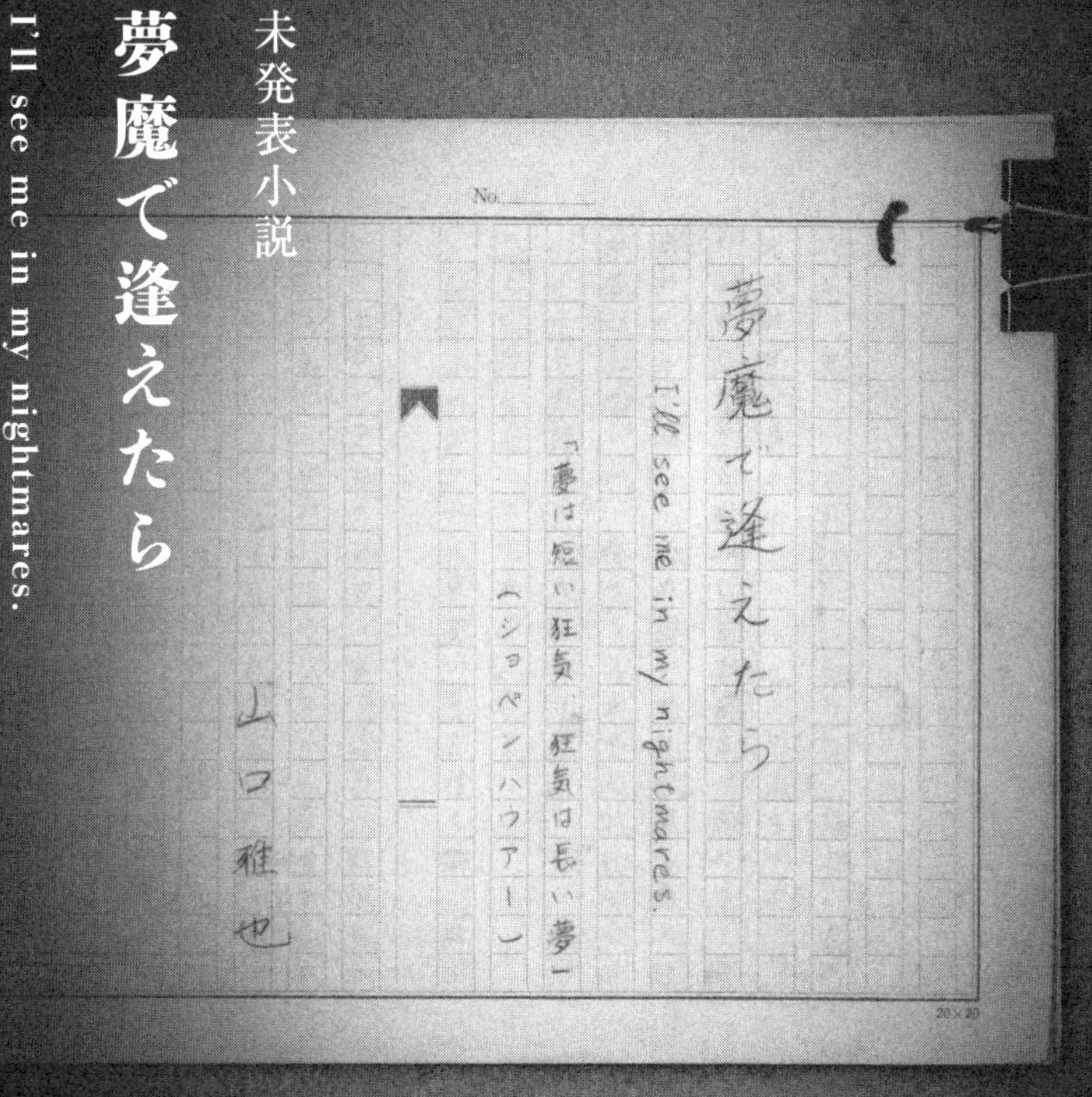

のっけから、《コラボ》小説集という本書のコンセプトに反してしまうが、これは《コラボ》作品ではない、オリジナルの完全未発表原稿の採録。しかも、タイトルからエンディングまで書いている決定稿である。本書と同時併行して進行している『生ける屍の死愛蔵版』（光文社）掲載の資料探しのために三十年ぶりに収納庫の鍵を開けたら、『生ける屍の死』の生原稿とともに、その存在すら忘れていた本作の原稿が眠っているのを発見。早速、本書編集実務担当の藤原義也君に見せたところ、すでに台割はできていたのだが、「これを巻頭に据えましょう」と、急遽、収録することになった。

私の自分書誌ノートによると、書いた時期は、一九八五年五月。それを『生ける屍の死』発表の後——九〇年頃に、そのままの内容で清書したのだと思う。この時期、私は第二長編『双子座の難破船』を準備していたのだが、版元からは、まったく放置状態にされていて、なんの連絡もないまま一年が過ぎていた。それで長編は断念。このままではキャリアに穴が開くと、とりあえず、この短編を提出したのだろう。原稿を見ると、私の筆跡と違う編集者の疑問符が入っているので、どういう理由か知らないが、版元の意向で不採用になったのだと思う——同じ原稿を藤原君が高評価してくれたにもかかわらず——である。こうした理不尽な仕打ちを受けたのは、私だけではない。多くの有為の新人作家・作品が同じ憂き目に遭っている。これは、業界では有名な話だから、後進のためにも、敢えて、ここに明記しておくことにする。

内容的には、ヘレン・マクロイの手筋が念頭にあるようだが、ラストの一行は気に入っている。前述の藤原組長の言葉どおり、そのまま収録しても通用する作品だとは思ったが、やはり、今の私の基準に照らし合わせて、中編サイズに加筆改稿した。

尚、本作のタイトルは、大瀧詠一のあの曲ではなく、ドリス・デイの持ち歌《I'll See You in My Dreams》からきている。

「夢は短い狂気、狂気は長い夢」

——ショーペンハウアー

赤い滴りが唇の端から溢れた。温かく濃厚な液体が咽喉をゆるゆると流れ落ち、焼けつくような渇きを癒やしてくれる。頭の芯で歓喜のベルが鳴り、胸の奥が甘い陶酔で満たされるのを感じた。唇の下で相手の頸動脈が快いビートを刻み、そのうねりがしっかり喰い込んだ牙を通して伝わってくる。私は血のビートに身震いするほど酔い痴れるリズム・クレイジー。貪るように新鮮な《生命》を吸い続け、血のリズムに合せて私の咽喉もスウィングする……。

安っぽいステンド・グラスを模した窓ガラスの向こうで、壊れかけたラヴ・ホテルのネオン・サインが痙攣したように点滅している。私の腕の下で男の身体も激しく痙攣した。

——そろそろ潮時かもしれない。

しばらくすると痙攣も止まり、頸動脈を浮き立たせていた生命のパルスが弱まりつつあるのがわかった。私は急に獲物に飽きた気まぐれ猫のように男を突き放すと、ベッドの上で上半身を起こした。深い息遣いとともに牙の先から数滴の血が滴り落ちる。暗い室内に、窓からネオンの青い点滅が差し込み、ベッドのシーツは死んだ男の顔色と見まがうほど蒼ざめていた。シーツに散った血は、まるで枯れ落ちた薔薇の花びらのようによそよそしい。

蒼ざめたシーツから目をあげて、ベッド・サイドのちゃちなデジタル時計を見る。

3:45

まずい。ここから家まで車をとばしても一時間はかかる。二人きりになるのに存外時間がかかってしまった。ベッドに横たわっている男は、その好色さに比例して警戒心のほうも強かった。彼の性衝動（リビドー）が警戒心を呑み込んだのは、午前二時をはるかに過ぎたころだった。しかし、今さら悔いてもはじまらない。

――急いでここを立ち去らねば。

私は下着を直すと、慌てて床に落ちている黒薔薇模様のブラウスを摑（つか）みあげた。もどかしくなってボタンを留めながらあたりを見まわす。指紋のことは気にしなくともいいだろう。それよりも、早く車のキイを見つけなければならない。私は椅子の背に掛けられた男のズボンのポケットを探り、目的のものを手に入れた。

車のキイを握って少し安心すると、ティッシュで唇の端の乾きかけた血痕を拭い取った。出がけにそのティッシュをトイレに流し、私はいよいよ部屋を後にすることにした。

――誰にも見られてはいけない。

暗い廊下を急いで通り抜け、駐車場に回る。がらんとした場内の隅に駐（と）めてある、ありふれたベージュのファミリーカー。後ろのシートには子供の野球帽がある。プレイボーイを気どった中年男には似合わない車だったが、これなら目立たずにすむ。私はもう一度あたりを見まわしてから車に乗り込むと、手早くキイをひねった。

グレイの国道が、車のスピードに呼応して陰気な河のように流れていく。ラヴ・ホテルから遠ざかるにつれて、次第に気分が落ち着いてきた。三つ目の信号は、それまでしてきたように無視することもなく、おとなしく車を止めた。

再び気持ちを沸き立たせるような信号の赤い光を眺めながら、細巻きの葉巻（シガリロ）に火を点ける。煙を深々と吸い込み、一服楽しんだ後、灰を落とそうと手を伸ばした時、シガリロの吸い口が赤く染まっているのに気づいた。ルージュの色ではない。舌で口の中をさぐると、まだヌルヌルしているのがわかった。部屋を出る前に、口をすすいでおけばよかった。今度から、そうしよう。

信号が、気分を落ち込ませる青（ブルー）に変わった。私はシガリロをもみ消すと、急いでアクセルを踏んだ。車が夜の街路に悲鳴を響かせて走り出す。黙して語らぬ建物は生者の棲む墓石。そして前方には、私をスウィート・ホームへ誘う道が、冥路（めいろ）のように浮かびあがっていた。

4:45

腕のデジタル時計が闇の中で忠実に電子の時を刻んでいた。きっかり一時間。どうやら間に合ったようだ。私は満ち足りた溜め息を漏らすと、車から降りて、目の前の我が家を見上げた――東京の郊外にある、戦前に建てられた古い屋敷。今では忘れ去られ、朽ちかけた洋館――小さな東京駅といった外観の理想的な隠れ家だった。私は玄関ホールに入ると、急いで地下の寝室へ向かった。寝室のマントルピースの上に置かれた燭台の蠟燭（ろうそく）は、すでに燃え尽きていた。これでいいのだ。灯火を吹き消す手間が省ける。私の目には、暗視スコープみたいに、寝室の暗闇の中でも物を見分ける能力があった。

ようやく、重厚な杉の棺の蓋を開けることができた。薔薇色のビロードを張りつめた心地よい棺の中に横たわり、思い切り背筋を伸ばした。館（やかた）の棺に帰るといつも思う――ここはまるで地獄の底のように落ち着くと。

今夜も素敵な時を過ごした。目眩（めくるめ）く一日だった。私は疲れて重くなった瞼（まぶた）を閉じ、深い眠りに陥（お）ちていった……。

＊

目を開いて、最初に視界にとびこんできたのは、天井に描かれた薔薇の花だった。冴子は鼻を鳴らすと、再び目をつぶって、もぞもぞと布団の中で背を丸めた。動悸が少し速まっているのがわかる。汗ばんでいるような感覚もあった。

まもなく、枕もとの目覚ましが、彼女の耳にサディスティックな警告を浴びせかけた。冴子は、隣に寝ている娘が愚図るような呻き声をあげたので、それを機に、無理やり瞼を開いた。また薔薇の花が目に映った。しかし、それが描かれたものでないことは、別に仔細に観察しなくともわかっていた。

ここに引っ越してきた時からある厭な染み。くすんだベージュ色のありふれた天井を汚している、古ぼけた染みだった。

――薔薇の花模様に見えるのが、せめてもの救いだわ……。

冴子は、この六年間、毎朝同じように繰り返す思いを振り払うように、布団をはねのけた。脇の下あたりで毛布にくるまっている娘が情けない鼻声で母親を呼ぶ。五歳児だというのに、いまだ母親の添い寝を求める、手のかかる甘えん坊……。

目覚ましを見ると6：30を示していた。すぐにでも起きて幼稚園のお弁当を作らねば。そして、きっかり一時間後には、寝坊の夫を揺り起こさねばならない。おまけに、今日は分別ゴミを出す日……。また決まりきった一日が始まるのだ。冴子は溜め息をついて起きあがった。

歯を磨きながら鏡の中の顔を渋々眺める。決して醜くはないが、かといって街中で男たちが振り返るほどでもない平凡な顔。一週間前、顎の下に脂肪がつき始めたのを発見してからは、自分の顔を見るのが、いっそう厭になっていた。

結婚して六年。高校時代は美術とテニスのサークルを掛け持ちしていた冴子も、今では、身体を動かすようなことは何もしていなかった。結婚当初は日曜ごとに夫とテニスなどをしていたが、夫は仕事が忙しくなるにつれ、週一度のスポーツもおっくうがるようになっていた。

冴子のほうも、娘が生まれてからは、運動どころか、好きだった映画やコンサート、展覧会の類いまで、とんとご無沙汰するようになってしまった。別に、そのための時間、経済的余裕がないというわけではなかった。夫と娘を送り出したあとは自分の時間が持てたし、夫の給料は驚くほど高額というわけではなかったが、さりとて共働きで汲々としなければならないほど低くもなかった。ただただ、決まりきった日常が、退屈きわまりないマンション生活が、平凡な家事に明け暮れる日々が、冴子のそうした趣味嗜好への情熱を搦め取っていくように思えた。

冴子はゾッとして口の中にたまった歯磨きの泡を洗面台に吐き出した。

白い泡に、薄く血の帯が混じっている。

冴子は血を眺めながら、恐る恐る歯茎に指を触れてみた。――歯茎の色や感触からすると別になんともないように思える。だが、次の瞬間、冴子の脳裏にある記憶が甦ってきた。

血……また、あの奇妙な夢を見た。このあいだと同じ不気味な血まみれの夢……。どこか具合でも悪いのかしら……歯周病ではないはずだ。循環器系の……血液か心臓？　夢を見たあと、動悸が激しくなっていたけど……いや、違う――冴子は安直な答えのほうに与した。

――やっぱり、無意識に歯科治療のことが気になっていて、あんな夢を見たのかもしれない……。

「マーマぁ……」パジャマ姿の娘が日をこすりながら起き出してきた。思いを中断された冴子は、急いで口をすすぐことにした。

娘を幼稚園に送り届けた帰り途、いつものように同じマンションの二人の主婦たちと一緒になった。ひとりは冴子よりひとまわり年長で、でっぷり太ったマンションのボス的存在。夫が二、三軒のレストランを経営して金まわりがいいせいか、いくぶん傲岸不遜な態度をとるのが常だった。もうひとりは、冴子の一階下に住む公務員の妻で、痩せて覇気がなく、いつもボスの下にくっついて歩く影の薄い女。二人とも、もし娘が同じ幼稚園に通っていなければ、とてもつき合いたいと思うような相手ではなかった。

「松山さんもいらっしゃるでしょ？」

――そら、今日もきた。ボスのお誘いだ。これから彼女の部屋で、ひとしきり井戸端会議が始まるのだ。表面上は軽い誘いの言葉だったが、裏には有無を言わせぬ強い響きが込められている。三度に二度は洗濯やら何やら口実をもうけて断わるのだが、今週はあいにく、すでに二度断わっている。今日はノルマの日というわけだ。冴子はうんざりした気分を悟られないように、なんとか笑顔を取り繕いながらうなずいた。

豪田という名のそのボス猿の居間で、三人はいささか薄過ぎるティーバッグの紅茶をすすりながら、とりとめのない話を続けた。ほとんどが豪田夫人の独演会だったが、痩せた子分は大げさに反応して、ボスのご機嫌をとり結んでいる。冴子は二人の会話にときどき相槌をうつ程度で、いつ帰るきっかけをつくろうかと、そればかりを考えていた。

「ねえ、松山さん、聞いてるの？」

豪田夫人の叱責するような強い口調に、冴子は思わず我に返った。

「え、ええ、ごめんなさい。昨夜よく眠れなかったらしくて、ちょっと……」

子分がその場を取り繕おうと二人の間に入った。

「そうね、確かに顔色がよくないいんじゃない？　豪田の奥さんはね、あなたに浮気したことがあるかって訊いてるのよ」

井戸端会議の話題が、いつの間にか妙な方向に向いていた。冴子は唐突で不躾な質問にどぎまぎして、口ごもった。豪田夫人はそれを見ると、見当違いの浅はかな優越感を顔に表して言った。

「松山さんは無理よねえ。あなた、ちょっと真面目過ぎるし、それに、そんなことするには、ここが……」人差し指をこめかみのあたりに突き立ててニヤリと笑う。「およろし過ぎるんじゃない？」

子分が、がさつな笑い声をたてて同調する。

「あはは、そーそ、松山さんは、いい大学を出ているし、まあ、アレよ——理性が邪魔をするっていうタイプなのよね」

冴子は曖昧な表情のまま黙っていることにした。二人は冴子の反応が期待に添わぬとみるや、彼女そっちのけで、また自分たちの話題に戻った。豪田夫人はここ数年の自分の性愛がらみのアバンチュールを、さも重大な秘密のように声を潜めて話し、子分はだらしなく口を開けて、その誇張された物語に聞き入っていた。さすがにうんざりした冴子は、お昼の支度があると言い訳をして、豪田夫人の部屋を出ることにした。

——隠し事が顔に出ぬうちに帰らねば。あのことがこんな連中に知れたら、それこそ……。

のっぺりした顔の男が、幸せ薄そうな女を陳腐な科白で口説いていた。

冴子はテーブルに頬杖をついてテレビの昼メロ・ドラマを見るともなしに眺めながら、ぼんやりと回想に耽っていた。

一度だけ、理性が邪魔をしなかったことがあった——と言うより、あの時は理性が麻痺してしまったとしか思えなかったが。

まだ、ひと月も経っていない。近所の貸ビルに新しい歯科クリニックが開業して、ちょっとした評判になっていた。マンションの噂雀たちによると、なんでも「先生が、とってもハンサム」ということだった。いつもなら、そんな噂話など聞き流してしまう冴子だったが、ちょうどそのころ、親知らずに悩まされていたので、場所が近いこともあって、その歯科クリニックへ行ってみることにした。

予約した六時に歯科を訪れた冴子は、少々奇異な感じを受けた。完全予約制の遅い時刻なので、彼女が最後の患者なのか、ほかに誰も待つ者がいない待合室――そこには、いっぷう変わった室内装飾が施されていた。普通なら、機能主義的に不必要なものは一切置かず、清潔だけが取り得という待合室が多いのだが、ここは違っていたのだ。

三方の壁は深みのある赤い薔薇の花模様の綴織りでおおわれ、床もその花びらと同じ色調の絨毯が敷きつめられていた。部屋の中央には優美な曲線をもったロココ調の長椅子があり、海獣の象眼を施した脚を持つサイド・テーブルと典雅な均衡を保っていた。

天井を見あげると、そこにも凝った装飾が施されていた。貸ビルの一室にしては妙に高く感じる天井には、一面に絵が描かれていた。一見、宗教画かなにかのように映ったが、これまた医療施設にしては薄暗い間接照明の中で目を凝らして見ると、どうやら違うようだ。描かれているのは何人もの半裸の男女で、彼らはボッシュが描きそうな厭らしい表情を浮かべて、それぞれの快楽に耽っていた。そして、その快楽の園の中央では、キリストでもゼウスでもない、黒い山羊の頭をもった怪物が、まるで全世界の中心のように君臨していた。

冴子は不快な気分に襲われ、思わず顔をそむけた。これはちょっと凝り過ぎで悪趣味だと思った。まるで、ヨーロッパの山奥にある古城の秘密サロンにでも、突然迷い込んでしまったかのような気がした。

妙なのは、待合室の内装だけではなかった。歯科衛生士らしきマスクを着けた女性スタッフに渡された問診票も、ほかとは違っていた。まず、既婚女性が旧姓を書く欄というのがあった。冴子はそこに「龍造寺」と記入した。それから、血液型だとか、血液の病に関する既往症の有無だとか、血液に関する質問事項が、やけに多いような気がした。循環器系の総合病院でもあるまいし——とは思ったが、最近は医療過誤の問題もあるし、町場のクリニックでも慎重になっているのだろう。

「次の方——龍造寺さん、どうぞ、お入りください」

冴子は幻影の城から現実の歯科に引き戻された。なぜか旧姓で呼ばれたが、冴子は面倒なので訂正することもなく返事をした。そして、スタッフに誘われるまま診療室へ通じる入口へ向かった。

——そう、ここは、ただの歯科クリニックなのだ……。

冴子は、思いきって診療室へ足を踏み入れた。

診療室に待合室から連想されるような中世ヨーロッパの雰囲気はなかった。そこは、都内ならどこにでもあるような、ごく普通の診療室だった。リノリウムの床、白い漆喰の壁、ブラインドを降ろした窓、そして、何のためのものか素人にはわからないようなハイテクの医療機器が並んでいた。冴子は少し安心して、こちらに背を向けている医師のほうに視線を向けた。

「治療の前に、まず、採血をしていただきます。どうぞ、そちらへ、おかけください」

振り向いた医師は驚くほど長身の男だった。いささか袖丈の短い白衣に身を包み、顔の半分はマスクで覆われていた。そのため、噂どおり本当にハンサムかどうかはわからなかったが、日本人離れした彫りの深い容貌であることは充分察しがついた。とりわけ湖水のように深い碧色の瞳が印象的だった。最初は白髪まじりかと思った髪も、よく見るとアッシュブロンドのようだし、発音も少しおかしい。彼はやはりハーノか外国人なのかもしれない、と冴子は思った。

言われるがまま、隅の椅子に座った冴子の腕に、歯科衛生士が針を刺す。自分の血管から注射器に吸い取られていく褐色の血液を眺めながら、また少し不安に駆られてきた冴子は、おずおずと尋ねた。

「……歯科で採血なんて、初めてです。ずいぶん……そのぉ、慎重なんですね」

歯科医が問診票に日を落としたまま、患者を安心させるような、優しい口調で答えた。

「歯科も医療のうちですからね。抜歯をしたり、歯肉をメスで切るともなれば、出血もします。――ですから、血の固まりにくい病気なんかについても、事前に調べておく必要があって、当クリニックでは血液検査を徹底しているんです」

「ああ、そうですね。余計なことを訊いてしまって、すみません」

「いや、いいんですよ。インフォームド・コンセントの一環として、ご納得いただければね――龍造寺さん」

その呼びかけで、また、冴子の不審感が頭をもたげた。

「あ、すみません、また余計なことをお訊きしますが――龍造寺というのは、私の旧姓なんです。問診票に旧姓を書き込むというのも初めてなんですが、あれは――？」

歯科医は、冴子の血液を医療機器に入れて、モニターに現れる数値を見ながら答えた。

「それも、血液の問題について調べるためです」

「血液の問題？」

「ええ。血液――というか血統の問題についても調べておきたいんです」

「血統……ですか？」冴子は出来の悪い生徒のように訊き返した。

「そうですよ」歯科医は生徒を諭す教師のように答えた。「これは、私独自の考えで実施していることなのですが、問診票に旧姓を書いていただくのは、既婚女性の患者さんの旧姓には、その家系固有の医療に役立つ情報が含まれている場合があるからで――」

そこで、冴子は、はっとなって、

「はい、はい、人の名字には、ご先祖の職業だとか、どういう風土の地に住んでいたかといった、永く続く血統の情報が含まれていることがありますよね」

歯科医は驚いたように振り向いて、

「その通りです。あなたは、なかなか物わかりがいい方だ。歯学部の教授たちからは、些末なことだとか偏執狂的だとか言われて笑われましたが、私の狙いは、まさに、そういうことなんです。名字によって、先祖の住んでいた土地の風土病だとか、遺伝子情報だとかがわかる場合があるという、学際的な考え方を歯科治療に導入したかったんです」

「……はあ」冴子は相手の勢いに気おされて曖昧な返事をした。

歯科医は偏執狂的に熱弁を続ける。

「――ところで、あなたの龍造寺という珍しい旧姓は……ひょっとして、戦国大名の龍造寺氏がご先祖ということでは――？」

「はい……家系図を見たわけではないので、確かなことではありませんが――」冴子は恥ずかしそうにうつむいて、「――祖父からは、そう聞いています。私の出身は旧鍋島藩――佐賀県で、家臣の鍋島氏から支配権を取り戻せず憤死した龍造寺の末裔に当たるのだとか……」

マスクに隠れた歯科医の唇が微笑んだように見えた。

「ほう、それは……鍋島対龍造寺の暗闘と言うと……あの化け猫騒動の？」

「え、ええ」冴子は、さらに恥じ入るように、身を硬くした。「鍋島氏を恨んで化け猫をけしかけた側の——龍造寺氏……みたいです」

　歯科医は、マスクの下で声を上げて笑った。

「鍋島対龍造寺のお家騒動が史実だったにしても——もちろん、化け猫なんて、後世の浄瑠璃や講談の類いを面白くするために付け加えられたフィクションなんでしょう？」

　冴子は救われたように顔を上げた。歯科医は慰めるように蘊蓄話を続けた。

「そういうことは、理系の私でも知っています。悪者にされた鍋島家の子孫が、世間で持て囃された化け猫怪談に抗議していますよね、確か——」

「鍋島家のお気持ちは、わかります」冴子は溜め息をついた。「私たち龍造寺の子孫だって、この名前のお陰で、佐賀の学校では、随分といじめを受けました……ほら、私の下の名前の『冴』の字の旁は『牙』とも読めるでしょう？　だから、龍造寺の化け猫牙娘とかって、綽名をつけられて……」

「わかりますよ」歯科医の返事は意外なものだった。「私も中学の時分に、名前からくる嫌な綽名をつけられた。私の名字はね、龍言——というんです」

「リュウゴン……？」

「そう。まあ、珍名の部類ですが。あなたと同じ『龍』の字に、言上するの『言』——です。おまけに、御覧のとおり、私には外国人の血も入っているから、恰好のいじめの対象ですよ。それでつけられた綽名が、ドラ……」そこで少し躊躇って言い直す。「……ドラゴン——まあ、化け猫牙娘に比べたら、まだマシなほうですが、不良のヤンキー集団みたいで、嫌だったな」

　冴子は慌てて話題を転じた。

「先生、今、外国人の血が入っていると言われましたが、それはどういう経緯で——？」

　歯科医は、気が進まないような口調で出自を語り始めた。

「そう……祖父は日本人ですが、画家志望で戦前にパリへ行って……まあ、画家と言っても、レオナール・フジタほどの有名人にはなれませんでしたが――」

「えっ！」美術好きの冴子は、ひどく感激した。藤田嗣治のことをレオナール・フジタと呼ぶ人には、美術館巡りに明け暮れた学生時代にも出会ったことがなかった。「フジタは大好きな画家です。おじい様が戦前のパリでフジタみたいな画家志望だったなんて、先生、それって、すごいことですよ」

「いや」歯科医の碧い目に困惑の表情が宿った。「祖父の人生なんて、レオナール・フジタの模写のようなものですよ。フジタを真似てセルビア人のモデルと結ばれたところまでが祖父の限界でね。その後、彼の地で画家として大成することもなく夫婦共々日本に戻ってきて、生まれたのが私の父親……その父も、親譲りの語学の才能を活かして下級外交官になって、ヨーロッパへ赴任したのですが……そこでまたまた祖父母の模写みたいに、東欧出身の女性と結ばれてしまい、そこで生まれたのが、あなたの目の前にいる龍言ドラゴン君――というわけです。ですから、私は名前も国籍も日本人ですが、身体の中の血は、ほとんど東欧人で――」そこで、はっとして、「――初診の問診段階のはずが、こんなご先祖自慢みたいな無駄話になってしまって……ともかく、あなたの血液検査の結果は、良好……いや、素晴らしい状態です。ヘパリン――血液の抗凝固剤の投与もないようだし……あとは、念のために別室でレントゲン撮影をして、それから急いで治療をいたしましょう」

レントゲン撮影を終えて、診療椅子に座ると、天井に取り付けられたスピーカーから流れる、情熱的なタッチのピアノ曲が冴子の耳に入ってきた。低い音量だが、昂ぶった患者の神経を鎮めるには少し激し過ぎる音楽のような気がする。だが、この風変わりな歯科医に興味を抱いた――いや、自分と同等以上の知的会話ができる目の前の男性に、心のときめきさえ感じていた冴子は、彼と歯科治療以外のことを話すきっかけになればと思い、今流れているピアノ曲を利用することにした。

「この曲はリストかなにかですか？」

レントゲン撮影の映像を見ながらだったが、こちらの不意で余計な質問のわりには、歯科医は不自然なほど丁寧に応じてくれた。

「いや、リストではありません。アルカン――シャルル・アルカンの曲です。ご存じでしたか？」

「いえ。子供の頃、ピアノを習っていたので、ピアノ曲のレコードも、たくさん聴きましたが、その作曲家の名前を聞くのは初めてです」

「美術のほかに音楽もお好きとは……たいしたものだ。あなたは芸術家肌なんですね」

冴子の胸が高鳴った。男性から、そんな誉め言葉を聞かされるのは、初めてのことだった。歯科医は、そんな冴子の様了に気づく風でもなく、言葉を継いだ。

「――でも、アルカンのことは、あまり知られていないから……」

「どんな人だったんですか？」冴子は熱をこめて訊いた。

「今あなたがおっしゃったリストと同時代の偉大な音楽家です。超絶技巧の持ち主でね――こんな逸話があります。ある時、ミラノで楽譜出版を営んでいたリコルディは、自分の店に入ってきてピアノを弾きまくっている男を見て、こう言ったんですね。『君はリストだろう。さもなければ悪魔だ』――もちろん、リストではありませんでした。その男がアルカンだったのです」

興味深い話に、冴子は思わず引き込まれた。歯科医のほうも診療台のそばに自分の椅子を引き寄せて座り、くつろいだ様子で無駄話を続ける。冴子は、自分の胸の奥のときめきが、いつの間にか身体全体を覆い尽くしているのを感じていた。

「……さっきの曲は《悪魔のスケルツォ》といってね、この作曲家はよく《死》とか《戦慄》とか《狂人》といった言葉を曲名に使っているのです。しかし、それが少しもこけおどしではなくてね」

「ちょっと気味が悪い気……感じですが――」

医師は大袈裟に片眉をあげて反駁（はんばく）した。

「それは偏見というものです。人生のネガティヴな面に目を向ける芸術家（アルティスト）があってしかるべきじゃないですか？　コインには表もあれば裏もある。……だが、こういった《負の芸術家》は、歴史の表舞台には、なかなか姿を残さないわけで――」

「それじゃ、そのアルカンという人も不遇な一生を送ったのですか？」

「さあ、それはどうかな。確かに、リストをして畏怖せしめるほどの才能の持ち主だったにもかかわらず、彼は音楽史の表舞台には、現われなかった。だがね――」

医師の『彼は』という言い方には、まるで友人を呼ぶ時の親しみが込められているように聞こえた。

「……だが、それで果たして彼が不幸だったかどうかは、本人のみが知るところでしょう。私が言いたいのは、そういう歴史の闇に潜む天才や超人たちが、存外、大勢いるということなんですよ。人知れず〝永遠の真理〟を紡（つむ）ぎ出す闇の住人、悪魔のような芸術家（アルティスト）たちがね。……彼が本当に悪魔だったかどうか……それはともかく、彼は奇妙な死に方をした――」

「まあ、どんな死に方でしたの？」

「ある日、書棚から本を抜き出そうとした時、書棚全体が倒れ、彼を圧（お）し潰した。死んだ男の傍らにあったのは、ユダヤの宗教書だったとか……」

言い終えると、医師は急に咳き込んだように笑い始めた。マスクを通してくぐもった笑い声がしばらく続き、冴子はわけもわからず、当惑したまま医師を見つめていた。

冴子の怪訝（けげん）な表情に気づいた医師は、自分の非礼を詫び、すぐに話題を転じた。彼の話は音楽や絵画、文学にまで及び、時代も中世から世紀末までと幅広く、そのひとつひとつが、今まで冴子が聞いたこともないような珍しいものばかりだった。しかし、マスクを通していても、まだ魅力のある医師の声は心地よい音楽のように響き、まるで実際に見てきたかのようなリアルな語り口は、冴子の心を惹きつけて離さなかった。結婚してからは音楽や絵画どころではなかった。ましてやマンションの隣人たちときたら、文学はおろか新聞さえ読むかどうか……。

「すみません、また脱線してしまいましたね」歯科医は不意に話を終えて、夢から覚めたように立ち上がった。「治療もせずに関係ない無駄話ばかりしてしまった。歯科医失格ですね」

慌てた冴子は、しどろもどろに相手の言葉を打ち消そうとした。

「いえ、こちらが悪いんです……先生のお話が、あまりに面白いんで、えー、ですから……私、もっとお聞きしたかったもので……こういう会話に……そのぉ……飢えていたというか……先生とは、何と言いますか……そう、趣味嗜好が一致する……みたいですし――」

「その想いは同じですよ、龍造寺さん」歯科医はまた旧姓で呼んだ。「お名前のことといい、あなたとは、ご縁がある……と言うか、同族のような気さえしています、あなたには……さっき言った歴史の闇に隠棲する芸術家の素質が――おっと、また余計な無駄話ですね」

それから目の前の男は、急に、ありふれた歯科医の事務的な口調に戻って、

「問題の歯は、だいぶ傷んでいるし、抜歯の必要があります。麻酔は大丈夫でしたね？　まず麻酔の注射を打ってから――」

それを聞いた冴子はうなずいて、口を開け、目を閉じた。

「ちょっと、チクッとしますよ」

歯科医の言葉どおり歯茎に軽い痛みを感じたが、少しすると痺れのような鈍い感覚が口内全体に広

がっていく。その一方で、冴子は、自分の首筋に、歯科医の甘い吐息を感じていた。目を閉じたままなのでわからないが、彼はどうやらマスクを外しているらしい。――でも、なぜ……。

「気分が悪いわけではないでしょう？　さあ口を大きく開いて、リラックスして――」首筋のところで、マスクを外した歯科医の声が優しく響く。

冴子は言われるがまま口を大きく開いた。気だるい陶酔感が、彼女を赤ん坊のように従順にさせていた。

――そこで、冴子の意識は暗転した。

「……どうしました？」

歯科医の声が遠くで響いた。

「あ……」冴子は目を開けて、歯科医のほうを見た。今はマスクをつけていた。「私……意識が……そのぉ、なんだか、眠っちゃったみたいで……すみません」

「ああ、たまにそういうこともあるんですよ。寝不足だったんじゃないですか？」歯科医はこともなげに、そう言った。「抜歯はうまくいきました。もうおしまいです――大丈夫ですか？　立てますか？　龍造寺さん？」

「あ……はい、ありがとうございます……」

冴子はのろのろと立ち上がると、診療室を後にした。まだ麻酔が効いているのか、全身に気だるい陶酔感が残っている。

「念のために痛み止めを出しておきますが……まあ、大丈夫でしょう。お疲れさま……お大事に」餌を食べ終えた猫の――満足げに咽喉を鳴らしているような声を背中で聞いた。

支払いを済ませ、歯科クリニックを出たところで、突然、冴子の心に鮮明なイメージが浮かびあがってきた。

それは、歯科医の顔のある部分——湖水のような碧い瞳ではなく——見ていないはずの唇……ルージュを引いた娼婦のように、やけに赤い唇が、意識の闇の中に浮かんでいた。その赤い唇が、軟体動物のように、自分の白い咽喉に触れて蠢いた。ひどく冷たい死の感触が温かい血の感触とない交ぜになって冴子の意識を覆っていった……。

＊

「白い歯にはアルルカン、アルルカン歯磨きをどーぞっ」

テレビの中の道化師が、おどけた表情で商品の名を連呼している。メロ・ドラマの中の気弱そうな二枚目は薄幸の女を口説き落とせたのだろうか。彼の押しよりも、このCM道化師のほうがはるかに説得力がある。昼メロ番組はすでに終わり、賑やかなコマーシャルが始まっていた。

道化師の奇声のおかげで、一瞬のうちに、とりとめのない回想から、見なれたマンションの居間に引き戻された冴子は、苦笑いをしながら、道化師を真似てちょっと肩をすくめてみた。

あの歯科クリニックでの幻惑的な体験——豪田夫人たちが話題にしていた「浮気」とまでは言えなかったが、冴子の「理性」が麻痺して、夫以外の——いや、これまでの半生で唯一、異性に強く心ときめかせた体験だった。

その体験から数日の間、冴子はふとした折に、あれは夢や妄想の類いだったのかしら、それとも現実だったのかしらと、歯科クリニックでの出来事を何度も思い返していた。痺れるような陶酔の記憶が次第に薄れていくような気もしていた。治療代の領収書も見当たらない。あれが現実の出来事だったという確証はどこにもなかったのだ。

一週間ほどたったある日、中途半端な状態にどうにも我慢できなくなった冴子は、買物の帰りに思いきって歯科クリニックを訪ねてみることにした。

歯科クリニックの冷たくとりすました扉の前に立った冴子は、自分の心臓の鼓動が高鳴るのを感じた。それは期待からの呼び鈴（りん）のようでもあり、恐怖への警鐘のようでもあった。

——来院の口実など、どうとでもなる。とにかく、あの体験の真相を確かめたいという気持が、強迫観念のように彼女の心にまとわりついていた。

思いきって扉を押す。

——何もなかった。

コンクリートが剝（む）き出しの壁と床。典雅なサロン風待合室など、跡かたもなかった。絨毯の毛すらも残されていなかった。奥の診療室も同じだった。医療機器も診療椅子もなかった。窓のブラインドもリノリウムの床も、まるで津波に襲われた倒壊家屋のように、剝（は）ぎ取られていた。

帰り際、冴子は貸ビルの管理人から、その歯科医が慌ただしく引っ越して行ったと聞いた。彼が立ち去った日は、ちょうど、あの出来事があった翌日だった。

豪田夫人たちの露骨な浮気談義の際に、ふと思い出したのが、これら一連の出来事だった。浮気というには、あまりに曖昧模糊（もこ）とした経験だったが、噂雀たちに知られたら、マンションの醜聞（スキャンダル）として周囲に漏れてしまう可能性大だった。だから、彼女は、そのことを誰にも告げずに黙っていたのだ。

回想から再び我に返った冴子は、ひどく疲れた気分になって、テレビを消すと、大儀そうに立ちあがった。

――もう二時だ。あまり食欲がないけれど、とにかく何か胃に入れとかなくちゃ……。

冷蔵庫を開けてみると、トマト・ジュースがあるのが目に入った。冴子はよく冷えた缶を取り出すと、テーブルへ戻ってグラスに注いだ。

得体の知れない衝動が頭の隅をよぎった。

冴子は驚いてグラスを取り落とした。テーブルの上に赤い液体が広がっていく。頭の芯が痺れ、全身が陶酔の衣装に包まれたような気分に陥った。

――どうしたのかしら、ほんとに……疲れているみたい。どうしてこんなに眠いの……。

冴子は重い瞼をやっとのことで、しばたきながら、テレビのほうを見た。消したはずのテレビに道化師が映っていた。碧い瞳がこちらをじっと見つめている。道化師は顔の半分をマスクですっぽりと覆っていた。

テレビ画面の上の縁から、赤いものが滴っているのが見えた。おぞましい血のような液体は、ひと筋、ふた筋と流れ落ち、まるで赤いカーテンのように、ゆっくりと画面を覆っていった。

……そして、冴子の意識にも、赤い幕が降りた。

＊

女にとって最高の鏡は男だ――と私は思った。身の丈ほどの姿見も、バッグに入るほどの小さな手鏡もいらない。ここ数ヵ月ほど鏡とはご無沙汰していた。役立たずの鏡など、私には必要ないのだ。

その点、男というやつは素直に女を映し出してくれる。彼らは、女が醜く不恰好なら振り向こうともしないが、美しく洗練されていれば賛美の眼差し（まなざし）を送ってくる。ちょうど今、私がこのホテルのバーに入ってきた時、いっせいに向けられたような熱い眼差しを……。

確かに今夜の私は、服装だけでも人目を惹くに充分だったろう。袖なしのスポーツ・フロック。その胸元で結んだシルクのスカーフは薔薇色と群青色を巧みに配したものだった。バックル付ベルトや細かい飾り襞(ひだ)のあるベレー帽も深みのある薔薇色で統一していた。

——私はこの血のような薔薇色がとても好き……。

あとは、白ドスキンのボタンなしの手袋、繭色(まゆいろ)のシルク・ストッキングに茶色の革飾りのついた靴、そして手には形のよい茶色のスエードのバッグ……。言ってみれば、今夜の私は一九二九年版の小粋なパリ娘、それでなければニューヨークのセピア色をしたカフェ・ソサエティとでも。世紀末の東京でくすぶっている不粋な男たちの視線を軽く無視しながら、まっすぐカウンターのほうへ向かった。

薄暗いバーのどこかで、リー・ワイリーの小唄が聞こえる。私はごく自然な連想で〝マンハッタン〟を注文した。せっかく、リーが歌声で勧めていることだし。それに、夕方、熱いシャワーを浴びた後にこれを飲むと、気分がシャキッとする。そう、少しは毅然としなきゃ。今夜は、このあいだのようなロウ・クラスの相手で我慢したくなかった。いくら渇いているにしても、だ……。

二杯目のグラスを舐めながら、バーテンを相手に、この近くにいいテニス・コートはないかしら——などと、とりとめのない話をしていた。ツンとすましているより、何か喋っている相手のほうが、シャイな日本の男どもは声をかけやすいだろう。

案の定、ひとつ空席をおいた隣の男が、私たちの話に割って入ってきた。三十代半ばくらいで顎のがっしりした好男子。仕立ての良いディレクターズ・ジャケットをうまく着こなしている。その男は、さる事業家の次男坊で、フリーのプロデューサーをやっていると自己紹介をした。

それから一時間、男は自分の仕事の自慢話やら、私への讃辞やらを盛んにまくし立てた。私は自分への質問はうまくはぐらかし、それ以外はどうとでもとれるような微笑を浮かべて聞いていた。次の一時間、男は猛然と口説きにかかってきた。

男が頬をひきつらせて六杯目のスコッチを呑み干したとき、私は黙って部屋のカード・キイを男の膝に投げ出した。男はまるでロゼッタ・ストーンを発掘した考古学者のように、そのカード・キイをしげしげと眺めた。私は沈黙したまま席を立つと、一度も振り返らずにバーを出た。

別に待っていたわけではなかったが、男はなんとかエレヴェーターに間に合った。息せき切って来たわりには、まるで短距離走の世界記録保持者のような笑みを浮かべている。女の部屋のちっぽけなカード・キイが、男の自信を甦らせていた。

私は十一階のボタンを押した。扉が閉まり、男が被さるように近寄ってきた。エレヴェーターの中は二人きり。少しじらし過ぎたようだ。男は私の腕を摑み、壁に押しつけた。

最初のキスは偽りの愛のため。二度目のキスは永遠の命のため……。

エレヴェーターの天井まで血が飛び散り、まるで赤い雨漏りのように私の額へ滴り落ちた。欲望に負けた男を嘲笑うことはできない。私も自分の渇きに我慢ができなかった。三階から十一階へ到着するまでの間、私は貪るように男の咽喉をすすった。

十一階。扉が開く。

振り向くと、エレヴェーターの前に誰かが立っていた。誤算だった。これだから焦り過ぎは禁物だ。ホテルの滞在客らしい、ずんぐりした小男。ひどく驚いた様子で、私のほうを指さしながら何か言おうとしているのだが、言葉にならない。結構じゃない。声を出されては困る。そのまま、永久にお黙りなさい。

「いざなみ……」小男が妙な言葉を呟きながら、こちらに近づいてくる。「イザナミ」って名前？私のことを誰かさんと勘違いして、そう呼んでいるの？

そいつがエレヴェーターに乗り込もうというところで、苛立った私は一歩踏み出して、小男のみぞおち目がけて鋭い蹴りを見舞った。しかし、軸足が床の血だまりで滑り、直前に身体のバランスが崩れてしまった。蹴りは小男のみぞおちを逸れ、右の腕に当たった。それでも、その一撃で骨の折れる鈍い音が聞こえ、小男は背後の壁までふっ飛んだ。

私は顎の血を拭いながら、廊下に転がって呻いている小男に近づいた。顔を見られた以上、このまま放っておくわけにはいかない。私はエレヴェーターから出て、牙を剝いた。この憐れな男を噛み砕き、切り裂きたいという欲望が、牙の根元で疼(うず)いていた。

うつ伏せになって苦悶している小男の肩に手をかけようとした時、近くの客室の中から人の声がした。廊下の物音に気づいたらしい。これ以上、騒ぎを大きくするわけにはいかない。私は今乗ってきたエレヴェーターのほうを振り向いた。

扉が閉まっていた。扉の上の階数表示の明りが、九、八、七と下がっていく。誰かが下の階でエレヴェーターを呼んでいるらしい。もはや鉄の棺と化した、血まみれの死体入りエレヴェーターを……。

ホテルがパニック状態に陥るのは時間の問題だった。私は小男を始末するのは諦め、廊下の奥に向かって走り出した。突き当たりには、あらかじめ調べておいた非常口の鉄扉がある。私はその重い扉を押し開けた。

扉の外には闇のカーテンが降りた非常階段が。――冷たい夜風が下から吹きあげてきて、私の顎の血を乾かしてくれる。手摺(てす)りから下を見下ろす。近くの駐車場の高級車も、ここから眺めれば、男どものプライドを喰うちっぽけな虱(しらみ)にしか見えない。

これから十階分も階段を下りていくのは、なんとも辛いことだ。私は躊躇うことなく、非常階段の踊り場から漆黒の闇へ飛翔した。

——黒いポリ袋が、やけに気にかかっていた。……近ごろ本当にどうかしている。

午前五時、私は棺のベッドに横たわって、先ほどまでのことを思い返していた。

非常階段から飛び降りて、着地したところは、ホテルの裏手のゴミ置き場だった。ポリ・バケツや段ボール箱、それにゴミで膨れあがった黒いポリ袋などが山積みになっている。私はその間を慌ただしく通り抜けながら、なぜかその黒いポリ袋が気にかかった。なぜだろう。あんなきたなくて、つまらないものが……近頃の私はどうかしている。

それからもうひとつ。あの廊下にいた小男、あいつ……どこかで見た覚えがあった……それに、あの「イザナミ」という奇妙な呼びかけも——。

*

近ごろの私は本当にどうかしている——という思いが最初に意識にのぼった。

また、うたた寝をしてしまったようだ。テーブルにうつ伏せになったままの状態で目覚めた冴子は、凝った首筋をもみほぐしながら、ゆっくり上体を起こした。

また、あの気味悪い夢を見た。妙に生々しくて恐ろしい夢……。それに——。

テーブルに目をやった冴子は、はっとした。そこにはグラスがあり、いささか温(ぬる)くなったトマト・ジュースがなみなみとつがれていた。しかし、テーブルの表面には、赤い液体など一滴たりともこぼれてはいない。

確かあの時、私はグラスを取り落として、そして、テレビには不気味な道化師が……。

そのテレビも消えていた。何事もなかったかのように静まりかえった部屋の中で、自分の心臓の鼓動だけが、不安を突きあげるように高鳴っていた。

妙な夢を見るだけじゃなくて、私にはもう、夢と現実の境目さえも、わからなくなっているのかしら……。いったい私はどうなってしまったというのだろう？

腰のあたりから、じわじわと不安の虫が這い上ってきた。突然、今まであたりまえと思っていた日常から、どこか狂った異世界へ迷い込んでしまったような気がして、冴子は思わずあたりを見まわした。

二時四十分。

壁の時計の針が目に飛び込んできた。幼稚園へ娘を迎えに行く時刻はすでに過ぎていた。再び日々の務めが肩にのしかかり、あたりまえの日常が冴子を呑み込んだ。冴子は白いエプロンと赤い不安をテーブルに投げ出すと、慌てて立ちあがった。

慌てたピッチャーが悪送球をしたお陰で、とうとう一死満塁のチャンスを迎える場面となった。信夫(のぶお)は贔屓(ひいき)チームに訪れた絶好のチャンスに目を輝かせながら、テレビの画面に見入っていた。風呂あがりのはだけた腹を、片手で、ぴしゃぴしゃ叩きながら、旨(うま)そうにビールを飲んでいる。小柄でずんぐりした肢体のため、余計に中年太りの腹が目立ち始めたなと、冴子は思った。

相手チームの監督が出て来てピッチャー交代を告げる。信夫は下唇をつき出しながら、もっともらしくうなずいている。

冴子は時折、自分はどうしてこの人と結婚したのだろう——と考え込んでしまう。学生時代には、これといった恋愛の経験もなかった。大学卒業後は、就職氷河期で、志望していた大手マスコミの新規採用がなかったので、意に染まない小さな教材出版社に、やっとのことで職を得た。薄給で残業の多い会社だった。仕事も同僚も面白くなかった。だから、恋愛どころか、入社一年で欠勤を重ねるようになり、彼女は、ほとんど鬱病のような状態に陥ってしまった。

そんな冴子の様子を見かねた東京の親戚が、「気分転換にでもなれば」と縁談を持ち込み、八歳も年上の今の夫と巡り合った。相手は白馬の王子様ではなかったが、仕事に行き詰まり、心が弱っていた冴子にとっては、「渡りに船」だったのかもしれない。周囲の強い勧めもあって、彼女は結婚を承諾し、同時に会社も辞めてしまった。

夫は、理想の相手として思い描いていた「才気煥発（さいきかんぱつ）の人」ではなかったが、普通に「いい人」だったので、結婚生活は平穏無事に推移し、子供も生まれ、気が付けば、会社勤務より長い月日が経っていた。だが――。

最近になって、その「平穏無事な生活」が、冴子のエゴを呼び覚まさせていることに気が付いた。家族に愛情を感じないというわけではないし、何不自由のない生活を送っていたが、時々それがやりきれなくなることがあった――夫のため、子供のための生活。気がつけば「自分」というものがまるでない。学生時代に思い描いていた人生とは、どこかずれた「借り物」のような生活――結婚して六年、空気のようにあたりまえで平凡な日常が、灰色の鉛のように重く肩にのしかかってくるのを冴子は感じつつあった。

「ねえ、あなた」

信夫は黙って、リリーフ・ピッチャーの肩ならしを仔細に吟味している。

「ねえッ、聞いてるの？」

「ん、うん」

返事はしたが、まだ冴子のほうを向こうとはしない。

「近ごろ変な夢ばかり見るの」

「……ふーん、そうか」

カウントはツー・ストライク、スリー・ボール。

「私が眠るたびに、夢の中でね……」

打者は空振りの三振。ツー・ダウン。信夫はしかめ面(つら)をしてビールをあおった。

「……人を襲ったり……血を吸ったりして……」

冴子が話をしている間に、次の打者が登場した。信夫は明らかに妻の話を聞いていなかった。「血を吸う夢」より、平凡な日常——野球中継のほうに浸りきっていた。

「今日のお昼も気分が悪くなって……」

「そうか……」またうわの空の返事。「医者にでも診てもらったら——お、おおっ」

テレビのアナウンサーも、夫と同じように叫び声をあげた。ピッチャーの投げたボールが打者の顔面に当たり、信夫は思わずテレビのほうへ身を乗り出した。打者がその場に倒れ、鼻から血を流しているのが、大きく映し出された。

冴子は画面の中の血を見るのが急に怖くなって、そっと席を立つと、ひとり寝室へ向かった。

頭の芯が痺れるようで、堪えきれないほど瞼が重かった。

＊

凄まじい音の塊がスピーカーからほとばしり出た。ステージの上では長髪を逆立てた二人のギタリストが、まるで凶器でも振りまわすようにギターをかき鳴らしている。後ろのドラムスやベースの奏者も、恐ろしいリズムの渦に呑み込まれた遭難者のように、必死で身体を揺さぶっている。

バンドの演奏は最高潮に達していた。六十人ぐらいのキャパシティのライヴ・ハウス内、昂奮した客は、総立ちで踊ったり歓声を送ったりしている。

熱狂と騒音の渦巻く店内で、ひとり私だけはクールに隣の男を見つめていた。

まだ、どこか、あどけなさが残るティーンエイジャー。背中まである髪を金色に染め、かなり長身のガッシリした身体を革のジャンパーで包んでいる。首からは仰々しいメダルを下げ、腕にはゴツゴツした金具(スタッド)付きのリスト・バンドまでしていた。自分の未熟さを、こけおどしのファッションで精一杯ガードしているツッパリ・ロック少年。

しかし、他人のことなど言っていられない。今夜の私は黒革のジャンプ・スーツに身を包み、胸までかかるほどのチェーンをひけらかしている。おまけに、髪はジェルでゴワゴワに突っ立ち、真ん中だけオレンジ色に染めていた。扮装次第で、自分が十八歳にも二十八歳にも見えることを、私は知っていた。それでこそ「イイ女」というものだろう。

今夜の私のお相手の、たっての望みで、このライヴ・ハウスへ来ていた。〝ヘヴィー・メタル〟のロックとかいうのだそうだ。こんなのも、たまにはいい。もっとも、本当の昂奮、真の陶酔はこれからだが……。

突然、ステージを真赤なスポット・ライトが包んだ。リード・ギターが、いよいよ血のほとばしりのような音の嵐を噴出させた。

赤、赤、陶酔の色……。

私は急に自分が我慢しきれなくなっているのを悟った。もう渇きを止めることはできない。私は夢中で隣の男の胸に飛び込んだ。

演奏に手拍子を送っていた男は、私の意外な行動にちょっと驚いたようだったが、すぐにこちらの背中へ腕を回してきた。私は微笑みながら、ゆっくり彼の咽喉へ唇を這わせていった……。仮に誰かが見ていたとしても、熱狂の極に達している客の誰ひとりとして私たちに注意を払う者はいなかった。演奏に昂奮したカップルが抱き合っているものと思ったことだろう。

男の身体がビクッと反応した。私はすばやく腕を回して、抗う男の腕と胴を締めあげた。この騒音さえなければ骨の軋む音が聞こえたはずだ。身動きのできない男の咽喉から呻き声が漏れた。

ステージから溢れ出るバンドのビートに急かされるかのように、口の中へ生温かい液体が噴出した。懐かしい鉄錆を思わせる血の匂いが私の鼻を突く。生命の旨味に酔い痴れた私は、貪欲に男の咽喉を吸い続けた。

バンドが大音響とともにコーダに突入した。私の腕の中で男の生命も最終章を迎えていた。私はこと切れた男をそっと席に座らせると、なにくわぬ顔で唇を拭った。客たちはバンドのフィニッシュに跳びはねて喜んでいる。立ち去るチャンスは今だ。

アンコールの大歓声を背中で聞きながら、私はライヴ・ハウスの狭い通路を急いだ。できれば誰にも見られたくない。

しかし、出口へ向かう階段の下まで来た時、私はふと背後に人の気配を感じた。

弾かれたように振り向くと、今自分が来た通路の角を曲がろうとする、スーツ姿の背中がちらりと目に入った。ライヴ・ハウスにはいかにも場違いな灰色のスーツ、小柄な丸まった背中……。私はその後ろ姿に、なぜか見覚えがあるような気がした。……実に妙な気分だった。

近頃の私は、ほんとに、どうかしている。よく変な夢ばかり見るし……。この素晴らしい身体のどこかが変調をきたしてしまったのだろうか？

＊

「どう、旦那様はお元気？」

「さあ、どうですか。私よりデッド・ボールで倒れた野球選手のほうが心配みたいよ」

「まさか、そんなことはないでしょ」

白衣のポケットからペンを抜き出しながら真由美(まゆみ)が笑った。その屈託のない響きは、冴子にとって、とても心安まるものだった。

朝起きた時、もう限界がきていると思った。こんな悪夢が続くのはもう耐えられない。不安にさいなまれながら、冴子はふと、高校で同窓だった神保(じんぼ)真由美が東京の大学の心理学研究室で助手を務めていることを思い出した。昨夜、夫がうわの空で医者に診てもらえと言ったが、精神科を受診するのは躊躇われた。だが、心理学専攻の彼女なら力になってくれるかもしれない。冴子はすぐに大学へ電話をした。

大学はあいにく試験期間中で、真由美は多忙をきわめていた。来週ならゆっくり会えるという彼女の返事に、冴子はどうしても今日会いたいと言って譲らなかった。今夜にでもまた、あの悪夢を見るかもしれない。いや、夜を待つまでもなく、いつまた睡魔が襲ってくるとも知れないのだ。

冴子の必死の懇願に真由美は折れ、今すぐ来るのなら一時間ぐらい時間をとろうと約束してくれた。冴子はすがるような思いで車を運転し、大学への路(みち)を急いだ。

「心理学科なんか出ても、いい仕事なんてないのよ」会って早々、真由美が不満を漏らす。「せいぜい、企業の労務管理とか、おクスリ出すしか能がない精神科医の下請けカウンセラーぐらいでさ。だから、こうして、いい歳をして結婚もできずに、試験の監督をしたり、採点したり、つまらない統計とったり、そうした、つまらない仕事に大忙しなわけで――」

「私も就職では苦労したから――」と冴子が言いかけたところを、真由美が制して、

「――いや、だから、無駄話している暇はないのよ。さあ、あなたが電話で言っていた悪夢の内容を話してもらいましょうか」そこで一瞬、躊躇いを見せて、「――そうは言っても、夢の分析は私の専門分野じゃないから、今日、すぐに明確な答えは出せないけれども。それに、心理学の夢分析なんて、そもそも、明確な答えが出る――つまり計測ができる医療ではないし……でも、まあ、とにかく記録だけでもとっておきましょう」

　真由美はそう断ると、本や書類が雑然と積み上げてあるデスクの向こうで、音声録音の用意をした。冴子は、相手が友人ということもあって、かなりリラックスして話ができそうな気がした。

　冴子が話している間、真由美は、時折、質問を差し挟むほかは、赤いフレームの眼鏡をかけた化粧気のない顔の表情を、ほとんど変えずに、黙って聞き入っていた。真由美の求めに応じて、冴子は夢の前後の状況――例えばあの歯科医のことなども、隠さず話すことにした。

　冴子の話が終わると、真由美はデスクの上のメモをペンで軽く叩きながら、彼女のほうを見て口を開いた。

「――まず、安心してほしいのは、夢遊病の可能性は低いということね。夜は必ず隣に旦那さまや娘さんが寝ていたわけだし、昼の場合も、たった三十分の間に夢の中でやったようなことができるはずはないわ。眠っている間に、あなたが家を抜け出して恐ろしいことをしたという考えは捨てたほうがいい。あなたの場合は、どうも夢と半睡時幻覚が重なっているようね」

「それじゃ、どうしてあんな恐ろしい夢を……？」冴子は落ち着かなげに真由美を見た。

「まあ、そう焦らないでちょうだい。夢の分析とひと口に言っても、そう簡単にはいかないのよ。夢

を見た時のあなたの状況――例えば外的な刺激や内臓疾患のような内的刺激が関係することがあるし、夢の素材も、前日の経験から、あなたの忘れてしまったような古い体験にまで及ぶことがあるわけ。本や映画の中のフィクションだって、夢の素材になるわね。だから、この短時間のセッションで無責任に即断してしまうことはできないわけで……」

「構わないわ。自分に何が起こっているか、少しでも知ってから帰りたいの」

真由美は少しの間、迷いの表情を見せていたが、冴子の熱意に負けて、肩をすくめると、

「オーケー、あなたは、おとなしそうに見えて、けっこう頑固なところがあるからね。じゃ、まあ、手がかり……ヒントみたいなことしか言えないけれど――」真由美は念を押してから続けた。「まず、少し古い説だからおススメではないけれど、フロイト的な見方を採用するとね。悪夢というのは、覚醒時の許されざる願望が歪められて実現したもの、と言うことができるの。つまり、眠っている時に、普段抑圧されている願望が良心の検閲を免れて出てくるというわけね」

「じゃ、私にあんな恐ろしいことをしたいという願望が……？」

真由美は軽く笑った。「いいえ、夢というのは現実と違って、抽象的なものが具体化されたり、思いがけない膠着（こうちゃく）や象徴が化体（かたい）として現れることがあるから、必ずしも、夢の中の出来事が、そのままあなたの願望だとは限らないわ」

「――と言うと？」

「例えばね、……吸血という行為は、性的行為が象徴化されているのかもしれない……」

冴子は思わず顔を赤らめた。真由美は相手の表情には無頓着な様子で話を続けた。

「旦那様との夜の生活はうまくいっているのかしら？　夢の中に出てきた男の人たちには見憶えがないということだから、漠然とした願望なのでしょうけど、例の歯科医との経験が引き金になって、性

的願望が解放されたってこともあるかもしれないわね。それと、夢の中に出てくる、赤色とか血とかは、女性の場合、生理の下血とも関係があることが多いし、あなたそちらのほうは……？」

冴子は当惑しながら首を振った。「たぶん、それは関係ないと思うけれど……出血で思い当たるのは、抜歯の時だけで……」

「そうか。あとは、そうね……。夢の中であなたは非常に攻撃的になっているし、ホテルの非常階段から空を翔ぶというところは、性的な願望のほかに、何か自己顕示欲の表れみたいな感じもするわ。いずれにしても、あなたの中で抑えられていた、なんらかの欲望が、悪夢というかたちで、解放されつつあるようね」

「私は決まりきった日常や平凡な結婚生活に飽きがきているということかしら……」冴子はぼんやりと遠くを見つめるような眼差しで呟いた。

「まあ、そういう可能性もあるというくらいに、気楽に思っておきなさい。古いフロイト流が必ずしもピッタリと当て嵌まるとは限らないから」

「ほかに仮説はないの？」

真由美は赤いフレームの眼鏡を押さえながら、

「そうね、ポスト・フロイトでは、ちょっと独特だけど――ユングの仮説のほうが、おススメね。ユングの心理学では、集団的無意識というのが問題になっていてね」

「集団的無意識？」耳慣れない言葉に冴子は戸惑った。

「ええ、子供の時の体験のように個人的なものでなく、遺伝的に私たちの中に残っている普遍的なもの、祖先の考え方や観念の遺産のようなものを心理の中に見出すという――」

冴子の頭に、ふと「血統の問題についても調べる」と言った歯科医の囁きが谺した。

「……つまり、あなたの中にある、未熟な男性原理（アニムス）や女性原理（アニマ）、あるいは社会的な仮面（ペルソナ）のようなものね。そういう観点から解釈すると、また違った可能性も出てくると思う——夢が単純な願望の表れというのではなくね。

例えば、半睡時幻覚の状態で出てきた道化師は、変身を象徴していて、硬化しがちな意識の世界に無意識の原動力を持ち込む存在のように思えるし、吸血鬼なんかも、魔女や悪魔の類いとして考えれば、あなたの中の強人で邪悪な〝母なるもの（グレートマザー）〟のイメージが暴れているもの——と解釈できるのかも……」

真由美が、専門用語を並べ立てて、そこまで言ったところで、研究室の扉が開き、他の助手が彼女を廊下へ呼び出した。真由美がいない間、冴子はデスクの上に広げられたままのメモを、なんとはなしに見てしまった。

《夢のイメージがシャープ過ぎるのはなぜか？／連続して悪夢を見るのは精神障害の最初の徴候か？／転換性障害あるいは解離性障害／朦朧（もうろう）状態、脳脚損傷による幻覚の可能性……》

冴子は、そこに書かれてあることの半分も理解できなかったが、不安の虫が、再び、背中を這い上がってくるのを感じた。

「ごめんなさい。もう行かなければいけないわ」戻ってきた真由美がすまなそうに謝った。「——とにかく、もう少し時間をちょうだい。来週になれば、うちの学部のいい先生を紹介できると思うし、私の知り合いの精神科医に相談してみるのもいいかも」

冴子はメモを見たことを悟られないように表情を取り繕いながら言った。

「最後に、ひとつだけ教えてちょうだい」

「なに？」

「夢で未来のことを知るなんてことが、あり得るかしら?」

真由美は意想外の質問に首をかしげ、

「そうね、潜伏している病気の症状が夢に現れるってことはあるかもしれないけど、予知とか予言とかいう意味では、現代の科学は否定的ね」そこで真由美のほうも、メモに記された恐ろし気な専門用語とは裏腹の明るい表情を取り繕って、「——まあ、そんなに気に病まないことよ。人の見る夢の六〇パーセントが悪夢だという統計があるくらいですからね。夢と対話してみるくらいの気楽な気分におなりなさい」

真由美は努めて快活な口調で言いながら、デスクの上の書類をまとめだした。冴子はうわの空で礼を言うと、のろのろと席を立った。

どこをどう走っているのか、もう見当がつかなかった。大学から家への帰途、冴子はまるで波まかせの漂流者のように都内を漂っていた。道の選択はまったくの出鱈目(でたらめ)、ブレーキ、アクセル、ハンドルを、その場の必要に応じて操り、当てどもなく走り続けているだけだった。

「赤、赤、……血……脳脚損傷による幻覚……転換性障害あるいは解離性障害……『旦那様とはうまくいってるのかしら?』……赤、血、……道化師と悪魔が……集団的無意識……『血統の問題についても調べる』……血……血……邪悪なグレートマザー……性的願望の充足……赤、赤い血が……」

冴子の脳裏にさまざまな言葉のイメージが渦巻いていた。そして、再び彼女に訪れてきた、あの痺れるような陶酔感……。冴子は大きく目を見開き、ハンドルにしがみつきながら、口の中でとりとめもないことを呟き続けた。

信号が赤になった。

冴子は機械的にブレーキを踏んだ。車が悲鳴をあげて止まる。いつのまにか郊外に来ていた。あたりに建物はまばらだった。もう二時間近くも走り続けたろうか。どんよりと濁った悪血のような夕焼けが、前方の山の稜線に淀んでいる。そして、赤い信号は、さながら充血した眼球だった。慈しむように冴子を見つめる狂気の赤い眼球……。

「私は、あの血糊のような夕焼けに向かって行けばいいのね……」冴子は虚ろに目を見開いたまま呟いた。

フロント・ガラスに一滴、赤いものが飛び散った。もちろん、雨などではない。冴子がフロント・ガラスの上部を見上げると、ガラスの縁に赤いものが溢れているのが見えた。その赤い液体は、ひと筋、ふた筋と、フロント・ガラスを流れ落ち、冴子の視界を次第に赤いカーテンが遮っていった。

「あなたが来るのを、待っていたわ……」遠いところで自分が囁く声が聞こえた。

冴子は厭らしい笑いを浮かべると、ワイパーのスウィッチに指を触れた。

＊

私はかすかな微笑を浮かべながら目覚めた。満ち足りた目覚め。悪くない気分だ。今夜はどんなスタイルで出かけよう。今夜はどんな素敵な冒険が待っているだろう。

もっと思いきり手脚を伸ばしたかったが、この狭い棺の中では、これ以上どうしようもない。私はゆっくりと棺の蓋を押し開けた。

薄闇の中に男の顔が浮かんだ。

藁のようにくしゃくしゃの髪、気弱そうな小さい瞳、無精髭でざらついた顎、実に貧相な顔だ。男はずんぐりした身体を皺のよったみすぼらしい背広に包み、おまけに右腕を怪我しているらしく、首から汚れた三角巾で吊っていた。骨折でもしたのだろう。三角巾の端から、いかにも応急処置といった感じの添え木がのぞいている。

骨折。――ようやく思い出した。

ホテルのエレヴェーターホールで私を目撃した男、そして、昨夜ライヴ・ハウスで私を尾行け回した男……。この憐れな小男が、私にいったい何の用があるというのだ？　私は棺のそばに茫然と立ちつくしている男を油断なく見据えながら、棺の中で上体を起こした。

「ず、ずっと探していたんだ……」

男が震える声で呟いた。私はとっておきの、蛇のように冷たい視線で相手を睨み据えた。

「イザナミ……迎えに来たんだよ」

――また、わけのわからないことを……私は苛立って、つい返答をしてしまった。

「イザナミって誰？　私のことを、そう呼んでいるの？」

男は当惑した様子で頭を振りながら、

「いや、お前の名前じゃない。例え話だ。――ほら、お前、以前、好きな話だって言っていたじゃないか。『古事記』の中の神話だよ……」

「『古事記』？　神話？」

「そう……あの神話の中で、イザナギが死んだ妻のイザナミを迎えに……ああ、黄泉の国へ行くという――」男はしどろもどろになっている。「……だから、僕は今、そのぉ……イザナギの役をして――あ、わかりにくいか？　……突然の失踪の場合、記憶を喪失している可能性があるって、心理学の先生が言うから……ほら、僕のことも忘れてるんだろう？　だから、見つけた時は、まず、夫婦共通の話題を持ち出せって先生が……だから、こうして……お前の好きな神話のことを言えば、そのぉ……記憶が戻るかと思って……呼びかけているんだよ」

私は哀れな男を嘲笑った。

「はあ？　それじゃ、私はあんたの妻で、私は今、死者の国にいるって言いたいわけ？」

男が突然、叫び声をあげた。

「冴子！　お前は――」

――冴子？　誰？　私のこと？　この男は何を言ってるの？　何を勘違いしているんだろう？　戸惑う私をよそに、男は堰を切ったように喋り始めた。

「冴子、ずっとお前を探し続けていたんだよ。お前がいなくなったあと、ほら、心理学科の神保真由美さんが電話をしてきてくれてね……」

マユミ……？　ああ、そういえば、さっき見た夢の中に、そんな名前の、もったいぶった女が出てきて、もっともらしい夢判断を並べ立てていたような気がする。

「……真由美さんが電話をくれて、お前がかなり苦しんでいたことを知ったんだ。それから一年間、お前を探し続けて、やっと一昨日、あのホテルで巡り会えたと思ったのに……お前は……」男の目がうるんだ。

どうも、近ごろの私はツイていない。こんな妙な男が隠れ家まで押しかけてきて、わけのわからないことをまくしたてるし、よく妙な夢も見るし……夢？　そういえば、最近、立て続けに見る夢の中に、冴子という名の女も出てこなかったかしら？　実に平凡でつまらない女。あの女も悪夢を見たとかで大騒ぎをしていたっけ……。

そこまで考えてきて、さらにもうひとつ思い出したことがあった。目の前に惨めな姿をさらしている男――あいつも確か、あの退屈な夢の中に出てきたのではなかったか……。

「冴子！　僕が、わからないのかっ！」

男がこちらに一歩踏み出して、私の肩に手を触れた。その瞬間、上半身に獣のような反射が起こり、私は鋭い牙を剝き出して男の咽喉元に襲いかかった。

牙の根元にひどい衝撃が走り、自分が男の咽喉ではなく、何か堅いものを咥え込んだのがわかった。添え木だった。――男が咄嗟に骨折しているほうの腕で咽喉を庇い、私は間抜けな狂犬のようにそれに嚙みついたというわけだ。どす黒い怒りが頭に噴出した。牙は添え木に深く喰い込み、抜けそうにない。私は顎に渾身の力を込めて添え木を嚙みしめた。

鋭い悲鳴をあげて添え木が砕けた。

私はすぐさま体勢をたて直して、再び男の咽喉元へ跳びかかった。今度の狙いは正確だった。私の牙は男の柔らかい咽喉にしっかり喰い込んだ。

――最初のキスは偽りの愛のため。二度目のキスは永遠の命のため……。

私は抗う獲物の背中に腕を回し、二度と生の世界へ戻れないように、しっかりと抱きしめてやった。男の頸動脈から私の口へ、濁流のような血が流れ込んできた。しかし次の瞬間、全く別の血が私の下顎を染めた。恐ろしい勢いで血しぶきがあがる。胸元を見下した私は愕然とした。

自分の血だった。

男の腕にぶら下がっていた添え木の破片の鋭い先端が、私の左の胸――心臓に深々と突き刺さっていた。永遠の生命をたたえた私の美しい血が、死にゆく男の血と合流し、抱き合った二つの身体を、みるみる血のカクテルが染めていった。私たちは抱き合ったまま、血だまりと化した棺の中に頽れた。

薄れゆく意識の中で私は、男が自分のかつての夫だったことを思い出した。そして、永遠なはずの私の生命が失われてゆくのを感じながら、最近ずっと見続けていた平凡で退屈な夢は、すべて自分が人間だった時代の出来事だったのだということを悟った。

どこかでアルカンの陰気なピアノが響いたような気がしたが、あるいは、それは棺の縁から滴る私の血の音だったのかもしれない。

私の意識に赤い幕が降り始めた。もう、カーテン・コールはないのだろうか。ひょっとして、これは夢なのでは？　ああ、これが悪夢なら、どうか覚めてちょうだい……。

しかし、次の瞬間、妙な思いが心の隅をよぎった。

――果たして、どちらの夢が悪夢だったのかしら？

――Fade Out――

MIDNIGHTS
YAMAGUCHI MASAYA

カクテル・レシピ小説

（with カクテル）

見立てミステリ集

それまで就職情報の雑誌を出していた学生援護会が若者向けの娯楽雑誌を目指して出した『CLIP』誌の一九八五～八六年連載（五～一〇号）。これが私のミステリ連作の初の連載ということになる。当時の依頼の内容は、バブル期の日本の若者の間でも流行り出したカクテルのレシピが出てくれば何でもいいということだったので、私の短編の理想である早川書房の『異色作家短篇集』のラインを目指して、なるべくジャンル越境で書くように心がけた。当時は、ただ《レシピ小説》とだけ銘打たれていたが、本書編集サイドから、これは《レシピ見立て殺人》ですねとのアイディアが出たので、そう命名し直した。確かに、これは、後にキッド・ピストルズ・シリーズで童謡見立て殺人を連発するアイディアに通じるものがあると思う。レシピの前に附されたリードの一文はヒッチコックやロッド・サーリングのひそみに倣って、私が書いたもの。以下、各作品の簡単な解題を記しておく。

「グラスが血にしみる」……ジョン・ベルーシがフィリップ・マーロウを気取ったようなハードボイルド調――今回、久しぶりに読み返してみて、自分が書いた主人公の無理目なワイズクラックに、思わず苦笑してしまったので、これは（書いた当時は意識していなかったが）パロディと言ってもいいだろう。当時は、ハードボイルドの需要が多く、長編の依頼があった時も、まず提示したのは特殊設定ハードボイルドのアイディアだった。また、連載第一回なので、カクテルの定番——マティーニを取り上げねばと考えたので、ハードボイルドのストーリーを採用したのだと思う。尚、意味的にヘンなタイトルはジャズ・スタンダードの名曲《煙が目にしみる》を、ひと捻りしたもの。

「蒼ざめた墓に赤い唇」……私としては珍しい女性一人称のサスペンス・ホラー。元のタイトルは「蒼ざめた墓」だったが、当時は紙幅の関係で入れられなかった魚の和名ミギマキの英名Redlip morwongを加筆することができたので、タイトルもそれに準じて変更した。私は独りでやるスポーツは好きなので、当時凝っていたスキューバ・ダイヴィングの知識を取り入れている。尚、本編に限らず、本書収録作品の殆どに、加筆・改稿を施した。

「ぶよぶよ猫のための変奏曲」……これまた、『異色作家』のジャンル越境ラインを狙った、シリーズ中でも一番気に入っている作品。作中で言及されるエリック・サティは元々好きな作曲家だったが、《狂騒の八〇年代(ロアリング・エイティーズ)》＝バブル期の日本でもCMなどで一般にも知られるようになっていたので、時宜を得た配役だったと思う。光文社の『ジャーロ』で『生ける屍の死』復刊特集の際に再録した（二〇一八年）。

「女優志願」……《狂騒の八〇年代(ロアリング・エイティーズ)》＝バブル期の私の興味の中心は、ジャズ、小説、映画などを通じて知ったアメリカの《狂騒の二〇年代(ロアリング・トゥエンティーズ)》にあった。本作は後に改稿したものを同タイトルで『マニアックス』（講談社文庫）に収録した。

「メドゥーサの復讐」……戦時下の出来事を描いた海外ミステリは、当時は殆ど読めなかったのと、海辺の町で育ったせいか漂流記の類いは好きだったもので、それらが結びついて、できあがったのが本作。

「恋人よ我に帰れ」……本連作は文芸関係者の目に留まることもなく、雑誌の方向転換により六話で幕を下ろすことになったが、ミステリ関係者の中では、ただ一人、翻訳家の故浅羽莢子(あさばさやこ)さんが読んでくれていて、特に本作を褒めてくれた。浅羽さんのようなミステリ通のお眼鏡にかなったのなら本望だと、当時は、とても励みになったのを覚えている。

第一話　グラスが血にしみる　マティーニ

Martini

「カクテルはマティーニに始まってマティーニに終わる」

——およそ二万種もあるといわれるカクテルの中で、マティーニは王者と呼ぶにふさわしい支持を得ている。

どちらかというと男性好みの酒だろうが、カクテルが各地にひろまった禁酒法時代の前後には、この小説に出てくるような男女がいたかもしれない。

マティーニといえば、なんといっても007ジェームズ・ボンド。

彼がボンド・ガールのひとりにちなんで命名した、〝ヴェスパー〟というオリジナル・マティーニが有名だ。以下はそのレシピ。

ゴードン・ジン＝3、ウオッカ＝1、キナ・リレのヴェルモット＝1／2、レモン・ピール

〈**レシピ#1　マティーニのシナリオ**〉
◆ドライ・ジン　1オンス1／3……男
◆フレンチ・ヴェルモット　2／3オンス……バーテンダー
◆オレンジ・ビター　1滴……血
ステアーする（冷たく）……争い
◆レモン・ピール……ルーズヴェルト大統領
◆オリーブ……憎悪
カクテル・グラス（冷えた）……女

　銀色の繻子のような柔らかい雨。小止みなく降る雨のカーテンを押し分けるようにして、俺はバーのドアを開けた。汚れたガラスに、《物知り猫の店》と下手くそな字で店名が書いてある。間違いない——この店だ。

　薄暗い店内には、かすかにフライド・ポテトの匂いがした。気に入らない店だ。窓際のシミの浮き出た壁には、小麦フレークの広告に並べてシャーリィ・テンプルのポスターが貼ってある。ますます気に入らない店だ。

　俺はコートのしずくを払うと、黙ってカウンターへ歩み寄った。いくらテンプルが微笑んでいても、客はひとりもいない。——これは気に入った。だが、その分を差し引いてもまだ充分釣りがくるほど気に入らない店だった。

　席につくと、それまで知らんふりをしていたバーテンダーが、ようやく、こちらを振り向いた。こいつが一番気に入らなかった。せいぜい五フィートそこそこの、ちっぽけな身体に、生意気そうな面が載っている。東洋人か先住民がご先祖という顔立ち。耳を半分被うほど伸びた黒髪と妙に険がある切れ長の目。そのマッシュルーム型の鉢の開いた頭を見ていると、ノルウェーの森に隠棲しているという小鬼のトロールを思い出す。

「〝デッド・アイ〟、それにビールも、だ」

　俺の注文に、バーテンダーは無表情のまま、間抜けな鸚鵡のように繰り返す。

「死んだ目……？」

　俺は少し苛立った。「おい、ここは植民地の語学校なのか？　〝デッド・アイ〟——酒だ、ジン、ジンをくれと言ってるんだ」

　バーテンダーは謝罪もせずに、ジンのボトルを取るために背を向けた。俺の剣幕に、奴の目も死ん俺はまだ不満げに鼻を鳴らした。

グッとジンを呑み込んでから、焼ける咽喉を癒すように、チェイサー代わりの冷えたビールを傾ける。ドイツ流とは逆だが、こいつはシカゴで、やり手の酔いどれ弁護士（確かマローンという名前だった）から教わったやり方だ。初めての店でバーテンダーにナメられないようにするには、これが一番いい。

三杯目のジンを口に含んだ時、エレノアが店に入ってきた。

濃紺のラシャのドレスに短いフクシァ・ピンクの上衣。ぴったりした丸いウージェニー帽の下からは素晴らしいアッシュ・ブロンドの髪がのぞいている。しばらく見ないうちに、忌々しいが、いっそう美しくなっていた。クールな眼差しでこちらを見ながらやってくる。——そう、よく冷えたカクテル・グラスのように、冷たく繊細な美しさをたたえた女。

「待った？」

グラスを指で弾いたような透明な声。こんな田舎町の酒場にはいかにも不似合いだ。

「さあな——」俺はとぼけた顔で悠長に応じた。「——『待つ』という言葉が『期待』と同棲しているなら、答えはノーだ。俺はお前に何の期待も抱いていない」

エレノアは青いカモシカ革の手袋をカウンターの上に置くと、小さく笑った。「相変わらずね」

俺の血管に官能の血が充満した。エレノアの微笑はいつだって俺を昂奮させる。いや、俺だけじゃない。彼女のセクシーな魅力の前では、ローマ法王だってカラーを緩めて生唾を呑むだろう。俺は顔色を悟られないように杯をあおった。

「天使のジョー、私にはマティーニをちょうだい」

エレノアは椅子に坐(すわ)って格好のいい脚を組むと、バーテンダーを呼んだ——この「小鬼」が「天使」だと？　いかにも常連客然とした態度——禁酒法が解消されたのはいいが、女どもがまた、いちだんと酒を呑むようになった。それも、気取った混ぜ物の酒を。

「あら、あなたはカクテルが嫌いだったわね」エレノアが俺のしかめっ面(ツラ)を見て、わざとらしく言う。

「混ぜ物は嫌いだ。シカゴの闇酒場(スピーク・イージー)を思い出すから。あそこじゃ、得体の知れないシロモノをティ・カップに入れて、そいつを胡麻化(ごまか)すために、薬剤師みたいに、いろいろ調合していたっけな」

「ふふッ」今度は声に出して笑った。「——あの頃は大活躍だったわね。ギャングスターと警察の間を渡り歩いて。あの時のあなたの足さばきは、フレッド・アステアのステップも顔負けだったわよ」

「皮肉はよせ」

エレノアの前にグラスが置かれた。彼女の指がよく冷えたグラスの脚をつまむ。透明な液体の底で、まるで俺たちの間のわだかまりのように、オリーブの実が揺れている。

「まだ、一日十六ドル——プラス経費の稼業をやってるの？」

「まあな、だがピンじゃない。ピンカートン探偵社のシカゴ東部支局に雇われてる」

ミルクをなめる仔猫のようにグラスを抱えていたエレノアが、細い眉を吊りあげた。

「あらあら、禁酒法が終わったら、今度は自動車工場の労働争議で工員たちの頭を小突きまわしているというわけね」

頭の血が沸騰した。俺が反駁(はんばく)しようと口を開きかけた時、カウンターの奥のばかでかいラジオが鳴りだした。

「ガガガ……私が今夜、合衆国国民のみなさんに申しあげたいのは……ザザザ……ここ数年のＮＲＡ——全国復興局の成果がいかように……ピー……忍び寄る社会主義という財界からの非難は……ガガガッ……ご安心ください。みなさんひとりひとりの協力がこの国を支え……ピー……行動こそが……」

「うるさいぞっ！」俺はバーテンダーを睨(にら)みつけた。「ほかの番組にしろ。気取り屋大統領のたわごとなんぞ、聞きたくもない」

バーテンダーは目を伏せて、しぶしぶスウィッチをひねった。今度はボズウェル・シスターズが「ヘーヴン、アイム・イン・ヘヴン……」と、粋なコーラスを聞かせている。そう、こちらのほうが、まだましだ。

「あら、大統領の『炉辺談話』はいい番組じゃない。ルーズヴェルトはよくやってるわ。……少なくとも口だけの誰かさんとは違ってね」

俺はバーテンダーから目を離し、今度はエレノアを睨みつけた。

「もう絡むのはよせ。俺はこんな田舎町に政治談義をしにきたわけじゃない。さあ、シカゴへ帰るんだ。列車の切符は……」

「嫌よっ！」

エレノアの声は悲鳴に近かった。憎悪と軽蔑のカクテルのような悲鳴に——。俺は初めて出会った女でも見るように、自分の女房をしげしげと眺めた。

「……いったい、どういうことだ？」

「別れましょう」静かだが重々しい声。「離婚してほし——いや、離婚したいの」

ラジオではカナリヤ姉妹(シスターズ)が「私は天国にいる(アイム・イン・ヘヴン)」と陽気に歌っている。ところが、俺のほうはエンパイア・ステート・ビルから、犬の糞まみれの舗道に突き落とされたような気分だった。

「男ができたのか？」

再び女の唇に笑みが広がった。

「さあ、どうかしら、調査してみたら、探偵さん。……まあ、あなたに邪魔されず、心おきなくマティーニが呑みたくなった――と言ったら答えになってるかしら？」

「いい加減にしろ。マティーニぐらい、いくらでも呑ませてやるさ。下らんことを言うな」

またしても、声を上げて嘲笑うエレノア。

「……笑わせないでよ。あなたがカクテルを作ってくれるなんて、とても思えないわ。ましてや、マティーニを調合してくれる召使いを雇うほどの稼ぎは、雇われ探偵じゃあ無理だわねえ……」

「お前の減らず口をふさぐ役の召使いなら雇ってもいいぜ。さあ、シュガー、もう離婚〝ごっこ〟は終わりだ。シカゴへ帰るんだ」

俺は手荒にエレノアの腕を摑んだ。

「やめてッ、痛いじゃない。下衆な稼業をしているうちに、レディの扱い方も忘れてしまったの？」

俺は黙って腕を離した。エレノアは細い腕をさすりながら、また嘲り笑った。

「いまだに、女子供に空いばりするだけなのね。お腹の突き出たサム・スペードなんて聞いたことないわよ」

俺の顔から血の気が退いていくのがわかった。

「黙れと言ったはずだ。俺はまだ衰えちゃいねえ。現に、この間も……」

女のほうは雌豹のように吠えた。

「言葉はもうたくさん！　何度あなたの言葉に騙されたことか。あなたがまだタフだと言うのなら、私の目の前でそれを見せてちょうだい」

「どうすりゃ、いいんだ？」

エレノアの顔に悪戯っぽい微笑が浮んだ。

「あの男――ジョーを、拳一発で倒せる？」

彼女が顎で示したのは、カウンターの端で暗い目をしている小鬼のバーテンダーだった。なんだ、あんなちっぽけな野郎ならわけはない。俺は合衆国大統領みたいな自信をみなぎらせて言った。

「いいだろう。奴を倒したら大人しく帰るな？」

「そうね、考えてもいいわ。でも、もし倒せなかったら――」

「倒せなかったら……？」

「これを呑み干してちょうだい。あなたの大嫌いなマティーニをね」

エレノアが呑みかけのグラスを押し出してきた。――このウンザリするシロモノを呑めというのか。いいだろう。吠え面をかくのはエレノアのほうだ。俺は立ち上がってバーテンダーを呼んだ。奴がのろのろとやって来たところで、俺はエレノアとの約束を実行に移した。

「これは、女房からのプレゼントだ」

言うが早いか、俺は思いきり右のストレートを繰り出した。しかし目の前のバーテンダーは一瞬のうちに消え、俺のパンチは虚しく空を斬った。

俺がバランスを立て直そうと足を踏ん張った瞬間、カウンターの後ろにしゃがんでいたバーテンダーが恐ろしい勢いで伸びあがり、俺の唇に鋭い痛みが走った。

奴はプロだった。あのマッシュルーム・ヘアが今は乱れていて、相手の耳たぶをはっきり見てとることができた。醜く潰れた耳たぶ。油断のない拳のかまえ、そして剃刀のようなパンチ。唇が血でヌルヌルする。ほんの少しかすっただけだが、カウンターの隔たりがなかったら、床に伸びていたのは俺のほうだったろう。奴はプロのボクサーなのだ。

「どうやら私の勝ちのようね」エレノアが唇を歪めた。「さあ、これを呑んで、さっさと引きとってちょうだい」

俺は脚の震えを悟られないように床をぐっと踏みしめ、つくり笑いをして言った。

「ふん、なかなかやるじゃないか。どうやら唇を切ったようだな。うがい薬の代わりに、そいつをいただくのもいいだろう」

俺はグラスに口をつけた。唇の血が透明なマティーニに滲むのがわかった。ちょうど悔恨の情が俺の心に滲むように。エレノアは最初から奴を倒せないことを知っていたのだ。俺はグラスの液体をグッと呑み干した。

「どう？　マティーニの味もなかなかのものでしょ。もっとも、その崩れたトマトみたいな唇じゃあ本当の味は……」

エレノアの言葉は途中で宙に消えた。俺の手にリヴォルバーが握られているのを見たからだ。このまま、のこのこと引き下がれば、俺は一生、負け犬だ。

「うまい酒をご馳走してくれたお礼に、シカゴのわが家へご招待しようじゃないか。俺がお前を諦めると思うのか？」

「あなたは卑怯よ！　いつでもそうだったわ！」

俺はエレノアの非難を軽く聞き流して、バーテンダーのほうを向いた。

「天使の兄ちゃんよ、ご苦労だったな。もう拳を下ろしたらどうだ？　お前のパンチがいくら速くてもな、俺の鉛のパンチのほうが、その十倍ぐらい速いってことは覚えといても損はないんだぜ」

バーテンダーの拳が震えている。無表情の面からはわからないが、どうやら怒りに震えているようだ。俺はさっさとここから出ることにした。

「さあ、帰るんだ」

エレノアの腕を再び摑んだ時、最初の揺れが俺を襲った。まるで、バー全体が遭難した船のように揺れる。俺は驚いて目をしばたいた。エレノアの顔が二重に見える。……畜生、あのグラスには妙な薬までカクテルされていたってわけか。

俺は歯を喰いしばってバーテンダーにリヴォルバーを向けた。奴もグルだったんだ。エレノアの間夫（マブ）は、この薄ぎたねえ小鬼野郎だったんだ。

俺の指はもはやヌードルのようになっていた。自分の手からリヴォルバーが滑り落ちていくのが、映画のスローモーションのように見えた。頭の芯が痺（しび）れ、猛烈な眠気が俺の意識を抑えこんだ。そして、闇が俺を……。

カウンターに頽（くずお）れた俺の耳に、どこか遠いところから声がするのが聞こえた。

「あなたがマティーニを作ってくれないなら、そして、作ってくれる執事も雇えないと言うなら、私のほうは、あんたの減らず口をふさぐ天使のバーテンダーを雇うしかないんじゃなくって？」

最後にぼんやりと見えたのは、シャーリィ・テンプルの可愛い笑窪（えくぼ）。聞こえたのは「アイム・イン・ヘヴン」のアンコールの歌声だった。

——Fade Out——

第二話　蒼ざめた墓に赤い唇　青い珊瑚礁（ブルー・コーラル・リーフ）

Blue coral reef

いかにもトロピカルなネーミングだが、〝青い珊瑚礁（ブルー・コーラル・リーフ）〟は意外にも一九五〇年に日本で生まれたカクテルということである。

ペパーミントを調合する緑色のカクテルは他にも種々あるが、日本製のネーミングはうまいと思う。珊瑚礁（サンゴしょう）が発達するためには、最低十八度程度の水温、強烈な日光、そして清澄な海水が必須条件——。

これが海の楽園のイメージと結びつく所以（ゆえん）なのだが、熱帯の島に住む人々にとって珊瑚礁域の海水は、時に「毒の水」に等しいという。

なぜなら、珊瑚で切った傷は、その周辺の海水に触れている限り、化膿しやすく、治りにくいからだ。——そう、ちょうどこのお話に出てくる女性の心の傷のように……。

〈レシピ#2　青い珊瑚礁（ブルー・コーラル・リーフ）のシナリオ〉

◆ジン　2／3オンス……海

◆グリーン・ペパーミント　1／3オンス……緑色の血

シェークする……別れと動揺

◆レッド・チェリー　1個……赤い唇

カクテル・グラスの縁をレモンで濡らし、

ミントの葉をそえる。

彼女のキスは痛かった。

その記憶だけが、なぜか私の頭に甦ってきた。……あの魚を見たからかもしれない。

優雅に泳いで目の前を横切ってゆく《赤い唇》の群れ――。


《赤い唇》というのはタカノハダイ科に属する魚の名前だ。日本では、そのネジが巻いているみたいな縞模様からミギマキなんてセンスがない名前を付けられているけれど、その姿はとても美しい魚だ。三十センチぐらいのレモン色の体表に黒い斜めの縞が走り、なんといっても特徴的なのは、縞模様の胴よりも、その赤い唇――ルージュをひいたような真紅の唇だった。ミギマキは英語名なら、レッドリップ・モーウォンといって、ちゃんと、「赤い唇」という言葉が入っている。伊豆でダイヴィングした時、まるで海の貴婦人のように悠然と泳ぐ赤い唇のミギマキを見て、鮎美も私もしばし見とれてしまった覚えがある。――それで、それ以降、私たちは、この優雅な魚を《赤い唇》と呼ぶことにしたのだった。

魚住鮎美――彼女こそ、その《赤い唇》のような品位と、妖しい色香と、そして赤いルージュの美しい唇をもった女性だった。この蒼ざめた海の底で、ふいに鮎美のキスの痛さの記憶が甦ったのも、たぶん、目の前を泳ぎ去った海の貴婦人の赤い唇が、チェリーのような鮎美の唇を連想させたからだろう。

ベッドでの鮎美は、普段の理性的な彼女とはうって変わって、大胆で子供っぽい悪戯をよくした。まるで腕白な男の子のような表情で、私の耳たぶや指先を噛んだりしたものだ。あの赤い唇の間から白い歯をのぞかせて、私に痛いキスをした鮎美……。

私と鮎美がそういう関係になったのは、一昨年の夏、二人でこの珊瑚礁に囲まれた島を訪れた時だった。私も鮎美もS女子大の三年生。二人してやっとダイヴィングのライセンスを取った夏のことだった。

私のパパが土地を持っていたこの島へ、二人きりで来た。そして、一ヵ月の間、誰もいないこの島で、夢のような日々を過ごしたのだ。

一日じゅうダイヴィングをしたり、セイリングをしたり、くたくたに疲れて浜辺のコテージへ戻ってくる。食事を作るのも一日交代のシフトでした。鮎美は限られた自然の材料から舌を巻くような素敵な料理を作り、私はといえば、赤土を海水で溶いたような、味気ないカレーをこねまわすのがオチだった。

食事の仕度が早く済んだ時は、二人で浜へ出て、水平線に沈むタンジェリンのような夕日を眺めながらカクテルを飲んだものだ。

私は思い出を呑み込むように、冷たいエアを深く吸い込むと、ゆっくりと吐き出した。口にくわえたレギュレーターから吐き出した気泡が、まるで真珠の粒のように海面めがけて立ち上っていく。潜水してからすでに二十分。そろそろタンクから咽喉(のど)に流れ込むエアの影響で渇きを覚えてくるころだ。ああ、何か冷たい飲み物が欲しい……。

レギュレーターから立ち上る気泡を眺めていたら、鮎美の好きだったジン・フィズの炭酸が、冷えたグラスに弾けていたのを思い出した。彼女はジン・フィズを飲み、私は〝青い珊瑚礁(ブルー・コーラル・リーフ)〟を舐めていた。私がそれを飲んだのは、私たちのいる美しい珊瑚礁に囲まれた島に因(ちな)んでのことだったが、センスのいい鮎美は、私のそんな子供じみた発想に閉口していたのか、自分は絶対口にしようとしなかった。

「ペパーミント入りのカクテルなんてねえ」

鮎美はきっと心の中でそう思っていたに違いない。——でも、決して、それを表情に出すような高慢な人ではなかったけど。

二人はそれぞれのカクテルを傾けながら、年代もののポータブル・プレイヤーを浜に引っぱり出して、音楽を聴いた。私はビーチ・ボーイズに浮かれ、鮎美はペギー・リーの《貝殻(シーシェルズ)》に静かに耳を傾けた。

すべてが、その調子だった。私はだらしなく、愚かで、センスもない。鮎美はすべてに計画性があり、聡明で、大人のセンスを持っていた。私は自分にないものを持っている鮎美に憧れ、熱愛するいっぽう、海の底に堆積する泥のような、混沌とした嫉妬心も抱きつづけていた。

あのひと夏の間、私の心は揺れつづけ、結局、彼女への愛が嫉妬心を組み伏せてしまった。私は鮎美をベッドへ誘い、二人は赤ん坊のように抱き合って寝た。いま思い出しても、どうして鮎美が私と寝る気になったのかわからない。彼女は性生活の面では、本当はストレートだったと思う。私以外に、ちゃんと男の子たちともつき合っていたことも知っている。ひょっとすると、彼女のちょっとした知的好奇心が私との関係を結ばせたのかもしれない。——万事が、そんな女(ひと)だった。恋愛においても、その破局においても、常に理性的なコントロールが裏にあり、自分は絶対に傷つかない女(ひと)……。

目の醒めるような緑が視界に飛び込んできて、私は回想から現実の世界に戻された。目の前には青い珊瑚礁の園が広がっていた。見渡すかぎり緑色の生気溢れる世界。私はときどき、この珊瑚礁から、カクテルに入れるペパーミントみたいな緑色がにじみ出て、海の色をつくっているんじゃないかしらと想像してしまう。

ともあれ、この珊瑚礁の群れを抜ければ目的地に到着する。私は時計とコンパスを確かめた。北西の方向にもう五分ほど行けばいい。私は少しホッとして、また回想の世界へ戻っていった。

「私はニューヨークへ行ってね、ペントハウスに住むの。そしてね、そこのテラスから、もっと高いまわりの摩天楼を見渡して、こう言うの。『待ってらっしゃい。いまに上りつめてやるからね』って」

——こんなふうに、鮎美はよく言っていた。私には彼女の言葉が、映画や雑誌の記事にかぶれた女子大生の夢物語から出たものとは、とても思えなかった。なぜなら、彼女にはその野心に見合った才能が、十二分にあったのだから……。

私はといえば、そんな野心もなく、もちろんそれに見合った才能もなかった。もともと必要なかったのだ。私にはお金があった。パパはあり余る財産を、惜し気もなくひとり娘の私につぎ込んだ。私は野心や才能で人生を積み上げる必要などなく、親から貰ったお金で贅沢をして、ただダラダラと空虚な生活を塗り飾っているだけだった。

だからこそ、私には鮎美が必要だった。彼女の輝くような知性と感性、弾けるような生命の息遣いが、私には必要だった。鮎美は私の空虚なハート型の額縁に嵌め込むべき〝魂〟だった。私は彼女を失うまいと必死にお金を使い、贅沢を共有し、歓心を買うことに専心した。

向こうから、スズメダイの群れがやってくるのが見える。珊瑚礁域にはおなじみの色とりどりの海の小鳥たち。コバルトブルーにオレンジやイエローの群舞。私たちもあんな派手な色のスポーツ・カーを乗りまわして、夜の街を遊び回っていたっけ……。

ふと、奇妙な感じがした。

見慣れているはずの熱帯魚を眺めているうちに、何か心の隅に、不思議な影がきざすのを感じた。

……何だろう？　魚に関係あることかしら？　魚……熱帯魚……どうしても思い出せない……。

私は考えるのをあきらめて、再び去年の夏の出来事に思いを馳せた。それは、緑色に彩（いろど）られた忌わしい思い出だった。

「もう卒業ね。大学も、そして、あなたとの関係も……。私、ニューヨークへ行くから――」

鮎美の思いがけない言葉に、私の心は凍りついた。彼女はいつの間にかチャンスを摑んでいた。私に黙ってオフ・ブロードウェイのミュージカルのオーディションを受け、合格していたのだ。小さな役だったが、彼女は確実にニューヨークの摩天楼の一階に足をかけていたのだ。私には確信があった。彼女は、これから一歩一歩、着実に上りつめていくだろうという確信が――。

私はとり乱し、二人は激しく口論し、揃いのカップが割れた後、私たちは、かたちだけの仲直りをした。

表面上は折れることにしたものの、私は決してあきらめたわけではなかった。鮎美は私のハートの額縁に嵌め込むべき〝魂〟――。絶対に手放すわけにはゆかない。私ひとり、おいてきぼりにされるのはいや。それくらいなら、いっそのこと……。

去年の夏、また二人きりでこの島へやってきた。誰にも知られないよう、うまく渡ってきた。鮎美の知人たちも、彼女がここへ来ていることは知らないはずだった。

それは実に簡単なことだった。蒼ざめた海の底では、恐れも理性も、海水中に溶け出してしまう。私はためらうことなく、シーナイフで鮎美のレギュレーターのホースを切り裂き、胸を突いた。緑色の血が薄煙のように噴出した。海面下では、海水がスペクトルの各色を吸収し、赤色は真っ先に消えてしまう。鮎美の血は、まるで彼女の嫌っていたカクテル〝青い珊瑚礁(ブルー・コーラル・リーフ)〟のような緑色に見えた。

……私はひどい咽喉の渇きを覚えた。

私は鮎美を、かねてより目星をつけておいた小さな海底洞窟に葬り、入口に岩で蓋をした。これで鮎美は永遠に私のものになった。二人だけのこの島の海深く、蒼ざめた墓の中で私の〝魂〟は永遠の眠りについたのだ。

珊瑚礁の園が切れ、いちだんと深くなった。あたりの崖の中腹に、蒼ざめた墓が見えてきた。あれから一年。私はこうしてまた鮎美に逢うためにやってきた。一輪の花をたずさえて……。鮎美の魚のようにしなやかな身体はもう朽ち果ててしまっただろうか？　死んだ珊瑚のように白い骨屑と化しているのだろうか？　私はフィンを強くキックして、墓を目指して海底の崖を降りていった。

――墓は虚(うつ)ろだった。

蒼ざめた墓の前にたどり着いた私は、茫然として水中に漂った。洞窟の入口を塞いでいたはずの大きな岩は跡形もなく、そこには暗い穴がポッカリと口を開けていた。海流か地震が岩を動かしたのかしら？　それにしても……。私の肌とウェットスーツのすき間に、軟体動物のような不安が這(は)いあがってきた。

蒼ざめた墓穴から、何かが出てきた。

それは、小さな縞模様の魚だった。

まるでハリウッドの大女優みたいに優美な姿で泳ぐ魚。赤い唇がなまめかしい海の貴婦人。……鮎美と私の好きな《赤い唇(レッドリップ)》だった。

さっき心の隅にひっかかっていた疑惑が、その時やっと、鮮明に浮かびあがった。

い、いい、いいい、

なぜ、あの魚が、こ、ここに、い、いるの？

このあたりの珊瑚礁域になど、いるはずのない魚だった。鮎美といっしょによく見かけたのは、たしか伊豆の海だったはず。その魚がどうしてこんなところに……。

私が考えている間に、魚はその数を増やしていた。おびただしい数の海の貴婦人たちは、墓穴から湧き出るようにして増えつづけ、いつの間にか私のまわりをとり囲むほどになっていた。

冷たく乾いたエアとともに、恐怖の塊が私の咽喉に流れ込んできた。海の貴婦人たちはゆっくりと私の周囲を泳ぎ、無表情なその黒い瞳は私を監視しているようにも思えた。

海面に上がろうと、フィンをわずかに動かした時、それは起こった。

私の目の前を通りすぎようとした一匹が、突然、こちらへ身をひるがえした。彼女のまっ赤な唇がカッと開かれ、私はマスクのガラスごしに、そこにあるはずのないものを目撃した。赤い唇の間からのぞいた、ピラニアのような白くいやらしい牙を……。最初の一匹は、私のむき出しの咽喉に鋭い牙をたて、私はレギュレーターのマウスピースをくわえたまま悲鳴をあげた。

叫びが大きな気泡となり頬をなでてゆく。

私がもがいている間に、他の連中も次々に襲いかかってきた。薄いウェットスーツを通して、彼女たちの冷たい牙が肌に達する感触がわかる。私の全身が痙攣した。

間もなく、私の咽喉から緑色の血が吹き出した。あの浜辺で飲んだカクテルのような緑色の血が……。魚たちの赤い唇は、私の咽喉に執拗な死のキスを浴びせつづける。

蒼ざめた墓から甦った《赤い唇》——彼女のキスは痛かった。とっても、死ぬほどに……。

——Fade Out——

第三話　ぶよぶよ猫のための変奏曲　エッグノッグ

Eggnog

エッグノッグは最初アメリカ南部で流行したが、現在ではクリスマス・ドリンクとして有名になり、世界中で飲まれている。

また、このカクテルは、主に主婦が好む「お母さんの酒」としても親しまれている。

しかしこのお話に出てくる夫婦には、はたしてハッピー・クリスマスが訪れるのかどうか……。

話の中のエリック・サティの曲は、どれも実在するものだが、悪戯者のサティのこと、三曲ばかりは彼の死後発見された未完のもの。だが、気まぐれから、ひょっとして完成品を誰かに手渡していたかもしれぬ。

いずれにせよ、サティがこれらの曲を書くのは、お話の時代設定より数年後のことになるのだが——。

〈レシピ#3　エッグノッグのシナリオ〉
◆ブランデー　30mℓ……ムッシュ・サティ
◆ホワイト・ラム　15mℓ……男
◆ミルク　60mℓ……その妻
◆卵　1個……胎児
◆砂糖　茶さじ2杯……甘い束縛
シェークして、タンブラーに注ぎ、
氷を2〜3個加える。（ホットでも可）

「サティなんて、わたし、大っ嫌い」

ジャクリーヌが美しい眉をつりあげた。白サテンのドレスの下で、大きな乳房が怒りのためいっそう脹らむ。思っていたとおりの反応だ。彼女は声高にまくしたてた。

「冗談じゃないわ。どうして、もっとまともな音楽をなさらないの？　ショパンとか、リストとか、あなたがやるべきものは、たくさんあるでしょうに」

僕は鍵盤からゆっくり眼をあげて言った。

「サティはまともさ。サティこそ僕のやるべき音楽なんだ」

ジャクリーヌは眉根を寄せて鼻を鳴らした。

「サティって、いったい何者なの？　あの、ご近所でも笑い物になっているルンペン同然の男でしょ？いつも同じビロードの服ばかり着て。このあたりじゃあ、小さな子供まで〝あのヴェルヴェット紳士〟なんて呼んで、からかっているくらいだわ。聞けば酒場のピアニストだっていうじゃない。そんな男とつき合って、あなたまで笑い物になっているのがわからないの？」

「いいかい、ジャクリーヌ、モーツァルトだって明日のパンに困ったことがあるんだ。ムッシュ・サティに対して、そういう言い方をするのは、やめてくれないか」

僕の穏やかな抗議が、いっそうジャクリーヌを苛立たせた。

「あなたは笑い物になってもいいかもしれないけれど、わたしまで笑われるのは厭ですからね。あなたが笑われるということは、名門クレメール家も笑われるということなのよ」

とうとう切り札を出してきた。いつもこうだ。名門クレメール家、クレメール家の名誉！　そう言いさえすれば僕の頭があがらないことを、ジャクリーヌはよく知っているのだ。

僕が黙りこんでいると、ジャクリーヌは急に表情を和らげ、いかにも気品のある細い鼻に皺を寄せながら言った。

「お願いよ、あなた。お父さまが、今度パリのセバスティアン記念歌劇場で、ワーグナーの《ニーベルングの指環》の後援をすることになったの。それで、あなたに、ピアノを弾いたらどうかって。わたし、とってもいいプランだと思うのよ。それがきっかけで、あなたが認められて……」

「キャバレーは、しばしば純粋で、劇場はいつも腐ってる」僕は、師匠が口にしていた警句を、静かに言った。

それを聞いたジャクリーヌの猫なで声は、宙に凍りつき、彼女はしばらくポカンと口を開けていたが、僕の言葉の意味をようやく理解すると、また、元の険しい表情に戻った。

「なんて、わからず屋なのっ！　しがない貧乏学生の吹き溜まりから救い出してあげたのは誰なの？　あなたが望むのなら、キャバレーのピアノ弾きにでもなんでもなるといいわ。そして、その下らないサティの曲でも存分に弾くといいんだわ」

ジャクリーヌはピアノの上にひろげた楽譜の題名を、憎々し気に読みあげていった。

「《犬のためのぶよぶよした前奏曲》ですって？　なによ、これ。《乾からびた胎児》？　おお気味の悪い。《太った木偶のスケッチと媚態》？　ひとを馬鹿にしてるわ。《退屈な血球》、《よろめく受水盤》、《眠れる棺台》……。狂ってるわ。これがピアノ曲の題だなんて。いいかげんにしてほしい。あなたが、この汚らわしい紙きれに何サンチーム払ったか知らないけれど……」

「僕は一サンチームだって払っていない。ムッシュ・サティが僕の才能をみこんで、無料でくれたんだ」

「ふん」妻は気品のある鼻を鳴らした。「――そりゃそうでしょうよ。これはピアノ曲と呼べるようなシロモノじゃないものね。ほんとうの芸術というのは、《月光》とか、《死と乙女》とか、もっと美しい題名がついているものなのよ」

ジャクリーヌに、〝ほんとうの芸術〟などわかるものか。彼女にとって音楽など、社交を彩る単なる衣装でしかない。そう、いま彼女がまとっている、ミンクの裏と縁どりをした黒ビロードのイヴニング・ケープのような豪華さがなければ、彼女は音楽とは認めないのだ。僕は精一杯の忍耐をみせて言った。

「そんなに言うんなら、これ一曲だけでも聴いてみてくれ。サティのいちばん美しい曲だよ。きっと、君も気に入ると思う」

僕は鍵盤に向かって、《ジムノペディ》を弾き始めた。ゆっくりとたゆとうような音がピアノから立ち上る。贅肉がそぎ落とされた、美しい〝線〟のメロディ。部屋の中に、いつのまにか中世のメランコリックな空気が忍び込んだみたいに――。これなら、きっとジャクリーヌも気に入って……。

「舞踏会に出てきます――ジャン＝ピエール卿主催の。今夜は遅くなりますから」

ジャクリーヌはまったく聞いていなかった。鍵盤から眼をあげると、後ろ手に扉を閉めながら出ていく彼女の、豪華なイヴニング・ケープの裾がひるがえるのが、扉のすき間からチラリと見えた。僕は溜め息をついて、鍵盤から手を離した。飼い猫のヴァルスがいつのまにか部屋に入ってきていて、とり残された僕を慰めるかのように、踝に黒い背をすり寄せてきた。

「ヴァルス、僕も君と同じ境遇なのかもしれないよ」僕は黒猫に向かって力なく呟いた。

そう、近ごろの僕は、まるで飼い猫のような気分だった。ジャクリーヌとその裕福な名門一家に飼われた哀れな野良猫。

ジャクリーヌはノルマンディのカルヴァドス県に広大な領地を持ち、爵位もある名門クレメール家のひとり娘だった。僕はといえば、パリ音楽院で学ぶ貧乏な学生。パリのあるパーティで出逢い、すぐさま恋に落ちたふたりだったが、そもそも、それが間違っていたのかもしれない。ふたりは性急な恋の美酒に酔い痴れて、互いに違う世界に生きる人間だという事実を思い知る暇もなかったのだ。

結婚して半年、ジャクリーヌは僕に社交や事業に対する興味がないことを、僕はジャクリーヌに芸術への理解がないことを、お互いに悟った。だが、彼女とそのお偉い父親は、自分たちの金とコネを総動員して、なんとか僕を社交の場に出しても通用する一流のピアニストに仕立てあげようと躍起になった。やれ、ベートーヴェンを弾け、やれ、来月の演奏会へ出ろ——と、僕の気持ちを踏みにじる弾圧と干渉が続いた。たしかに、財政面では僕は彼らに頭があがらない。しかし、僕にだってどうしても譲れない一線がある。それが、ムッシュ・サティの音楽だったのだ。

ムッシュ・サティ。彼こそ本物の芸術家だった。僕がいままで出逢った、最も不思議な人物。中世のゴシック寺院の壁から抜け出て、突然、このアルクイユの町に現われた、ヴェルヴェット紳士——。

ムッシュ・サティはコーシー通りにある旅籠屋《釘》の伴奏ピアニストだった。旅籠屋《釘》は、このあたりでも、少しは気のきいた一種の文学酒場（食事も宿泊もできる）みたいなところだったが、ある晩、そこへふらりと入った僕は、彼の演奏を聴き、彼の薫陶を受け、たちまちムッシュ・サティの魅力にとり憑かれてしまったのだ。

「わたしはね、アンチ・ワーグナーというわけじゃないがね、それにしても、われわれは、われわれ自身の音楽を持つべきじゃないかな、ルネ君。できるなら、ザウエル・クラウト（ドイツの酢漬けキャベツ）なしでいきたいものだね」

ムッシュ・サティは鼻眼鏡の奥に、古の錬金術師のような韜晦的な微笑を浮かべながら、そう言った。そうだ、そのとおりだ。いま、世界は新しい世紀に入ったばかりじゃないか。海の向こうじゃあ、ライト兄弟が複翼グライダーという空飛ぶ乗り物を試作しているらしい。僕らは新しい世紀の新しい音楽をやらなきゃいけないんだ。僕は燃えさかるような昂奮を覚えた。

ムッシュ・サティはこうも言った。

「それにしてもね、〝家具の音楽〟というのは必要だよ。なんというか、環境をつくるような、ナイフとフォークの音にまぎれてしまうような、押しつけがましくないやつがね。壁紙のような音楽……わかるかな？」

僕には、この老人だか青年だかわからない不思議な風貌の音楽家が言うことの、半分も理解できなかった。しかし、彼が、教会でも、キャバレーでも、まったく同じように振る舞うことができる、真に自由な芸術家であることはわかった。そうさ、近ごろの成金劇場は腐っているが、旅籠屋《釘》(オーベルジュ・デュ・クルウ)のムッシュ・サティはいつだって純粋なのだ。

「君なら、わかってくれそうだね、ルネ君。この楽譜は進呈しよう。君ならきっと、この新しい音楽を生かしてくれるだろう。そうした才能が君にはあるんだよ。このわたしも恐れるほどの才能がね……」

僕ははっと回想から醒めた。ムッシュ・サティは言ってくれた。僕には師匠が「恐れるほどの才能」があるって。――そうだ、気をとり直してピアノを弾こう。そして、ジャクリーヌとは離婚して、一から出直すんだ。キャバレーのピアノ弾きになって……着たきり雀でもいい、真に自由な芸術家になるんだ。

僕は夢中になってひとしきり、ピアノを弾いていた。霊魂が乗り移って《自動筆記》(オートマティズム)が始まったかのように、僕の指は勝手に動き、鍵盤の上を踊り続けた。――それから、しばらくして、疲れきった僕は、咽喉(のど)の渇きを覚え、ワインでも飲もうかと立ち上がった。

何かにつまずく——。

舌打ちしながら足元を見た僕の眼に、異様なものが映った。

まっ黒な毛むくじゃらの大きな球体。

思わず跳びすさると、そのぶよぶよの毛球は、ぶるぶると震えだし、低い唸り声をあげはじめた。

そいつは、生きている毛球なのだ。

三分後に、僕はそれが、かつて猫のヴァルスだったモノ、、というこことを認めた。そして、五分後には、僕がピアノを弾いた結果、そういう現象が起きたということも認めざるをえなかった。サティの曲が環境に影響を及ぼしたというのか？　それとも、これが僕の恐るべき、、、才能なのか？　ともかく、僕が弾いた最後の曲は《犬のためのぶよぶよした前奏曲》だった。

——そんな馬鹿な……。

床の上でゴロゴロと喉を鳴らしている黒い毛球を見ているうちに、僕は眩暈を覚え、頽れるように長椅子に身を伏せた。

目を醒ますと、サイド・テーブルの上に載っている白濁したグラスが最初に目に入った。エッグノッグというカクテルだった。ジャクリーヌがパーティで、ある外交官から教わったアメリカの飲み物だ。どうやら、彼女は帰ってきているらしい。時計を見ると、もう十二時を過ぎていた。

エッグノッグのレシピは確か……安っぽいラム酒が僕で、滋養に満ちたミルクがジャクリーヌ、そして、そこに芳醇な香りのブランデーを思わせるサティの芸術が入り込んできて、僕の人生はシェークされた。……まてよ、それじゃ卵はいったい、なんの《見立て》になるんだろう……？

僕がぼんやりと、とりとめのないことを考えていると、扉の陰から下着姿のジャクリーヌが顔を出した。

「あら、大芸術家さんはお目醒めのようね」

僕は今が好機と、思い切って離婚のことを切り出そうと、口を開いた。だが、彼女はそれをさえぎって、勝手に喋り続けた。

「どうしても来月から、お父さまの手伝いをしてもらいますからね」勝ち誇ったような含み笑い。「……そう、わたしと、そして、あなたの赤ちゃん——のためにも頑張ってもらわねばならないから」彼女は意地悪そうに目を細めた。「もう、サティどころじゃないわね。ピアノ弾きなんてやめていいのよ。名門の家業を継いでくれればいいの。——わたしたちから逃げることはできませんからね」

扉が音をたてて閉まり、彼女の勝ち誇った顔は消えた。

そうか、そういうことなのか、なんという皮肉だ。こんなときに子供ができちまうなんて……。僕は、これから一生……。

僕はフラフラと立ち上がると、ピアノに向かった。追い詰められてしまった……ピアノ弾きも……もう、サティを弾くのも、これが最後かもしれない。僕は何かに憑かれたように弾き始めた。

突然、恐しい悲鳴が扉の向こうで起こった。

僕はハッと我に返って、譜面台の楽譜を見た。僕の咽喉元に、なんともいえない悪魔的な気分が湧きあがってきた。

だって、楽譜には、美しい飾り文字で、こんな題が書き込んであったのだから……。

——《乾からびた胎児(はらご)》。

——Fade Out——

第四話　女優志願　ピンク・レディ

Pink lady

狂騒の二〇年代(ロアリング・トゥエンティーズ)、ギャングやジャズなど禁酒法が育(はぐく)み生み出したものは数々あるが、映画産業の繁栄もそのひとつだろう。

当時、酒関連のレジャー産業への投資が、禁酒法のおかげで、映画産業へまわされたため、そうなったらしい。

そんなわけで、一九二九年のウォール街大恐慌の時も活況のハリウッドだったが、一九二七年の無声映画からトーキー革命移行に際しては、悲喜こもごものエピソードが生まれたという。

あるいは、この物語のようなことも――。

ピンク・レディというカクテルは作中のバーテンダーが言うように、一九一二年、英国で大当たりとなった芝居《ピンク・レディ》の主演女優、ヘイズル・ドーンに捧げられたものである。

〈レシピ#4　ピンク・レディのシナリオ〉
◆ジン　45mℓ……フラッパー娘
◆グレナディン・シロップ　20mℓ……スター
◆卵の白身　1個分……闇酒場のバーテンダー
シェークする……新スターの誕生
大型のカクテル・グラスか、
シャンパングラスへ注ぐ。

深夜のハリウッド通りをチェロキー・アヴェニューの方へ、ふらつく足どりで曲がろうとする星屑(スターダスト)——フラッパー娘がひとり。

かなり酔っている風だったが、娘は曲がり角で立ちどまり、闇空にかすかに見える仰々しい屋根を恨みがましく睨(にら)みつけることも忘れなかった。そう、彼女がスターになれないのは、できたばかりのチャイニーズ劇場(シアター)のエキゾチックな屋根のせいだとでも言いたげな表情だ。

角を曲がるとすぐに、めざす銀色の看板が見つかった。

《イジー&モー・ブック・ストア》。

娘はためらわず扉を叩く。すぐに小窓が開いて、オレンジ色の光が夜気の中に洩れた。小窓の向こうから、くぐもった声が迷惑そうに応じる。「どなたかな?」

「本が欲しいの」娘は気(け)だるそうに言う。「フィッツジェラルドの新しい本、ない……?」

小窓の向こうの相手は鼻を鳴らして、

「ふん、いったい何時だと思ってるんだね、もう閉店だ。……それに、フィッツジェラルドの新作はまだ出ていないよ」

「だからさぁ、その、出て*い*な*い*新*刊*——が欲しいのよ!」娘は苛(いら)ついた調子で声をあげた。

突然、扉が開いた。それが今週の合い言葉だったのだ。店の中には、鼻眼鏡に白い口髭の小柄な老人が立っていた。老人は素早く娘を招き入れると、声をひそめて訊(たず)ねた。

「誰に聞いて来た?」

ツンとして答える娘。「ドハーティよ」

老人はうなずきながら気むずかしげに娘を吟味した。彼女の目深(まぶか)にかぶった釣鐘型のクローシュ・ハットの下には、短いボブ・スタイルにカットした黒髪がのぞく。偏平な胸のライン、チューブ型のブラウス。そして、巻きおろしたチーズ・ケーキ色のストッキングと丈の短いスカートのあいだの露わになった脚には、念入りに白粉がはたかれている。まるで、絵に描いたようなフラッパー娘が、そこにいた……。

しかし、典型的な姿であればあるほど、どこか板についていない、無理して粋を演じているような不自然さが感じられた。そして何より彼女の容貌が今風にそぐわなかった。顔に貼りついたソバカスと見分けもつかないような小さい眼、ヘブライ人を思わせる大きい鼻、そして、釘抜きみたいにしゃくれた顎。フラッパーの女王、クララ・ボウの可愛らしいチンくしゃ顔とは似ても似つかぬ、醜い娘だった。老人は溜息まじりに言った。

「そんなに、シャンと立っていられないほど飲んで外をうろつくなんて……。気をつけてくださいよ。自分の金で飲むのはけっこうだが、警官どもを健忘症にするために、毎週四十ドルも払ってるのは、店の方なんですぞ」

ひととおり文句を言い終えると、老人はキャッシャーの下のスイッチに触れた。間髪を入れず、店の奥の壁面を埋める本棚が、もったいぶった音をたててスライドしはじめた。

壁の奥の階段を下り、扉を二つほど通り抜けると、そこにはまったく別の世界が待っていた。ただよう紫煙、グラスが触れあう音、男女の華やいだ会話とそれを彩るジャズ・バンドの演奏。娘は、偉大なる禁酒法が生み落とした隠し子——闇酒場へ足を踏み入れたのだった。

そこは闇酒場としては、よくある規模の店だった。ステージの前にダンス・フロアが広がり、それを囲んで、円テーブルが十卓ばかり扇型に散らばっている。右側の壁はカウンターになっており、足かけ用の真鍮のパイプが孤独な客を誘うかのように光っていた。

バンドの騒々しい演奏がバラードに変わった。ピアノが、今年、ヴィクター・ヤング楽団のレコードが評判になったばかりの《スターダスト》のメロディを弾きはじめた。

娘は忌々し気に舌打ちする。その美しい曲も、過去三回の吹き込みは不発に終わっている。スターになれない女優志願の自分に対する当てつけとしか聞こえなかった。彼女はのろのろとカウンターの方へ向かった。

座るなり、バーテンダーに注文する。

「ピンク・レディをレディにちょうだいね」

バーテンダーは黙ってうなずくと、薬剤師の慎重さで酒を調合し、手品師の手際でシェイカーを振った。ピンク色のカクテルが差し出され、娘はそれを眺めながらぼんやりと考えた。

……アタシって、このカクテルの中のジンみたいなものかしら。いつも無色透明で、ほかのつまらない混ぜ物を引き立てる役。回って来る役は……エキストラばかりの大部屋女優？　ふん、本当は、飲む者を最高に酔わせるジンのほうが実力があるはずなのに。……それでも、決してスターにはなれないという不公平……。

「女優さんですか？」

突然の言葉に、娘は驚いて顔をあげた。目の前に、黒髪をまん中から分け、浅黒い痩せた顔に仮面じみた笑いを浮かべたバーテンダーが立っていた。彼が話しかけてきたのだ。娘は本能的に警戒した。

「あんた、ケーキ喰い(ケーク・イーター)——なの？」

きょとんとするバーテンダー。

「女をケーキみたいに喰い物にする、女たらしかって訊いてるのよ」

バーテンダーは唇だけに笑みを浮かべて、

「はは、面白いスラングを使いますね。——ケーキは食べますが、残念ながら女性は食べません。わたしは、ただ——」

娘は相手の言葉を途中で遮って、

「そうですかね？　アタシみたいなご面相の女に、『女優さんですか？』なんて声をかけるやつが信用できて？」

「いやいや、あなたがピンク・レディを注文したものでね。このカクテルを頼む人は、このあたりじゃ女優さんに多いんですよ」

娘は黙って先をうながした。

「このカクテルは、以前、イギリスで大当たりした芝居の千秋楽にレシピが発表されたものでして、その主演の女優さんに捧げられたんですよ。だから、ハリウッドに来て映画に出られる女優さんがたは、みんなゲンを担がれて、よくこれをお飲みになる」

娘は興味なさそうにその話を一蹴した。

「フーン、そう。そんなことどうでもいいわ。アタシはただ、酔っぱらいたいだけ」

「ほう、何か悩みごとでも？」

「そうね、ウォール街の大暴落よりも深い悩みだわ。先週だけでも四つの撮影所をまわったのよ。MGM、フォックス、パラマウント、ワーナー……」

「なるほどね。エルサレムに嘆きの壁はひとつだが、ウォール街とあなたの心の壁(ウォール)は四方とも涙で濡れているというわけですか。オーディションが不首尾に終わったんですね？」

「不首尾なんてもんじゃないわ！　どこも門前払いよ。このまずい顔のおかげで、アタシの歌や踊りなんぞ見てくれようともしない」

「歌や踊り？」

「そう、これでも、ブロードウェイの舞台じゃ、まあまあ、いい役を貰ってたんですから。アタシ、百曲ぐらいは軽く歌えるし、ダンスだって何でもこなせるわ。それなのに、撮影所の連中ときたら、クララ・ボウやジニー・オコネルなんて無能な女を崇め奉っている。あんた、ワーナーの《シンギング・フール》を観たでしょ」

「ええ」相手は表情を隠した仮面の顔で短く答える。

「アタシが言いたいのはね……もう、新しい時代——トーキーの時代なのよ。これからは歌って踊れる娘がスターになるべきなのよ！　それなのに、どこの撮影所も、このアタシを受け容れてくれない……」

バンドがいつのまにか、《なぜこの世に生まれたの》の演奏を始めていた。娘は目をつぶってカクテル・グラスをグッと傾ける。

「……まったく、なんでこの世に生まれてきたかわからないわ。スター目指して頑張ってきたのに……。今、もて囃されているスターなんて大っ嫌い。殺してやりたいくらい。そして、こんなところで、酒に浸ってうだうだ不満を並べたてているアタシ自身も大っ嫌い……ああ、身も心も、すべてが、もう嫌なの……」

バーテンダーの瞳に奇妙な輝きが宿った。

「なんとね、親から貰った、ご自分の身も心も嫌いとはね。まあ、芸能人の顔立ちなんかは、流行り廃りがあるし……わたしは、あなたの、えー、——個性的なお顔、そんなに捨てたもんじゃないとは思いますが……。まあいい。自分で嫌っているのなら」咽喉ぼとけがゴクリと動き、少し支配的な口調になって、「——ともかく、あんたは、本当にスターが憎くて、おまけに自分の顔も身体も見たくないほど嫌っているというわけだね？」

娘の酔い痴れた頭では、このバーテンダーの奇妙な念押しが、よく理解できなかった。

「それがどうしたってゆーのよ」

バーテンダーは悪魔のように眉を吊り上げて、カウンターの端の方を指さした。四脚ほど椅子をへだてた隅に、ひとりの女が酔いつぶれているのが見えた。

「あれが誰だかわかるかね？」含み笑いが漏れる。「あんたが殺したいほど憎んでるスター――ジニー・オコネルさ」

「え……？」

バーテンダーは悪魔のような笑いを浮かべながら続ける。

「――世の中、皮肉なものでね、スターの彼女も彼女なりに悩んでるのさ。確かに、あんたの言うように、トーキーは、一部の映画人にとっては驚異だよ。それは、スターとて例外じゃない。ジニーは歌って踊れる才能がないばかりか、紙ヤスリみたいな悪声でね、しかも、お国の東欧の訛りも抜けない。顔はまあ可愛いんだが、すでに、スターの座から転落しつつあるのさ……」

娘は、目の前の男が何を言おうとしているのか、探るように見つめた。

バーテンダーは声を押し殺して囁いた。

「あんたに、彼女の身体をやろう」

娘は、それを聞いて、最初、呆気にとられ、次に、思わず噴き出した。――目の前の男は頭がイカれているか、やっぱり女たらしの類いなのだ。

だが、バーテンダーは陶酔したように自分の話を続けた。

「彼女の人格を消し、あんたの魂がそこに入りこむのさ。それで完璧なスター誕生というわけだ。ジニー・オコネルの美貌とあんたの歌舞や演技の才能の融合——すごいぞ、トーキー万歳だ！ 新しい時代の新しいスターの誕生だよ！」

娘は相手の興奮状態に気おされ、酔いも手伝って、もうどうにでもなれ、という気分になってきた。

「……わかったわ。もうたくさん……疲れちゃった。それで、アタシは、いったい、どうすればいいのよ？」

「これを飲みなさい。この、ゲンのいいカクテルを……」

娘の前に、いつのまにか新しいピンク・レディのグラスが置かれていた。娘は小馬鹿にしたように鼻を鳴らすと、

「ふん、やっぱり、もう一杯飲ませるための与太話ね」

「店のおごりですから」涼しい顔で答える仮面。

「……まあいいわ。帰り道のためにもう一杯(ワン・フォー・ザ・ロード)——とか、ゆーし」、挑戦的な目つきでバーテンダーを睨んだまま、娘は一気に、それを飲みほした。

ほどなく、ピンクの闇がカーテンのように降りてきて、娘の意識は閉ざされることになる……。

《レビュウの女王》人当たり！ 歌って踊れるジニー・オコネル、次回作はパラマウントの《聖林(ハリウッド)パレード》に、早くも決定！

女優は、ほくそ笑みながら新聞をおいた。いや、女優の中の卑しい「魂」が、ほくそ笑んだ、と言い直したほうがいいだろう。かつて、スターになれずに世を呪っていたフラッパー娘の魂が、今やジニー・オコネルの肉体に宿り、ひそかにほくそ笑んでいるのだった。

最初は自分に起こった奇蹟を、どうしても信じることができなかった。しかし、去年のちょうど今

頃、あの不思議なカクテルを飲んで気を失っている間に、〝何か〟が起こったのだ。次に目醒めた時、彼女は自分の安下宿でなく、女優ジニー・オコネルの邸宅の柔らかいベッドの中にいた。

目醒めて数時間は混乱したが、じきにその事態が受け容れられるようになった。美貌と素晴らしい身体はジニーのものだったが、思考力と歌と踊りは完全に自分のものだった。おまけに、艶やかな声も……。

ジニーは天涯孤独の身で肉親はなく、たいていの知り合いや映画関係者は欺しとおせた。たまに不自然な行き違いがあっても、それはスター特有の気まぐれと見なされた。変わったことによって、むしろ、「ジニーは前より気だてが良くなった」と言い出す者さえいた。

完璧なスターの誕生だった。歌、踊り、演技、そして美貌。映画関係者の中には、以前とあまりにも違うジニーの才能と美声をいぶかる者もいたが、大方の見解は、彼女の躍進は、ひそかな猛レッスンと、ある「手術」のたまものだろう、ということに落ちついた。

新生ジニー・オコネルは、歌い、踊り、折からのトーキー時代に乗って前にも倍する超人気スターにのしあがっていった。そして、かつての不細工フラッパー娘の魂は、自分を本当にジニーだと思い込むようになり、それとともに、あの奇妙なバーテンダーと闇酒場での不思議な出来事の記憶は、次第に薄れていった。

女優は回想から醒め、満足そうに溜息をつくと、ピンク色のカクテルをすすった。

……このカクテルは、やっぱりゲンがいいのかしら。たった一度の奇蹟がアタシに起こったんだわ。アタシはもう、世をすねる、ちっぽけな星屑フラッパーじゃないんだわ。世を恨み、スターを呪う馬鹿な娘じゃない。だって、アタシがその真の大スターなんだもの……。

女優はふと部屋の時計を見あげた。そろそろ出かける時間だ。物思いにふけっている暇はない。今夜は新作発表のパーティーがあるのだ。彼女はグラスを置くと、ゆっくり立ちあがった。

ふいに部屋の奥のカーテンが揺れた。

カーテンの陰に誰かがいる気配……。女優は急に身がこわばるのを感じた。

「誰なの！」

丈の長いビロードのカーテンが大きく揺れて、ひとりの女が現われた。

垢に汚れたブラウス、丈の短いスカートに、ボロボロに破れたストッキング。そして、精神を病んだ——と言うより、精神に穴が開いたような虚ろな表情……。

あの晩、闇酒場に捨ててきた、自分の身体だった。この一年、どこをどう彷徨ってきたのか。いま、女優の目の前に、魂を抜かれたフラッパー娘の亡骸が虚ろな笑みを浮かべて突っ立っているのだ。そう、魂に見捨てられ、呪縛と憎悪のみが残った自分の亡骸が、大スターを訪ねてやって来たのだ。

「ニクイ、すたーガ、ニクイ……」

亡骸はよだれを流しながら呻くように言った。女優はかつての自分の変わり果てた姿を凍りついたように凝視しながら、その場に立ち尽くした。

亡骸はギクシャクした足どりでこちらに歩いてくる。

突然、そいつの細腕が引きつったように振り下ろされた。その手には切れ味の良さそうなナイフが、しっかり握られている……。

深夜のサンセット通りに、女優の悲鳴が谺した。二年後に撮影所が聞くことになる怪奇映画のフェイ・レイの叫びとは違う、本物の悲鳴が……。


——Fade Out——

第五話　メドゥーサの復讐　ジン・トニック

Gin and Tonic

パリのルーブル美術館に《メデューズ号の筏(いかだ)》と題された一枚の絵画がある。作者はテオドール・ジェリコー。

一八一六年に実際にあったフランス軍艦の海難事故を再現したものである。漂流した筏の上では、ジェリコーが描くとおり、同乗した百五十人中九割が餓死や殺し合いで死ぬという、凄惨な状況が繰り広げられた。

ジン・トニックは、材料も少なく、シェイカーもいらないので、比較的容易に、どこでも作れるカクテルだと思う。作中に出てくる携帯用カクテル・セットというのは、ほんとうにあるかどうか知らないが、携帯用リキュール・セットなら、フレッド・アステア&ジンジャー・ロジャースの映画《コンチネンタル》の中に出てきたのを憶えている。

〈レシピ#5　ジン・トニックのシナリオ〉

◆ジン　45mℓ……成金老人

◆トニック・ウォーター　適量……黒人青年

◆レモンかライム・スライス　1枚……灼熱の太陽

◆タンブラー……ボート

氷を入れたタンブラーにジンと
トニック・ウォーターを注ぎ、軽くステア。
レモン・スライスか
ライム・スライスを飾る。

「渇きに勝るほど、素晴らしいワインには会えなかった」
——エドナ・ヴィンセント・ミレイ

水平線に滲(にじ)みわたる血溜まりから、じりじりと光芒(こうぼう)が溢れだす。果てしない大海原(おおうなばら)の彼方の日の出。

——こんなふうに朝日を眺めることになろうとは夢にも思わなかった。

「明日の日の出と同じように、この船の沈没は避けられませんよ」

昨夜、船室係(スチュワード)が両手を絶望的にあげながら叫んだ言葉が私の脳裏に蘇(よみがえ)ってきた。

彼の言葉どおり船は沈み、まるで、その皮肉な発言の裏づけのように、今、朝の光が、多くの船客・船員と彼らの乗っていた船舶を呑み込んだ、なにもない大海原を照らし出している。われわれ三人の乗ったちっぽけなボート以外、なにもない海を……。

ペルセウス号が沈没したのは、たぶん昨夜の十一時過ぎだったと思う。ちょうど暴風雨の真っ只中で船が揺れていた時で、少し船酔い気味になっていた私はベッドに横たわっていた。

突然、波による揺れとは違う衝撃が船室を揺さぶり、私はベッドから放り出された。つづいて、巨大なドラム缶を引き裂くようなすさまじい大音響——。

慌てて船室を飛び出すと、血相を変えた主任スチュワードがAデッキの大階段を下りてくるのにぶつかった。——そこで私は、ペルセウス号の臨終宣言を聞かされたのだった。

ペルセウス号は中級の貨客船で、数日前、隠密裡にマルセーユ港を出て、北アフリカを回ったあと、ニューヨークへ向かう手はずになっていた。その航路途上でこの災難である。こいつはドイツのUボートの仕業(しわざ)に違いない、と私は確信した。

昨年の九月にポーランドに侵攻したヒトラーの言うところの《第三帝国》は、恐るべき勢いで欧州諸国を蹂躙し、一年も経たぬうちに、鉄壁と思われていたフランスのマジノ線さえ突破してしまった。もうパリ陥落は時間の問題だった。そんなわけで、ペルセウス号には、パリから脱出してきたアメリカ人やフランス人、軍関係者などがひしめきあっていた。

私も帰国組アメリカ人のひとりだった。だが、鮫のようなUボートがフランスの国旗を掲げた船を見逃すはずがない。アメリカ人が乗っていようといまいと、この海域を通るフランスの船舶は奴らの餌食になる運命にあったのだ。

スチュワードと別れ、すぐさまボート・デッキに出ると、そこはまさに戦場だった。吹きすさぶ雨風、機関室から聞こえてくる警報ブザー、たてつづけの爆発と振動……。それらすさまじい混乱のなかで、ひと際おぞましかったのは、われがちに救命ボートに殺到した人々の怒号と悲鳴だった。「子供とご婦人から先に」というスチュワードの叫びは無視され、いたるところで押し合い、殴り合い、罵り合いが相次いだ。

私はよろめきながら懸吊装置の低い唸り音のする方へ進み、まだ飛び乗れるボートはあるものかと、デッキから海面を見おろした。

その時、誰かが肩口から私の背中に激しくぶつかり、バランスを失った私は、まっさかさまに暗黒の海へと落ちていったのだった……。

私は海中でもがいた。自分をとりまく暗い海が恐怖の溶解液に変わったように感じ、その怖れを振りはらうかのように、無我夢中で泳いだ。突然、伸ばした手が堅い木にぶつかり、私は、それに必死にすがりついた。それが、いま私が乗っているボートの舳先だった。

ボートにやっとの思いで這いあがってからも、悪戦苦闘はつづいた。そのボートはどうやら正規の救命ボートではなく、小さな雑用ボートらしかった。私は荒波に翻弄されるちっぽけなボートの中で、先客の二人の男とともに浸入する水のかい出し作業に追われた。倒立したペルセウス号やほかの救命ボートのことなど知るよしもなかった。その夜、私の目の前にあったのは、黒い壁のような波の恐怖だけだったのだ。

——そして、夜が明けた。嵐の去った後の海は嘘のように凪(な)ぎ、きらきらと輝く水の絨毯(じゅうたん)の上には、われわれ三人の乗ったちっぽけなボート以外、何も見当たらなかった。ペルセウス号の船影も、そして、陸地の影も……。

「わしらはいったい、どこを漂っておるんじゃろうな。わかるか？　若いの」

ボートの中央に陣取った老人が私に向かって唸るように言った。仕立てのいい服を着ているが、その言葉は粗野で品がない。成りあがり者特有の必要以上に他人を見下そうとする態度だ。舳先の方には、もうひとり、おとなしそうな黒人の青年が座っていたが、老人はその男に向かって、さかんにいばりちらしていた。私は考えた末、慎重に答えた。

「さあ、セネガルへ寄る途中だったらしいから、ここはカナリア諸島の南……。いちばん近い陸地はサハラ砂漠かもしれない」

「なんとね！」老人は肥満した頬をふるわせた。「そんなところに放り出されたとは！」

「どうも、われわれの船は呪われていたようだな」私は溜息をつきながら言った。

「どういう意味だ？」

「同じサハラ沖で、十九世紀最大といわれる海難事故が起こっているんだ。遭難したのはやはりフランス船でね。その名をメデューズ号という……」

「メドゥーサ？」老人はフランス語を解さないのか、耳が遠いのか、聞き違えていた。

「いや、メデューズです。フランス語で、意味は確か、クラゲだったと」

「メドゥーサというのは、ギリシャ神話に出てくる――」黒人青年が口を挟んだ。「――蛇の髪をもった妖女のことでしょう？　彼女の顔を見た者はみな石と化すという……」

「うるさいっ、そんなことぐらい、わかっておるわ。わしらが乗っていた船がペルセウスだからギリシャ神話つながりで――ええいっ、お前は黙ってろ」老人は黒人青年を一喝すると、すぐ、こちらに向き直った。「――若いの、話をつづけてくれ」

「座礁したメデューズ号から脱出した人々はボートや筏に分乗して二週間近く海を彷徨(さまよ)ったんだ。大筏に乗った百五十人は、熱帯の太陽に焼かれ、飢え、渇き、ついには発狂する者まで出た。筏の上の反乱で死んだ仲間の肉を食べたという凄惨な記録さえ残っている。結局生き残ったのは、わずか十五名だった……」

　黒人青年は主人の叱責など意に介さぬ様子でつづけた。

「つまり、旦那様の聞き違いは、ある意味正しかったんです。メデューズならぬメドゥーサの呪いが、百年経ったいま、われわれの乗ったペルセウス号にふりかかったというわけですね。そういえば、妖女メドゥーサは英雄ペルセウスに滅ぼされたんでしたっけ。メドゥーサの復讐か……こいつは面白い」

　老人は不安に顔をくもらせ、今度は黒人青年の話を制することはしなかった。だが、相変わらず虚勢をはって、捨て科白(ぜりふ)を吐く。

「ふん、二人とも下らんことをよく知っとるの。ところで、あんたはアメリカ人か？」

　老人の言葉をきっかけに、初めて自己紹介ということになった。私はパリの専門学校で語学教師をしていたが、戦火を避けるため帰国の途中だと説明した。老人は、以前はデトロイトで農業機械を製造していたが、最近は武器の製造に乗り出し、大儲けをしているということだった。思ったとおりの成金紳士だ。彼は「極秘」の商談でフランスへ渡った帰りだと、三人のほかに誰も聴く者もない海の真っ只中だというのに、ことさら声をひそめて言った。

もうひとりの理知的な黒人青年のほうは、彼の世話をする執事代わりということだった。なんでも専門学校へ行く学資稼ぎのために成金男に雇われているのだそうな。

自己紹介のあと、サヴァイヴァルのためのボート内の点検が始まったが、それは、われわれの絶望感を増すだけの無駄骨に終わった。

まず、肝心のオールが二つともなかった。ボートが海面に降ろされる際に衝撃でふっとんだのだろうか。ともかく、われわれは自力で移動することはできず、ボートが潮の気まぐれで岸に漂着するのを、ただひたすら待つより手はなかった。

かりにオールがあったとしても、われわれは困っていただろう。なぜなら、われわれのなかに水夫はいないのだし、コンパスのひとつもない状況で的確に陸地を目指すことなど、どだい無理というものだった。

そして最後に、最も絶望的なことに——水も食料もなかった。例のメデューズ号の筏には、わずかながらもビスケットとブドウ酒が載っていた。それでも彼らは、おぞましくも、仲間の死肉を喰らい、尿さえ飲んだのだ。われわれが何もなしで、この先二週間も漂いつづけたらいったいどうなるのか。

——この悪い予想については、あえて、ほかの二人には言わなかった。彼らの気持を考えてというよりも、口に出して言うことによって、避けられない事態を自分でも認めなければならないことが怖かったのだ。

落胆した三人の頭上で、高度をあげたアフリカの太陽が燃えさかる。強烈な光線がジリジリと肌を焼き、絶望的な渇きが咽喉を襲い始めた。われわれは、しだいに寡黙になり、上着を日よけ代わりに頭から被って、まるで、乾からびた胎児かなにかのように膝を抱えた……。

三日目。われわれの渇きと飢えはいっそうひどくなり、空腹のため腹が痛みだした。ベルトのバックルを針の代わりにして魚を釣ろうという拙劣な試みが無残に失敗してからは、さすがに何をする気力も失せた。せいぜい、海水の染みたベルトの端を噛みしめて、空腹を紛らわせるので精一杯だった。

「なあ、雑学先生よ」老人が乾いてひび割れた唇を舐めながら言った。「人間は水なしでどれくらい生きられるんだろう？」

「さあ、フランスで十七日という記録があるということは読んだ憶えがあるが、われわれの場合はこの暑さだ。一週間もつかどうか。いまは、汗をかいても、皮下脂肪や筋肉の水分がそれを補ってくれるから生きていられるが、それが尽きたときは……」

老人は私の話など耳に入らないかのように、ボンヤリと海面を眺めていた。

「――こうなったら、海水でも飲んで……」

よろよろとボートから身をのり出した老人を、私は慌てて引きとめた。

「やめろ、もっと咽喉が渇くだけだぞ！」

それから私は、海水中には人間の許容量をはるかに超える無機塩が含まれていて、そいつがいったん血液中に入ると、取り除くのには飲んだ海水よりさらに多くの水分を必要とするという事実を、諄々と説いて聞かせた。

「フン、そんな知識が何になる」老人は駄々っ子のようにわめいた。「雑学知識がわしらを岸まで運んでくれると言うのか？　あ？」

まさに老人の言うとおりだった。私の知識など何の役に立つというのだ。われわれの生命は、人間の生半可な知識など歯牙にもかけない、茫洋たる大海原が握っているのだ……。

四日目。太陽は容赦なくわれわれの肌を焼き、苦痛はいよいよ頂点に達するかと思われた。年齢と体力からいって、最も衰弱が激しいのは成金老人だった。彼はまるで火ぶくれしたアザラシのようにぐったりと横たわり、咽喉をゼイゼイいわせていた。心臓でも悪いのか、時折、胸のあたりを押さえて力なく呻く。死神が老人を見据えているのは明らかだった。

――それにしても、この衰弱ぶりは……我々が眠っている間に、渇きを我慢できなくなった老人は、密かに海水をガブ飲みしたのではないか……そんな疑惑が私の頭をよぎった。

「おい、ジイさん、最後の一杯を飲みたくはないか？」

私は死神の囁きが聞こえたのかと、自分の耳を一瞬疑ったが、その声の主は、もちろん舳先の黒人青年だった。老人は頭のイカれた者でも見るような目つきで青年を見つめた。

「……な、なんだと？」

黒人青年は、それまでと違った、ぞんざいな言葉遣いで続ける。

「死ぬ前に、好物のカクテルでもどうだ、と訊いてるんだ」

「お、お前に作れるというのか？　馬鹿な！　冗談は、その暗い顔だけにしとけ」

黒人青年は老人の面罵に動じる様子もなく、薄笑いを浮かべながら、舳先から海中に垂れ下がっている細いロープをたぐり寄せた。三フィートほどのロープの端には黒い革の小ぶりなトランクが結びつけられていた。

「こいつは、我儘なあんたのために、いつも携帯していた例の特製カクテル・セットさ。……いつも、とんでもない時に酒が飲みたいなどとぬかしたもんな、あんたは。――だから、船が沈没する時も、つい、こいつを抱えて船室を出ちまった。ビスケットの箱でも持ってくりゃ、よかったんだが、まあ、手ぶらのあんたらに比べたら、――使用人根性の染みついた俺のほうが、まだマシってもんか」

黒人青年がトランクを開けると、中には色とりどりの酒の小壜(こびん)やカクテル器具がセットされているのが見えた。私は、目前に繰り広げられていることが、熱病性譫妄(せんもう)状態による幻覚であるような気がして、何度も目をしばたたいた。黒人青年は話をつづけた。

「一杯だけジン・トニックを作ってやろう。あんた、これをよくガブ飲みしていたろ？」

弱った老人は声もなく、震える手を物欲しそうに差し出すだけだった。

黒人青年はタンブラーに二つの小壜から液体を注ぎ、軽くステアしながら言った。

「十万ドル。――氷はないが適正価格だ」

老人の身体がピクリと動き、腐ったオレンジのように赤黒くなった顔に怒りの表情が浮かぶ。黒人青年は相手にかまわず話をつづけた。

「俺はもう、あんたの使用人としてコキ使われるのは、たくさんなんだ。きっと生きのびて、その金で気ままに暮すんだ。いままでは、このトニック・ウォーターみたいな添えモノ人生だった。だが、これからはジンみたいに独り立ちさ。さあ、どうする？　こいつを海に飲ませるか？　――ほら、後生大事にしまい込んでる小切手帳、もう乾いてるんだろ？」

老人は弱々しい溜息をついて、上着のポケットから小切手帳を取り出した。最後の気力でサインする。私の目の前で、ヒトラーもたじろぐような外交交渉が成立した。十万ドルの小切手とグラスが交換されたのだ。老人はその一瞬だけ衰弱を忘れ、狡猾(こうかつ)な猫を思わせる素早さでグラスをひったくった。

狡猾な老猫は、それを一気に飲み干した。老人の咽喉ぼとけが醜く動くのが見える。そして、グラスを唇から離した老人の顔には至福……とは程遠い恐怖の表情が浮かび……その一瞬後には、目をカッと見開き、片方の手は咽喉を、もう片方の手は心臓のあたりを、掻きむしっていた。ほどなく首がガックリと折れ、老人は息を引き取った。

医学的に精確なことはわからないが、酒に入っていた何らかの成分——ひょっとして海水の塩分——が、血圧を高め……そう、過剰な塩化ナトリウムを含む過剰な血液が心臓の血管を破裂させたという死の症例を聞いた覚えがある。

……それから、老人の骸(むくろ)は、メドゥーサに魅入られて岩塩と化したかのように、ゆっくりと硬直を始めた……。

私は黒人青年を冷たく睨(にら)んで言った。

「まさか、このグラスの中身は……」

「さあね、材料が、豊富過ぎて」黒い肌のメドゥーサは、相変わらず薄笑いを浮かべて、ぐるり周囲に広がる海を見渡した。「——レシピを間違えたかもしらんな」

それから、詩人のように気取った顔で、

「——だがね、渇きに勝るワインなし、っていうだろ、雑学先生よ」

——Fade Out——

第六話　恋人よ我に帰れ　マルガリータ

Margarita

失われてしまったものは、おしなべて美しい。
ひとは、失われたものの美しさをもう一度甦(よみがえ)らせようと、文章を書き、音楽を奏で、映像化を試みる。しかし、時に、現実の生活を忘れ、そのイメージの幻に囚われ、浸り込んでしまう者も出てくる。ちょうど、この物語に出てくる老人のように——。

現実の生活と虚構の世界。どちらへ行くのもあなたの勝手だが、どうせ人間というものは、どの道を選んでもどこかで後悔するもの。それなら、いっそのこと……。

マルガリータとは、スペイン語の女性の名前。一九四九年、ロサンゼルスのバーテンダー、ジャン・デュレッサーによって考案されたカクテルである。

そして、もちろん、物語中にもあるように、彼の死んだ恋人を偲(しの)んで命名された哀しい由来をもつカクテルでもあるのだ。

〈レシピ#6　マルガリータのシナリオ〉

◆A
テキーラ　1／2オンス……老人
ホワイト・キュラソー　1／4オンス……思慕
レモン・ジュース　1／4オンス……歌姫

◆レモン　1／2個
◆塩　適量
カクテル・グラス……ホログラフィ装置

カクテル・グラスの縁をレモンで濡らし、
塩をまぶしつける。
Aをシェークし、このグラスへ注ぐ。

「In The Groove（レコードの溝の中）」……主にスウィング・ジャズの曲にうっとりしている状態。素敵な気分」

――『ロッシントン俗語辞典　一九三七年版』（リピンコット社刊）

老人は、その夜、一本の電話を待っていた。

何十年もかかって現在の地位と莫大な財産を築いた老人だったが、今夜はたった一本の電話を、物乞いする貧者のような気分で心待ちにしていたのだ。それも無理はなかろう。老人が地位や財産を得るかわりに失ってしまったある大切なものを、今夜、その電話が届けてくれることになっているのだから――。

部屋の静寂を破ったのは電話のベルではなく、ドアをノックする音だった。

戸口に、華奢（きゃしゃ）な女海賊が立っていた。バロック風の突飛（とっぴ）で装飾過剰な服に身を包んだ孫娘のジェシカだった。ちょっと派手な服はおくとしても、あのくしゃくしゃの髪はなんとかならんもんかな、と老人は思った。

ジェシカは屈託なく用件を切り出した。

「帰ったら、パパもママもいなくって……。おじいさま、お願い。どーしても、お金がいるの」

「ふむ、何につかうんだい？」

「今夜ね、マドンナのコンサートがあるの！　で、パムとも約束してるし、ね！」

「聖母像（マドンナ）……？」

ジェシカは、じれったそうに鼻を鳴らした。

「そ、すっごいイカシたポップ・スターなのよ、マドンナは。《イントゥ・ザ・グルーヴ》もヒットしてるし、どうしても今夜は行かなくっちゃ！　マドンナのダンスはね……」

老人は孫娘の取り留めのないお喋りを聞くことを途中で放棄し、財布から紙幣を取り出した。望みを達成したジェシカは素早く老人にキスをすると、まるで自分がポップ・スターでもあるかのように、ダンサブルな足どりで部屋から出ていった。老人が室内で飼っているシェトランド・シープドッグがキョトンとした眼つきで彼女の後ろ姿を見送った。

なるほどな、マドンナは歌手なのか……。それに、「素敵な気分」というのも懐かしい言葉だ。老人は口の端に皺を寄せて小さく笑うと、自分独りだけの物想いにふけった。そう、グローリアも歌手だった。皆に愛された歌手、そして、とりわけ老人がただ一度だけ真剣に愛した女性でもあったのだ……。

一九三六年、スイング・ジャズ華やかなりし頃、グローリアはデビューした。エイモス楽団の可愛い歌姫だったグローリア。文字通りカナリアみたいな美しい声をもち、レモン色のアーム・レングスの手袋をした腕を、翼のように広げて歌った。

当時、今の彼からは想像もできないようなイタリア系のチンピラ・ギャングスターに過ぎなかった老人は、ハーレムのギグでジミー・ドーシーのバンドに飛び入りで歌ったグローリアをひと目見て、惚れ込んだのだった。

チンピラのギャングスターは、いつも黄色いアイリスの花束を抱えて楽屋を訪ね、いつしかふたりは恋に落ちた。しかし、時代が悪かったのか、ハーレムで出逢ったふたりはハーレムで別れることになる。

最後の激しいギャング同士の抗争。衰退しつつあったユダヤ系と擡頭しつつあったイタリア系の衝突の果てに、一羽の可憐なカナリアが巻き添えとなった。

「もう、こんな恐ろしいことはやめて、西海岸に行きましょう。わたし、女優になって、あなたぐらい食べさせてあげるから」

その晩、グローリアの懇願を彼は無視した。若いギャングスターには若いなりの野望があったのだ。恋人をひとり残して出ていったギャングスターは、自分の野望が次の日には取り返しのつかない悔恨に変わることなど知るよしもなかったのだろう。だが、彼の留守中に、グローリアは敵対する組織の手で無残にも撃ち殺されてしまう。

恋人の死後、傷心のチンピラ・ギャングスターは、ひたすら組織のために働き、地位を得、財を築き、グローリアとは似ても似つかぬ女と結婚した。そして七十歳を越えたいま、深い悔恨と孤独感を味わっていた。娶った仮初めの妻とも、その後できた家族の誰とも、本当に心を通わせることはなかった。彼の気持ちを本当に察してくれるのは、可愛がっている飼い犬だけしかいないように思えた。

暗い気分が老人を支配していた。急に胸が苦しくなって力ない咳をする。最近どうも肺の具合が悪い。

――もう、わしも永くないかもしれんな。

老人はシープドッグの方を見た。忠実な飼い犬は片耳を立ててちゃんと主人の咳を聞きつけ、心配そうに彼の方を見上げていた。ビクター・レコードの有名なロゴマークの中の忠犬がレコードの音に聞き耳を立てているような愛犬の仕草が老人の心を和ませた。

老人は深い溜息をついて立ち上がると、レコード棚へ歩み寄った。一番奥にしまったレコードを大切そうに取り出す。グローリアがOKレーベルに吹き込んだ唯一のSP盤、曲は《恋人よ我に帰れ》だった。あの晩、恋人の胸に帰って一緒に西海岸へ行けなかった自分が、翌朝冷たくなった女の前で、

「恋人よ我に帰れ」と叫んでも、もう遅かったのだ。なんという運命の皮肉……。

老人はSP盤を古い蓄音機ヴィクトロラのターン・テーブルに載せ、針を落とした。間もなく、チリチリいうノイズのカーテンを押し分けるように、グローリアの美しい歌声が部屋に響いた。

……歓びの日々は過ぎ去り、あなたも去っていった――とグローリアが歌い出す。老人の心に、歌詞のつづきが甦る……グローリアは、痛む心が〝恋人よ我に返れ〟と歌いかける――と自分に呼びかけていた。確かあの時も……。

老人は溜め息をひとつついた後、次第に気を取り直してきた。――いや、今夜こそ、恋人が自分の許(もと)へ帰ってくるのだ。一本の電話さえあれば……。

歌が終わったところで、待望の電話が鳴った。

「ハロー、お世話様です。こちら、《ニュー・ホログラフィ・アート》社ですが、お約束通り、例の装置の取付け工事に伺います。間違いなく一時間後に、です、はい――必ず」

この電話こそ、老人が四十六年間も待ちつづけていた電話だったのだ。

装置取付けの前に、《ニュー・ホログラフィ・アート》社の技術者が得々として説明を始めた。

「わたくしどもNHAの機械、〈ファンタスティック・ホログラフィⅢ／V６〉は、つまり、映像技術とホログラフィを結合して、動く三次元映像をつくり出そうというインテグラル・タイプのものでして――」

技術者の言うホログラフィとは、レーザー光線の干渉を利用して、被写体から反射する光の方向と強さを忠実に再現するもので、簡単に言えば、立体映像をつくり出す現在最高の技術だった。しかし、ＮＨＡ社は、さらに高度な技術を開発していたのだ。

技術者の説明がつづく。

「それで、ウチの機械の特徴はですね、レコードの音声信号を光ファイバーでいったんわが社のコンピュータに入れまして、既に作製ずみの映像情報と照合・対応させて、再び光ファイバーを通じてこちらの部屋に送り返してくるわけです。つまり、レコードの音声に応じた立体映像が、そこにあるディスプレイの中で――」技術者は木製の古色蒼然とした蓄音機の隣にセットされた近未来の透明樹脂の円筒形装置を指した。「――歌い、踊るわけなんです」

透明の円筒形装置は高さ八フィートほどあった。ちょうど人間がひとり入れるほどの大きさだ。

――そう、今夜、この装置の中に老人の恋人が帰ってくるのだ。ＳＰレコードをかければ、この透明の円筒の中にグローリアが甦り、老人のために《恋人よ我に帰れ》を歌ってくれるのだ。こんな素敵（グルーヴィ）なことはないじゃないか。老人は、この日を四十六年間待ちつづけ、惜し気もなく一万ドルを支払ったのだ。

「ただし」技術者は最後にキッパリした口調で言った。「ご承知のことでしょうが、なにぶん、まだ開発途上で、生産ラインにも乗っていない極秘の未公開試作品ですので……えー、……誠に恐縮ではございますが、弊社取締役のご友人であるお客様への特例のご試用ということで……今回はレンタルのみということで、なにぶん、宜（よろ）しくご承知おきください。また一ヵ月後には取り外しに参りますので」

老人はしぶしぶうなずいた。

技術者が帰ったあと、いよいよ老人は震える手でＳＰ盤をセットした。この過去の遺物のような蓄音機と未来技術のホログラフィ装置が接続変換して、老人の切ない想いをかなえてくれるのだ。

先ず、レコードをプレイ・オン。古いＳＰ盤のノイズが響く。くぐもった、しかし温かいピアノの音。そして、グローリアが歌い出す……。老人は慌てて装置のスウィッチを入れた。

円筒形装置の中にぼんやりと人影が現われた。老人はゴクリと唾を呑み込む。影は徐々に形を整え、像には色彩が加わってきた。

そこに、グローリアが佇んでいた。

白い肩を露わにしたレモン色のローブ・デコルテに身を包み、同色のアーム・レングスの手袋をした腕を翼のように広げて歌う、可憐な歌姫……。

「ああ、グローリア……やっと逢えたね」

老人はよろよろと円筒に歩み寄ると、ほんの細部も見のがすまいと、装置のまわりを一周した。右も左も後ろ姿も、あのグローリアだった。色あせた平べったいセピア色の写真ではない、等身大の色彩豊かなグローリア、とうとう、恋人が我に帰ったのだ――。

老人は円筒の前に跪いて頭を垂れた。とめどなく涙が流れた。四十六年前に流して以来、一度たりとも流さなかった涙が……。

それから一ヵ月が経った。

老人は薄く白濁したカクテルを静かにすると、ホログラフィ装置の方を眺めた。透明樹脂の円筒は、まるで手の中のグラスのように冷たい視線を返しながら、沈黙をつづけている。

――そう、このグラスのような透明の円筒の中で、わしの想いが混合されたのだ。

老人はカクテルの液を透かし見て思った。

──レモンのジュースは可憐な歌姫(キャナーリー)、土くさく無骨なテキーラはわしだな、そして、グラスの中でふたりを結びつけるホワイト・キュラソーは甘く哀しい恋……。

老人はカクテルをグッと飲みほした。

カクテルの名はマルガリータ。普段の老人はスコッチ・ウイスキーやブランデーを好むのだが、きょう、このカクテルを飲むのには特別の理由があったのだ。

マルガリータはこのカクテルを考案したロサンゼルスのバーテンダーの初恋の女性の名前だった。ところが、その恋人は、不幸にも狩猟場で流れ弾に当たって死んでしまう。嘆き悲しんだバーテンダーは、後に自分が素晴らしいカクテルを考案した時、その恋人の名前をつけたのだった。

この、自分の境遇と似たカクテル命名の哀しい由来を聞いて以来、老人はグローリアの命日には必ずこのカクテルを飲み、亡き恋人を偲んでいたのだ。そして、きょうが、まさに、その命日というわけなのである。

老人は装置取付け以来この一ヵ月というもの、毎晩、ホログラフィのグローリア像を眺めつづけていた。だが、それも今夜が最後なのだ。恋人の命日の翌日、つまり明日には、レンタル契約どおりホログラフィ装置は取り外されてしまうのだ。

しかし、それもよかろう、と老人は思っていた。素晴らしい鮮度の立体映像は、確かに老人の眼前に亡き恋人のイメージを甦らせはしたが、それは老人にとって、次第に辛いものとなっていたのだ。所詮(しょせん)、これは虚像──光のマジックに過ぎないのだ。老人が感極まって恋人を抱きしめたくとも、冷たい樹脂の円筒がそれを拒絶した。カクテルのようにふたりが溶け合うことは、最早(もはや)、永遠に帰り来ないのだ……。

老人はレコードに針を落とした――これが最後の試みと決意して。

伴奏が始まり、円筒の中に影が浮かびあがってくる。グローリアが歌い始めた。この一ヵ月間何度も見た、同じ動作、同じ表情で亡き恋人の幻が歌うのだ……。

「幻だ、虚像に過ぎんのだ。失われたものは、もう帰って来ないんだ……」

老人はそう呟くと、手の中のグラスに目を落とした。グラスの中はもうカラだった。溜め息をついて、のろのろと視線をあげる。

――初めは、何のことかわからなかった。ただ、なんとなく奇妙な感じがしたのである。部屋の家具の配置かなにかが、さっきと少し違っているような……しかし、移動したのは家具ではなかった。

グローリアが間近に立っていた。

それも、円筒のホログラフィ装置の外に――。

老人は息を呑んで、グラスを床に落とした。

「グローリア……まさか……」

光のマジックが創り出した幻影ではない、老人と同じ空間に佇むグローリア。美しい歌姫はもう、オートマタのように同じ動作で歌うことは、やめていた。彼女は老人の方を見つめ、静かな笑みを浮かべて言った。

「逢いたかったわ、あなた。さあ、遅くなったけれど、今度こそ一緒に行きましょうね」

「ど、どこへ……？」老人は動揺した。心の中で歓喜と恐怖がいちどきに渦巻いていた。

グローリアは、黙って長い手袋をはめた手を翼のように差し出した。老人の心の中で狂おしいまでの思慕が湧きあがり、他のすべての感情を制した。

老人はよろよろと一歩を踏み出した。四十六年を経て、やっと恋人の胸へ帰るために……。


ジェシカは踊るのをやめて、デスクの上から飛び降りた。パムがそれを見て笑いころげる。ふたりはジェシカの祖父の部屋で、さっきからやりたい放題をしていた。

ジェシカが息をはずませて言った。

「ねえ、パム、おじいさまのレコード聴かなぁい？」

パムは眉をひそめる。

「叱られない？」

「大丈夫よ。おじいさま、きのうの晩からいないの。それで、きょう、なんとかホログラフィって会社がレンタル機械を取り外しに来た時も、パパが困っちゃってね。でも、結局持っていってもらったわ」

「なんの機械？」

「さあね、わかんない。おじいさまは気まぐれの変人だから。いつもひとりで何かやってるの。それに、きのうみたいに、プイッとひとりで旅に出ちゃうこともあるし。よーするに、孤独な老人なのよ」

ジェシカはわけ知り顔にウインクすると、慣れない手つきで古ぼけた蓄音機をセットした。「これ、ノンビリしてる曲で、笑っちゃうの。マドンナの《イントゥ・ザ・グルーヴ》にくらべたら……」

部屋に、聴き古したレコードのノイズとくぐもった歌声が流れた。悠長な曲調に再び笑いころげるふたりの少女。

しかし、部屋にはもうひとり、いや、もう一匹、レコードの音を真剣に聴いているものがいた。老人の飼っているシープドッグだった。年老いた犬は蓄音機のそばに腰をすえると、片耳をピンと立ててレコードの音に聴き入った。

ふざけ合う少女たちは聴きのがしたが、飼い犬はちゃんと聴きとっていた。ノイズに混じって、レコードの溝の中で(イン・ザ・グルーヴ)、かすかに咳の音が響くのを――。

飼い犬はご主人がどこにいるのかを悟って、しかも、素敵な気分(イン・ザ・グルーヴ)であることも知って、満足そうに大きな欠伸(あくび)をしたのだった。

――Fade Out――

ラウンド・ミッドナイト＋1

コラボ小説集
（画家・アーティスト編① with 吉田カツ）

一九八四年刊の吉田カツさんの画集『Round Midnight』（ＪＩＣＣ出版局）所収の《コラボ》小説四篇。この本には他にも寄稿者が何人もいたので、私の名前だけ多く並べるわけにもいかず、二篇はペン・ネームで掲載された。

「Travelin' Light」……書誌学上は、本作の前に三篇書いたことになっているが、発行月が先になっただけで、最初に書いた小説作品は、これである（新宿のＡＴＭで稿料が振り込まれているのを確かめて、自分もようやく小説でお金が稼げるようになったと感激したので、よく覚えている）。ジャズ・シンガーのビリー・ホリデイをモデルにした幻想小説。なぜ、このテーマを選んだか確かなことは覚えていないが、自分自身もカツさんも音楽全般の趣味嗜好が共通していたということがあるかと思う。案の定、カツさんは、本作を気に入ってくれて、ホーム・パーティーにも呼ばれるようになった。パーティーにはシーナ&ザ・ロケッツの鮎川誠さんら音楽関係者が多く集まっていて、その中の『スイングジャーナル』の編集者も本作を気に入り、同誌のジャズ小説連載にも繋がって行くことになる。そうした記念すべき一篇なので、後に本作とジャズ小説のアルバート・アイラーの回を繋げて「Jazzy」と改題、『モンスターズ』（講談社文庫）に収録した。尚、初出時は「I'm Travelin' Light Because…」と歌詞そのままの長いタイトルがつけられていたが、今回は初稿時のタイトルに戻した。また作中で「ニガー」「ブラッキー」等の差別用語を書いているが、これは当時の時代背景を描くためにしたことなので、ご容赦願いたい。

「無題」……「Travelin' Light」の中に綴じ込み付録のような形で入っていた断章。今回は、「挿入歌《天国行きの汽車ポッポ》」と題して、本文中に組み入れた。

「赤い死重奏曲」……小説を書く場合、私は、まずプロットから考えるのだが、本作は共感覚的なイメージ先行で書いた作品。《狂騒の八〇年代》——私はバブル期に生きているというより、自分は「世紀末」に身を置いているという感が強かった。なので、これは私なりの当時の黙示録的イメージの提示。今回、読み返して気づいたのだが、幕切れの風景は、ロック・バンド四人囃子の名曲《一触即発》の歌詞に触発されて書いたものかもしれない。青春期の私の頭の中には、あの歌詞にある破瓜病的幻影が、確かにあった。自分としては珍しい小説作法で書いたものなので、後に「赤い四重奏曲」と改題・改稿のうえ、『ミステリーズ』（講談社文庫）に収録した。

「スイート・カリフォルニア」（青柳風人名義）……作中に出てくるヴァレー言葉（スピーク）という若者スラングは本当に存在していて、自分の娘ムーンがこの言葉を喋っているのを知ったフランク・ザッパが《ヴァレー・ガール》として楽曲化、八二年にヒット・チャート入りしている。

「商品開発」（町山朔弥名義）……ＳＦのスタニスワフ・レムが架空の書評を小説として発表しているのだから、架空の商品開発企画書を小説と言い張るのもアリかと思って書いた。当時は、まだ、ワープロが出始めていた頃なので、フロッピーの文書データの書体で掲載された。今現在、私は「ＡＩに小説が書けるか」という企画を準備中（すでに原稿は書いている）なのだが、この頃から、そうした発想を抱いていたのかと、再読してみて、ちょっと驚いてしまった。尚、町山朔弥というペン・ネームは山口雅也のアナグラムで、この名前は一字だけ変えたものも含め、他でも何度か使っている。一誌に二作以上寄稿する際の常用（？）名だった。

以上四篇、初期の私は、様々な手法・作風を模索していたことが、おわかりいただけるかと思う。

＊

「素晴らしき環境音楽装置」（『月刊小説王』第一四号／角川書店／一九八四年）

当時、唯一、文芸誌に載った近未来ＳＦホラー。なぜこのパートに入れたかというと、挿絵を吉田カツさんが描いてくれたから。今なら考えられない優遇である。なぜ、そんなことが実現したかというと、当時、『月刊小説王』は、外部発注でフリーの森永博志さんが仕切っていたという経緯があったからだ。そういう訳で、先に「挿絵」と書いたが、カツさんが描いたのは、やはり小説の内容とは無関係の抽象的な《コラボ》絵画だった。だが、それでも嬉しかったのを覚えている。当時カツさんは、フジサンケイグループの目玉のロゴマークを作製して億単位の高額の報酬を受けている雲の上のアーティストだったので。

Travelin' Light

巨大なピンクのイモ虫は、腐ったトマトみたいにぐずぐずと沈みゆく太陽の愛撫を背に受けると、ブルッと身ぶるいした。

——ピンクのイモ虫ちゃんがいよいよ動きだすんだわ。アタシ、すっかり御機嫌になってきちゃった。それもそのはずさ。さっき、駅のトイレで麻薬煙草（リーファー）、最後の一本喫（や）ってきたんだもの。アレやるとサ、いろんなものが見えてくるから好き。さあ、ピンクのイモ虫ちゃん、早く故郷に連れてって……。

巨大なピンクのイモ虫は、身ぶるいを終えると、グランド・セントラル駅から、ゆっくりと、しかし威厳をもって這（は）いだしした。

——そう、アタシはこれから身軽な旅（トラベリン・ライト）に出るんだわ。素敵な白いクチナシの花を髪に挿（さ）し、バイ、ニューヨーク、バイ、バイ、五十二丁目の皆サン！　アタシはこれから故郷のボルティモアへ帰るのよ。……別に男に捨てられたからじゃない。フッ、誤解しないでよ。アタシにはこの列車に乗る、ちょっとした理由（わけ）があるンですから……。

「ネエちゃん、どこまで行くんだい？」

アタシの前に坐ってるオジンのニガーが図々しく話しかけてきた。アタシはニガーって大ッキライ。特にアタシの目の前にいるような奴は……。だらしなく肥って、新聞紙に包んだ安ワインを、さっきから後生大事に呑んでいる。安ワインの匂いとあいつの汗の悪臭（九月というのにね！）が混ざって、吐き気がするくらい。それでもって、充血してただれたような目ン玉で、アタシの体を舐め回すように見ている。

「失礼ね、私は貴婦人、レディ・デイって呼ばれているのよ。故郷のボルティモアじゃあ、あんたなんか口もきけない、ちょっとした名家の出なんだからね」

「ボルティモア？　ネエちゃん、気は確かかい？　この列車は逆だ。こいつはモントリオールへ行くんだぜ。北行きの列車だヨ！」

フン、わかってるわよ。これだからニガーはバカにされるのよ。アタシは故郷のボルティモアへ帰ろうと思った――。

――だから、反対方向の北行き列車に乗ったんじゃない。

フフ、ニガーはほんとに愚かね。アタシが黙ってニラミつけてやったら、シュンとして、またコソコソ安ワインを呑みだした。……アタシのほうもアパートでキメた、おクスリが効いてきたみたい。ニガーの顔がいつの間にか溶け落ちちゃって、丸っこい肩には、スイカみたいに大きい充血した目玉が載っているじゃない。で、その目玉が生意気に安ワインなんか呑むもんだから、愉快、愉快、まるでせっせと目薬さしてるみたい。アハァハァ。

アタシがなぜニガーが嫌いかって？　教えてあげましょうか。それは、アタシが黒ネエちゃんだからよ。言っとくけど、黒いのはアタシのせいじゃない。アーティの楽団と南部をまわった時、どんなに非道いめにあったことか。どこへ行っても、ニガー、黒ネエちゃん、ケツの穴……。だからアタシは、ニガー嫌いの黒ネエ(ブラッキー)ちゃんというわけ。そもそも、神様はアタシに、ちっとも親切じゃなかった。いつだってアタシはこうなンだ。薬(ヤク)だってホントは好きじゃない。やりすぎると、体からチキン・スープの臭いがしてくるからね。だから、薬(ヤク)嫌いの麻薬中毒患者(ジャンキー)でもあるというわけ。皮肉なもンだね。で、やめようと決心したとたんにフィラデルフィアの監獄送りさ。

まだあるわよ。アタシは歌手になる前は、セックス嫌いの娼婦だった。なんたって、十歳の時に白ブタに強姦(や)られたんだもの。その時は二度とそんな目にあうまいと心に誓ったのに、そいつが商売になるなんてね。……待ってよ、その伝でいくと、アタシ、ひょっとして歌の嫌いなジャズ歌手(シンガー)かもしれない。でも——。

——なんでアタシは……悲しい歌ばかり歌わなきゃいけないの?

アタシはいつも微笑(ほほえ)んでる、白くて綺麗なお金持ちのレディでいたいのに……。

だからアタシは、なにもかも捨てて故郷に帰る決心をした時、わ、ざ、と、反対方向の列車に乗ったのよ。

今度こそ神様の裏をかいてやるんだわ。フフフ、見てらっしゃい。

「身も心も(ボディ・アンド・ソウル)疲れちゃってね……」

アタシの隣に坐ってる黒ネエ(ブラッキー)ちゃんの娼婦が呟(つぶや)いた。針金のように痩せ細った女だった。別に商売女という看板ぶらさげてるワケじゃないけど、アタシも昔は御同業、すぐピンとくるのさ。針金女はどうやら身の上話をしてるらしい。アタシにふられた目玉男が、熱心に聞いてやっている。瞳の中の赤い舌舐めずりをひた隠しにしながら……。

身も心も(ボディ・アンド・ソウル)だって? フン、哀れなもんだね。アンタも早く、そんな娼婦稼業から足を洗って、アタシのように、優雅な白いクチナシの花を髪に飾れる、素敵なレディにおなりなさい……。

＊

挿入歌《天国行きの汽車ポッポ》

グッバイ、マイ・スイートハート……。
ハロー、マイ・デリシャス・デス……。
オイラを乗せた汽車ポッポ
オイラを楽にさせとくれ
天国行きの汽車ポッポ、天国行きの……。

　ジョン熊は、イモ掘りの手を休めてトムじいの方を見た。じいさん、相変わらず調子っぱずれの唄を口ずさんでいる。

「オイ、トムじい、やるだか？」

　丘の向こうから、微かに汽笛が聞こえてくる。トムじいは歯茎だけの口を嬉しそうにゆがめて、黒い両手の指を七本つき出した。

　それを受けてジョン熊は、鼻で笑い、

「フフン、オラは八両だ。雌鶏(めんどり)一羽でな——賭けは成立だな？」

　切り通しから、夕日を背に受けた列車が姿を見せはじめた。大声で数えるジョン熊。

「ワン、トゥー、スリー、フォア……」

　七両だった。大喜びで手をたたくトムじい。

「賭けはまだ終わっちゃいねぇ。何両だった、トムじい？」ジョン熊がニヤついて言う。

「へ、ヘブン……」

トムじいの歯茎から空しく息が漏れた。腹を抱えて笑うジョン熊。

トムじいの天国行きもそう遠くはないようだ。

＊

アタシは列車内のあきれた様子にウンザリして、窓の外を見た。もう、腐ったトマトは地中深くに埋もれ、代わって漆黒の鴉が翼をひろげ、世界を支配していた。薬を喫ってるから、アタシにはなんでも見える。列車は今、ヴァーモントのあたりかしら、闇の中に赤や黄に紅葉した樹々がパッとはじけてる。まるで、地上にそのまま落ちていく独立祭の花火みたい。

――あ、でも……ちょっと待って。

あの花火の中の黒い染みは何？　だんだん大きくなって……。あッ、あれはダディの顔！　樹の枝から、まるで奇妙な果実のように吊るされたダディの真っ黒い顔。目玉男と針金女が窓の外を指してケタケタ笑ってる。やめて、やめて、ダディを笑わないでッ！　針金女の言葉が呪詛のように谺した。

……身も心も、身も心も……ボディ、死体、ダディの死体をどうか嘲笑わないで……。

……いつの間にか、終着駅に着いていた。アタシは巨大なピンクのイモ虫から降り、真っ暗でガランとしたホームに独り立っていた。

ベンチの蔭からフイに、パリッとした制服を身に着けた、堂々たる体つきのニガーが現れた。

「わたくし、グランド・セントラル駅の駅長でございます。レディ・デイ、ウェルカム・ホーム！

ニュ、ニュ、ニューヨーク、ニューヨークへようこそ！」

え？　ニューヨーク？　ここはモントリオールのはずじゃないの？　それに変ね。ニガーの駅長なんて。あら、嫌だわ。駅長さん、首が曲がってるわよ。まるで、縛り首の私刑にあったみたい。

「市長がお待ちかねです。サ、歌姫、ビッグ・アップルのために一曲お願いします。サァ、サァ」

ノォー！　歌いたくてもアタシ、さっきから歌どころか、言葉を発することもできない。まるで、口がなくなっちゃったみたい。

「どうしたんです、レディ？　具合でもお悪いのですか。オヤ、どうしました、そのお髪の花は？　ホーホゥ、珍しいですな、黒い花とは。黒いクチナシですかな？」

アタシは停車している列車のほうを振り向いた。車窓に映っている自分の姿に、一瞬心臓が悲鳴をあげた。アタシの顔がプディングみたいに白くなっている！　そして白かった髪のクチナシが漆黒の微笑を浮かべてるじゃないの。

黒いクチナシが口ぎたなくののしった。

「歌エマイ、白ブタメッ！」

言うが早いか、黒いクチナシはケタケタ笑い出したわ。アタシも駅長さんもつられて涙が出るほど笑っちゃった。なんて気軽なジョークなんでしょう。まるで、《ちょっとした月光のいたずら》――歌の歌詞みたい。笑いの三重奏はいつまでも構内でジャムっていたわ。そう、狂ったように、果てしもなく……。

――Fade Out――

赤い死重奏曲

赤い砂塵を巻きあげながら、ブレーキが苦しそうな悲鳴をあげた。わずかな焦り（あせ）が自分の神経を冒しつつあることを知った。まるで心を占める不安がブレーキを踏みしめたような手荒な運転だった。

わたしは溜め息をつきながらサイド・ブレーキを引いた。この車で帰ることも、もうないのだから、サイド・ブレーキなど引く必要はなかった。わたしは少し感傷的になって、乗り慣れた車のメータ類をひとわたり見まわすと、ゆっくりイグニション・キーをひねった。低い呻き（うめ）声を発したあと、車はホッとしたように息たえた。

車外に出てボンネットの向こうに広がる海を眺める。ずっと慣れ親しんだ蒼い海がそこに無いことはわかっていたが、それでも赤褐色にドロドロと泡立っている海を見ることはやりきれなかった。

こうなりはじめた当初、人間の体液と海水の塩分の濃度はほぼ同じだと聞いたことがあったが、それは嘘だった。だが、こうなる以前、蒼い海を眺めるたびに深い安堵感を味わえたのは、ずっと系統樹をさかのぼった太古——人間の祖先が海に棲んでいた頃の潜在記憶——本能が甦り（よみがえ）、われわれの生理を親しく慰撫するからだろう。ずっと、そう確信してきた。それが目の前に繰り広げられている光景は、どうだ。今や赤褐色に濁った海は、安堵感どころか、いたたまれぬ不安感をわたしの体液に注入し、生理を攪乱しにかかる。

海からはもう、あの懐かしい潮の香りは漂ってこなかった。かわりに、何かの腐ったような悪臭がかすかな火薬の刺激臭をまといながら、わたしの臭覚に〝絶望〟という宛名のエアメールを送りつけてきていた。

わたしは海からの腐臭に顔をそむけるようにして振り向いた。

海に突き出した断崖の上に、巨大な蟻塚が建っていた。――目指す建物だった。

蟻塚というのは、あくまでも遠方から一瞥した時の印象だった。実際に近づいて仔細に見ると、中世ゴシック様式の聖堂を思わせる特徴が目についた。交差するヴォールトが切り石のアーチによって堅固に根をおろしていた。アーチは勿論、尖塔形だった。正面から見上げると尖塔は大小合わせて三つしか見えなかったが、まだ背後にはいくつか立っているようだった。

正面の三つの尖塔のうち側廊側の二つはアーチを被う屋根が一段下がり、主廊の側壁とは眼鏡橋のような扶壁で結ばれていた。この一見無用で過剰な装飾と思わせる様式が、機能主義の建築に毒されたわたしに、目の前の館が現実のものではないのではと錯覚させるに充分な効果をあげていた。

わたしは畏怖の念に呑まれて最も高い主廊部の尖塔を仰ぎ見た。二つの小尖塔を従えて屹立する塔は、ある種の威圧感をもってわたしを睨み据えている。実際、鋭い三角形の破風の下に、あたりを睥睨する眼球を見たような気がしたが、すぐにそれが塔頂部の鐘楼であることに気づいた。ゴシック式にしてはいささか妙な位置にあるなと思ったが、この建物の異常さはその一点にとどまらなかった。

窓の位置が狂っていた。主廊部の薔薇窓をはじめ、主廊、側廊、そして尖塔のあちこちに嵌め込まれた窓は、ひとつとして正常な位置を占めてはいなかった。まったく規則性を欠いた狂人の論理であちこちに穿たれているようだった。その形もまちまちで、側壁に生じた亀裂のようなものもあれば、まるで腫瘍(しゅよう)のように突出したルネサンス風の弓形張出窓もある。

さらに、異常だったのは建物の表面だった。まるで建物全体が溶岩を練り固めて造ったか、あるいは腐臭を含んだ海風がドス黒い灰塵を塗りたくったかのように、ザラつき、荒廃を極めていた。そして、その不気味な質感が垂直に屹立する建物に力線を付与し、この建物を異常な蟻塚じみて見せるのにひと役かっているのだった。

《世界劇場(テアトルム・ムンディ)》――最後の演奏会――

わたしは、扉の前の朽ちかけたプレートの文字を目を凝らして確認すると、静かにノッカーを叩いた。

荒(すさ)んだ建物の外観とは裏腹に、わたしの背丈の二倍ほどもある両開きの扉は、軋(きし)み音ひとつたてずスムースに開いた。

そこに梟(ふくろう)じみた初老の紳士が立っていた。栗色のつやのある髪をオールバックにしてぴたりと頭になでつけている。椀を伏せたような大きく円(まる)い頭にずんぐりした小肥りの体軀。両者をつないでいるはずの首は、仕立てのよいディレクターズ・ジャケットに包まれたなだらかな肩に、どうやら埋没しているようだった。

「ようこそ、おいで下さいました」

翼のように大きい手を差し出しながら、男の梟の瞳が輝いた。彼の目鼻は面(おもて)の中心に寄りそうように集まっていた。磨きあげられた黒曜石のような瞳、その直下の直線的なローマ風の鼻。薄く小さい唇はその鼻の蔭に隠れるように結ばれているので、細長い鼻がいっそう嘴(くちばし)めいて目立っている。

「わたくし、当《世界劇場(テアトルム・ムンディ)》の支配人でございます。道中危険はございませんでしたか？　……やはりG地区のほうはもう……」初老の紳士は嘴をせわしなく動かしながら言った。

「ええ、昨夜、自治体の救援センターが閉鎖になりました。疾病(しっぺい)のほう――ＣＤＣも機能を止めました。あなたのeメールがあと少し遅れたら、わたしもここに来られたかどうか」

「ホーホゥ」支配人は梟のような声を発した。「それは幸運、最後の僥倖(ぎょうこう)でしたな。あなたにとっても、わたしにとっても……。さあさ、ともかくおはいり下さい」

梟支配人は抱きかかえるようにして、わたしを館内へ招(しょう)じ入れた。

中へ一歩足を踏み入れた瞬間、わたしは柔らかな白光に包まれた。荒廃した建物の外観とは全く別の、隔絶して存在している世界のように、館内は隅から隅まで乳白色に統一されていた。床も、仰ぎ見る天井も、立ち並ぶ柱も、全てが白一色だった。外から眺めた時、たしか主廊部(ネイブ)にあったはずのカラフルな薔薇窓(ローズ・ウィンドウ)も、どういうわけか見あたらなかった。どうやら窓から採光しているのではなさそうだ。と言って、照明らしきものも見あたらない。何か隠れた間接照明でもあるのだろうか、あたりには刺激のない柔らかい光が漂うばかりだった。

「あと十五分ほどで楽士がまいります。われわれはこちらで待つことにいたしましょう」

支配人とわたしは、ゴシック教会なら身廊部にあたるフロアの中央に、ポツンと二つだけ置かれた白塗りの椅子に腰をおろした。高い天井と垂直に伸びる石柱は教会を思わせたが、内陣があるはずの場所には、かわりに簡素なステージがしつらえてあった。身廊部にあたるフロアの広さは小ホールといったところか。しかし客も客席もなく、ガランとした白い世界に唯一影を投げかけているわたしと支配人は、まるでおろしたての白カーペットに落ちた黒いシミといった感があった。わたしは白い静寂に耐えきれなくなって会話の口火を切ることにした。

「表のプレートにあったあの《世界劇場(テアトルム・ムンディ)》というのは、ひょっとしてイェイツの著書の……」

「ホウ、イェイツ女史をご存じとは。当館最後のお客様とするに、ふさわしいお方だ。——ですが、イェイツと直接の関係はございません。ここでは一般に言われる〝演劇〟なるものは一度とて上演されたことはございませんのでね。シェイクスピアの《地球座(グローブ)》とも、もちろん無関係です。ここは純粋にコンサート・ホールとして使っております。あの名称はまあ、洒落(しゃれ)のようなものでして。ただ——」

梟支配人の眉が意味ありげに吊り上がった。

「——ただ、なんですか？」

「ただ、イェイツ女史の、いや、遠くルネッサンス人たちの思想は当館にも脈々と流れておりましてね、われわれは今日、宇宙(コスモス)とともに演奏会を開こうと、こういう趣向なわけなのですよ」

「宇宙(コスモス)？」

わたしが怪訝(けげん)そうに梟支配人のほうを見ると、彼は天井を指さしながら、にっこり笑ってつづけた。

「そう、宇宙(コスモス)。われわれが蹂躙(じゅうりん)しつづけてきたこの地球を含む大宇宙です。そして卑小な罪深いわれわれ小宇宙は、今、最後の演奏会において、大宇宙とともに最後の音楽にうち興じようというわけなのです」

ルネッサンス期のそうした生宇宙的(バイオコズミック)な発想法、大宇宙に対してわれわれ人間を小宇宙として捉える考え方はどこかで読んだ記憶があった。しかし、精神史の蔭に咲く幻想的な夢としてならともかく、現実としてはいささか荒唐無稽な話ではないか。わたしは支配人独特の衒学的(ペダンティック)な比喩の一種としてこれを了解し、適当に話を合わせてゆくことにした。

「——と言いますと、ここには何か特殊な音響装置でも備えてあるわけですか？」

「ツツツ」梟支配人は眉根を寄せて舌うちをした。「まだよくおわかりになっていないようですな。当館には、フラッドの《音楽の殿堂》のような神秘的な音響装置はない。ここで大切なのは〝精神〟なのです。大宇宙と小宇宙の〝照応〟こそが、肝腎なのです……」

わたしの心の中に、この老支配人はすでにおかしくなっているのではないか、という懸念が湧きあがってきた。とりとめのない話といい、この奇妙な館といい……。しかし、まあ、この極限状況なら致しかたない。正気でいろ、というほうが無理だろう。今のわたしにとって、そんなことはどうでもよかった。ともかくも、この最後の日に好きな音楽を静かに聴くことができれば、それでよいのだ。

「……ところで、まだＩＤカードを拝見しておりませんでしたな」

わたしの夢想を破って、梟支配人の声が耳にとびこんできた。わたしは少しあわてながら、ボンバーズ・ジャックのジッパーを開けて内ポケットからＩＤカードを取り出すと、支配人に手渡した。

「フム、フム、登録コードＭＹ七〇六六Ｑ、一九七Ｘ年十一月十二日生、……誕生星座は、蠍座ですな。結構、結構、あなたこそ最後の演奏を聴くにふさわしいお方だ。もうすぐ南の空に蠍座が昇る。演奏者も全員蠍座生まれです。これで大宇宙とわれわれ小宇宙の〝照応〟の条件は整った。あとはあなたが精神を解放するだけです。さあ、心を楽にして――」そこで振り向いて、「――演奏者が出てまいりましたよ」

ステージの上に四人の楽士が立っていた。どこから入ってきたのか、わたしの視界に入らないはずはないのに、白いステージに忽然と四人の楽士が四つの楽器を伴って姿を現していた。

「当館の誇る《世界四重奏団》です」

梟支配人がいつくしむような目で四人を見やりながら言った。

ステージの上には男二人、女二人が立っていた。向かっていちばん左の女性は東洋系らしかった。

黒い髪にひと重の切れ長の目。銀色のロングドレスを着て、何か弦楽器のようなものを小脇に抱えている。他の三人についても言えることだが、いずれも今までに一度も見たことがないような風変わりな楽器（古楽器か？）を持っていた。彼女の弦楽器はヴィオラぐらいの大きさだが、ボディはエメラルド色で、中央にはギターのようなホールが穿（うが）ってあり、どうやら右手に持った弓で弾くらしい。弦の数は少なくとも十本以上はあるようだ。

弦楽器奏者の隣には、管楽器を抱えた男が立っていた。ラテン系らしいはっきりした目鼻だちに美しくカールした髪の男性。きちんと着こんだタキシードの小脇に抱えた管楽器は、黒塗りのクラリネットを《？》マーク形に曲げたような形をしていた。この管楽器の歌口部分（マウス・ピース）は、どう使い分けるのか、二つも付いているようだった。

この二人より一段ひっこんだ位置には、打楽器を前にした男が立っていた。純白のタキシードに包まれた黒人だった。褐色の肌に眼を大きく見開いて前を見すえている。彼の前に据えられた楽器はサイケデリックな色彩に彩られたティンパニといった風だったが、大きな太鼓の両サイドはアーチで結ばれ、そこには大小さまざまな打楽器（スネアやゴングまで）がとり付けられていた。

ステージの右端には、チェンバロを思わせる小型の鍵盤楽器が据えられていた。西洋の柩（ひつぎ）に脚を付けたような形をしていて、脚の部分はネプチューンらしい像の彫刻になっていた。ちょうど海神四人が柩を担いでいるような恰好（かっこう）だ。この楽器の前に、静かに座る黒衣の奏者は、北欧系らしい透明な肌と流れるような金髪をもった白人女性だった。楽士を見渡しながらわたしは訊（たず）ねた。

「曲目は何です？　本来ならば、メシアンの《世の終わりのための四重奏曲》あたりを演（や）れば、ふさわしいんでしょうが……」

梟支配人は、ぼんやりと視点の定まらぬ目で放心したように黙している。

「楽器の編成が違うようですね。見慣れないものばかりだ。あれらは古楽器ですか？」とわたしが再び訊く。

「そんなことは、どうでもよろしい！」

突然、支配人が声を荒らげ、一瞬、気まずい沈黙が二人の間を支配した。

少しして支配人の口調は穏やかなものに戻り、

「……いや、失礼しました。つい年齢（とし）がいもなく昂奮しましてな。しかし、今さらそんなことは問題でないということは、あなたにもおわかりでしょう。もはや第七の使徒はラッパを吹かないのです。神の奥義の成熟はなされないのです……。たとえ編成を変え、メシアンを演ったところで、この呪われた黙示録的状況は……」

支配人は急に疲れたような表情をみせ、ガックリ肩を落とした。

「結構です」わたしはうなずいた。「別に曲にはこだわりません。《世の終わりのための四重奏曲》が、実は黙示録を表したものでなく、ナチスの収容所に囚われていたメシアンが《時》の終焉（しゅうえん）について構想したものであることは、わたしも存じています。……演目はお任せします。わたしはただ、この最後の日に、好きな音楽が聴きたいというだけのことなのですから」

「おお、そうですか」支配人の表情に輝きが戻った。「それでは、この最後の演奏会にふさわしい、とっておきの初演曲をお聴かせしましょう。逝きし小宇宙と地球のために捧げる《赤の四重奏曲》です。〈喜び〉と〈哀しみ〉と〈怒り〉の標題による三楽章から成っています。オヤ、準備が整ったようだ。それでは開演の時間です。今までに誰も聴いたことがないような音楽をお聴かせしますよ」そこで意味あり気に、「……しかしまあ、最後までご堪能――お聴きになることができれば、よろしいのですが……」

支配人が言い終わらないうちに、鍵盤が最初の分散和音を弾きはじめた。すぐに、その音に和するかのようにホール全体が暖かいピンク色に包まれた。鍵盤楽器はすかさず美しい〈喜び〉のテーマへと移ってゆく。——するとどうだ、金髪の奏者が一音弾くごとに、その音が空気を震わし、その振動が徐々に何かの形をなしていくではないか。

音は今や、色とりどりの花に姿を変え、その不思議な鍵盤楽器の蓋からこぼれはじめていた。音により種類を変え、次々にこぼれ出る花、花、花……ドはデイジーだった。ミはスミレのようだ。ファはグラジオラス……またたくまにフロアは花で満たされ、わたしは音楽の花園の中で馥郁たる香りにうっとりと身をまかせた。

鍵盤楽器のあとを引き継いで、今度は管楽器がソロをとりはじめた。ホール全体の色はいつのまにか明るいグリーンに変わっていた。床に咲き乱れていた花々の輪郭が次第にぼやけてゆらゆらと揺れだした。

……気がつくと、わたしは海の中にいた。あの懐かしい海、赤く汚れる前の生気に満ちた碧い海。わたしを、そして全ての生命を育んだ豊饒たる海。この海も音でできていた。あの黒い管楽器の茫洋たるメロディが溢れてできた海だった。音楽の海の中で、わたしは不思議な喜悦を感じ、陶酔感に満たされながら漂いつづけた……。

ホールが純白に返った。第一楽章が終わったのだ。わたしはこの時初めて、館内の全てが白一色だった意味を悟った。ホール全体が巨大なスクリーンの役目を果たしていたのだ。しかし、スクリーンといっても妙な映写装置などが操作されている形跡はなかった。——音自体に色も形も匂いもあることが、たった今、共感覚としてわかったのだ。

支配人が、まるでわたしの心を見透かすかのように、目配せしながら囁いた。

「そう、当《世界劇場(テアトルム・ムンディ)》では、音楽自体が演者なのです——奏者が楽器を操っているのではない、音楽自体が全てを、制御しているのです」

第二楽章も鍵盤楽器のかすかなピアニシモからはじまった。単音のシンプルな流れがつづく。わたしの頬に音符が一滴落ちてきた。ホール全体は陰鬱なブルーに包まれ、天井から無数の音符の雨だれが落ちてきた。髪を伝って音の水滴がしたたり、濡れそぼったわたしの体は次第に冷えていった……。

雨のカーテンを通して、弦楽器のすすり泣くような旋律が床を這いながらこちらへやってきた。灰色の哀調を帯びた旋律は、わたしの足元に溜って徐々に形をなしていった。

わたしの足元に灰色の柩ができていた。わたしは急にやりきれなくなり顔をそむけた。しかし、わたしが顔をそむけた方向にも、やはり同じような柩が現れていた。なぜかわたしには柩の中に何が入っているのかわかっていた。その中には、わたしの愛した人たちが瞑目(めいもく)しているのだ。わたしを可愛がってくれた祖父母、かけがえのない父母、愛し愛された恋人も……。

いつのまにか柩の蓋が開いていた。わたしは何かに憑かれたように、恐る恐る中を覗きこんだ。中は、蒼ざめた悲しみの音で満たされていた。灰色の死者の声が沈澱していた。わたしは激しく嗚咽(おえつ)しながら、柩の前にひざまずいた……。

ホールが純白に返った。雨も柩も消えていた。わたしは少し寒気を感じて身ぶるいした。髪が濡れ、ズボンがしめって肌にはりついているのに気づいた。髪を伝ったしずくが床に落ち、くすんだEの音になって響いた。

わたしは茫然としながら、最終楽章を待った。

暗闇がホールを支配した。今度の基調は黒なのか、と思っているうちに、ドロドロとかすかな打楽器の響きが聞こえてきた。何やら単調な呪詛に満ちたリズム。それが次第に音量を増し、数々の打楽器の一打一打が、暗闇の中でパッパッと炎と化してゆくのが見えた。強い一拍は赤い炎、弱い一拍は青い炎、リズムの鬼火は一打ごとに生まれ、集まり、徐々に大きな炎を形成していった。

リズムの劫火が天井めがけて立ち上ると、今度は管弦の二人がそれに加わった。それは音楽というより、もはや咆哮に近かった。奏者の激しい怒声がユニゾンとなり、新しい火炎放射があたりを舐めていった。

間髪を入れず、右端の鍵盤楽器も演奏に加わった。鍵盤は今や喧噪の打楽器と化していた。金髪の奏者は、人が違ったような鬼気迫る形相で鍵盤を叩きまくった。それは人間のとり返しようもない罪を糾弾する天使のハンマーだった。ハンマーは他の楽器に呼応して、怒り狂ったように炎の不協和音を叩きつづけていった。

圧倒的な炎はわたしの身体を熱く照らしだし、熱が衣服の水分を奪って水蒸気がゆらめくのが見えた。四つの赤い炎は、今やひとつに重なり、なにか別の形を模索しはじめていた。四つの怒りの劫火は、絡み、溶けあい、混沌とした塊に姿を変えつつあった。演奏はいよいよクライマックスに到達したのだ。

……わたしの前に、巨大ないやらしい肉塊が現れていた。四つの炎はそれぞれ大小四つの肉房となり融合したのだ。肉塊は生きていた。シューシューと呼吸をしながら、ホールの天井までとどこうという身体全体で膨張・収縮を繰り返していた。……それは巨大な心臓だった。青い炎は静脈となり、赤い炎は動脈となり、ヌルヌルとした表皮にへばりついている。怒りのリズムは今や呪われた生命の鼓動と化して、肉塊を激しく震わせていた。その規則的な振動は妖しい和声となり、わたしの耳を責め苛んだ。

巨大な心臓が、ジリッとこちらへ動き出した。わたしは不安に駆られ、支配人のほうを振り向いた。しかし、そこには誰もいなかった。ただ、白い椅子が倒れているのみ――。

……その間に、また、心臓がこちらへにじり寄ってきた。すでにステージから半分はみ出し、こちらへ転がり出してきそうな不気味な気配をみなぎらせている。

突然、かつてない恐怖がわたしの心臓をわし摑みにし、わたしは椅子から跳びあがった。演奏者たちの怒りは――小宇宙たちの罪深き同胞に対する憎悪は、遥か彼方の大宇宙の怒りの鼓動と呼応して、もはや歯止めのきかないスケールにまで膨張してしまったのだ。

心臓が地響きをたてて転がりはじめた。わたしは椅子を蹴ると、振り向きざまに走り出した。

これが、単なる感傷的な演奏会などではないことを悟った。――もうたくさんだ。ここから出るんだ。わたしはホールをいっきに駈け抜け、扉口まで息せききってたどり着いた。

扉は開かなかった。扉はわたしの前に立ちはだかって微動だにせず、冷たい沈黙を守っていた。後ろからは、怒りの鼓動と不気味な地響きが次第に迫ってくる。振り向くと、わたしがさっきまで坐っていた椅子が、哀れな悲鳴をあげながら巨大な肉塊に圧し潰されるのが見えた。

わたしは極度のパニックに陥りながら、必死であたりを見まわした。主廊部と側廊部の境い目のあたりに小さなアーチがあり、奥に階段がつづいているのが見えた。わたしは躊躇することなくアーチをくぐり階段を駈けあがった。

階段は螺旋状にどこまでも昇っていた。わたしは膝の関節が軋むほど、登って登って登りぬいた。しかし、階段の途中にして息が切れ、わたしはついに立ち止まって後ろを振り向いた。……すぐそこまで心臓が迫っていた。怒りの心臓はおぞましい軟体動物のように身体を収縮させ、螺旋階段を這いあがってきたのだ。わたしの背骨に冷たい電撃が走った。もう立っていることはできなかった。わたしは本能的に四つん這いになると、手負いの獣のように階段の残りを死にもの狂いで登っていった。

なま温い風がわたしの頬をなでた。外気は海からの腐臭を孕んでいた。そこは鐘楼だった。ようやく螺旋階段を登りつめ、尖塔の項上にたどり着いたのだ。わたしは鐘楼の床に力なく両足を投げだし、欄干に寄りかかりながら、まだあえいでいた。汗まみれの目蓋をようやく開けて下を見おろすと、さっき乗ってきたわたしの車が、まるでてんとう虫のように小さく見えた。

空を見あげると、すでに漆黒のカーテンが降りていた。暗黒の宙空には灰色の雲の群れが身悶えしながら、まるでアメーバのように増殖を繰り返していた。

足元の階段の奥で暗闇が蠢き、脈打つ心音が次第に押し寄せてくるのが聞こえた。これが最後の音なのだ。怒りと呪いに汚された最後の音楽……。

——ふと、心音がどこかで呼応しているのに気づいた。……暗黒の空が鼓動していた。小宇宙の心音に〝照応〟すべく、大宇宙が怒りの鼓動と旋律による遁走曲を奏ではじめたのだ。音は次第に激しさを増し、塔はその鼓動に共鳴してビリビリと振動しはじめた。

大宇宙の演奏が最高潮に達した時、突然大音響とともに空に亀裂が走り、黒いカーテンを押し分けて真紅の妖しい光が漏れてきた。赤い部分はゆっくりとにじんで、天穹には隠しようのない傷口が広がっていった。

空は今、赤く爛れつつあった。それは夕陽のような情味のある赤ではない。血の赤、そう、われわれの贖いがたい罪の証しである、どす黒い血の赤だった。大宇宙の傷痕は無残に広がり、赤い空は呻きながら醜く腫れあがっていった。

わたしの頬に一点、冷たい刺激があった。指でそこをなぞると、指先が赤く染まった。血だ。血の雨が降りはじめたのだ。疲弊しきった天穹の器には、もはやこれ以上汚血を溜めつづける力は残されていないのだ。

赤い演奏は壮大なコーダへ突入した。繰り返される示導動機は、勿論、終末を暗示する〝血の赤〟だった。赤い傷口は、最後の恐ろしい呻き声をあげた。頭上で臨終を告げる鐘の音が響いた。

……そして、赤い血球となった空が、ゆっくりと、したたり落ちてきた。

——Fade Out——

スイート・カリフォルニア

「ママッ、マーマァッ！」

バスルームのほうから、まるでカリフォルニアに大地震が襲ってきたかのような、ジュディのパニックじみた叫び声が聞こえてきた。

「なんなの、ジュディ？　いい年齢をした娘はそんな大きな声を出しませんよ」

ヘレンはため息をつくと、掃除機のスイッチをオフにして、居間の戸口にふくれっ面で立っている娘のほうを見た。彼女がバスタオルで濡れた髪をゴシゴシやるたびに、しずくがカーペットにしたたっている。

「どーして、このあいだ言ったファラのシャンプーを買っといてくれなかったの？」

「シャンプーって……。けさドラッグ・ストアで買ってきたばかりですよ。ちゃんと新しいのがバス・ルームにあったでしょ」

「だから、それが違うのよ！　アタシが頼んだのは、プロクター&ギャンブルのじゃなくて、ファラ・フォーセットのラベルのついたファベルジェ社のやつなのよッ」

ジュディは癇癪を起こして、バスタオルを床に放り出した。

「なんです、ジュディ」二度目のため息をつくヘレン。「バスタオルを拾いなさい。それから、シャンプーなんてどれでも同じでしょ。買ってあるものを使いなさい」

「あーら、違うわ。ファラのやつは、ケラフィンと薬草を含んでるんですからね。それから香りは……」

テレビ・コマーシャルの口上をそのまま受け売りした口調でジュディが言う。シャンプーの効能書を言い間違えないように慎重になるあまり、ふくれっ面(つら)はどこへやら、すっかり、とりすました顔つきになっている。

「ママは、きょう、とっても忙しいんですからね。パサディナからおばあちゃまがいらっしゃるのは、あなたも知っているでしょ。さあ、もう邪魔しないでちょうだい」

「フンだッ、忙しいのはママだけじゃないのよ。今夜、レドンド・ビーチでパーティがあるんだから。ああ、もうすぐスティーヴが迎えにくるっていうのに、アタシの髪はクシャクシャで、シャンプーすらないときている。アタシは世界で一番不幸な娘よ！」

「スティーヴですって？　あなた、まだあの子とつき合っているの？　あの子はよしなさい。このあいだ、パパがサンセット通り(ストリップ)のほうで不良連中と一緒にうろついているのを見たそうよ。つき合うならギヴにしなさい。ギヴは東部のロウ・スクールに進学することも決まっていて、来年から――」

娘は母親の言葉を途中で遮って、

「スティーヴは不良なんかじゃない！　スティーヴはサーフィンの天才だし、すっごくセクシーなハイ・スクールの英雄(ヒーロー)なのよ。それにひきかえ、ガリ勉のギヴなんかコンピパだわ」

「ん？　コン――なんですって？」

「ハハッ、ママ、ジュディはヴァレー言葉(スピーク)でしゃべったのさ」

いつのまにか、弟のジミーがバットを肩に泥だらけのユニフォーム姿で帰っていた。愉快そうに目をクリクリさせている。

「あら、ジミー、手は洗ってきたの？　あ、ちょっと待ちなさい。そのヴァレなんとかっていうのをママに説明してちょうだい」

「ヴァレー言葉（スピーク）さ。ヴァレー（ロサンゼルス郊外の地区）の女の子は、みんなヴァレー言葉（スピーク）でしゃべるのさ。コンピパってのは、ダサイってこと」

「おだまり、ジミー」弟のほうを恐ろしい目で睨（にら）みつけるジュディ。

「いいかげんにしなさいっ、ジュディ！」身勝手なヴァレー言葉（スピーク）の娘を母親が叱りつける。「――今夜は罰としてパーティには行かせません」

「いや、ママ、ひどいわ、ひどいわ、アタシはファラのシャンプーがほしかっただけなのに……。ママなんか、なんにも知らないくせにっ」ジュディはわっと泣き崩れた。

ヘレンは、この五分間で三度目のため息をつくと、ふと思った。

――そう、むかしは、《ママは何でも知っている》だったし、《パパは何でも知っている》ってテレビの人気ドラマもあったのに、いまは、《ママは何でもコンピパってる》わけね……。

暖炉の上に夫のディックが飾ったケネディ大統領のポートレイトが、いくぶん困った微笑を浮かべているような気がした。

商　　品　　開　　発

1／3

企画コード　ＥＱ—116

S.66.7.13
企画開発部　町山朔弥

企画書

新製品名称

◉新型ワードプロセッサ〈ＥＱ—116〉の仮称を【センテンスプロセッサ／ＥＱ—116／大作家くん】とする

〈ＥＱ—116〉企画概要

◉新型ワードプロセッサ〈ＥＱ—116〉は、昭和65年4月に技術部が開発した第5世代コンピュータ〈ＳＥ—291Ｘ〉と、極超ＬＳＩ—IIの導入により、開発可能になった新世代ワードプロセッサとも言うべき機器である。

◉従来のワードプロセッサが、単語あるいは文節をユーザーの表現どおりに自動変換していたのに対し、〈ＥＱ—116〉は、文章表現そのものを自動変換する画期的なセンテンスプロセッサとしての機能をもつ新機器である。

◉つまり、ユーザーが稚拙な文章を入力しても、簡単なキーパッド操作の自動変換によって、望みの有名作家・著述家の文章表現が得られることになるのである。

ユーザーの入力	→	自動文章変換（ＥＱ—116）	→	有名作家・著述家の文章表現

◉〈ＥＱ—116〉により、年齢・教養・文才を問わず、だれでも大作家になれるわけであるが、機能および辞書フロッピーの性格上、当初はホームユースが主流になろう。

〈ＥＱ—116〉主な機能

①ユーザーが任意の短文を入力すると、〈ＥＱ—116〉に内蔵されたコンピュータ〈ＳＥ—291Ｘ〉がその短文を読みとり、辞書フロッピーに収録された有名作家・著述家の文章の中から、その内容にふさわしいものを選びだしてくる。

②ユーザーが変換キーを押すことによって、次々に有名作家・著述家の文章が候補としてディスプレイに表示され、好みに合ったものを選択できる。

「男性が何かを食べる」（ユーザーの入力）

〈変換↓〉

「ＧＦ伯爵は幾度か舌なめずりをして口の中で唾吐を飲み込んでいたが、腹の底から喰意地がムラムラと起ってきて…」（谷崎潤一郎風）

〈変換↓〉

「Ｎ氏はロボットのボッコちゃんのもってきたチューブから固形栄養物質をひねり出し…」（星新一風）

〈変換↓〉

「アタシが空腹上死のあまり、恥部屋でカマラいや違ったカルメ焼きを口に挿入してたら…」（荒木経惟風）

③各作家の文章を連ねても全体に不統一となるときがある。そのような場合は、［登場人物・人称・視点リサーチ・キー］で不統一の箇所を捜し出し、全編にわたって自動校正することができる。

④ストーリィの脈絡を保つため、あらかじめ［ジャンル・シフト・キー］でシフトをしいておけば、冒険小説風、ＳＦ小説風、恋愛小説風など、望みのジャンルに合った文章を打ち出してくる。

⑤　④の機能に拡張機能として［プロット表示機能］を合わせれば、文章入力ごとに予想プロットが表示され、ユーザーの選択に応じて、オリジナル・ストーリーの作成も可能である。

市場調査

◆フロッピー用人気作家

項　目　名	1000人	%
□ 三浦百恵	340	34.0
▩ 夏目漱石	300	30.0
▨ 赤川次郎	110	11.0
▤ 司馬遼太郎	100	10.0
░ その他	150	15.0
合計値	1000	

〈10万人アンケート結果〉

◉〈ＥＱ—116〉用フロッピー収録作家選定のため全国10万人の15歳から65歳までの男女を対象にアンケート調査を行った。「あなたが、もし作家になれるとしたら、誰になりたいですか？」との問いに対して、夏目漱石を抜いてトップに立ったのは、昭和63年の作家宣言以来、圧倒的な超ベスト・セラーを記録している三浦百恵である。同時期にハウス・ハズバンドに専念した夫君友和の日常を綴った『蒼ざめてプレイバック』が昭和64年度上半期直木賞を受賞したことも多大な影響を及ぼしたものと思われる。

社会的影響と対策

①姉妹品ビジネスユース型〈ＢＱ—103〉【事務屋くん】については、事前に企画の一部が漏洩し（社内事故ＸＪ—44号案件）、〇〇系組合の一部と《新々社会民衆党》左派より非公式の抗議を受けているが、目下、特殊渉外部が案件の交渉・処理にあたっている。

②〈ＥＱ—116〉の社会的影響に対する反発として、各種作家協会および出版社の圧力が予想されるが、こちらのほうは組織としての整合性が弱く、比較的容易に《処理》が進行するものと思われる。〈ＢＱ—103〉同様［特殊処理Ｙｅｎ—76号］が発動され、特殊渉外部による《処理》が進行中である。

素晴らしき環境音楽装置

　またファンクション・キーを押し損なってしまった。これでミスは四度目だった。デボラ・コーエンは溜め息をつきながら、アップル＝Ⅳ（フォア）のディスプレイから目をそらした。パソコンのディスプレイやキーボードを凝視していたせいか、肩こりがひどくなってきている。彼女の心の中で最早（もはや）、これ以上、肩こりなしのＡＩとの仕事を継続する気力は萎（な）えていた。

　――今日は朝から、どうも苛立（いらだ）ってしまっているようね。わたしとしたことが……。

　デボラは喫煙スペースへ行って煙草に火を点けると深々と吸い込んだ。一度体内に入った煙が、彼女の苛々を搦（から）めとって体外へ運び出してくれるような気がして、多少は気分が落ちついてきた。

　――いけない、いけない。心臓に負担がかかるようなことは一切いけないと医師に言われてから、ワインもひかえているのに。近ごろ、かえって煙草の量が増えてるみたいだわ。

　デボラが苛立つのも無理はなかった。彼女が女性所長として辣腕（らつわん）をふるってきたこの研究所も、いよいよ今が正念場というところに差し掛かっていたからだ。莫大な研究費をかけて開発した《アンビエント・ルーム＝ＸＪ６》がもうすぐ完成するはずなのだ。

　……昨日もスポンサーが電話口で地獄の番犬のような唸（うな）り声をあげていたっけ。それにしても苛々の種は、あの薄のろシュミットの奴だわ。

デボラは決然とした表情で唇をつき出すと、インターホンを押した。

「技術主任に、至急来るようにと伝えてちょうだい」

技術主任のルドルフ・H・シュミットが所長室に出頭するまでに三年もの月日が流れた——ように

デボラは感じた。いつもは一ヵ月ぐらいに感じるのだが。シュミットの名誉のために弁護すれば、彼の〝至急〟は最長でも十六分十二秒だった。

十三分〇六秒たって、シュミットが扉口に現われた。身長せいぜい五フィートそこそこの小男で、広くせりあがった額の上にはモジャモジャの白髪交じりの髪が無造作になでつけられている。大きい赤鼻の上には度の強そうな眼鏡がのり、そのぶ厚いガラス玉の奥では、ツブ貝のような眼が小心翼々と相手を窺っている。白衣を着ることによって自分の風采のあがらなさを弁解している、彼はそんなタイプの男だった。

「まあ、シュミット主任、今日は早かったじゃない？　美男騎士の到着があんまり早いもので、彼を待ちこがれていた乙女はね……驚きのあまりいっぺんに老(ふ)けて、明日は、介護施設行きですよ」

デボラは年齢のわりには派手めのルージュを引いた赤い唇を歪めて、小男を睨(にら)みつけた。

「すみません、所長、ちょっと手が放せなかったもので……」

「そう、その、雑用で手の放せないあなたのおかげでね、わたしはこの研究所を手放すはめになるかもしれないのよ。昨日、フォーバスさんから電話があったわ。いったい《アンビエント・ルーム》のほうはどうなってるの？」

「えー、先日も申し上げましたとおり、一応完成はしているのですが、その、まだβ(ベータ)Ⅲ回路の機能に疑問がありますし、人体への影響のほうもデータが……」

「その話はもう暗唱するくらい聞いたわ。こないだパーティ・ジョークに使ったくらい。もちろん、全然、ウケなかったけれどね！」

皮肉な物言いが所長の習い性だった。だが、今日のデボラの剣幕はただごとではない。シュミットは思わず半歩後ずさりした。

「今日こそは、わたし自身の体で、その機械を試しますっ」

デボラの最後通牒に、シュミットはもう半歩扉口まで後ずさりした。冷酷な所長室の扉が、嘲笑い（あざわらい）ながら彼の背中を小突いたような気がした。

「……つまりですね、この端子から出る特殊βⅢ波が中枢神経活動の解離現象をコントロールしましてですね、ちょうど夢を見ているような状態になる。それでユーザーは、あらかじめセットされたPVなどの音楽ヴィデオを、肉眼で見るのでなく、夢の中で体験するというわけなのです。ただ、一部の回路に……」

研究室のまん中には、ワーゲン・ゴルフぐらいの大きさの玉子形をした銀色の装置が据えられていた。側面には扉があり、それを開けると中に一人用のシートがあるのが見える。シュミットはその装置を前にして、口の端に泡を溜めながら、さかんに解説役をこれつとめていた。

「あなた、誰に説明してるつもり？　ここはいつからコーエン・ジュニア・ハイスクールになったのかしらね」

デボラが皮肉を舌先で転がしながら言う。

「フォーバスさんが来るときにはもっと簡潔に説明してちょうだい。要するに、この中に入って、その端子のついたヘッドセットを着ければ、音楽ヴィデオが夢の中で上映されるってことなんでしょ」

「……夢というより、顕在意識が感知するのですが、平たく言うと……まあ、そ、そのとおりです。今までに誰も聴いたことも見たこともない、新しいメディア体験が、その、この素晴らしい環境音楽装置で、あの……」

シュミットが口籠っているうちに、装置の扉が大きな音をたてて閉まった。中でデボラがゴーグルのついた軍隊装備のようなヘッドセットを装着しながら何かわめいている。シュミットは溜め息をつきながら、ヴィデオ・ディスクをセットした。

不満を並べたてたものの、デボラは扉を閉めると、久しぶりに少女の気持に戻ってドキドキした。これから全く未知の体験ができるのだ。しかし、彼女の胸の高鳴りは、子供らしい好奇心のみによるものばかりとは限らなかった。この新しい環境音楽装置は、彼女に巨額の富と名声をもたらしてくれるはずだった。スポンサーとの契約も好条件で整いつつある。あとは、ミドルネーム〝ボンクラ〟のシュミットから特許権を取り上げてしまえば……。

狭く暗い装置の内部で、彼女はひとりほくそ笑んだ。目の前にあるコントロール・ボックスのプレイ・ランプが青く点滅した。ブーンという電子音がヘッドセットから伝わってくる。その単調な音に意識が搦めとられていき、彼女はゆっくりと眠りに落ちていった……。

……とっても高い高い天井……高くて鮮やかなブルー色をした天井がデボラの上に広がっていた。しばらくして彼女は、それが晴れあがった青空だということに気づいた。

かすかに草いきれの匂いがした。頬をさっきからなでるものがある。顔を動かさず目だけでそちらを見る。可愛らしいシロツメクサが彼女の頬に触れていた。彼女は突然、広い広い野原に横になっている自分に気がついた。

向こうの繁みからヒバリが飛びたち、それが合図でもあるかのように、心地よい微風が吹き渡ってきた。風は静かな優しいピアノの調べを運んできていた。

――ああ、とってもいい気持。なんて美しい音楽なんでしょう。そして、なんと爽やかな大自然の唄……。体の細胞が全て入れ替わったようだわ。シロツメクサで一日中、首飾りをつくっていた、懐かしい子供のころに戻ったような気持……。

「ああ、何だか肩こりもスッキリして、若がえっちゃったみたい」デボラは思わず独りごちた。「これなら、《若返り美容装置》としても、需要が見込めるかも――」

デボラは、その後、午前中の苛々からも、オールタイムの飽くなき欲望からも解放されて、不思議な陶酔感に身をまかせていったのだった……。

「ふん、なにが『肩こりもスッキリして、若がえっちゃった』だ、強欲に凝りかたまったJew（ユダヤ人の蔑称）吝嗇（りんしょく）ババアめがっ」

シュミットはヴィデオ・モニターを眺めながら吐き出すように言った。自宅へ戻ると、今日、研究所であった所長との屈辱的なやりとりが思い出されてきて、思わず見えない相手に向かって口汚い言葉をぶつけてしまったのだ。

彼はいつもそうだった。デボラの前では、蛇の前のカエルのようにすくんでしまって、手も足も出ない。研究所でやりこめられると、何時間かの〝時差〟を経て、こうやって自宅で爆発するのが常だった。

しかし、その怒りの〝時差〟を縮めることはできない相談だった。もともと彼は小心な男だったし、それにもまして、デボラには……まあ、「恩義」と言えるものを受けているという負い目を自覚していたからだ。彼が、ある「特別な」事情からケルン工科大学を放校処分になり、途方に暮れていたとき、たまたま下っ端研究員として（格安の給料で）雇い入れてくれたのが、新興ＩＴ関連企業の起業を目論んでいたデボラだった。もし彼女が自分の前に現われなかったら、自分は、まともに食えていただろうか？　――この自問はすでに百回以上検討してみたが、答えはいつも、ノー、だった。放校処分の「特別な」事情からして、デボラ以外に彼を雇い入れてくれる雇い主など、あり得るはずもなかった……。

ヴィデオの中のヒバリが飛びあがった。

実験を了えて、デボラはしごくご満悦だった。身体の調子も良くなったし、苛々やストレスも解消されて「二十歳も若がえったようよ」とはしゃぎまわった。そして「あのヴィデオ映像は素敵だから、明日の朝もセットしてちょうだい」としっかり言いおいて研究室を出ていった。

フン、あのバアさんには、これくらいが丁度いいのかもしれん。

シュミットは少々憂鬱な気分で映像を眺めた。この音楽ヴィデオは、あるイギリスの環境音楽家が制作したものだったが、陳腐で時代遅れで、あまりいい出来だとは、彼には思えなかったのだ。あの程度の音楽ヴィデオで感激するとは、デボラの感性も、いよいよ鈍ってきたな……いや、元々、あの女の感性は凡庸なのだが……。

シュミットは溜め息をつきながら、イジェクト・ボタンを押した。

突然、ガレージのほうから電気掃除機をアンプリファイズしたような騒音が聞こえてきた。シュミットにはそれが誰の仕業かわかっていた。彼は額に深いシワを寄せながら部屋の窓を閉めた。

三十分あまり騒音が続いたあと、彼の部屋の扉が開いて、騒音の張本人が入ってきた。金色のニワトリの化け物だった。

「パパァ、金くれよォ、ギター・マイクがイカレちまってよォ！」

息子のフィリッツだった。彼の金髪はまるで巨大なトサカのように逆だち、目のまわりには妖しいシャドー、唇には毒々しいルージュを、実にこれが〝青年の主張〟だぞとでも言いたげに、昂然と塗りたくっていた。シュミットは頭痛にこめかみを押さえながら言った。

「お前がその恰好をどうにかせん限り、一セントもやれんな。このあいだ約束したはずだぞ」

「そりゃないぜ、俺たちのバンド、今が最高にノッててさ、ドイツの音って受けてるんだぜ。こないだプロモート用のヴィデオも作ったんだわ。あ、そう言やァ、パパは音楽業界にも顔がきくんだろ、俺たちのバンドをどっかに売り込んでくんないかなァ、《ガーゴイル》っていう、イカしたノイズ＝デスメタ野郎たちでサ……」

フィリッツはボロボロのレザージャケットに包まれた厚い胸板を誇らし気に張りながら、鼻息荒く言い寄ってきた。

「だ、駄目だ、さっさとガレージを片づけてきなさい。お前が新学期からちゃんと学校へ行くというなら……」

フィリッツはいまいまし気にツバを吐くと、父親の言葉が終わらないうちに部屋を飛び出してしまった。

……まったく、どいつもこいつも、なにがドイツのノイズ＝デスメタ・バンドだっ、なにが女所長だっ、女子供が寄ってたかって俺を軽蔑して……。

今夜最後の怒りを爆発させたあと、シュミットはすがるような目つきで、テレビの上に飾ってある亡き妻のポートレイトを見やった。

「あら、主任さん、どうしたの、疲れたような顔をして？　神経がまいってるのね。そんなときには、いい音楽といい映像よ。あなたこそこの素晴らしい環境音楽装置を試してみたら？」

デボラは、今朝は特別に上機嫌だった。確かに、心もち肌の色もいいように見えた。よほど環境音楽装置――《アンビエント・ルーム》が気に入ったとみえ、出勤早々、もう装置の中に入り込んでいる。

「所長、今日は少しM誘導回路のほうを調整したいと……」

「なにをぐずぐず言ってるの。午後にはフォーバスさんがいらっしゃるのよ。昨日はちゃんと動いたじゃないの。早く、あのディスクをセットしてちょうだい。ほんとにもう、また苛々してきそうだわ」

シュミットは首をすくめて、あわててディスクをセットした。家では息子に振りまわされ、職場では女上司に怒鳴られ……ふと、自分も午後、この装置の中に逃げ込んでしまおうか、という衝動に駆られた。

環境音楽装置の扉が閉められて約十分。突然、携帯電話が鳴った。息子のフィリッツからだった。

「もしもし、パパァ？　俺だけどサ、俺たちのバンドのプロモート――PV用ディスク知らない？　昨日、パパの部屋に忘れてきちゃったらしいんだよ。あれ、とっても大切なヤツなんだ。こないだテレビでやった古い戦争中の記録映画も挿入(いれ)てあってさ……こっちにゃ、退屈な野原の写ったヤツしかねェんだよ、どうしたの、パパ？　黙ってちゃわかんねえじゃん……」

シュミットは悪魔に脊髄(せきずい)を鷲掴(わしづか)みにされたような気分に陥った。彼は恐怖に震える指先でイジェクト・ボタンを押すと、ヴィデオ・ディスクを取り出した。

《ナチス／ダッハウ収容所の地獄》。

ラベルの表題を読むと、シュミットはガックリ肩を落とした。

素晴らしき環境音楽装置の中から、押し殺した、狂ったような笑い声が漏れてきた。

MIDNIGHTS
YAMAGUCHI MASAYA

コラボ小説集
（画家・アーティスト編②　with 鈴木英人）

亜米利加落書き帖

八〇年代を象徴するイラストレーター鈴木英人さん（この時代をご存じの読者は山下達郎さんのＬＰジャケットや英語の教科書の表紙でお馴染みのことだろう）の画集『ロマンシングアメリカ』（講談社／一九八六年）掲載の断章六篇。今回、読み直してみて、各断章の主人公が共通していることがわかったので、「亜米利加落書き帖」の総タイトルをつけてみることにした。作風については……まあ、遠く足元にも及ばないが、ジャック・ケルアック、ジョン・スタインベック、スコット・フィッツジェラルド——といったアメリカ文学が念頭にあって書いたのだと思う。各断章内での時代考証には万全を期したつもりが、繋げて読んでみるとエピソード間の若干の時系列の矛盾が見られるし、また、主人公の日本青年は大恐慌直後から八年間ぐらいの長きに亘ってアメリカを流離っていたことになってしまう。だが、この時代らしい風景を切り貼りした架空の落書き帖ということで、直しは最小限に留めたが、本書収録にあたり、登場人物たちのその後の消息を加筆した。

ところで、名無しの日本青年のアメリカ放浪記ということで、これが探偵小説仕立てなら主人公の名前を「金田一」にしておけばよかったかもと、ふと思ったりした。《コットン・クラブ》やニューヨークの摩天楼で童謡殺人を解決する日本の名探偵——そんなものが書けたら面白かろうと（あ、山田正紀さんが、すでに、やっていましたか）。尚、各断章のうち、「NEWS STAND」は『マニアックス』所収の短編「《次号につづく》」の一場面として流用した。

SECOND LINE

「これから、とっても素敵なお楽しみが始まるよ。さあさ、みんな、よーくお聞きよ、これから楽しいことが始まるんだ……」

私の頭の中で、むかし浅草で見た曲馬団のチョビ髭紳士の口上が谺していた。窮屈そうな燕尾服に通した腕を精一杯伸ばして、いまにも脇の下が破れんばかり。そのくせズボンのほうはヨレヨレのダブダブで裾が靴をほとんど隠している。

なんとも珍妙なかっこうで、一生懸命楽しみの告知をしているチョビ髭紳士。声をからして自分はちっとも楽しそうじゃないのに――と、そのときの私は苦笑し、いくぶん同情したりもしたものだった。

そのチョビ髭紳士の口上が、いま、私の頭の中で谺している。

「さあ、これから素敵なお楽しみが始まるンだ。さあ、さあ……」

これは、何かの予感なのかしら？　それとも、異国の地へ辿り着いた旅人の誰もが経験する、一種の昂奮状態なのだろうか？　昂奮――アドレナリン分泌……私は師範学校時代のことをふと思い出した。

「わが国のォ、高峰譲吉先生が発見せられたァ、アドレナリンは、エピレナミン、エピネフリン、ズプレラニンとも……」

師範学校の教師は堂々たるコールマン髭だったが、やっぱり曲馬団の口上師みたいに苦しそうに声を張り上げていたっけ。もっとも、あの教師は口上師と違って、私のような怠け者の学生には〝苦しみ〟の試験告知を、もっぱらしていたのだったが。

「楽しいことがあるよォ、さあ、さあ」

私の頭の中でまた口上師がわめいた。なにか浮きたつような気分に襲われる。

横浜からの気の遠くなるような長い船旅を経て、やっとニュー・オーリンズの町に辿り着いたときの私の気分は、そんなふうだった。楽しみの予感。頭の中でわめく口上師。遥か異郷の土を踏んだ昂奮と未知の国への期待感が、浅草で見た曲馬団の口上師にメタモルフォスして、私の頭の中を跳梁する。

私はいま、頭の中の口上師にせっつかれて、ニュー・オーリンズの紅燈街、ストーリービルを散策しているのだ。あの、くすんだレンガ色の街角をひょいと曲がると、何か〝楽しいこと〟が待ち受けているような気がして……。

着飾った娼婦たちの嬌声。泥酔した水夫の溜め息。陽気なクレオール（植民地生まれの主にフランス人と黒人のハーフ）たちの夜どおしのバカ騒ぎ。ストーリービルの街は巨大なミシシッピ河口のデルタさながらに、私を呑み込んでゆく。分け入るほどに、深く切なく、享楽の街は果てしがない。

「さあさ、お楽しみだァ、これからお楽しみが始まるよォ」

セント・トーマス通りの雑貨屋の角を曲がったところで、そんな口上の声が私の耳に飛び込んできた。

「お楽しみの始まり」だって？　まだ私の頭の中で口上師がわめいているのか？　いや、まてよ。いまのは英語だったんじゃないか？　私は思わず耳をすました。

「お楽しみの始まりだァ！　場所はジェファースン広場（スクエア）だョ、今夜だぞ、今夜！」

声はだんだん近づいてくる。それは幻聴などではなかった。頭の中の谺などではなかった。向こうの路地から、華やかな馬車がやって来るのが見えた。大きな車輪が道端にジャリをはじき飛ばしている。その馬車は、とてつもなく大きな音を伴って、そこいらじゅうの空気を震わせていた。

音の源は、馬車の上で手に手に楽器を持った楽士たちであった。平台風の馬車中央で、空に向かって得意そうに吹きあげるコルネット。こちらの腹にドムドムと響く大太鼓。馬車の最後尾の尾門(テイル・ゲイト)に坐った男は、足をブラブラさせながら、トロンボーンのU字管を出したり、ひっこめたりしている。彼がそんな端っこに坐っているのは、U字管で仲間の頭を小突かないようにという配慮なのだろう。

DANCE TONITE

楽団の頭上には、娼婦たちのなまめかしい下着みたいな極彩色に彩られた幕が張り出され、《DANCE TONITE》の告知が、あたりを睥睨(へいげい)している。今宵（Tonight）の綴りはghtでなくて、teだった。師範学校で習った英語なんてあてにならない。ここでは、この綴りが公用語なのだ。

「お楽しみが始まるョ！　ダンスの夕べだ。場所はジェファースン広場(スクエア)。お忘れなく。今夜だよ、今夜！」

馬車の上の口上師が、楽団の音に負けまいと声を張りあげている。浅草のあの曲馬団の口上師みたいに、つんつるてんの燕尾服でそり返りながら。しかし、こちらの黒人口上師の表情はちっとも苦しそうでない。彼の口はミシシッピの河口さながらに大きく、その豊かなバリトンはブラスを向こうにまわして、カッティング競技をくりひろげているようだ。

馬車の後ろには、だぶだぶズボンの子供たちが、手に手に金だらいや洗濯板を持って、それを打ち鳴らしながら行進している。

「さあさ、お楽しみが始まるョ！」

私はふらふらと子供たちの列に加わった。そう、この馬車にくっついていきさえすれば、〝お楽しみ〟が手に入るのだ。楽団のリズムに合わせて、私の足が、一歩、また一歩と、この豊かな国の内奥へ分け入っていくのがわかった。

「アハハハ、変なのが〝第二列（セカンド・ライン）〟にいるぜい。何だ、ありゃ？」

踊りながら列にくっついている私を見て、路（みち）ばたの年とった黒人が大笑いした。一本しかない前歯が口の中で踊っている。隣の娼婦らしい大女もこちらを指さして笑いだした。

黒人のジイさんが言った〝第二列（セカンド・ライン）〟という言葉が、馬車の後ろにくっついている子供たちのポンコツ楽団のことを指しているのだと知ったのは、ニュー・オーリンズの町を離れてしばらくしてからだった。

私は踊り歩きながら、自分がこの果てしない国の〝第二列（セカンド・ライン）〟になりつつあることを、いや〝お楽しみ〟を求め続ける自分の飽くなき欲望の〝第二列（セカンド・ライン）〟になりつつあることを、次第に悟っていったのだった。

SOUL FOOD

陽光の下、大聖堂の時計を見あげる。七時二十分。昨日は呑み過ぎた。ニュー・オーリンズに着いてから呑みっぱなしだったような気がする。何かを食べたという記憶がないのだ。覚えているのは、船の上での不味いスープとカサカサのパンばかり。私は急に空腹を覚えた。

もう一度、セント・ルイス大聖堂の時計を見あげる。短針がⅦ、長針がⅣを示している。七時二十分。このアメリカで一番古いという聖堂は、昔から人間に生きるためのタイミングを教えつづけてきたのだ。――その古時計が言う。「七時二十分、そろそろ朝食の時間だぞ」と。年齢を重ねた者の言うことは、たとえ人間でなくても従ったほうがよかろう。さいわい、昨夜呑んだラム酒やバーボン・ウイスキーは私の体に合っているとみえ、宿酔いの状態ではない。

「どれ、あんたの言うとおり、朝めしでも喰いにいくことにするよ」

私は大聖堂に向かって呟くと、レストランを探すことにした。

《ママ・ライザズ・レストラン》

しばらく歩いたところで、ＭａＭａのａの文字が黒人のオバさんのギョロリとした目玉に描かれている看板を掲げたレストランが目に入ってきた。

――おふくろの味か……ここは、いいかも。

私はこのレストランで食べることに決めた。店の前のウインドウには、白いペイントで、メニューの一部始終が書いてある。

大きいポーク・チョップ……30セント
サーロイン・ステーキ・オニオン付……25セント

ベイクト・ポークとビーンズ……15セント
ハムまたはベーコン・エッグス……20セント

この店は最高でも三十セント、ということは、十五セントぐらいの料理が、まあ手ごろだろう。私は十五セントの料理が書きつけてある部分に目を向けた。

チタリングズ……15セント

うん、これだ！　私は心の中で叫んだ。

昨夜、二軒目に行った酒場で、前歯が二本欠けた老人がこう言っていたのを思い出したのだ。

「オメエ、俺とブラザーになるにゃあ、ソウル・フードを喰わにゃあなあ」

「ソウル・フード？」

「そうさな。ソウル・フードは俺らの喰いもんさ。土地の喰いもん喰わにゃあ、土地の人間のことはわかるめえ」

そのとおりだ。年寄りの言うことは正しい。あのセント・ルイス大聖堂の時計と同じくらい正しいと思う。私はポケットから、きのう歯っ欠け親爺が書いてくれたメモを引っぱりだしてみた。

ソウル・フード……チタリングズ

よし、これを試してみよう。私は勢いよくレストランの扉を押した。

油の匂いやら、わけのわからん香辛料の匂いが私の鼻を刺激する。古びているが日当たりのいいレストラン。客は黒人ばかりが三人ほどだ。私が店内に入ると、ママ・ライザの看板の目みたいに白目をギョロッとむいてこちらを見たが、すぐ興味を失って、自分たちの目の前の皿に専念しだした。

注文を取りに来た女土人――多分、ママ・ライザ――は、看板の彼女よりさらに恰幅がよくて、私のソウル・フードへの期待をいっそうかきたてた。ソウル・フードは栄養満点なんだろう、きっと……。

しばらくして出てきたのは、豚の小腸を揚げたものと、玉蜀黍(トウモロコシ)のパン、それに、大きなカップになみなみとつがれたコーヒーだった。

私はこの土地の「魂(ソウル)」を口に運んだ。少々油っこく、私の舌には合わないとも思われたが、これは日本で淡白なものばかり食べていたから、そう感じるのだろう。白米や味噌汁や漬け物が日本人の清々しい魂をつくるように、ここではこの油まみれの豚の小腸が黒人たちやクレオールたちの魂(ソウル)となるのだ。郷に入っては郷に従え。ここは何としても食べるのが礼儀というものだろう。

私はゆっくりと肉片を呑みこんだ。土地の魂(ソウル)が食道を伝って降り、私の体内に宿るような気がした。

——うん、この土地の魂(ソウル)も悪くない。

私の胃袋に魂が宿り、次いで舌先にも魂が宿り、料理を受け容れる準備は驚くほど早く整った。そして、それは取りも直さず、この土地とそこに住む連中に溶けこむ腹(はら)ができた、ということでもあるのだ。

私は人間の単純さを知って愉快な気がした。人間もまた一匹の動物なのである。私もまた、異郷に来て土地の穀物を喰い潰さんとする一匹の流れ鼠なのだ。ああ、動物諸君、土地を舐めたまえ、土地を喰い尽したまえ！

こうして旅人の中に土地の魂が宿り、旅人は自分が旅をしていることを忘れる。そうでもしなけりゃあ、長旅などとても辛くてやりきれたものじゃない。

その晩、私はあらためて土地の魂を喰い尽した。米と魚介類をじっくり煮こんだルイジアナ風おじやといった風情(ふぜい)のガンボ、真っ赤に茹(ゆ)であがったアツアツのクローフィッシュ（ざりがに）やオイスターも。

土地の魂をしこたま——。

土地の古老の言うことは素直に聞くものだ。――たとえそれが、場末の酒場の歯っ欠け親爺の酔いどれ忠言だろうと、陽光の下、時を告げる古びた大聖堂の時計の響きだろうと……。

GAS-STATION

――路はひょっとして、どこにも通じていないのじゃないか。
この国の路を行くとき、ときどき私はそんな不安に襲われる。
歩いて
　歩いて
　　歩いて
そして、どこにも辿り着かずに、まだ路が続いている。
路の周囲には土と砂とわずかな草があるだけ。いったい、この路をとりまく広大な土地は何のために存在しているのか。
果てしない路と果てしない土地。
すべてに意味などはなく、ただ存在するだけ――そんな想いを抱かせるほどの果てしなさ。このひと筋の路とて、人間が拓いたなどと言うのはおこがましいのかもしれない。そんな人間たちのひとり善がりの意味づけが通用しないほどの果てしなさ。大地の年輪を示す皺のように自然にのびる路。こうして実際に一歩一歩辿ってみると、ただ、どこにも通じない広漠たる国土に対する畏怖にも似た念しか頭に浮かばない。

そんなふうにでも考えなければ、この国の路を行くことはできない。どこに辿り着くのか、次の町まで何マイルか、などというちっぽけな期待感は路上に捨ててしまったほうがいい。

この国の路は、ただその上を行き過ぎるだけのために存在しているのだから。

そんな果てしない路の途上に、ちっぽけな〝期待感〟が転がっていた。小さなガス・ステーション。黒い円筒型のスタンドがぽつんと立っている。まるでその下に通り過ぎた人々の〝期待感〟が葬ってでもあるかのように——墓石然として。

SELF SERVICE
NO SMOKING / STOP ENGINES

セルフ・サーヴィスのガス・ステーション——その墓地みたいな場所は、日本で言うところのガソリン給油所だった。黒々と書かれたNOやSTOPの表示が、注油することさえも拒絶しているかのようなよそよそしい印象を与える。注油量を示すメーターの下には、ボール紙の切れ端に「店内でお金を払ってから入れること」と書いた但し書が貼りつけてある。金釘流(かなくぎりゅう)の下手くそな文字。だが、少なくともスタンドの向こうの店に誰かいることだけは確かなようだ。

私は店のほうへ近づいていった。車で来たわけではないからガソリンはいらないのだが、朝からずっと照りつづけている太陽のために、私の咽喉は渇きの悲鳴をあげはじめていたのだ。

網戸を押して中へ入る。キャッシャーの向こうで、肥った親父がいかにも暇つぶしといった感じで爪に鑢をかけている。

親父は網戸の軋み音を聞きつけて顔をあげた。熟れすぎた黄イチゴみたいな鼻が、わずかにうごめく。

「いくら、入れるんだ？」親父が間のびした声で訊いた。

「いや、車じゃないんだ。何か冷たいものがあったら……。ビールかなにか」

「コカ・コーラしかないがね」

「それでいい」

親父は面倒くさそうに隅の木箱からコーラの壜を引っぱり出してきた。

「あんた、中国人か？」と、ぶっきら棒に訊く。

「いや、日本から来た」と、こちらも、素っ気なく応じる。

「あ？　うん、そうか」返事はしたものの、親父の顔はもうひとつ呑みこめていない様子。「ああ、似たようなもんだろ。まあ、言葉が通じりゃ、こっちはいいんだが」こうした遣り取りに、私はもう慣れっこになっていた。

親父は私に興味を失うと、また爪磨きの作業に戻った。私はぬるいコーラを飲みながら、窓の外を眺めていた。

さっきから気になっていたのだが、スタンドのそばに古ぼけた小型のピックアップ・トラックが停まっているのが見えた。かなりの年代もので、バンパーの代わりに角材が縛りつけてあるポンコツ車だった。荷台には、灰色の砂埃をかぶったマットレスや椅子、鍋などがくくりつけられている。私は親父のほうを振り向いた。

「あれは、引っ越しなのかい？」

親父は爪先から顔もあげずに言った。「いいや、あれは、オーキーの車さ」

「オーキー？」

「ああ、オクラホマから来た流れ者の出稼ぎ労働者をそう呼ぶんだ。まあ、労働者といっても、連中の場合は一家をあげての夜逃げみたいなもんだがね」

「オクラホマのほうも大変なのかい？」

「大変か、だって？」親父は顔をあげて目をむいた。「あんたどこの国の話をしてるんだ？ きょうびは、どこだって大変なんだよ。この不況で誰もが収入は半分以下さ。立派な給料取りだった連中が、いまじゃニューヨークの舗道で震えながらリンゴ売りをしてるよ。農家だってそうだ。綿一ポンドが五セント、小麦一ブッシェルが五十セントで、いったいどうしようってんだ。道路の上にでも敷きつめて、夜逃げ記念の豪華な絨毯(じゅうたん)にでもするっていうのか？」

親父の剣幕に気(け)おされた私は、少し話題を変えることにした。

「誰もいないようだが、もうガソリンは満タンなのかい？」

親父は皮肉めいた笑いを浮かべる。「いんや。車にガソリンは入っとらん。だがね、あのごたいそうな車の持ち主は、いまエンジンにガソリンを飲ませにいってるところさ」

「飲ませにって……？」

親父は窓の外を向いて、顎をしゃくって見せた。

「そーら、戻ってきた。あれを見りゃわかるだろうよ」

ネル・シャツにオーバーオールという農夫姿の男が馬を曳(ひ)いて店の横手を通り過ぎるところだった。

あとから赤ん坊を抱いた女と小さな子供がとぼとぼついてくる。「馬に曳かせてるのさ、あのピックアップは。連中にガソリンを買う金なんてねえ。もっとも、ガソリンを入れたところで動くような車でもないがね。連中が馬に水を飲ませたいって言うから、俺は裏に溜め池があるから勝手にやってくんなって言ってやったんだよ。まったく、きょうの客ときたら、水だの、コーラだのと、ガソリン以外のものばかり欲しがるんだからな。そろそろ俺もガス・ステーションの看板を下ろさにゃなんねえかもな」

私は慌ててコーラの残りを飲みほした。親父は私の表情などにはおかまいなしに話をつづけた。

「あの車な、フーヴァー・ワゴンってのさ」

「フーヴァー？」

「そう、大統領のフーヴァーのことさ。あいつのおかげで、こちとら、ちっとも楽になりゃしねえ。だから、駄馬が曳くポンコツ車はフーヴァー・ワゴン、浮浪者がベンチのベッドでかぶる新聞紙はフーヴァー・ブランケット(毛布)、おまけに、空っケツのポケットは……」親父は自分のズボンのポケットの内側をひっくり返して表につき出した。「フーヴァー・フラッグって言うのさ。ほら、降参の白旗のことよ」

親父は引っぱり出したポケットの内側をつまんで、まさに白旗のようにパタパタと振ってみせた。私はさすがに気まずくなって、店を出ることにした。

私がスタンドのほうへ歩いていくと、馬をトラックに繋ぎおえた農夫が、オーバーオールの腰で汚れた手をふきながら、こちらに声をかけてきた。

「ヒッチ・ハイクかね？」少し戸惑った様子で、「東洋から？　あんたも出稼ぎ組かい？　アテが外れたろ?」こちらの答えを待たずに、「──だが、乗せてやれなくてすまねえな。ご覧のとおり、俺らだけで一杯でね。なに、少し待てば、もっとマシな車が通るだろうて」

農夫は額に刻まれた何本かの皺に、もう一本だけ皺の路をふやして、人の好さそうな笑いを浮かべている。彼のうしろでは、疲れた表情をした妻が、それでもなんとか笑顔をつくって、夫の言うことにうなずいている。

「いえ、いいんです。次の町まで歩いて行くつもりですから。みなさんはどちらまで?」

「俺らはカリフォルニアだよ。フレズノでマラガ葡萄とマスカットを摘みゃあ、月四十ドルにはなるらしい。年を越したらエンドウ豆を摘みゃあいいし──」

「カリフォルニアは──」言葉に詰まって曖昧に続けた。「──いいんでしょうかね」

「ああ、たぶんな。半年前に行った連中の中にゃあ、掘っ建て小屋ぐらい建てられた運のいい奴もいるらしい」

農夫は振り向いて、路の彼方、見えもしない西の果てを見つめた。

「俺ら、オクラホマで土をいじっとったんだが、家を抵当にとられちまってね。百姓が土からひっぺがされちまったら、おしまいだで」

農夫の妻の腕の中でボロにくるまった赤ん坊が火がついたように泣きだした。彼女は慌てて哺乳壜を口にあてがう。その壜はコカ・コーラの空壜にゴムの乳首をはめたもので、中の白い液体が本物のミルクかどうかは怪しいものだった。赤ん坊をあやす母親の隣では、彼女のスカートをしっかり握った四歳ぐらいの男の子が、こちらのほうをまぶしそうに見あげながら立っている。

「カリフォルニアはいいんでしょうね」

私は馬鹿みたいに同じ言葉をくり返すだけだった。

「ああ、ああ、たぶんな」農夫は気をとり直したように微笑(ほほえ)んだ。「百年前のモルモン教徒たちみてえに、『こいつが、われらの土地だ(ディス・イズ・ザ・プレイス)』って言えるようにならにゃあね。……じゃ、俺ら、もう行くだで、あんたも気をつけてな」

「みなさんも……道中お達者で」

一家四人は窮屈そうな座席へなんとか乗り込んだ。農夫はもう一度西の方向を見つめると、思い出したように言った。

「俺ら、期待は、汗といっしょに路っぱたに振り落としちまった。だがな、希望は、まだこのオンボロ・ワゴンの荷台にくくりつけてあるさ」

農夫の隣で薄い唇をまっすぐに結んでいた細君が静かにうなずいた。

農夫は手綱を握った。車のフロント・ガラスなどとうの昔になくなっているから、運転席からでも自在に手綱を引くことができる。

フーヴァー・ワゴンの車輪がゆっくりと転がり始めた。荷台にくくりつけた僅かな希望を路上に振り落とさないように、ゆっくりと。

転がる。

転がる。

転がる。

転がる。

西の果て、〝乳と蜜の国〟カリフォルニアを目指して、フーヴァー大統領のワゴンは果てなき路を転がってゆく……。

NEWS STAND

――それは舗道の満艦飾だった。舗道の一画、十五フィートぐらいの幅のスペースが、まるで凱旋帰国した軍艦みたいに飾りたてられている。

赤、青、黄、緑、……考えつく限りの目立つ色で彩色された旗。しかし、ここに飾られた旗の自己主張は、色だけにとどまってはいなかった。

それぞれの旗には、その王国に君臨する王や王女、そして、その国の代表的な〝風景〟が描かれているのだ。

艶然と微笑む美女――上品な貴婦人もいれば、蓮っ葉な商売女風もいる。白い歯を見せる美男子――これまた、良家の子息風やら、ちょっとニヒルなジゴロ風やら。仏頂面で書き物をしている政治家らしき男。ソフト帽を目深に被って拳銃をかまえた探偵。前足を高々とあげた白馬にまたがるカウボーイ。驀進するアメフトの選手。ライト型の目玉から怪光線を発しているロボットまでいる……。

私は、ボストンのとある街角のニューズスタンドの前に佇んでいた。遅い朝食を終え、これから公園のベンチで雑誌でも読もうかというところだった。

しかし、このおびただしい数には、いつもながら圧倒される。ニューズスタンドの大きな雛壇に並んだ雑誌の数々。壇だけでは並びきらなくて、舗道につき出したレンガ色の庇を支える二本の支柱にも、何冊もの雑誌が目玉クリップでとめられている。

まるで万国旗のように。

——そう、まるで旗のようだった。それぞれの雑誌の住人が、カラフルな表紙の中でそれぞれの王国の主張を掲げている。

社交界の華、極めつきのグラマー・ガールとして、有名なブレンダ・フレイジャーと美を競ったヘレン・トンプスンが表紙を飾っている《ライフ》、鋭い鷹のような目差（まなざ）しでこちらを正視している連邦緊急救済局長のハリー・ホプキンスが表紙の《タイム》、小粋な口髭のゲイリー・クーパーが槍騎兵姿で描かれている《スクリーンランド》やジャネット・マクドナルドが大口を開けて歌っている《シルバー・スクリーン》などの映画雑誌、一九三八年の最新型車を特集した《コリヤーズ》、そして、いろんなタイプの美女が微笑んでいる女性向けの《トゥルー・ストーリー》や《レッド・ブック》などなど……。——こういった大国は、雛壇に何冊も並んで幅をきかせ、その領土を誇らしげに主張していた。

しかし、そんな豊かな国々よりも、私の気をさらに強く惹いたものは、ほんの一、二冊しか置かれていないのに、それでも強烈に個性を発揮している小国の連中だった。

稲妻のようなロゴが表紙の怪ロボットといかにも似合いの《アメイジング・ストーリーズ》、半裸の美女、ギャング、探偵が、それぞれの役割を熱意をもって演じている《ブラック・マスク》、《インサイド・ディテクティヴ》、《ザ・シャドウ》、どれもこれも荒馬と二丁拳銃の《ポピュラー・ウエスタン》、《スマッシング・ウエスタン》、《ウエスタン・レインジャー》、スポーツ野郎が躍動する《スポーツ・アクション》、冒険野郎が大暴れの《アーゴシィ》、そして、ディック・トレイシーやターザンやちっちゃな孤児（リトル・オーファン）のアニーみたいな連中がたんと出てきて活躍する何冊ものコミック・ブックス……。

安い粗悪紙でつくられた、パルプ・マガジンの面々だ。読み終わると、誰もがポイと屑籠へ投げ込んでしまう読み捨て雑誌。安っぽくて、粗悪で、不道徳で、嘘くさくて……。それでも雑誌の値段分の正義や勇気や愛や冒険が、とりあえず揃っている王国群——。

それぞれの国旗が宣伝するワンダーランドへ行きたければ、それはいとも簡単。ニューズスタンドのそばで、ガムを嚙みながら退屈そうに通りをながめているソバカスにいちゃんに、十セントか、せいぜい十五セントも払えばいい。それだけで、午後いっぱい、開拓時代の西部に、銃撃戦の暗黒街に、アマゾンの濁流の中に、火星の第八植民地に、わが身を置けるというわけだ。

私が、どれを買おうか迷っていると、脇の下あたりでキンキン響く声がした。

「おにいちゃん、あれ、おくれよ。《アメイジング》の新しいやつ。早く、早くゥ」

肥った少年が立っていた。冴えない顔色、黒い半ズボンの下には、短くずんぐりしていささか肉の余った脚が見えている。少年は細い目をさらに細くして、苛立たしげに唇をとがらせている。彼の手の中には硬貨があるらしく、関節が白くなるほどしっかり握りしめられていた。

ニューズスタンドの売り子は、すぐさま雛壇からケバケバしい表紙の雑誌を抜きとり、パラパラめくりながら少年に向かって言った。「あいよ、今度の号はすごいぜ。ドクター・スパンキーが金星人の操る巨大蝦蟇ガエル怪獣フロッケンと戦うんだぞォ」

「そ、そんなのとっくに知ってらい。ドクター・スパンキーは、ぜえったい、やられないんだからねッ！」

少年はまともに応えるのももどかしいといった感じで雑誌をひったくると、一目散に駆け出した。

売り子はソバカス面の鼻に皺を寄せると、私のほうを見て肩をすくめた。

「ヘッ、まったくね、近ごろのガキときたら可愛げがねえや。みんなして、あんな——」スタンドの雑誌を顎で示し、「――不道徳なシロモノを読んでるからですかね……」

いま雑誌を抱えていった少年といくつも年齢が離れていないだろうに、売り子は偉そうな調子で言う。この売り子だって、商売が終われば、スタンドからこっそり《アメイジング・ストーリーズ》を抜いて、家で読みふけっているに違いないのだろう。その売り子が、いい学校に留学してるんでしょ？　英語読めるんでしょ？　どうです、お勉強の息抜きに、こういうのも一冊――」

私が返答に窮している間も、多弁な売り子は勝手な話をつづける。

「――でも、まあ、教養ある紳士がたは、こういうものは読みませんよねえ。いや、読んじゃいけないはずだ。――でも、《タイム》はいいでしょ？　ぼくなんかも、たまぁに《タイム》を……」

売り子の言葉が途中で消えた。――新しい客だった。売り子の言う、ちょっと〝教養のありそうな紳士〟が、スタンドから何冊もの雑誌を引き抜いている。痩せた初老の男で、丸く度のキツそうな眼鏡をかけた顔を雑誌の表紙にくっつけんばかりにして選んでいる。彼の腕に見る見る抱え込まれていくのは、どれもこれもケバケバしい表紙のパルプ・マガジンばかり。

「これだけ、くれたまえ」

紳士が腕一杯に抱えた雑誌を差し出す。フラノの仕立てのいいジャケットを着ていたが、差し出された腕をよく見ると、肘のところはテカテカに光り、袖口がすり切れている。

あわてて雑誌の数を数える売り子。「ひい、ふう、みい……。十と三冊。合計、えーと、一ドルと四十五セントなーり」

「ほう、そうかね」紳士はポケットに手を突っ込んで金をとり出したが、にわかに顔が曇る。「あの、ちょっとな、二十五セントばかり足りなくてな。明日持ってくるので、どうだね」

売り子はソバカス面を醜く歪めた。

「冗談じゃねえや。ニューズスタンドの掛け売りなんて聞いたことない。ちゃんと、いま払って下さいよォ。そうでなけりゃ、おいら親方にしかられちまう……」

「困ったな。いま持ち合わせがなくてね。明日になれば、出版社から小切手が届くんだがな」

「明日じゃ駄目だ。払えない分の雑誌はおいてっとくれ」

しばらく二人の押し問答がつづいたが、やがて紳士はせきばらいをして、それで決着をつけるつもりか、きっぱりと言った。

「それじゃ、私がジョン・L・プリーストリーだと知っても、駄目なのかね?」

自分の言葉の効果を確かめるように、売り子のほうを流し見る紳士。ポカンと口を開けて何のことやらわからないでいる売り子。紳士の顔に徐々に失望の色がひろがってゆく。

深い溜め息をつくと、紳士は口を開いた。「じゃあ、仕方ない。払えない分の雑誌はおいていくことにするよ……」

私は急いで財布から小銭をつかみ出した。

「私が、二十五セント、立て替えましょう、よろしければ」

紳士はびっくりしたような顔でしばらくこちらを見ていたが、結局は私の申し出を受け容れた。

「それは、ご親切に」紳士は仏教徒のように大仰に合掌して、「東洋からの……留学ですか?」

「日本から来ました」

「おお、そうですか」そこで生真面目な口調になって、「外国の方に助けられるとは、お恥ずかしい限り。しかし、――私とて、決して、まったくの文無しの宿無しというわけじゃない。明日になれば、ちゃんとお返しできる。――で、どうだな、これから私の家でコーヒーでも一杯ご馳走させてくださらんか。すぐ近くだから。日本の話もお聞かせ願いたいし――」

午後は暇で、パルプ雑誌でも読んで時間を潰すくらいしかすることがなかった。私は喜んで紳士の招待を受けることにした。

その部屋は、狭いながらも一種の王国をなしていた。

ニューズスタンドからワン・ブロックぐらい離れた安下宿。古ぼけたベニヤ板のまがいもののジョージ王朝風といった感じの建物に、プリーストリー氏は住んでいた。

そして、この部屋もまた、まさに満艦飾だった。小さな二間つづきの部屋。片方は寝室、片方は居間とキッチンと書斎を兼ねているようだったが、そのちっぽけな空間にところ狭しと雑誌が積み上げられている。まともなハードカヴァーの単行本などほとんど見当たらない。壁の大部分を塞いでいる本棚、ベッドの下、床の上、テーブルの上、食器棚、つり棚、書き物机の上、椅子の下、どこもかしこも、あのケバケバしいパルプ・マガジンで埋めつくされている。この二部屋に、まるで二十台分のニューズスタンドを押し込んだふうなのである。

「狭くて申し訳ないな。あ、その《トゥルー・ディテクティヴ》をどけて。そこらに椅子があるだろう。いまコーヒーをいれるからね」

プリーストリー氏はそう言いながら、新たに買い込んできた雑誌を机の上の黒いタイプライターのわきにドシンと置いた。机の上で埃や煙草の灰が舞いあがる。

床の上のパルプ・マガジンの山を五つほど寝室へ放り込んで、そこにテーブルが置かれて、ひび割れたカップにコーヒーが注がれた。プリーストリー氏はパイプに火を点けながら、さっき郵便受けから取ってきたばかりの封筒を開けた。

「なんだ、また請求書か」眉をひそめるプリーストリー氏。「請求書のほうが、報酬の小切手より常にひと足早いときとる。まったく、この追っかけっこには永遠に勝てんものかな……」

プリーストリー氏は請求書をポンと机の上へ放り投げると、気をとり直したように表情を変え、口を開いた。

「はは、ご覧のとおり、倉庫みたいなところに住んどるよ」顎でぐるりとまわりの雑誌の山を指し示す。「私にとっちゃ、どれも大切な資料でね、どうにも捨てられんのさ」

「雑誌に寄稿されてるんですね」

「ふふん、お恥ずかしい。まあ、無名の三文文士ってとこでね。ニューズスタンドの売り子だったら、少しは私の書いたものを読んどるかとも思ったが、あてがはずれたわい」

「どんなものをお書きになってるんですか」

「どんなものって……。まあ、なんでもだな。《アメイジング》じゃあ宇宙英雄譚を、《Xディテクティヴ》じゃあピーター・シモンズ名義で事件屋小僧マックスのシリーズを、《グレイト・ウエスタン》には片眼の二丁拳銃トニー・ボーイのものを、また別の筆名で書いている」

「ああ、すごいじゃないですか！　それらの作品……読んだ覚えがありますよ」

「おや、そうかい」

「はい、日本でも翻訳で読まれていますよ」

プリーストリー氏は照れたような、困惑したような、複雑な表情で目を伏せた。

「翻訳？　外国から報酬が届いた覚えはないが……」

私は慌てて、話題を変えた。

「――ともかく、外国にも読者がいるんですから、これは、すごいことですよ」

しかし、作家先生の機嫌は直らず、

「――すごいものかね。一語一セントにしかならん読み捨て小説だ。いつだって請求書の山に追いついたためしがない。時には、きょうみたいに安雑誌一冊買うのにも困ることがある。それに、私は金の勘定が苦手でね。昔はあいつが、きちんとやってくれたんだが……」

プリーストリー氏が振り向いた方へ目をやると、サイド・テーブルの上に中年の女性と中学生ぐらいの男の子が写っている写真が飾ってあるのが見えた。

「これでも以前はハイ・スクールの教師をやっとったんだよ。だがね、ちと夢を見すぎてね、作家専業になったらこの始末。職といっしょに女房子供もいなくなっちまった。私らのように夢ばかり喰っとるような連中は、このパルプ・マガジンみたいに、最後はゴミ箱へ捨てられちまう運命なのかねえ……」

気まずい沈黙。私はどう答えていいのかわからず、もう一滴も残っていないコーヒー・カップの底を見つめるばかりだった。

そこへ激しいノックの音が。

びくっと顔をあげたプリーストリー氏が戸口まで行って扉を開けると、そこには二重顎の老婆が両手を腰にあてて、決然とした表情で立っていた。

「プリーストリーさん、きょうこそは払ってもらいますからねッ。お家賃、もう四週間分も溜まってるじゃないですか、いったい、いつになったら……」

「ああ、ハドスン夫人(さん)、だから、きのうも言ったように、明日には出版社から小切手が入るので……」

それから、プリーストリー氏と下宿屋のおかみは、さっきのニューズスタンドの売り子の時と同じような押し問答を、しばらくの間していた。

「……じゃ、ほんとに明日お願いしますよッ！　ほんとに、なにが作家なんだか……」

下宿屋のおかみは、最後に捨て台詞を吐くと、ドタドタと階段を下りていった。

「お恥ずかしい」プリーストリー氏は悲しげに肩をすくめた。「私は、このあたりでは、ただの変わり者なんですよ。火星から来た三文文士先生とか呼ばれてね、馬鹿にされとるんです」

プリーストリー氏がそこまで言うと、またしてもノックの音が。たった今、下宿屋のおかみが去って、まだ開けっぱなしになっていた扉を遠慮がちに叩く音。

驚いたプリーストリー氏が振り向くと、そこには小さな訪問者が立っていた。

怪ロボットが描かれたケバケバしい表紙の雑誌を抱えた顔色の悪い肥満少年。さっきニューズスタンドで雑誌を買っていた子だ。少年は真剣な目差しでプリーストリー氏を見上げると口を開いた。

「もう、悪者はいっちゃいましたよね？」

わけがわからず当惑するプリーストリー氏。少年の言う「悪者」とは、どうやら下宿屋のおかみのことを指しているらしい。

「ぼく、トム・ニーリィといいます。えーと、あのー、アリステア通りのティムから聞いて……」少年は自信なさそうに口の中でモゴモゴ言っている。

「なんだね、聞こえないよ」

「は、はい。あ、あなたが、あのドクター・スパンキーだって噂を聞いて来たんです。どうしても、ぼく、正義のためにお手伝いしたくって……」

少年はそれだけ言うと、顔を赤らめて下を向いてしまった。プリーストリー氏のほうはといえば、さっきまで落胆してまるめていた背が、徐々にまっすぐに伸びてくるのが、こちらから見ていても、ありありとわかった。

プリーストリー氏はぶ厚い眼鏡をとって少年を見つめる。眼鏡の下には思いのほか若々しい緑の瞳がきらめいていた。プリーストリー氏は、低い、そして威厳に満ちた声で言った。

「そう、三文文士は世を忍ぶ仮の姿。いかにも、私が、銀河帝国を領するドクター・スパンキーなのだ。いま、東洋支部の諜報部員が来ておるのだが、一緒にコーヒー……いや、ミルクでも飲んでいかんかね？」

RADIO

私の友人であるみなさん（太い落ち着いた声）、**ピーッ**、**ガガガッ**……私のことを、フランクリン・〝恐慌〟・ルーズヴェルトと呼ぶ投書を以前受け取り……**ピーッ**……というようなジョークを私は大いに歓迎するものであり、**ガガガッ**、……預金の引き出しについて、みなさんはさぞ心配されていることと思います。金融機関の更生計画を推進する新しい法律は……**ピーッ**、**ガガガッ**……十二の連邦準備銀行が健全なる資産によって裏づけられた……**ピーッ**……。

さて、復興計画の基礎固めとして、NRA——全国復興局の果たす役割は、**ピーッ**、**ザザザッ**、**ピーッ**（しばらくノイズが続く）オクラホマ州タルサではNRA局長の母親がパレードの先頭に立ち、**ガッガガッ**、**ピーッ**、われわれの計画推進には、みなさんの信頼と勇気が必要なのです。……**ガガッ**、**ピピーッ**……市民保全部隊も同様に、**ザザッ**、**ピーッ**、国の復興をめざして、みなさんと一丸となって、**ピーッ、ガガガッ**……。

ルーズヴェルト大統領は、ノイズのひどいラジオの中でしきりに国の復興について弁じているが、いっぽう、私の身体（からだ）の復興のきざしのほうは、いささか心もとなかった。

ニュー・イングランドの谷あいの小さな町に着いて二日目、私は病に倒れた。どうやら、タチの悪い風邪をひいたらしい。昨夜から熱が下がらず、安宿のベッドに寝たきりの状態である。

昼間、目を凝らして窓の外を見れば、遠くのほうに大理石の石切場があるのがかろうじて確認できるし、また、近くには燃えたつような紅葉の森を観賞することもできる。

だが、鮮やかな紅葉は夏の生命が燃えつきる最後の炎のようで、いつも私を淋しい気分にさせたし、ましてや、石切場の殺風景が私の心を浮きたたせるはずもなかった。

夜ともなれば、それらとて見えない。まったくの闇と静寂。たとえ、世界にノイズまじりの大統領の《炉辺談話》しか番組がなかったとしても、病床の徒然（つれづれ）と孤独から少しでも逃れたい私としては、ラジオのダイヤルに手を伸ばさないわけにはいかなかった。

幸いにして、この国には大統領の《炉辺談話》以外にも、たくさんの番組があった。

NBC／七時（東部標準時）

良質の小麦から生まれた世界のオヤツをあなたのご家庭に。デイリー・ビスケットでおなじみのグリーン&クィーン社提供の《マックス&バーニイ・ショウ》の時間がやってまいりました。出演は、おなじみマックス・ゴードンとバーニイ・リンドレーのおふたりです。

＊

マックス「やあ、どうしたい？」

バーニイ「どうしたって、何が？」
マックス「そのかっこうだよ」
バーニイ「いよいよボクも〝カフェ・ソサエティ〟の仲間入りをしようと思ってね、タキシードを新調したのさ」
マックス「〝カフェ……〟なんだって？」
バーニイ「おいおい、何も知らないんだなあ。いま流行(はやり)の高級社交界のことじゃないか。こうしてパリッとした服を着て、夜明けまでドンチャン騒ぎさ」
マックス「なァるほど、そうして夜を明かした君は、そのままのかっこうで、昼間はクラブのドア・マンのお勤めをはたすというわけだな」（場内大爆笑）

ダイヤルを回す。（笑いながら）

MBS／七時三〇分（東部標準時）
……さあ、魅惑の宵を彩(いろど)る素敵な音楽をあなたに。今夜は、ヴェロナ・ホテルのボウル・ルームからお送りします。人気絶頂のボブ・クロスビー楽団の演奏と可憐な歌姫(キャナーリー)ルース・エッティングの歌で、《柳よ泣いておくれ(ウィロウ・ウィープ・フォア・ミー)》。——では、どうぞ。

柳よ……**ガガガッ**……てちょうだい
海へ……**ピーッ**、緑の枝……**ガッ**
私の嘆き……**ピーッ**、だい

柳よ泣いておくれ……**ガガガッ**

……**ピーッ**、夢は去ってしまった

素晴らしい夏の……**ガガッ**

ガガッ……流れに注いで……**ピーッ**

ダイヤルを回す。（舌打ちをしながら）

CBS／七時三五分（東部標準時）

（女の悲鳴、続いて争うような物音と息づかい。ガラスの割れる音）

ナレーター「凶悪な犯人はどうやら犯行を終えたようです。おや、下宿屋のおかみの通報で、早くも、ロス警部と名探偵ジーヴスが現場へ到着しました」

警部「なんと、ひどい状態だろう。これは物とりの犯行でしょうかね？」

名探偵「いやいや、ロス君、ようく観察してみたまえ。君は重要な手掛かりを見のがしてるよ」

警部「手掛かりですって？」

（部屋の中を歩きまわる音。引き出しを開ける音）

警部「さあ、私にはさっぱりわかりませんが……」

名探偵「被害者をよく見たまえ。彼女はなぜ口紅を半分しか塗っていないんだろうかね？」

ナレーター「世界の選びぬかれた豆をあなたのカップに。ジェイソン・コーヒーの提供による《名探偵ウッダ・ニコラス劇場》、そろそろ今夜もお別れの……」

ダイヤルを回す。（咳こみながら）

局不明／七時四〇分（東部標準時）

メイン州、グリーンヴィル・北西の風・風力四。ヴァーモント州、ホーンタウン、北の風、風力……。

ダイヤルを回す。（溜め息をつきながら）

CBS／八時一〇分（東部標準時）

……きょう、午後二時四〇分ごろ、オクラホマ州フォートランドのリンカーン・ナショナル銀行を襲い、現金二八〇〇ドルを奪って逃走した男は、指名手配中の〝プリティ・ボーイ〟・フロイドことチャールズ・A・フロイドと判明しました。郡警察はただちにFBIの応援を要請し、緊急配備を……。

ダイヤルを回す。（欠伸をしながら）

MBS／九時（東部標準時）

《スターダスト》（アイシャム・ジョーンズ楽団／ヴァイオリン・ソロ：ヴィクター・ヤング／トランペット・ソロ：ルイ・パニコ）

ダイヤルはそのまま。

安らかな寝息。

旅人の熱もおさまってきた。

闇の中のラジオの音。

ノイズまじりの《スターダスト》の調べ。

窓の外にも満天の星屑（スターダスト）が……。

SKYSCRAPER

南部から始まった私の旅は再び南部に辿り着くことで終焉（しゅうえん）を迎えようとしていた。

私はこのめぐり合わせの皮肉に気づいて苦笑した。

南部といっても、私がいま辿り着いた南部はニューヨークはハーレムのど真中にあるまがいものの「南部」なのだ。

私はいま、ハーレムの有名な歓楽の殿堂《コットン・クラブ》のテーブルについていた。このクラブは白人が経営していたが、ニューヨークの金持ち連中に対する受けを狙って、南部のイメージで売っていた。店はその店名が示すとおり南部の綿花畑（コットン・フィールド）の集積小屋を模して作られ、内部の壁面には、綿摘みの黒人奴隷たちが木陰で憩い、ブルースを歌っている風景などが、描かれている。

偽りの綿花畑(コットン・フィールド)。店内の壁から伸びている装飾の造花と同じくらい、まがいものの「南部」が、ここにあった。

装飾はまがいものだったが、フロアでくりひろげられているショウは本物の黒人たちの熱演によるものだった。いまも、メイン・フロアをところ狭しとばかりに跳びはね、長い指揮棒を振り回しながら、久しぶりに出演したキャブ・キャロウェイが《たかり屋ミニー(ミニー・ザ・ムーチェ)》を歌っている。

♪　ハイディ・ハイディ・ハイディ・ホー
ヒディ・ヒディ・ヒディ・ヒィー

長い前髪を振り乱して、大口を開けて、白い歯を食いしばって、キャブが歌うと、ステージ奥のバンド・スタンドの連中も楽器を演奏しながら一斉に唱和する。メイン・フロアの周囲のテーブルを埋めつくした客たちも酔いにまかせて調子っぱずれのコーラスでつき合う。

♪　ホーディ・ホーディ・ホーディ・ホー！

場内がキャブのバンドに合わせてスウィングする。ここはスウィング好きの〝鰐(アリゲーター)〟や〝物知り猫(ヘプキャッツ)〟の集うスウィング動物園(ズー)だ（アリゲーターもヘプキャッツも熱烈なスウィングファンをさすスラングなのだ）。テーブルの私の前にいる二人とて例外ではなかった。雄の鰐(アリゲーター)と雌の物知り猫(ヘプキャット)が、あたりにグラスのシャンパンをまき散らしながら上半身をスウィングさせている。

雄の鰐(アリゲーター)のほうはタキシードに身をかためた長身の男で、名をオスカーといった。去年、ハーヴァードを出たばかりの造船王の御曹司(おんぞうし)で、毎晩金を湯水のように使うプレイ・ボーイである。いや、彼のことは、グラマー・ボーイと呼んだほうがいいかもしれない。近ごろ流行(はやり)の言葉で、高級レストランやクラブを渡り歩き、十五歳で衣裳代が年間五〇〇〇ドルもかかるような娘たちとつき合っている。オスカーは、その鰐のようにがっしりした顎に見合った自信と財力をもち、少々アルコール依存気味で、その上、かなり女性にも依存症なのだそうだ。

物知り猫(ヘプキャット)のほうは、繊細な銀の織紋(おりもん)のあるシナモン色のイヴニング・ドレスに身を包んだ女。私はオスカーが彼女を〝ハニー〟と呼んでいるのしか聞いたことがないので名前は知らない。やはり、〝カフェ・ソサエティ〟のグラマー・ガールの一人だが、一年間の衣裳代は三〇〇〇ドルぐらいという程度の金持の娘だ。猫のような円顔(まるがお)の彼女は、ひたすら陽気でよく酒を飲んだ。私はひょんなことで知り合ったこの二人の我儘者(わがままもの)たちのことをひどく気に入っていた。

「おい、何をそんなに考えこんでいるんだね」歌いあきたオスカーが私のほうに顔を向けて言った。目が少々すわっている。

「ん、いや、あのステージのドラムスのところにくっついてるだろ、三つ丸いのが。あれ、木魚じゃないかと思って……」ほんとうは、オスカーとハニーのことを考えていたのだが、とっさにそう言って胡麻化(ごまか)した。

「モク……ギョ？」

「ああ、日本の仏教で読経(どきょう)をするとき使うんだ。何というか拍子をとるための宗教祭具のようなものかな」

「ふうん。木魚ね。そうかもしらん。あれはエリントン楽団のときから、あそこにあったと思う」

「やあね」悪戯っぽくハニーが割って入る。「日本人って勤勉なのかしら、こんなところでも、すぐ、テツガク的な話になっちゃうんだから。もっと理屈抜きに、ねえ」

「そうだとも。君、もっと理屈抜きでスウィングしたまえよ」オスカーも大げさに目をむいて言う。

私が笑顔のまま黙っていると、オスカーが急に思い出したように言った。

「そうだッ。この魅惑の宵を永遠のものにするために、我が輩は素晴らしい趣向を思いついたぞ」

「なあに、なあに？」目を輝かせるハニー。

「それはね」ウインクするオスカー。「摩天楼階段マラソン」

「階段マラソン？」私とハニーは思わず顔を見合わせた。

われわれを乗せた最新型のスポーツ・カー、デューセンバーグは摩天楼をめざして疾駆していた。

——というと聞こえがいいが、かなりシャンパンをきこしめしていたオスカーの運転は滅茶苦茶で、白塗りのスポーツ・カーは遠くエンパイア・ステート・ビルを望みながら、マンハッタンじゅうを右往左往していた。ハーレムを出てからアッパー・ウエストサイドを通り抜け、五番街の古城のようなプラザ・ホテルの前まで来たと思ったら、急に気が変わったようにUターンして、セントラル・パークを強引に突っきり、アッパー・イーストサイドへ出る。白いデューセンバーグは、まさに泥酔した犀のように、行き先を定めず突進しつづけた。

オスカーの〝素晴らしい趣向〟というのはこうだった。

「……エンパイア・ステート・ビルに登ろうというのさ。それも自分の足を使って階段を上ってね。われわれが世界に誇る摩天楼の威容を、この身体で確かめようというのが、我が輩の今夜の〝素晴らしい趣向〟というわけだ」

オスカーによると、東部のアイヴィ・リーグの学生たちは毎年この世界最高の摩天楼の階段マラソンに挑戦し、一八六〇段を上りきるという。学生たちは十五分から二十分ぐらいで上りきってしまうらしいが、酒を飲み、体力も落ちているわれわれなら三十分以上かかるかもしれない、というのがオスカーの予想だった。オスカーの提案にハニーは無邪気に賛成した。「ワォ、素敵じゃない。摩天楼の上で街を見おろしながら夜風に吹かれるなんて！　ロマンチックだわァ」

車の中にはわれわれのほかに二人の男が乗りこんでいた。ひとりはオスカーの友だちで、アルバートという名の青年だった。さっき《コットン・クラブ》でわれわれの隣にいて、ポーク・チャプスイをまずそうにつついていた陰気な顔の青年だ。もうひとりは、茶色いダブダブのズート・スーツに身を包んだ黒人で名をジョウといった。彼はトランペット奏者で、さっきまで、《コットン・クラブ》のキャブ・キャロウェイの楽団で吹いていたという。

「こいつはな、ラッパの腕前はたいしたもんだが、女の腕前のほうもなかなかでね。クラブのショウ・ガールに手を出して、たったいま、楽団をクビになったばかりなのさ」

オスカーが首をねじ曲げて後部座席の私のほうを振り返りながら言った。

「危いッ、オスカー、ちゃんと前を向いてよ！」ハニーが悲鳴をあげた。

突然のブレーキ。私たちは衝撃を受けて前へつんのめった。車はあわやのところで目の前の建物に衝突するのをまぬがれ、舗道の手前のところで停車した。

車の警笛が鳴り響き、舗道を行く人々が何事かと集まってくる。私が恐る恐る目をあけると、縦にならんだ大きなネオンサインの文字が闇の中に輝いているのが見えた。

RADIO CITY

〈ラジオ・シティ・ミュージック・ホール〉。われわれを乗せた白い犀は、もう少しで、レヴュウのラインダンスの美女の群れに突っこむところだったのだ。

車の中でハニーがすすり泣きとも忍び笑いともつかない声を漏らした。

マンハッタンのどこからでも見えるはずのエンパイア・ステート・ビルが、ここからは見えなかった。見えるのは壁面に刻まれた三五〇という大きな番地表示のみ。ニューヨーク市五番街三五〇番地。われわれはようやく、この世界最高の摩天楼の根元に辿り着いていた。こうしてビルの直下にいると、いくら、反り返って見上げたところで、ビルの全景を見ることはできないのだ。

「摩天楼（スカイスクレイパー）か。よく言ったものだな。昔は雲に届く建物（クラウドスクレイパー）と言ったそうだが、こうして雲を突き抜けちまったいまは、天に届く建物（スカイスクレイパー）と言わざるをえんわけだ」アルバートが鹿爪（しかつめ）らしい講釈を垂れた。

「天にも昇る心地の恋人同士には、おあつらえむきのデート場所だな」オスカーがハニーの肩を抱いてニヤニヤ笑う。アルバートは陰気な表情のまま肩をすくめた。

正面玄関から中へ入る。ロビーの壁面には、ビルの姿を刻みこんだ巨大なレリーフが、まるで教会の祭壇のような雰囲気で、おごそかに掲げられていた。

われわれは地下の入場券売り場で、切符を買うと、階段のほうへ向かった。

「……東西一二九メートル、南北五六・九メートル、敷地面積七三四〇平方メートル。高さ三八一メートル、重量三〇万三〇〇〇トン、一〇二階。インディアナ産の石灰石と花崗岩（かこうがん）を使い、ステンレスの縁をつけた段々の壁に特徴があるエンパイア・ステート・ビルはァ……」ジョウが階段を上りながら、さっき入場券売り場で買ったばかりのパンフレットを読みあげる。

私とジョウは、いま二四階にさしかかったところだった。われわれの階段マラソンがスタートした当初は、みな小走りに階段を上っていたのだが、そもそも酔っ払いたちの座興で始めたこと、一〇階を過ぎるころには息がつづかなくなり、先頭にいるジョウと私も、いまはこうしてゆっくりした歩調で上っている。多分、二階ぐらい下にアルバートが、一〇階ぐらい下にハニーに支えられたオスカーがいることだろう。

エンパイア・ステート・ビルの展望台は、八六階と一〇二階の二ヵ所にあるのだが、一〇二階のほうはガラス張りになっていて外気から遮断されている。どうしても夜風に当たりたいというハニーの希望もあって、われわれのマラソンのゴールは八六階ということに相成った。

「楽団をクビになるなんてツイてないな」私は退屈しのぎにジョウに声をかけた。

ジョウはパンフレットを読むのをやめ、白い歯を見せて答える。「なんてことないよ。オスカーの旦那は、女に手を出したから、なんて言っていたが、それだけじゃないんだ」

「ほかに理由（わけ）でも？」

「うん、オイラの吹き方が気に入らなかったのさ、ボスは。『お前のラッパはチャイナ・ミュージックだ』とぬかした」

「そうかい？　キャブがそんなことを言うとは思えないが……虫の居所でも悪かったんだろう。ともかく、君のプレイはグルーヴィだったよ」

「グルーヴィだと？　ありがたいお言葉だが、それは、あんたがチャイナ・タウンから来たから、そう感じるんだろうよ」

私たちは、まだお互いに自己紹介もしていなかった。だが、面倒なので抗弁はせず、黙っていた。若いトランペッターは、私のことなど眼中にないかのように自分の《青年の主張》を熱弁する。

「オイラはさ、ただ、心に思うがまま吹きたいだけなのに」

「……まあ、自由にできないってことは、辛いだろうな——人種、職業に関係なくね。とにかく、君たちみたいな稼業では特にね——」

「ああ、そのとおりさ」ジョウは手にさげたトランペットのケースを抱きしめた。「オイラたちみたいな稼業で自由にやれないんだったら、安ホテルのドア・マンでもしているほうがまだマシってもんさ。だから、辞めてやったんだ」

ジョウの顔から笑いが消え、真剣な目差し(まなざし)で階段の遥か上のほうを見あげる。

「オイラ、このビルディングみたいに、マンハッタンの街のド真ん中で、まっすぐに立っていようと思う。まっすぐに生きようと思って——」

私は黙ってジョウの頬骨の出た横顔を見つめていた。ジョウはこちらを振り向いて、再び照れくさそうに笑った。

「あんたは白人じゃないから、オイラがこんな生意気なことを言っても、ドヤしつけないだろうね。……ちょっとお喋りが過ぎたかな。それじゃオイラ、悪いけど先に行くよ」

ジョウはそう言うと、もう一度しっかりトランペット・ケースを抱え直して、階段を駆け上りはじめた。私はスプリングでも仕込んだように躍動するジョウの脚が階上に消えるまで、その後ろ姿を見送りつづけていた。

ただいま二七階。——あと五九階である。

四六階と四七階の間の踊り場で私が紫煙をくゆらせていると、ようやくアルバートが追いついてきた。「僕にも一本くれませんか」

私はアルバートに煙草を渡して火を点けてやった。アルバートは旨そうに煙を吸いこんでひと息つくと、ぶっきらぼうに言った。

「あのビル、知ってますか？」

アルバートが指す窓の彼方に、エンパイア・ステートに似た摩天楼のシルエットがかすかに見えた。

「クライスラー・ビルですよ。妙な国ですよね。七七階でここより低いが年齢は一年先輩だ」アルバートは皮肉っぽく眉を吊り上げた。「街に失業者が溢れ、セントラル・パークでは浮浪者の群れが掘っ建て小屋住いに甘んじているいっぽうで、こんな摩天楼がたった一年で建っちまう。こんな社会――どこか狂ってるんだ」

二人はしばらく、ぼんやりと煙草をふかしながら窓の外を見ていた。今度は私が話しかける番だった。

「どうしてまた、こんな酔狂に加わる気になったんですか？」私にはこの陰気な皮肉屋が階段マラソンにつき合う理由がいまひとつ解らなかったのだ。

「どうしてって……」アルバートはいくぶん、困ったような顔をしたが、少し考えた末、気をとり直してこちらのほうを見た。

「八六階の展望台でね、よくデートをしたんです。上で待ち合わせてね。……あのころは、世の中にエレヴェーターほどノロマな乗り物はないと思った」

「じゃあ、今晩も？」

「いやいや、もう彼女はいません」

私は、その『いない』という言葉が、単なる別れを言っているのか、それとも、その娘が永遠にこの世を去ったことを意味するのか測りかねた。が、どちらでも、この男にとっては同じことだろうと思うと、深く穿鑿する気にはなれなかった。――だが、そのまま自分語りをつづける碩学青年。

「いまでもね、この摩天楼が目に入るたびに、その娘が八六階で僕を待っているんじゃないかと思うことがあるんですよ。お恥ずかしい話だが……彼女には、僕の考えが、この国に合わないとか言われて――」

アルバートの表情にはもう皮肉屋の面影はなかった。そこには、鉄骨を引き抜かれた摩天楼のように頼りないノッポの青年が佇んでいるだけだった。孤独のうちに途方に暮れた青年が……。

天をめざして階段を上る人々には、それぞれ理由があった。

あと、三九階。私たちは再び上りはじめた。

扉を開けると、涼風が頬をなでた。この高さで吹いている風には、まだ誰もあたっていまい。――そう思うと、私はこの爽やかな風をもっと享受したくなって、汗まみれのカラーをゆるめた。

八六階展望台のテラスに、いま私は辿り着いたところだ。膝が少し笑い、腿がこわばる。

不思議なことに、展望台には、私とアルバート、それに、先に来て、いま石の欄干のところでこちらに手を振っているジョウ以外、誰もいないようだった。

「ふん、やっぱり……おあつらえむきのエンプティ・ステート・ビルだな」アルバートが呟いた。

私は欄干のところまで行って、マンハッタンの夜景を見おろした。

それは夜空のイミテーションだった。闇の中にきらめく窓明りやネオンサインは、まるで星屑を散らしたよう。星団の渦巻く中に流れゆく車のヘッドライト――大きな道路はいわば天の川だ。夜空が地上に映っていた。

もっと仔細（しさい）に見れば、それは自然のイミテーションだとも言えるだろう。さっき前を通ってきたプラザ・ホテルのようなずんぐりした巨大ビル群は丘陵地帯、隅々まで行きとどいた道路はミシシッピの河だ。マンハッタンのオアシスといった感じで横たわるセントラル・パークは森の中にぽっかりあいた湖とも見える。向かいに屹立（きつりつ）するクライスラー・ビルのような摩天楼とて、石灰華（テュファ）の山に窓を穿（うが）ったトルコのカッパドキア地方の高層ほら穴住居と何の変わりがあろうか。

街に住む人々は、結局、森を、丘を、河をつくる。自然のイミテーションとしての街をつくっているのだ。私の頭の中の銀幕（スクリーン）で、南部のビック・バイユーの風景とマンハッタンの街の夜景が重なっていった。

その、まがいものの自然を、街の中心でじっと見おろしているこの摩天楼は、いったい何なのだろう。

私はふと旧約聖書の中の「バベルの塔」の物語を思い出した。

昔、人々は天に届く塔をつくろうとした。ところがそれが神の怒りに触れてしまう。当時、人々はひとつの世界共通言語を話していたのだが、神はみながバラバラの言葉を話すようにし向ける罰を与えた。かくて、互いに言葉の通じなくなった人々の共同作業は暗礁にのりあげ、バベルの塔は崩壊してしまうのだ――。

しかしながら、現代のバベルの塔は、そこから始まっていた。ロシア系、ユダヤ系、中国系、イタリア系……。さまざまな移民たちがこの街にひしめき、互いに言葉も満足に通じないというのに、たった一年で、この天にも届く塔をつくりあげてしまったのだ。

神は、この街の人々を許したもうたのか。それとも、もっと恐ろしい罰がこれからこの街に下されるというのか。

ジョウが、ケースからトランペットを取り出して、マンハッタンの街に向かって、ガーシュウィンの愛弟子（まなでし）が作曲して最近評判になった《ニューヨークの秋》を吹きはじめた。夜風が彼のメランコリックなフレーズを搦（から）めとり、神の託宣のごとく、ずっと下の舗道へと運んでゆく。

背後から陽気な笑い声が聞こえてきた。振り向くと、酔いどれたオスカーと、彼を支えながら笑い転げているハニーの姿が見えた。『若くて無邪気な（ヤング・アンド・イノセント）』アメリカ人カップルも、やっとゴールインしたようだ。

——旅の終点は旅の始点。

私は、そこに、この旅のすべてがあるような気がして、じっと、まがいものの街を眺めつづけていた。そして、神の声を聞かんと、夜風の中で一心に耳を澄ましていた。

——亜米利加（アメリカ）が、私を酔わせる。

登場人物たちの、その後の消息

私……その後もアメリカに居続け、第二次大戦中は敵性国民として日本人収容所に拘留、戦後は日本に帰国、代用教員になったとか、興信所を開業したとかの噂はあるが、氏名不詳のため確認取れず。

ガス・ステーションの親父……氏名不詳のため消息不明。

農夫の一家……同右。

ジョン・L・プリーストリー……戦後も作家業を続け、SF長編『ダーク・マター』で、ヒューゴー賞候補となるも、ハインラインに一票差で敗れる。その直後、「我はアンブローズ・ビアースなり」という謎めいたメモを残して失踪。以来、生死不明。

プリーストリー氏の愛読者の少年……戦後はロジャー・コーマン門下の特撮担当として、主にＡＩＰの低予算ＳＦ・ホラー映画で活躍。外国でもカルト的人気あり。

ジョウ……西海岸に渡り、映画音楽の仕事にありつくも、ソロ・アルバムを出すまでには至らず、チャーリー・パーカーとのセッション音源があるとの噂があるが、ジャズ評論家マイケル・カスクーナ氏は、これを否定。

ハニー……ウォール街の顔役の愛人となるも、数年で破局。その後はニューヨークの高級娼婦の元締めとして財をなす。

アルバート……社会主義に傾倒し市民運動家として市議選に立候補するも落選、戦後は赤狩りにあって、国家反逆罪で逮捕・投獄される。

オスカー……第二次大戦中は空軍パイロットとして入隊するも、日本への原爆投下に異を唱え、軍法会議にかけられるが、直後の終戦により投獄は免れ、不名誉除隊となる。戦後は民間の警備会社を手広く経営。

MIDNIGHTS

YAMAGUCHI MASAYA

幻のチャック・スチュアート・コレクション

（写真家編 with チャック・スチュアート）

コラボ小説集

「幻のチャック・スチュアート・コレクション」（『スイングジャーナル』一九八五年六〜一二月号）

吉田カツさんの画集に書いた「Travelin' Light」を気に入ってくれた『スイングジャーナル』誌の編集者上田篤（うえだあつし）さんからの依頼で始まった連載（私は第六回から参加）。写真家チャック・スチュアートの撮ったジャズ・ミュージシャンの写真と小説（事実に基づかなくてもよい）の《コラボ》ということだった。いっぽう、私の念頭にはフリオ・コルタサルの「追い求める男」（チャーリー・パーカーがモデルの傑作）があった。アーティストの伝記物にありがちな破天荒な生活を描くというだけでなく、創造性の真実に迫るようなものを書きたいと考えていたのだ。そうして、アルバート・アイラーの謎の死をめぐる第一回を書いたのだが……いかんせん、枚数が少な過ぎて当初の目論見は挫折。特に一回で五人を取り上げた「サックスの巨人たち」の回はキツかった。好きなエリック・ドルフィーやローランド・カークを小説として描くなら、少なくとも中編以上の枚数が必要だった。そんな訳で、（他の理由もあって）私の担当した六回中、三回は小説でなくエッセイのかたちで書いている。

尚、前にも記したがアルバート・アイラーの回は「Travelin' Light」と繋げて「Jazzy」として発表、また、数奇な経歴の持ち主、ローランド・カークは、キッド・ピストルズ・シリーズの「鼠が耳をすます時」（『キッド・ピストルズの最低の帰還』所収）の盲目のマルチ・リード奏者レイランド・ダークとして再登場させることになる。

【追記】この連載に関連して、その後発見した新たな事実・作品があるので、「鳥を飼う男」の前説で改めて記すことにする。

アルバート・アイラー（原題「Ghost-Man River」）

橋の欄干に腰をおろした男が、ぼんやりと黒い河の流れを見つめていた。夜半から降り出した雪が、眼下でゆるやかな螺旋の舞いをみせながら、黒い流れに吸い込まれてゆく。白い妖精たちの群舞にカーテン・コールはない。ただ、降り出した時と同じように、しずしずと暗幕（カーテン）の彼方に消えていくだけだった。

人間も結局あんなものかな、と男は混乱した頭で考えていた。そして、イースト・リヴァーの黒いうねりに目を向けたまま、膝の上にまるで死んだ女の脚のように横たわっている金色の楽器に、そっと手を触れた。

冷たく輝くサックスに白い妖精たちが次々にキスをする。雪の愛撫に金属の肌が驚くほど冷えきって、男の指の温（ぬく）もりを嘲笑（あざわら）った。寒さが男の背骨に揺さぶりをかけた。

しかし、そんなことはいっこう苦にならなかった。グリニッチのバーで酒と草（グラス）をしこたまやり、この場所までトボトボとやってくるあいだに、肉体的苦痛が自分の身体（からだ）からひとつ、またひとつと、そぎ落とされていったのがわかった。

男はゆっくりと、ひび割れた唇にマウス・ピースをあてた。

しかし、男は吹かなかった。いや、吹けなかった。男の頭の中で、あの古い歌――《老人の河(オールマン・リヴァー)》の歌詞が、まるで河の氾濫(はんらん)のように溢れていたのだ……この世に災厄(トラブル)が起き……民が自由でなくとも……男の頭の中で、山羊(やぎ)が呻(うめ)くような自分の歌声が聞こえた。……あいつは気にしねえ……《老人の河(オールマン・リヴァー)》は、何かを知っているはず。だが、何も語らず、流れ続けるだけ……。

男は、眼下のイースト・リヴァーの水面を、問いかけるように見つめた。その表情には、まるで狂った聖職者のような熱情と敬虔(けいけん)さとが同時に宿っていた。――だが、漆黒の河は答えてくれない……。

男は橋の上にあって孤独だった。吹けもしないサキソフォンのマウスピースから口を離し、たった独り宇宙に投げ出された胎児(はらご)のように背を丸めた。

――どんなに、あがき苦しんだところで、人間なんてすぐに忘れ去られちまう。だが、《老人の河(オールマン・リヴァー)》は、黙して語らず、ただ流れ続けるだけ……なのか。

――と、その時。

「ようやく気づいたのかい？」

突然の声に男はハッとして顔をあげた。目を凝らすと、十フィートほど前方の闇の中に、何やら褐色の塊(かたまり)が浮かんでいるのが見えた。

首だった。

橋の男と同じ褐色の肌をした男の首が、吹きあげる風に渦巻く雪舞いの闇を背景に、ポッカリ浮かんでいた。懐かしい顔、常に瞑想境にあるような安らかな目(ま)ざし……。橋の男は恐れる様子もなく闇に浮かぶ亡霊(ゴースト)に向かって話しかけた。

「久しぶりだ。とてもあんたに逢いたかった……」

亡霊(ゴースト)が白い歯を見せた。「わたしも君に逢えてうれしい。だが、ずいぶんと苦しそうじゃないか。この寒さなのに額に汗が滲(にじ)んでいるね」

「聞いてくれ、俺はもう疲れちまったんだ」男は急に切迫した口調になった。「これ以上、何をブチ壊したらいいのか、どう叫んだらいいのかわからない！　俺はいったい、これから何をすべきか……」

「わたしの葬儀の時、君は確か、《真実が行進(トゥルース・イズ・マーチング・イン)》するさまを演奏して見せてくれたんじゃなかったのかな？」

「真実？　俺は本当に真実に到達したのか？　頼む、教えてくれ。俺が全身全霊で呼びかけ、どんなに走り続けても、まだ神の聖衣の裾にすら触れていない。どんなに痛切に叫び、壁を破壊しつくしても、まだ、すべての人々との《霊的一体感(スピリチュアル・ユニティ)》を持てない気がする。あんたは、俺のやってることがまやかしじゃないと、保証してくれるのか!?」

亡霊(ゴースト)は仏陀(ブッダ)のように目を閉じて言った。「君はもう、ほとんど真実に到達していると言ってもよい」

「どういう意味だ？」

「君のすぐそばに真実があるということだ……地平の彼方を目ざして叫びながら疾駆するがいい。君の辿り着く一番遠いところはどこだね？」

「…………」

「この丸い地球をぐるりと廻って行き着く先は……君の背骨(バックボーン)だよ」

亡霊(ゴースト)の最後のひと言は吹雪にかき消されて不明瞭に響いた。

「バック……何だ？　背景(バック・グラウンド)？　……黒人霊歌(スピリチュアル)のことか？」

「さあ、どうかな。ひとそれぞれだ。もう無駄話はよそうじゃないか。君自身、次に何をすべきか、すでに知っているはずだからね……」

橋の男はギクリとして、ヨロヨロと欄干の上に立ちあがった。亡霊(ゴースト)はかまわず囁き続けた。

「さあ、真実は目の前だ。君の背骨をちょいと押しさえすればいい。君は煩わしい肉体を離れて自由(フリー)になり、この河のように永遠を享受し続ける。君の不在証明(アリバイ)により、音楽は最早(もはや)まやかしでなく、時空さえ砕け散り……」

「よせ！　もうたくさんだッ！」

橋の男の手のサキソフォンがいつのまにか消えうせ、かわりに金色のリボルバーが握られていた。男はそれを両手で構えると、前方に向けて夢中で引き金を引いた。褐色の塊が揺れ、赤いものがはじけた。額を赤く染めた亡霊(ゴースト)の顔を見た橋の男は愕然とした。闇に漂っているのは、ほかならぬ自分自身の歪んだ顔……。

突然、背中に衝撃が走った。自分自身の手が背中を突いているのが明確にわかった。男の身体は闇に飛翔し、彼の——世界へ向けた最後の絶叫が暗い河に木霊(こだま)した。

……そして、漆黒の真実が、男の魂を優しく癒(いや)すように呑み込んだ。

Music is the Healing Force of the Universe.（音楽は宇宙の癒しの力なり）

——Fade Out——

ウエス・モンゴメリー

負けがこんで焦(あせ)ったギャンブラーが振り出したクラップスのダイスのように、小柄な少年が部屋に転がり込んできた。

パムは大人びた様子で溜め息をつくと、すっくと立ち上がった。片方のソックスがずり下がっている。

兄のジミーがあんなふうに部屋に入ってきたら、彼女は退散するほかなかった。感謝祭のご馳走を目の前にした時の、少なくとも十倍は輝いている彼の目、そして小脇にしっかりと抱えた四角く平べったい袋。プレイヤーは、部屋を明け渡さなければならない。それが、このちっちゃな共同リスニング・ルームの掟だった。

無言で肩を小突かれる。これが最後の通告だ。パムはあてつけがましく鼻を鳴らして、部屋を出ていった。

ジミーはもどかしげに袋を開ける。やっと買ってきたウエスの新作。ジャケットの美しさに惚れ惚れとした。ダーク・ブルーのバックに、彼の神様のシルエットが写っている。その手には、寄りそうように煙草の煙が揺れ……。

ジミーは机の抽出(ひきだ)しの極秘コーナーから、とっておきのシガレットを取り出すと、口にくわえて火を点けた。こうしていると、自分もウエスみたいにキマッて見えるだろうか？　ジミーは大きく煙を吸い込んだ。肺に圧迫を感じる。それに続いて猛烈な咳込みが襲った。ジミーはあわてて煙草をもみ消し、火の点いてないやつをくわえることにした。

レコードをターンテーブルの上にのせ、ソファーに座ってじっと待つ。すぐ耳なれたウエスのギターが聞こえてきた。——オオッ、今度のはストリングス入りか。ジミーは思わず唸り、もっともらしくうなずいた。

それから二時間、レコードの両面をくり返し聴き入った。やっぱりウエスはすごい。いつ聴いても《驚異的》だ。

演奏に酔い続けていたジミーは、急にあることに気づいて、口からポロリと煙草を落とした。ターンテーブルに駆け寄ってレーベルをしげしげと見る。

なぜ、この曲にはストリングスの伴奏がついていないのだろう？　このLPのなかで、たった一曲、これだけはトリオでやっている。まるで、七月の雪礫のように唐突に。

ジミーはその曲名を口に出して読んでみた。

「Tear It Down……」

カラー・ピンで留めた糊の利いたシャツに仕立てのいいアイビー・スーツ。きちんと着こなすということは、気持ちのいいことだ。今の生活も、その着こなしのように順調にいっている。男は満足そうに微笑むと、煙草に火を点けた。

ようやく、アングルが決まったようだ。カメラマンの顔が緊張に幾分か引きしまる。おやおや、と男は思った。この分だと、また手が大きく写りそうなカメラの按配だぞ。

時々、手の方が主役を喰ってしまうことがあった。《フル・ハウス》のジャケットの時など、自分の顔はどこにもなくて、ギターを弾く手だけがアップでレイアウトされていた。

自分の手をじっと眺める。標準サイズより大きな手。全体の大きさのわりにはスラリとした指、そして硬く肉の厚い指先。こいつがギターのネックを愛撫し、弦を弾き続けたおかげで、自分は世間に認められ、明日のパンに困ることもなくなった。

そう、こいつは、いつだって自分を救けてくれた。インディアナの工場で油にまみれて自動車の部品をいじっていた手。勤めの後のクラブ出演、そして、またその後の深夜に及ぶセッションと、眠る時間を削って酷使し続けたのもこの手。しかしその指は、いつも思いどおりに、まるで天使の翼が生えたように舞い踊ってくれた。

今ごろ、故郷のインディアナじゃあ、恒例の五〇〇マイル・レースで大騒ぎしているだろう。これといって特徴のない平均的工業都市も、この時ばかりは世界中から人々が集まり、町をあげて沸き返る。

男は遠くを見るような眼差しで、煙草の煙を深々と吸い込んだ。

ひょっとすると、子供のころ指をくわえて見ていたインディ・レースのスポーツ・カーでさえ、その気になれば買えるかもしれない。レコードの売り上げも順調だし、どこでも自分の演奏は高い評価を得ている。ドン・セベスキーとの企画仕事もいい感じだ。この分なら、もっと売れて、国じゅうの人たちが聴いてくれるアルバムを作ることができるかもしれない……。

男の心に、ふと小さな影がよぎった。それもこれも、みんなこの両手が働いてくれてのことじゃないか。男はつい先日の、サンフランシスコでの出来事を思い出した。

シスコでジムに会った。彼もとびきりギターが上手い。そして、頭も切れ、紳士的で、とても気持ちのいい男だった。二人はすっかり意気投合して、ひと晩語り明かした。音楽のこと、ギターのこと……。その時、ジムがポツリと言った言葉が忘れられない。

「突然、指が動かなくなったら、もし、怪我(けが)でもしてしまったら……」

それはギタリストにとって最も恐ろしいことだった。それはミュージシャンとしての死、いや、自分にとっては生命の死より辛いことだ、と男は思った。実に恐ろしい、心引き裂かれるようなこと……。

男は、その折に作ったオリジナル曲のことを考えた。ジムとの話から思いついたオリジナル曲。そうだ、撮影が終わったら、あれを吹込もう。男はもう一度、自分の手を眺めてみた。

煙草がなかった。

さっきまで二本の指に挟んでいたはずの煙草がなかった。男はギョッとして床に目を落とした。足元に火が点いたままの煙草が転がっているのが見えた。自分は煙草が指の間を滑り落ちるのがわからなかったのか？　いったいこれは……？

恐る恐る、指を動かしてみる……。

反応なし。指は膝の上で死んだように動かなかった。額に油汗が滲(にじ)む。男の全身を恐怖が呑み込んだ。

「オーケー、ウエス、どうもありがとう。録音に戻ってください」

カメラマンのチャックが陽気な声で言った。いっぽうドンは、手まわしよくギターを抱えてこちらにやってくる。男は震える脚をふんばりながら、やっと立ち上がった。

ドンがギターを差し出す。男は頬を引きつらせながら、ゆっくりと右腕をあげた。

指先がギターのネックに触れる。男は目をつぶった。震える手がネックを摑(つか)む。……摑めたか!?

——Fade Out——


男の熱心さに気おされて、ドンはスコアをひっくり返した。「えーと、今やった録音の曲名は《心引き裂かれて》。」

「……？」

「どうしても、そうしたいんだ。頼む。これは、ある心からの感情への記憶のためだ。お願いだよ」

「どういうことだ？　いったい全体、この一曲だけ別扱いってのは……」

「この曲だけ、ストリングスはキャンセルにしたいんだ」

「何だ？」

「頼みがあるんだ、ドン」

と歩み寄った。

《テイク1》完了。すべてを出し尽くした男はギターを置くと、アレンジャーのドンの前へつかつか
だった。ギターが弾ける喜びに満ちた熱演だ。

クターブ奏法からコード奏法によるアドリブ。彼の指からはとめどなくフレーズが弾き出されるよう
いよいよ録音が始まる。すべて順調だった。男は堰を切ったようにソロを弾きまくった。複雑なオ

しばらく手を握ったり開いたりしていた。
指は何ごともなかったかのように正常に動いていた。男はあっけにとられ、そして泪ぐみながら、
よかった、神様、救かった！

サックスの巨人たち

●ジョン・コルトレーン

冷たい便器にまたがって、薄汚れた壁を眺める。狭いトイレのなかには、猥褻な絵や言葉が、まるでピカソの「ゲルニカ」のように力強く自己主張をしていた。

便器の男は、そのなかでも特に卑猥な言葉をなんとなく口に出してみると、つまらなそうに溜め息をついた。

今夜のアガリはどのくらいだろう？　出演者がよかったから、店内は満員盛況だったが、そうでもなけりゃ……。近ごろ景気が悪過ぎる。

男はコトを済ますと、のろのろと立ち上がり、ズボンのベルトを締めようとした。その時、廊下に通じるスイング・ドアがかすかに軋んだ。

誰かが入ってきたのだ。

男は耳を澄ました。入ってきた奴はいっこうにトイレのドアをノックする様子はない。変な野郎だな。何しに来たんだ？　男はおずおずとドアのノブに手をかけた。

突然、追いつめられた獣の呻きを思わせる大音響があたりに響きわたった。トイレの壁に反響して、狂おしいまでに叫ぶサキソフォンの音塊。男は舌うちをして、トイレのドアを開けた。「また、あいつか！」

とあるニューヨークのライヴ・ハウス。その楽屋裏の薄汚れたトイレのなかで、コルトレーンが一心不乱にサキソフォンを吹いていた。

コルトレーンのことを考えると、つい、こんな情景を想像してしまう。

それというのも、以前聞いたことがある彼のエピソードが、僕にとても強烈な印象を残したからだ。ニューポートかなにかのフェスティバルで、コルトレーンが演奏していた時のこと。彼があまり長いソロをとるので、とうとう、次の出演者の時間にくい込んでしまった。そこで主催者側は強引に彼を引っ込めたのだが、コルトレーンはそれでもなお、ひとり廊下で吹き続けていたという。

実にコルトレーンらしいエピソードではないか。〝ひとり酒場で飲む酒は……〟って歌謡曲じゃないが、ひとり廊下で吹くサックスは、いったいどんな味がしたのだろう？

死ぬ数年前のコルトレーンのライヴというのは凄絶だったようで、東京公演などでも、よだれを流しながら延々と吹き続けるコルトレーンの鬼気迫るプレイが語り草になっている。

こうなると、ひょっとして、クラブ出演なんかの後も満足しきれずに、薄汚れたトイレのなかでひとり吹き続けていたんじゃないだろうか、と勝手に想像してしまうのだ。

ドルフィーも、パーティの席などで、独り片隅にいて、レコードに合わせて指を動かす練習をしていたという。その後、最強のジャズ双頭コンボを組むことになるふたりのジャズ・ジャイアント。彼らにとって、音楽は、それがないと生き延びられない、文字通り「生活の糧」――だったのだろう。

●ソニー・ロリンズ

橋の下に苦悩を捨てた男が二人いる。——もちろん、ソニー・ロリンズとアルバート・アイラーの二人だ。

ひとりの男は、重荷をうまく河に流し、もうひとりは重荷もろとも黒い流れに呑まれ、そして、肉体さえも消え去ってしまった。実に一九六〇年代のジャズ、そしてアメリカという国を象徴している出来事だと思う。

ロリンズは、コルトレーンやコールマンに脅威を感じ、ひたすら橋の下で練習を重ね、自分の音楽を見つめ直した。そしてジレンマの大半を河に流し、《橋》と題したアルバムを出し、その後、徐々に復調してゆく。そしてスチュアートの写真に写る笑顔のような、陽気で、メロディックで、しかも力強い、アメリカ人気質の楽天的部分を表すジャズに自信を持つのだ。

いっぽう、アイラーは違った。彼はアメリカで受け容れられず、ヨーロッパに渡った。そして、その地でかなりのヨーロッパ的な文化を吸収したのだと思う。アイラーはアメリカ本来の明るい楽天主義に拒絶され、ヨーロッパ的な暗さ、スピリチュアルなものの見方、宗教や宇宙観に馴染んだ。

しかし、彼はアメリカ人である。当然、ジレンマが起こる。そして、あの、激発するエモーショナルな演奏を、そのジレンマが否応なしに引き出したのだ。

地獄を橋の下に捨てた男二人。この二人の違いが、一九六〇年代のアメリカという国を、まさに象徴している。

●オーネット・コールマン

かつて、ロシアの抽象画家カンディンスキーは、「トランペットの音色はレモン色である」という感じを抱き（これは、共感覚と呼ばれている）、そのとおりの色彩でトランペットの音色をアブストラクトの絵に表現した。

この裏返しというか、ある意味でこれと同じことをしたのが、オーネット・コールマンではないかと、つねづね思う。

小卓に、サキソフォン、ヴァイオリン、トランペットを置き、熱心にペンを走らせているコールマンの写真を見ると、彼はひょっとして、ジャズでアブストラクト絵画をやりたかったんじゃないかという気がどうしてもしてしまう。

トランペットはレモン色、サキソフォンは何色だろう？　夜の静寂の黒か、それとも叫びの赤か？　じゃあ、ヴァイオリンの色は……？　コールマンにとって楽器は絵具だ。サウンド空間は茫洋と広がるカンバスだ。彼は自分の感性のおもむくままに、空間にペインティングしてゆく。そう、ジャズにおけるカンディンスキーといった感があると思うのだ。

このあたりのコールマンの志向は、例の《フリー・ジャズ》のジャケットが端的に象徴しているだろう。あのジャケットの片隅には、ジャクソン・ポロックのアクション・ペインティングが掲げられている。

コールマンは、まさに、これをジャズでやりたかったのだ。

●ローランド・カーク

盲目の人は夢を見るか？

ヘレン・ケラー女史は確かに夢を見たという。美しい家の中に自分がいて、その部屋の天井は、朱鷺(とき)色と白のバラからできていたそうだ。さらに驚くのは、彼女がその夢を、視覚によってではなく、思想によって見たと言っている事実だ。

ユングによると、人の遺伝子に刻みこまれた祖先の記憶が、人に夢を見させるのだという。盲目の彼女に夢を見させたのも、ひょっとして、この祖先の記憶というやつなのかもしれない。

ローランド・カークにも、これに似た有名なエピソードがある。

盲目の彼は、夢の中で自分が吹いている楽器が不思議な音を出すのを聴いた。しかし、翌日楽器屋で試したどのリード楽器も、夢の中の音を再現するに至らなかった。その音は、現実に聴いたこともないような音だったのだ。

後に彼は、スペインの民族舞曲や前世紀のマーチング・バンドの楽器、あるいは誰も知らないような、忘れ去られた古楽器に夢の音を求めることになる。これはひょっとして、個人の意識を超えた遠い血の記憶が、彼に天啓の音を与えたんじゃないだろうか？

スチュアートの写真の中で、全身の神経を一点耳に集中して、女の話に聞き入るローランド・カーク。まるで、この女の囁きが、明日の彼の音になるとでもいうかのように。

●エリック・ドルフィー

エリック・ドルフィーという人は、とても変幻自在なミュージシャンだったと思う。

アルト・サックスの燃えるようなエモーション、バス・クラリネットのエキセントリックなユーモアと陰鬱、そして、フルートのクールな抒情と幻想性——三つの楽器を変幻自在に使いこなし、それでも尚、そこには、他に代えがたい、ドルフィー孤高のフレーズが屹立（きつりつ）している。

同じマルチ・リード奏者でも、ローランド・カークあたりになると、もうちょっと切迫した感じだ。リード楽器を何本も首からブラ下げたカークのモノモノしい姿を見ていると、盲目のハンディゆえに、ひとの三倍耳を澄まし、ひとの三倍音を出さなければならなかった男の切迫した心情が伝わってくる。

コルトレーンとドルフィーの関係というのも面白い。

ドルフィーは三本のリード楽器をまるで魔法の杖のように自在に使いこなし、伝統とフリーの崖っぷちを軽業師のように楽々と走り抜けた。

いっぽう、不器用なコルトレーンは、フリーの彼岸を目ざして翔（と）び、何度も谷間へ転落した。そして、谷底でもがき苦しみ、それはそれで真実の叫びとして残った。

コルトレーンが《エクスプレッション》でやっと彼岸に這（は）いあがった時、彼の手にあったのは、逝きし盟友の遺品である魔法の杖——フルートだった。

カウント・ベイシー

初老の男がスタジオの隅で頭を抱え込んでいた。艶やかになでつけられた頭髪とは対照的に額に深く刻み込まれた皺が、男の索漠たる思いを物語っている。

……俺たちは、はたして生き残れるのだろうか？

男はビッグ・バンドのリーダーだった。しかし、時代はすでにスイング・ジャズの全盛を過ぎていた。あの大戦の後、スイングは急速に衰え、多くのビッグ・バンドが消えていった。そして、それは、カンサスのガッツ溢れるサムライたちを擁した彼のバンドとても例外ではなかった。メンバーはひとり、またひとりと消え、バンド経営は困難になり、ビッグ・バンドはコンボに成り下がった。男は自分の身を削られるような寂しさを味わった。

そんな経緯があって、数年前、再びビッグ・バンドを組んだ。そして今日は、移籍後初吹き込みの正念場なのだ。男は自分の内部でたぎりたつものを感じながら、いっぽうで、心の隅に澱のような不安がわだかまっていることも知っていた。

いま現在、生き残れるビッグ・バンドとはどういうものか？　今度のニールの編曲はすばらしい。だが、いまのファンは、俺たちの演奏をずっと受け容れてくれるのだろうか……？

男はまるで日本の戦国時代の武将のように、バンドのメンバーを見渡した。その表情には貴族——

伯爵(カウント)の優雅さなど微塵(みじん)もなく、ただただ兵を率いる古武士の厳(きび)しさが溢れていた。サドがいる。ジョーがいる。二人のフランクも、古い盟友のフレディも、そして普段は元気のいいソニーも、ドラム・セットの向うから神妙な顔つきで大将の方を見返している。みんな、心の底で偉大なリーダーを信頼しきっているのが、男の心にひしひしと伝わってきた。

俺には、どいつも可愛い連中だ。奴らの夢、そして俺の夢を壊すわけにはいかん。今日は、あのカンザスの仲間たちとやった時のように、一丸となってすばらしい吹き込みをしなければならんのだ。男は悠然と立ち上がると、ピアノの前に座り、軽く指ならしを始めた。本番までにはまだ時間がある。それまでになんとか不安をぬぐい去り、自分の気持ちに決着をつけねば……。そう、あの、自信に満ち溢れたカンザス時代のように……。

カンザス、……懐かしい町。

男の心は、いつのまにか、三十年前のカンザスに翔(と)んでいた。

眠そうな瞼(まぶた)をした男が、薄暗い館内でピアノを弾いていた。男の背後の壁には、スライドで《ミズーリ娘が微笑(ほほえ)めば》の歌詞が映し出され、まばらな館内の客たちは、男のピアノに合わせて気がなさそうに歌っていた。その不揃いなコーラスが、男の気分をいっそう滅入(めい)らせる。

ジョーの酒場とエルマーの質屋にはさまれた、ちっぽけな活動小屋。ひと昔前までは〝ニッケル・オデオン〟などと呼ばれ、五セントもあれば、他に娯楽のない貧乏な連中にでも夢が買える場所だった。

男はその活動小屋、エブロン劇場の伴奏ピアニストだった。劇場といっても、五十人も入れば一杯になるちっぽけな小屋。暑くるしくて、薄暗くて、年じゅう年(とし)とったメイドが殺虫剤の噴霧器をシューシューやりながら通路をうろついている。先日ニューヨークにできたロキシー座とはえらい違いだった。あそこは六千人の観客を収容し、百十人編成のオーケストラを備えている。伴奏用のオルガンなんぞは十一台もあるのだ。男は溜め息をついた。

ニューヨークにいた時は楽しかった。仕事こそなかったが、毎晩お気に入りのファッツのオルガンやピアノを聴きに行き、そのうえレッスンまで受けることができた。——そこまではよかった。このまま順調にいけば、いつか素敵なバンドでプレイできると、その時、男は思っていた。

ところが、その後、彼の加わったバラエティ・ショーは、このカンザス・シティであえなく解散。失職だけならへこたれないのだが、弱り目にたたり目、男は重い病に倒れてしまった。場所がカンザスだからよかったようなもので、他の土地なら野たれ死にしていたところだ。

そしていま、ようやく病も癒え、こうして映画やコーラスの伴奏をして糊口をしのいでいる。男は決して野心に憑かれたといったタイプではなかったが、それでも、いま自分がおかれている状況に満足しているわけではなかった。

「スリムはカンザスにも来てくれるのかね？」

ピアノを弾き続けている男の耳に、最前列に陣どった二人の客の会話が飛び込んできた。ひとりは丸いボーラー帽子で暑そうにカラーのあたりをあおいでいる髭の紳士で、役場の書記といった感じの男。もうひとりはネルのワーク・シャツ姿の初老の農夫だった。二人とも歌などにはさらさら興味ないといった風情で話し込んでいる。彼らの会話に出てくるスリムというのは、数ヵ月前、単独飛行で大西洋を越えパリに渡ったリンドバーグのことだった。

「いやはや、大変な世の中になったものだて。飛行機でパリへ行くなんてなあ……」農夫が額のあたりをさすりながら言う。髭の紳士は眉を少し吊り上げてこれに応じた。

「そんなことで驚いていてはいけませんよ、キミ。世の中の進歩は目ざましいものがあります。現にこのシネマだって……」

農夫は紳士の話にひき込まれ、口を開けて聞いている。紳士は得意気に話を続けた。

「……もうすぐ、映画にも一大革命が起こりますよ。いや、西海岸にいる従弟から聞いたんだがね。なんでも、この秋に音の出る映画が公開されるらしい」

「なんとねッ！」農夫は目をむいた。

「《ジャズ・シンガー》とかいう題でね、トーキーというヤツさ。アル・ジョルスンが映画の中で歌ったり、喋ったりするらしい。こいつが評判になれば……」紳士は憐れむような目でピアノ弾きの男の方をチラリと見た。「彼みたいな劇場の伴奏者は、みんな、お払い箱だろうね……」

ピアノ弾きの男の腰のあたりから不安が這いあがってきた。そうか、俺もいずれお払い箱になるのかも……。やっぱり、ここは俺のいるべきところじゃないんだ。

映写技師が合図を送ってきた。幕間の歌の時間は終わり、いよいよ本篇の始まりだ。今日は喜劇の二本立て。《キートンの警官騒動》と《メイベルの海水浴》が出しものだった。

チラチラするスクリーンの中を、小柄なバスター・キートンがところ狭しと動きまわる。彼が塀から落ちてドスンと尻もちをついたところで、男はピアノでガンと不協和音の効果をつける。大爆笑に包まれる場内。

そして、映画はいよいよクライマックスに。警官隊に追われて信じられないようなスピードで逃げまくるキートン。男もそれに合わせてピアノを弾きまくる。どうせ辞めるんだ。今日は思いきり弾いてやろう。そんな想いが男の心をよぎった。

男の左手が鍵盤の上を軽快にスライドする。男の指先は映画の中のキートンのように鍵盤の上を走りまくり、画面と一体となった伴奏に乗せられた観客は、映画の中のキートンに大喝采を送った。館内は今や躁状態。スクリーンのキートンと、沸きかえる観客と、そして伴奏のピアノが一緒になって、大ドタバタ喜劇を繰り広げているようだった。

――そう、これでいいんだ。クヨクヨすることはない。人生はドタバタ喜劇みたいなもんさ。俺はヘコタレずに、これからもずっと陽気に弾き続けてやるんだ……。

初老の男はようやく回想から現実にもどった。もう彼の額に苦悩の皺はなく、目には自信が甦(よみがえ)っていた。

そうさ、人生はドタバタ喜劇みたいなもんさ。俺の指がキートンみたいに鍵盤の上を走りまわるかぎり、すべてはＯＫだ。いつでも客をスイングさせてやる。

男はバンドに合図を送るために立ち上がると、ニッコリ微笑んで言った。

「さあ、みんなで、ちょいとしたドタバタ喜劇をやってみようじゃないか？」

――Fade Out――

デューク・エリントン〜ビリー・ストレイホーン

漆黒のジャングルに雪が舞い始めていた。

男は少し身を震わせると、レノックス街の方へ急いだ。チェスターフィールド型のオーバーコートの裾をひるがえすように歩を進めながら、男はオペラ・ハットの鍔(つば)にまとわる雪をしきりに気にしている。

（……雪のジャングル・ナイトか。今夜は寒くなりそうだな……）

一四二丁目にさしかかり、男はゆっくり目を上げた。今夜もジャングルに蒼白い月が昇っている。

COTTON CLUB

蒼白いネオン・サインの月が、黒いジャングル——ハーレムの夜を妖しく照らし出していた。そろそろ、セントラルパークの向こうから、タキシードやロングドレスに身をかためた御一行が繰り出してくるころだ。デューセンバーグやキャデラックを駆って得意顔でやってくる連中は、さしずめ、象に乗ったハーレム探険隊といったところか。彼らが目指すジャングルの歓楽の殿堂が目の前のクラブであり、そして、そこが男の職場でもあった。

男がクラブの建物の前まで来た時、突然正面の扉が開いて、黒いケースが舗道に投げ出された。つづいて、口ぎたない罵声とともにもう一度扉が開き、今度は若い黒人の男が叩き出され、ぶざまに舗道に転がるのが見えた。

だいたいの事情は察せられた。オペラ・ハットの男は、憂い顔で舗道の男の方へ近づいていった。

「気をつけな、坊や。この扉からは白人しか入れないんだ」

オペラ・ハットの男の言葉に、舗道の男は一瞬驚いた様子だったが、したたか打った腰をさすりながら、のろのろと立ち上がった。

「ホンに、とんだことで。あ、オ、オイラのケースは？」

オペラ・ハットの男は足元に転がっていた黒いケースを拾ってやった。その傷だらけの古いケースがコルネットのものであることは、すぐわかったし、ケースの端に下手くそな字で《ペティグルウ葬儀商会／ニューオーリンズ》と書いてあるのも見逃がさなかった。

オペラ・ハットの男はケースを渡しながら、相手の警戒心を解くような微笑を浮かべて訊ねた。

「君はミュージシャンなのかね？」

若い男は、はにかんだような表情で答えた。「ウン、まあね。ニューオーリンズで葬式ん時に、よく吹いてた。オイラ、ジョーってんだ。きょう、こっちへ着いたばかりでね」

ジョーの言葉を待つまでもなく、彼が田舎から出てきたことはすぐわかった。四回ぐらい裾を折り返したズボンに、ツギのあたった寒々しいジャケット。しかし、その若々しい顔の造作は端整で、肌の色もそれほど黒くない。ジョーはニューオーリンズからはるばるやってきた若きクレオールというわけだった。

黙って自分を観察しているオペラ・ハットの男を気味悪く思ったのか、ジョーは怪訝な面持ちで訊ねた。

「あんたは、ここのひとかい？」

「ん、そう。いや、ここに雇われている。エリントンという者だ。音楽仲間からは〝デューク〟なんて、ご大層な綽名を頂戴しているがね……」

「デューク！」ジョーは目をむいて叫んだ。「へえ、あんた公爵だったのかい。どうりで、いいなりをしてると思った」

デュークはこの素朴な若者がだんだん好きになり始めていた。

「オーディションを受けに来たのなら、また明日の三時ごろ来なさい。私がここの楽団の責任者だ」

ジョーはポカンと口を開けていたが、急に毅然とした表情になると、口早にまくしたてた。

「いや、違うんだ、エリントンさん。働き口を探してるんじゃなくて、オイラは女を探してるんだ！」

楽屋の隅で女の呻き声が聞こえた。デュークがそちらのほうをふり返ると、バッバー・マイレイが背をまるめて座っているのが見えた。彼の手にはトランペットが握られ、その朝顔の部分にはゴムの吸い出しのようなプランジャーが添えられている。

（奴の〝ワー・ワー〟奏法は滅法面白い。まるで女——いや、雌馬の声そのものだ）

デュークは満足げにうなずいた。彼とは去年、一緒に吹き込みをしたばかりだった。その曲は今夜のショーでもやる予定だった。そう、《クレオール・ラブ・コール》は、コットン・クラブでも大当たりの出し物だったのだ。

クレオール・ラブ・コール……。デュークはさっきの若者のことを思い出して、少し憂鬱になった。

（本当にクレオールの男がラブ・コールに来るとはね、このコットン・クラブくんだりまで……）

ジョーは同郷の恋人を訪ねて、はるばるこのハーレムまでやって来たのだ。娘の名はライザ。デュークはその娘のことはよく知っていた。彼女は数ヵ月前に採用された踊り子だったが、歌もイケるということで、今夜使うことになっていた。それも、例の《クレオール・ラブ・コール》を歌うアデレイド・ホールが風邪で倒れたため、その代役として舞台に立つ手はずだったのだ。

しかし、今、その娘とジョーを逢わせるわけにはいかなかった。楽屋での色恋沙汰は一切厳禁なのだ。デュークはジョーに言い含め、ステージがはねるまで待たせることにした。今ごろ彼は、裏口の階段の下でホット・コーヒーを飲みながら、途方に暮れた痩せ犬のように待ちつづけているに違いなかった。

「ジョー、ジョー、逢いたかった」

二人は階段の下でしっかりと抱き合っていた。舞い落ちる雪が二人を祝福する婚礼の米のようにさえ見える、幸せの一瞬だった。

「さっき、ニューオリンズから来た若い男が表に叩き出されたって聞いて、もしかしてアンタじゃないかと……」ライザは長い睫をしばたいた。「怪我はなかった?」

「オイラは大丈夫さ。それより、ライザ、おまえのほうは……」

二人は時を忘れて語らった。故郷のこと、ニューヨークのこと、そして二人のこと。ジョーはしばらくして、いよいよ切り出すことにした。

「ライザ、オイラといっしょにニューオーリンズへ帰ら——」

ジョーの言葉は途中で宙に消えた。いつのまにか、路地の暗がりに銃をかまえた黒人の小男が立っていた。そいつは目をギラつかせ、吐き捨てるような口調で言った。

「おめえじゃねえ。そのネエちゃんに用があるンだ。ネエちゃん、よくも俺たちの酒をオウニーの野郎ンとこへ横流ししてくれたな」

ライザは脅（おび）えきった声で叫んだ。

「アタシじゃない、あれはベッツィーがやったことよ！　アタシは……」

小男は残忍そうな笑いを浮かべた。「うるせえ。おめえが手引きしたことは割れてんだ。こいつは、ハイムズ組からのお礼だぜッ」

二発の銃声が暗い路地に谺（こだま）した。

楽屋は大混乱だった。血まみれの二人がそれぞれ長椅子に横たえられ、そのまわりを泣き叫ぶ踊り子たちが右往左往していた。ライザはすでに冷たくなり、ジョーのほうも時間の問題だった。デュークはジョーの傍にひざまずいて血の気のひいた顔を覗きこんだ。ジョーがやっと口を開く。

「……ラ、ライザは大丈夫……ですか」

ジョーはライザが死んだことを知らなかった。デュークは嘘をついた。

「ああ、大丈夫だ。ほんのかすり傷さ。ライザが今から歌うからな。しっかり聞いてるんだぞ」

ジョーは弱々しい笑いを浮かべた。「ウ、ああ、エリントンさん。そいつはよかった。ステージが終わるまで……オイラ……待ってますから」

開演の時刻、デュークは急いでバンド・スタンドへ戻った。今夜は歌手なしでこの曲をやらねばならない。デュークはマイレイにちょっとした指示を与えた。

楽団員が定位置につき、ダンサーたちが舞台の上に立ち、ショーを待ちかねた客たちの熱狂的な拍手が場内に溢れた。

曲が始まり、マイレイがプランジャーをあてて吹き出した。その音はさながら、死んだクレオール娘の恋の苦悶と歓喜を歌いあげる肉声のようにすら聞こえ、場内を包む。

ダンサーたちは官能的な踊りをつづけ、バンドも観客も不思議な陶酔感に満たされてゆく。何も知らない酔客が卑猥なヤジをとばした。

漆黒のジャングル・ナイトに響き渡る、クレオール娘のラブ・コール……。その代役の声は、楽屋の隅に横たわる瀕死の男の耳にも届いていた。しかし、その声が彼の冷えゆく肉体に温(ぬく)もりを与えることはない。

今夜のハーレムは寒すぎた……。

——Fade Out——

サラ・ヴォーン

　マーシャル・ロイヤルの艶やかなソロに導かれて、何やら低いトロンボーンのすすり泣きみたいな音が聞こえてくる。おや、と思っていると、それがしだいに盛り上がり、天をも突き抜けるような高音へと昂まっていく。そう、これがサラの〝神々しい〟までのヴォーカルのすごさなんだね。ほんとに、恐れいってしまう声域の広さである（なんでも、三オクターブを二度上回るか下回るかの声域だそうだ）。

　いま、《ノー・カウント・サラ》のA面一曲目、サラの十八番である《煙が目にしみる》を聴きながら、改めて感心しているわけである。

　サラのすごさというのは、声域の広さだけじゃなくて、声の豊かさ、ルバートの巧みさ、テンションの盛り上げ方なども、見事というほかない。とりわけ、テンポやピッチに対する感覚などは、向こう流の表現を借りれば、〝喉にギアでも付いていて〟シフトをかけているんじゃないか、と思うくらいの自在さだ。

　それで、《ノー・カウント・サラ》のアルバムでは、スタンダード・バラードから、ブルージーなスキャット、そしてアップ・テンポのナンバーまで、まるでサラの〝喉ギア〟の耐久レースみたいな展開が楽しめる仕掛けになっている。例のエクスタイン・バンドで鍛えられたサラのことだから、御大ベイシー抜きとはいえ、ビッグ・バンドの連中と共演できたこのアルバムは、まさに水を得た魚の感があったに違いない。

このアルバム、五分半のタイミングのうち三分の二をスキャットで通す《ノー・カウント・ブルース》とか、軽快にスイングする《ドゥードリン》とか、意外なほどフェイクした《スターダスト》とか、聴き物にはこと欠かない。いわば、サラ・スタイルのショーケース風な代表作の一枚だ。しかし、ひとつだけ、つまらない疑問がある。

オリジナル盤のライナーに書いてある、『ユーモアとサタイアに富み、あなたに古いグルーチョ・マルクスの映画を思い出させるような類いのアルバムだ……』というくだりが、どうも解せない。グルーチョ・マルクスというのは、ご存じ、一九三〇～四〇年代に活躍したコメディ・チーム、マルクス兄弟の一人で、ちょっと詐欺師ふうで駄洒落の好きな怪人物。彼らのシュールなスラプスティック・コメディと、この《ノー・カウント・サラ》と、どこがつながるんだろう？　スタジオ風景のフォト・コレクションを眺めながら考えているんだけど、いっこうにわかりませんな。

閑話休題。ところで、一九五四～五九年のマーキュリー時代のサラのアルバムというと、どんなスタイルでも自在にこなした彼女らしく、それぞれの代表作が揃っているように思う。

まず、ビッグ・バンドの《ノー・カウント・サラ》に対して、コンボによるものというと、トリオで吹込んだ軽快な《スインギン・イージー》、そして、ウイズ・ブラウニーのオールスター・セッションによる《サラ・ヴォーン》があげられる。後者の冒頭の、シャバドゥビ、ドゥッビの《ララバイ・オブ・バードランド》で、初めてサラを知った人も多いんじゃないかな。僕もそうです。これを聴いて、サラと一緒に『バードランド』の屋根の上を翔びまわれば、その日一日は元気になれた。

それから、これだけ力量のある人だから、もちろんライヴもよく、《アット・ミスター・ケリーズ》

と、ベイシー楽団の面子を含む《アット・ロンドン・ハウス》がすばらしい。彼女のパフォーマンスの巧みさがわかる。しかし、サラの声域の広い、まるでオペラ歌手のような絶唱を楽しみたいなら、ストリングス入りがいいだろう。僕は、《シングス・ガーシュウィン》がいちばん好きだ。冒頭の、《ザ・マン・アイ・ラブ》一曲で、僕は地面に這いつくばる。神々しい気品と豊かなエモーション。ハル・ムーニーのストリングス伴奏もそれにふさわしい品位があってよろしい。名曲ももちろん立派だし、もう、これはオペラだね。後年のロス・フィルとの共演の伏線がここにあるのだ。

いっぽう、伴奏と編曲が品位に欠けるのが《クロース・トゥ・ユー》。いささかチープな響きのストリングスで、《アイ・シュッド・ケア》とか、《セイ・イット・イズント・ソー》とか、一流半（失礼！）くらいのポップ・ソングのバラードをやっている。ここでも声量豊かに歌っているサラなのだが、伴奏がポップスっぽいせいか、妙にねばっこさが目立ち、神々しい感じなど、微塵もない。

こんなふうに言うと、貶そうとしているみたいに聞こえるかもしれないが、実は違う。そこがまた、いいと思うのだ。チープだけど気どりがない伴奏で、立派じゃないけれど親しみやすい曲を歌うサラ。僕はこういう下世話なサラも、こよなく愛するのだ。

節操がないと思われるかもしれないけれど、オペラ座のプリマドンナとナイト・クラブのオテンバ歌手、どちらか一方しか愛せない人もいるだろうし、両方好きだという人もいる。それだけのことなのだ。

他には、ビリー・エクスタインとの共演盤が楽しい。かつては〝女エクスタイン〟と呼ばれたサラらしく、お師匠さんと二人でいささかオーバー・ヒート気味に大口開けて歌っている。やはり、マーキュリー時代のサラは、燃えていましたな。

モダン・ジャズのスター達

なぜ、写真を撮るのか？

＊

幻のチャック・スチュアート・コレクションの連載も、今回で一応、最終回ということで、いままでのバック・ナンバーをパラパラ繰りながら、とりとめもないことを考えた。

「なぜ、写真家はミュージシャンたちの写真を撮るのか？」

音楽が好きで、ジャズに限らずいろんなミュージシャンの写真を見てきたが、ふと、そんな問いかけを自分にすることがある。

音楽は、音のみで成り立つ芸術の領域である、という風に仮定してみよう。そうなると、音楽を知るには、生の演奏か、それを記録したコピー、つまりレコードがあればこと足りるということになる。レコードを聴いている限りでは、その演奏者がどんな表情をしているかとか、どんな服を着ているかとかは、問題にならないはずではないか？

それでは、ミュージシャンの写真を撮ることに、どれほどの意味があるのか？　ということになる。

実は、大いに意味があるのである。

写真家がプロとしてミュージシャンを撮るということは、やっぱり大いに意味があることだと思う。

写真も文学や絵画と同じように、ある対象物に関するクリエイター（写真家）独自の解釈を示しているのである。

画家のルネ・マグリットは、「机の上の一台の電話にも詩の心がある」と言って、その詩の心を描き出した。ましてや、こちらの被写体は電話器ならぬ人間、しかもその内奥に詩を秘めていることは自明のミュージシャンである。写真家たちが、その霊感をかきたてられぬわけがなかろう。

しかし、時とともに動き変化する人間の場合は、アングルや露出などの技術的なこと以前に、どの瞬間を切りとってきたら、その被写体（ミュージシャン）の人間性の真実に迫れるか、という写真家としての霊感が、被写体を解釈するうえでの重要なポイントとなるのではないか。

一九八五年の一月号を再度引っぱり出してみる。連載第一回のバド・パウエル・コレクションだ。ピアノを弾きながら眉根を寄せて唸るような口元のパウエル。長椅子にグッタリ横になり、虚ろな眼で宙を見つめるパウエル。――これら、ある一定の時間帯から切りとられた瞬間、瞬間が、その写真が見る者に与える効果が、スチュアート流のパウエル解釈を教えてくれると思うのだ。

もし仮に、僕に写真の技術があるとして、チャック・スチュアートと同じようにパウエルのスタジオ風景を撮影したとしたらどうだろう。

パウエルというミュージシャンの人間性の真実が一つであるとして、やはり同じ瞬間を撮るかもしれないし、いっぽう、ぜんぜん違う写真を撮る可能性もあるだろう。そこには、写真家個々の霊感と解釈が必ず存在すると思うから。

自らの霊感と被写体に対する独自の解釈をもってミュージシャンに接するなら、写真家もまた、ひとりのミュージシャンである。

ミュージシャンが、マイクに向かって音を出す。眼を閉じ、全身を緊張させて、この一音に己の魂を懸けるかのように鍵盤を叩く。――写真家の霊感が呼応して、シャッターが切られる。

この瞬間、カメラは一個の楽器である。そして、写真家と狙いをつけたミュージシャンの間には、やはり誰も聴くことができないインタープレイが成立している。

だから、チャック・スチュアートがスタジオでトリオ演奏を撮影したとしたら、彼は、トリオ＋1の、もうひとりの客演ミュージシャンであったのだと言ってもいいだろう。

この写真家という名のミュージシャンの演奏ぶりは、実に興味深い。彼は、他のミュージシャンが楽器を置いて、音を出していない時でさえ、いや、逆にそういう時こそ、彼らの本音のアドリブを引き出そうとする。

それゆえ、僕らは、気だるそうに長椅子に横たわるパウエルの姿に、晩年の彼の「音」を感じとり、それぞれの感慨にひたることになるのだ。

ここで、もうひとつ疑問がある。

「ひとは、なぜ、ミュージシャンたちの写真を見たがるのか？」

これもやはり、音楽を音のみで成立する芸術として厳密にとらえると、生じてくる疑問のひとつである。

その答えはもう出ているだろう。

ひとは、ミュージシャンの写真を見ながら、そこに〝音〟を感じる。横たわるパウエルに、煙草をくゆらすサラ・ヴォーンに、彼らの演奏や歌を感じとっているのである。無意識のうちであれ、レコードの音を通じて得た彼らの人間性に対するリスナーなりの解釈を、写真を通じて再確認しているのだと思う。

ああ、やっぱりそうか、思ったとおりの表情だ、思ったとおりの姿だ、と安心したり、演奏から受ける感じと実際との微妙な違いに当惑したり、ともかくも、ひとは写真を見て、その写真に写っているミュージシャンたちの〝音〟＝人間性を感じようとする。写真によって想像力は刺激され、ミュージシャンに対するイメージが無限に広がっていく……。

——それが面白くて写真を見る。

音楽は、たしかに音のみで成立する芸術かもしれないけれど、その〝音〟の内奥にあるミュージシャンの人間性を知ろうとするには、なにも純粋な音のみに頼ることもないだろう。ミュージシャンの写真を見て、とりわけ、演奏していない時のミュージシャンの写真を見て、彼らの〝音〟と、その奥に秘められた人間性を再確認する方法だってあるのである。

そんなわけで、写真家はミュージシャンの写真を撮りつづけ、ひとは、その写真を見て楽しむのだと思う。

多くのミュージシャンたちの、〝音〟とその奥の人間性を写真にとらえてくれたチャック・スチュアート。

彼は写真家という名のミュージシャンであると同時に、スタジオのミュージシャンたちが放った音(聞こえるものも、聞こえないものも)を、写真という名のレコード(記録)に刻みこんだ、プロデューサー、エンジニアでもあるのだ。

＊

自分が文章を書かせてもらった分で一番印象に残るのは、やはり、六月号でやったアルバート・アイラーである。

いま、あの写真撮影時の《ラブ・クライ》セッションの音を聴きながら、写真を眺めているところだ。

あの、一曲目冒頭の「ハラ、ヒレ、ハレ……」という、山羊(やぎ)の鳴き声のような、もの哀しいアイラーの肉声を、写真のなかの驚くほど端正で澄みきった表情と重ね合わせてみる。なぜ、アイラーは叫んだのか？　写真が僕の目の前に疑問をつきつけ、僕の心の奥で何か衝動めいたものが湧きあがってくる。それは、スピーカーからの音が消え、写真から滲み出てくる〝音〟のみになった時でさえも持続するのだ。チャック・スチュアートは、アイラーの真実の瞬間を切りとったのだと思う。

＊

今月の写真について触れるスペースがなくなってしまった。

今回もモダン・ジャズのスターたちがズラリとならんでいる。

口を半開きにして唸るパウエル。

まるで厩舎の馬具かなにかのように壁に掛けられたシールドを背に、うつむいて笑うケニー・ドーハム。

ボルボのボンネットに肘をついてご満悦のジョージ・ウォーリントン。

くったくなく笑うポール・チェンバース。意味ありげに笑うダグ・ワトキンス。緊張した面(おも)もちのウイントン・ケリー。思索するビル・エヴァンス……。

さて、彼らの写真から、どんなグルーヴィーな〝音〟が、聞こえてくるでしょうか……？

鳥を飼う男

ジャズ小説
（with チャーリー・パーカー）

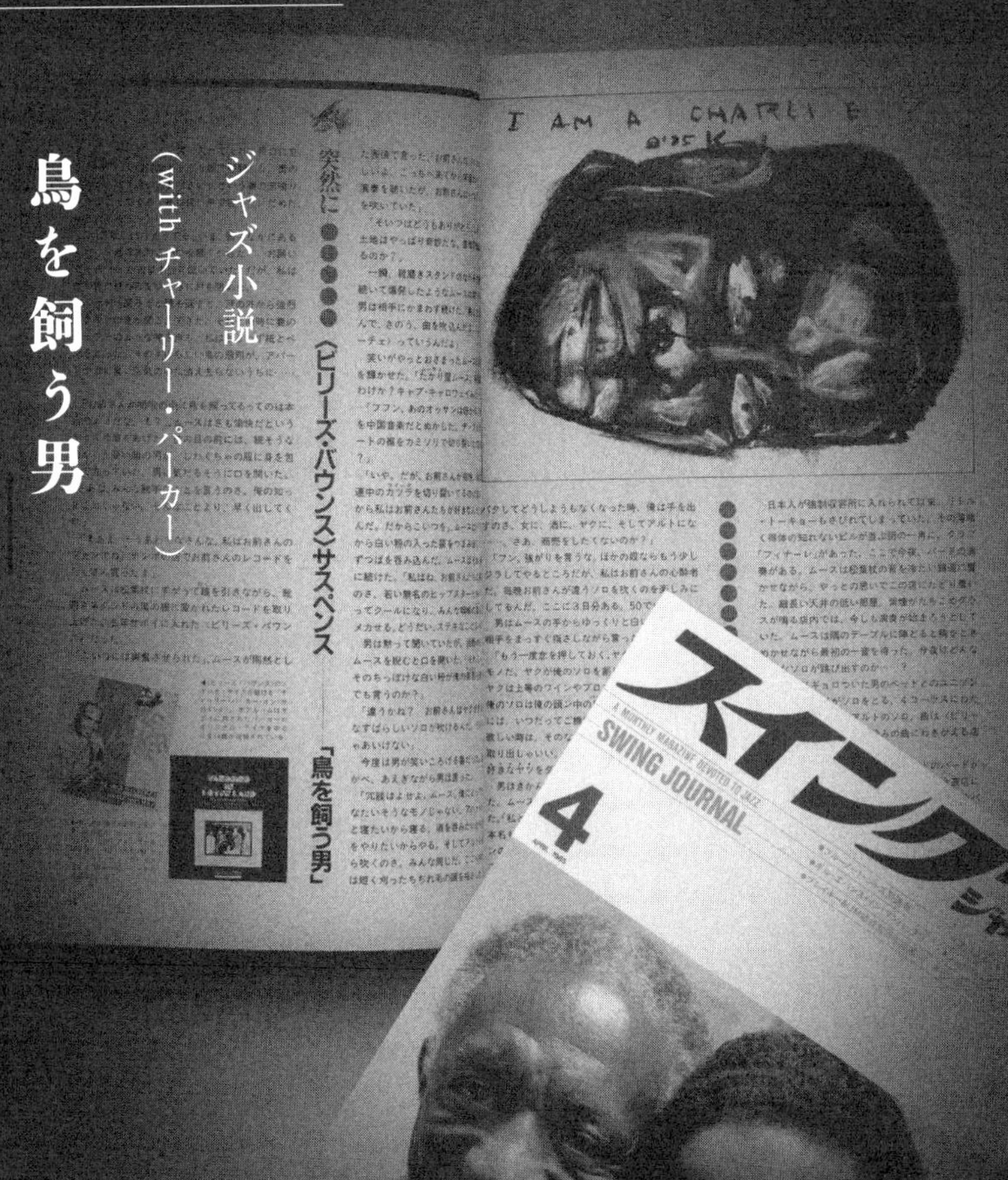

本書と同時発売の『生ける屍の死　永久保存版』掲載資料のため、三十年ぶりに収納庫の鍵を開けたところ、書いたことも忘れているような未発表原稿や単行本未収録作品が大量に出てきた。その中の一篇が本作（『スイングジャーナル』一九八五年四月号）。時系列から言うと、「幻のチャック・スチュアート・コレクション」連載開始前の号の掲載なので、これが『スイングジャーナル』に初めて載った小説ということになる。また、先の前説で、フリオ・コルタサルの「追い求める男」を念頭に「アルバート・アイラー」（同時に発見した書誌ノートによると「Ghost-man River」というタイトルが付いていた）などのジャズ小説を書いたと記したが、タイトルの近似、チャーリー・パーカー（綽名は鳥（バード））を主人公にして書いていることから、本作がコルタサルの「追い求める男」を最も強く意識して書いた作品ということになる。

私の記憶によると、発表の経緯はこうだ——まず、某ラジオ局のディレクターからジャズを題材にした小説の依頼があった。それで、本作を書き上げて渡したところ、書き直しを要求された。理由を尋ねたところ、「椎名誠（しいなまこと）」風のものが欲しいとの失礼な返事。それなら最初から椎名誠さんに依頼すればいいだろ——と、私の方でも書き直しを拒否。宙に浮いた原稿を、当時、私のジャズ小説連載を望んでいた『スイングジャーナル』誌の上田篤さんに見せたところ、これはウチで貰いますと即決掲載となった次第。上田さんはチャーリー・パーカーの熱心な研究家であり、勿論コルタサルも読んでいた。やはり、原稿は知識・見識のある編集者に渡さないと駄目だと痛感したので、本書収録に当たっては、加筆改稿はせず、直しは最小限にとどめた。——さて、読者の判定や如何に。

「お願いだ、ディズ、入れてくれ」戸口に立った男は泣きそうな顔で懇願した。奥の部屋からは「追い返しなさい」という妻の怒鳴り声が聞こえてくる。私は低い声で言った。「駄目だ、何時だと思ってるんだ？　明日にしてくれ。きょうは、家賃滞納でカミさんの機嫌が悪いんだ」

「明日は忘れちまってるかもしれん。いま、頭の中に飼っている鳥（バード）が、ご機嫌なフレーズを囀（さえず）っているんだッ、君は絶対こいつを聴くべきだ！　お願いだから……」彼は本当に泣いていた。手にはアルト・サックスをぶら提げている。だが、私は彼が言い終わらないうちに戸を閉めた。

ベッドへ戻ろうと踵（きびす）を返すと、戸の外から強烈なアルトの音が聞こえてきた。それと同時に妻のセイウチのような呻（うめ）き声も。私は妻にかまわず紙とペンを取った。戸の外のアルトのフレーズを断片でもいいから譜面に書き残しておこう――その素晴らしい鳥（バード）の飛翔が、アパートのカビ臭い空気（エア）の中に消え去らないうちに……。

「お前さんが咽喉（のど）の中に鳥（バード）を飼ってるってのは本当のようだな、え？」ドクター・ムースはさも愉快だというふうに片眉をあげた。彼の目の前には、眠そうな瞼（まぶた）をした憂い顔の男が、しわくちゃの服に身を包んで立っていた。男は気だるそうに口を開いた。

「さあな、みんな勝手なことを言うのさ。俺の知ったことじゃない。そんなことより、早く出してくれ」

「まあま、そうあわてなさんな。俺はお前さんのファンでね。テンポの店でお前さんのレコードをたくさん買ったよ」

ドクター・ムースは松葉杖にすがって脚を引きずりながら、靴磨きスタンドの奥の棚に置かれたレコードを取り上げた。去年サヴォイに吹き込んだ《ビリーズ・バウンス》だった。

「こいつには興奮させられた」ドクター・ムースが陶然とした表情で言った。「お前さんのソロは本当にグルーヴィーだよ。こっちへ来てからバーグの店で何度も演奏を聴いたが、お前さんは、いつだって違うソロを吹いていた」

「そいつは、どうもありがとよ。しかし、ロサンゼルスって土地は、やっぱり奇妙だな。音楽評論家の先生がヤクを売ってるのか？」

一瞬、靴磨きスタンドを沈黙が支配し、続いて爆発したようなドクター・ムースの笑い声が響いた。

男は相手にかまわず続けた。「熱心なあんたにちなんで、きのう、曲を吹き込んだよ。《ムース・ザ・ムーチェ》っていうんだよ」

笑いがやっと収まったドクター・ムースは不機嫌そうな顔になって、

「〈たかり屋(ムーチェ)ドクター・ムース、麻薬屋(ムーチェ)ドクター・ムース〉ってわけか？　キャブ・キャロウェイみたいな曲名だな」

「フフン、あの『ハイディ・ホ〜』の芸能オッサンは好かん。俺たちのことを中国音楽だとぬかした。俺のダチのディズが奴のキザなコートの裾をカミソリで切り裂いたのを知ってるか？」

「いや。だが、お前さんが毎晩、楽器(アックス)で頭の古い連中の鬘(ウィッグ)を切り裂いてるのは知ってるさ。だから俺はお前さんたちが好きなんだ。応援したいんだ。だからこいつを」ドクター・ムースはパイプ煙草の缶から白い粉の入った袋をつまみ出した。男は思わず唾(つば)を呑み込んだ。ドクター・ムースはそれを見て満足げに続けた。「俺はね、お前さんたちに夢を見ているのさ。若い無名のヒップスターたちがこいつをやってクールになり、みんな咽喉の鳥を思う存分、自由に喚かせる。どうだい、素敵なことじゃないかね？」

「それじゃ、あんたは、そのちっぽけな白い粉が俺の楽器を歌わせてるとでも言うのか？」

男は黙って聞いていたが、油断のない目つきでドクター・ムースを睨むと口を開いた。

「違うかね？　お前さんはヤクがあるから、あんなすばらしいソロが吹けるんだ。そいつを忘れちゃあいけない」

今度は男が笑い転げる番だった。目に涙を浮かべ、喘ぎながら男は言った。

「冗談はよせよ、ドクター・ムース。俺にとってヤクはそんなご大層なモノじゃない。アハァハァ、俺は女と寝たいから寝る。酒を呑みたいから呑む。チキンを食いたいから食う。ヤクをやりたいからやる。そしてアルトを吹きたいから吹くのさ。みんな同じだ。ここん中の――」男は短く刈ったちぢれ毛の頭を指さした。「鳥がバタバタ羽ばたいて、どうしようもなくなった時、俺は手を出すのさ。女に、酒に、食い物に、ヤクに、そしてアルトにもな……。さあ、つまんねえ屁理屈はこれくらいにしとけ。売るのか、売らねえのか――靴磨きの粉をよ！」

相手の勢いに気圧されたドクターが、

「フン、強がりを言うな。ほかの奴ならもう少しジラしてやるところだが、俺はお前さんの心酔者だ。毎晩お前さんが違うソロを吹くのを楽しみにしてるんだ。ここに三日分ある。六〇でいい」

男はドクター・ムースの手からゆっくりと白い袋を取ると、相手をまっすぐ指さしながら言った。

「もう一度念を押しておく。ヤクと俺の音楽は別モノだ。ヤクが俺のソロを創り出すわけじゃない。ヤクは上等のワインや高級娼婦と同じ程度のシロモノさ。俺のソロは俺の頭ン中に飼っている鳥が創る。俺の頭ン中には、いつだってご機嫌なソロが詰まってるんだ。欲しい時は、その中からどれでも好きなヤツを取り出しゃいい。いいか？　古いのも新しいのも、好きなヤツをだよッ！」

男はきかん坊のように喚き散らすと出ていった。ドクター・ムースは男の広い背中に向かって心の中で呟いた。「俺とお前さんは同類だよ、バード。俺の綽名も実は《バード》なんだ。カンザスにいたころは、陸上競技のスター選手でね。この失った脚に鳥(バード)を飼っていたというわけで……」

日本人が強制収容所に入れられて以来、リトル・トーキョーもさびれてしまっていた。その薄暗く得体の知れないビルが並ぶ街の一角に、《フィナーレ・クラブ》があった。ここで今夜、バードの演奏がある。ドクター・ムースは松葉杖の音を冷たい舗道に響かせながら、やっとの思いでこの店に辿り着いた。天井の低い細長い部屋。紫煙がたちこめグラスが鳴る店内では、今しも演奏が始まろうとしていた。ドクター・ムースは隅のテーブルに陣取ると胸をときめかせながら最初の一音を待った。今夜はどんな新奇なソロが飛び出すのか……？

吹奏の時に風船のように頬を膨らませるディズ・ガレスピーのトランペットとのユニゾンのあと、バードがソロをとる。四コーラスにわたって奔放に飛翔するアルトのソロ。曲は《ビリーズ・バウンス》だ。お馴染みの曲に沸きかえる店内。だがしかし……。

演奏が終わって、バンド・スタンドのバードがドクター・ムースの方を見た。彼は親愛なるヤクの売人評論家が今夜店に来ていることを知っていたのだ。ニヤリと笑うバード。ドクター・ムースは顔を真っ赤にして口惜しがった。

「畜生、レコードと同じじゃないかッ！」

——Fade Out——

MIDNIGHTS
YAMAGUCHI MASAYA

プレイボーイ探偵局

実話推理事件簿

「P．B．探偵局」……『月刊プレイボーイ』（集英社／一九八六年四〜六、八〜一〇月号連載）

実際に起こった事件を新聞や雑誌の記事のみを手掛かりにして、安楽椅子探偵（アームチェア・ディテクティヴ）として推理しようという趣向の連載。実話推理の例は、松本清張（まつもとせいちょう）の『日本の黒い霧』などがあるが、ああした社会派的真面目なアプローチでなく、本格謎解き的な意表を突く妄想的推理を心掛けた。当時は事件関係者などが実名で書かれ、それで特にクレームもつくことなく連載を終えたが、今回の再録に当たっては、今現在の人権等の社会状況に鑑（かんが）み、個人名等はすべて伏字とすることにし、不適切な表現も全面的に改めた。連載当初から妄想的推理の手筋の面白さを伝えるのが目的で、真相究明はおろか、個人を中傷する気など毛頭なかったので（但し、最終回に関しては伏字でも尚、不適切と判断し収録を見合わせた）――。

ただ、伏字の本を出すことには、却って乗り気になっている。軍政などの検閲があった時代ならいざ知らず、出版社も作家も伏字にする前に自主規制をしてしまう今の状況の中で、敢えて伏字の本を出すなんて倒錯的冒険心をくすぐられるではないか。読者の皆さんも、伏字の実話推理、好奇心をそそられるでしょう？　ともかく、今後、伏字の本が出ることなど、まず、ないだろうから、令和の伏字本として稀少価値が増すかもしれませんね。

FILE 1：「○○○○は△△△△△の実子」説の謎を解いてみた（アリバイ崩し編）！

……夢から醒めた私は、BBBのパイプに火をつけ、壁の額を見上げた。

――現世は夢、夜の夢こそまこと――

怪奇詩人ウォルター・デ・ラ・メアの言葉、かの日本探偵小説の父、江戸川乱歩先生の座右銘であり、わがプレイボーイ（P.B.）探偵局のモットーでもある。

今、日本を一匹の妖怪が徘徊している。『世紀末』という名の妖怪が。猟奇的事件が世を騒がせ、すでに夜の夢よりも現実の事件の方が凄まじい。これではいけない。人間の想像力の危機、夜の夢の崩壊なのである。

それに抗して、わがP.B.探偵局は、世を覆う世紀末の現状に立ち向かい、夢想の推理を駆使して現実の事件にメスを入れる。わが探偵局は、一切現場調査をしない。手がかりは新聞、週刊誌などの公表された記事のみ。そして、部屋から一歩も出ず、安楽椅子でまどろみ、夢想の中で事件を考える。そう、文字通りの安楽椅子探偵なのだ。

……私は、夢想の中で事件を考える。一九八一年から世間を騒がせている《ロ×疑惑》事件――それも、事件の真相というより、妻銃撃の嫌疑をかけられた夫の過剰なパフォーマンスによって、マスコミの報道が過熱化している「劇場型犯罪」の様相――取り分け、夫○○○○の出自についての謎

――に当探偵局は関心を覚える。

最近、○○○○は、父方の叔母――戦前から活躍している大スター女優△△△△△の実子だったのではないかという報道が浮上してきた。

この実子説については、なぜか雑誌マスコミが軒なみ熱心な報道をつづけ、『××公論』一月号に△△△△△の手記が載り、それを受けて『週刊◇◇』が実子否定説を掲げて、一応の決着をみた。

まず、実子説の根拠として――、

①△△△△△と○○○○の肉体的特徴の酷似
②△△△△△に同棲相手（つまり○○○○の父親）の存在
③△△△△△のプロデュースした映画に○○○○が子役として出演
④○○○○自身、△△△△△の実子と信じていた時期があった（後に否定）

――というのが挙がっていた。

いっぽう、否定の根拠として――、

①○○○○誕生の際の助産婦の証言
②○○○○誕生当時の△△△△△の興行記録（○○○○誕生の昭和二十二年、△△△△△は連続興行しており、妊娠の徴候はなかったというもの）

この実子否定説の②に当探偵局は注目したい。これは興行中に妊娠・出産は不可能という、言わば強固なアリバイである。これには、さすがのマスコミもお手あげで、ついに否定説に傾くこととなった。

だがしかし、強固なアリバイとくれば、当P.B.探偵局としては、「アリバイ崩し（バスター）」してみようじゃないの、と受けて立つしかない。

夢想の中でP.B.探偵は閃いた。そして、一見不可能なアリバイを覆す仮説を組み立てた。

つまり――△△△△△が、もし男性だったら、このアリバイは崩れるのではないか。

松竹歌劇団（しょうちく）で〝男装の麗人〟としてならした△△△△△が、実は〝麗装の男人（ボーイ・ジョージ）〟――つまり、異性装の性癖の持ち主だとしたら……それなら、他の女性に子供を産ませることは可能だし、当然、お腹も膨らまず、ステージに立ち続けることも可能だったはずなのである。人気絶頂の頃の写真に残る△△△△△の、みずみずしい美男子ぶりからすると、考えられぬことではあるまい。

△△△△△様、すみませぬ。つい悪い癖で、妄想アリバイ崩しをしてしまいました。

――というところで、私は夢から醒めた。週刊誌の誌上から、若き△△△△△が私に微笑（ほほえ）みかけていた。……バカを言うんじゃないわよ、夢でも見たんじゃないの……と。そう、まさに現世は夢。さて、読者諸賢よ、こうした世紀末的妄想推理があるなら、P.B.探偵局宛に送ってくれたまえ。

（局長・山口雅也）

FILE 2：毒入りドリンク無差別殺人事件は「新月殺人事件」なのか!?

昨年（一九八五年）の秋、輝く月は血に彩（いろど）られた。そう、毒＝農薬パラコート入りドリンク事件のことだ。近年で最も凶悪な事件だったといえよう。全国各地の自動販売機の商品受け取り口等に、パラコート（除草剤として市販されている）を混入したジュースなどが置かれていた無差別殺人事件。毒物の混入された飲料を置き忘れの商品と勘違いさせ、それを飲んだ被害者が命を落とした。

この無差別殺人の凶悪さは、端的に数字が示している。本事件とよく比較される一九七七年の《青酸コーラ無差別殺人事件》の死者が三名（うち一名は自殺）であるのに対し、パラコート無差別殺人事件の被害者は（現在までのところ）確定しているだけでも十二名、事件性を疑われているケースは三十件以上という、まさにシリアル・スプリー・キラーとも言うべき大量連続殺人の様相を呈しているのだ。

今回、P．B．探偵局では死亡に至ったケースの犯行時期に着目、リストアップしてみることにした。

84年10月27日・福島・男（49）精肉販売業／85年4月30日・広島・男（45）運転手／7月12日・京都・男（48）無職／9月10日・大阪・男（52）経理事務所手伝い／9月11日・三重・男（22）学生／9月19日・福井・男（30）農業／9月20日・宮崎・男（45）セールス／9月23日・和歌山・男（50）ゴム加工業／10月5日・埼玉・男（44）会社役員／10月15日・奈良・男（69）自営業／10月27日・和歌山・男（50）農業／11月17日・埼玉・女（17）高校生。

このリストで気づくのは、まず犯行時期が、九～十月に集中していること。次に、西日本の四十歳以上の中高年男性が被害にあっているケースが多いという事実だ（この点については次回分析する）。さて、九～十月と言えば、季節は秋。月の美しい季節だ。なぜこの季節に死者が集中したのか？　P．B．探偵局長の頭には、ある理論が浮かんだ。

その名は、バイオタイド理論という――。

バイオタイド理論とは、月の引力が人体の体液の潮汐（ちょうせき）（バイオタイド）に影響を与え、攻撃行動や、出産、月経等を引き起こすとする学説のこと。統計学的にも、地球と太陽と月が一直線に並ぶ満月や新月の時、あるいは、月の軌道が地球に最も近づく時に、狂的（ルナティック）（月を表す英語の「ルナ」には、元々「狂気」の意味もある）な犯罪事件が激発するという報告がなされている。

昨年の九・十・十一月の新月は、それぞれ十五・十四・十二日だった。リストを見れば、この時期の前後に事件が集中していることがわかる。

――そう、犯人は新月の夜、月の引力に操られて攻撃行動を刺激され、犯行に至ったのではないか？　つまり、これは「新月連続殺人事件」なのだと！

ちなみに、ロック・ファンなら、よくご存じのことだろうが、一九六九年のローリング・ストーンズのコンサートで起こった刺殺事件（オルタモントの悲劇）も、八〇年のジョン・レノン暗殺も、新月の前後に発生していた……やはり、月は人の心を狂わせるのだ……。

この事件を推理しているうちに、私はもう一つの驚くべき事実を発見した。過去に起こった、似たような毒殺事件について検討しながら、次回は、このパラコート無差別殺人事件犯人のプロファイリングを試みることにする。

（局長・山口雅也）

FILE 3：毒入りドリンク無差別殺人事件の犯人像

先月にひきつづき、夢想の中でパラコート無差別殺人事件を推理してみよう。

まず、あれほど新聞やテレビで「二本目は危ないよ」と言われていながら、なぜ被害者たちは二本目を飲んでしまったのか？　という謎。

これは、戦中の飢餓体験をもつ中高年男性の〝うーん、もったいない〟感覚ともとれるが、前回紹介したバイオタイド理論でも解明できるのだ。

新月・満月時には月の引力が人間の体液に影響を与え、攻撃衝動が引き出される。それが外に向かうと殺人、内に向かうと自殺になるわけで、この時期には自殺者も激増するのだ。事件でも、月に憑かれた被害者たちの深層に湧きあがった自殺衝動が、「(危ないのは) わかっていたが」二本目を飲ませてしまったのではなかろうか。

ところで、月の引力は女性の生理に多大な影響を与え、月経や出産にも関係するという。どうやら、バイオタイド理論によると、女性の方が月の刺激に敏感なようである。そこで、月に憑かれた毒入りドリンク無差別殺人事件の犯人は女性である、という妄想的仮説はたてられないだろうか？

P．B．探偵局の調査によると、なんとそういう実例があったのである。毒入りドリンク無差別殺人事件に似ていて、しかも、犯人が捕まっているというケースが二例も。犯人は両事件とも被害者の妻だった。

ひとつは、一九五九年、夫に青酸カリ入りサイダーを飲ませようとしたが、誤って娘が飲んでしまったという悲惨な事件。

…チオン（農薬）入りドリンク剤を夫に飲ませたという事件である。
…、有名な毒殺者はほとんどが女性であった。ヘレナ・ジェガード、ヴ…、カトリーヌ・ド・メディチ、ブランヴィリエ侯爵夫人ｅｔｃ……。日本…てはまるのだろうか。

…い統計結果もある。

…薬物学者ルネ・ファーブルの『毒物学研究序説』によると、なんと、毒殺者の七〇％がしかも犯行現場の七〇％が田舎であるという報告がなされている（毒入りドリンク無差別殺…件も地方に集中していましたね）。

さらに、毒殺者の犯行動機も、「家庭内のいさかい」が四三％でトップ。以下「母親の手による幼児毒殺」とか「妨げられた恋愛」とかの動機を合計すると、全体の八〇％にも達するのだ。

そういえば五九年と八二年の毒殺事件の動機も愛欲がらみだった。両犯人とも年下の愛人がいて、中年の夫に毒を盛ったのだった。

ここで、パラコート無差別殺人事件の理想的犯人像をプロファイルしてみる。

犯人は被害者と関わりある女性。田舎に住み、車を持つ年下の愛人がいる。彼女は愛のトラブルに悩んでいる。なんとかそのトラブルを解決しようと願っている。しかし、情況は泥沼。最後の解決方法は、トラブルの相手を消すしかない。だが単純にそれを実行すれば、動機の点から疑われるのは確実だ。

そこで、真の動機から捜査の眼を逸らすため、パラコート入りドリンクを無差別にバラまき、シリアル・スプリー・キラーの仕業のように見せかけ、犯行を隠蔽したのではないか。また、本当に殺したい相手には、特定の自販機からドリンクを買う習慣があったか、または、直接手渡したということもあり得る……。

むろん、すべては、フリンジ・サイエンスに基づく妄想推理なので、女性一般を誹謗中傷する意図はないし、事件の関係各位にもご容赦をと申し述べておく。ただし、毒殺者の七割は女性という統計的事実には、やはりご注意を喚起しておきたい。P.B.誌読者（おおかたは遊び人の男性ですよね）も愛欲トラブルには気をつけたほうがよろしいかと。

（局長・山口雅也）

ILE 4：○○○○子投身自殺事件の真相——脱ぎ捨てられたスリッパの謎

気アイドル歌手○○○○子の一九八×年某月初旬某日の投身自殺事件は世間に多大な衝撃を与え
女のファンは舗道に頬をすり寄せて泣き、後追い自殺が今も続いている。これではいけない。
回は、遅ればせながら救済的妄想推理に乗り出すことにした。

申し述べる。

イドル○○○○子は、実はまだ生きているのだ……。

記事によると、遺体の顔は舗道に激突した衝撃で、全く見分けのつく状態ではなか
認の際も鼻から上には布がかぶせられていたというし、マネージャーも彼女の腕
確認したにすぎない。

は〝顔のない死体事件〟に該当する。このケースでは、何かの事情で身

を隠したい者が、自分の代わりに顔の見分けのつかぬ死体を残す――というトリックが常道となっている。○○○○子投身自殺事件もこのパターンなのではないか……!?

この仮説には、一つの根拠がある。雑誌掲載の自殺現場の写真の中に、彼女の所属する事務所△△ミュージック・ビルの屋上へ通ずる階段の下に脱ぎ捨てられたスリッパを写したものがあった。

――なぜ、その場所に脱ぎ捨ててあったのか？

スリッパが脱ぎ捨てられた場所から、屋上の投身地点までは、かなりの距離がある。リノリウム張りの階段もコンクリートの屋上の床も、多分、体感的に非常に冷たかったはずだ（実は、探偵局長自身が事件直後の現場を、たまたま通りがかっていたのだが、某月初旬にしては、ひどく寒かったのを覚えている）。

それなのに彼女は、ソックスのみを穿いた足で歩いていったことになる。

――これは、不自然なのではないか。いかに死を覚悟しているからといって、死の地点までわざわざ冷たい思いをして歩くというのは解せない。それに、これまでの投身自殺者の例からいって、飛び降り地点のすぐそばに履き物を揃えて置く――というのが常道なのではなかったか？

それなら、なぜ、階段の下にスリッパが脱ぎ捨てられていたのか？

次のような状況を想定してみた――○○○○子は、実は屋上へ行かず、階段の下で別の人間とすり替わった。○○○○子は、何らかの理由（失恋問題とか、本人が最初から芸能界の水が合わず別の人生を夢見ていたという証言もある）で、身を隠そうと考えていた。そこへ彼女のファンで背格好のよく似た、本物の自殺志願の子が現われる。二人は親しくなり、この身代わり自殺計画が立てられた……。

もしくは、二人はすでに知り合いで、当日の朝のガス自殺未遂は、本番の事件を本当らしく見せるためのミスリード、あるいは伏線的行動であった可能性も考えられる。そして現場ビルの階段下で落ちあった二人は、ここで服をとり替えた。だが、短時間の身代わりで慌てていたことや自殺を前に興奮状態にあった替え玉少女は、スリッパを履きそこなったまま、冷たい階段を上り、屋上へと向かってしまったのではないか……。

人気アイドル歌手〇〇〇子は生きている……かもしれない可能性はある。彼女が中学生の時に書いた詩の中の小鳥のように、様々な人生のしがらみから自由になって——。

だから、どうか、彼女のファンの皆さん、後追いで死ぬのは、おやめなさいな。

（局長・山口雅也）

FILE 5：これが《近未来型保険金殺人》だ

またも保険金殺人が世間を騒がせている。保険契約率がアメリカに次いで世界第二位という日本のことだから、当然この手の犯罪も増えるのだろうが、当探偵局としては放っておけぬ。それで、また、いろいろ妄想推理をしてみたのだ。

日本人がこぞって生命保険に入るのは、国民総中流化、核家族化の進行、更に、地縁血縁が薄れ複雑化する社会にあって、保険などに生活の保障を求めざるをえないという実情があるからだろう。だから保険金殺人は現代的犯罪と見做（みな）されてきたのだ。

だが、保険金殺人は「現代的」とばかりも言い切れない。意地の悪い見方をすれば、保険のからくりというのは、古来からある賭けの一種なのだ。つまり、被保険者が一定期間内に死亡するかどうか、受取人対保険会社の賭けをしているという構造原理がある。だから、保険金殺人とは、その賭けで受取人が不正勝ち（イカサマ）を狙ったケースだとも言えると思う。

こうした考え方は、保険発展の歴史の中にも堂々と登場している。なんと、賭博的生命保険の時代というのが存在していたのだ。十八世紀の英国がその最盛期だそうで、有名な牢獄ロンドン塔に貴族が幽閉されると、その囚人が一定期間を生き延びるかどうかの賭けが民衆の間でなされ、保険ブローカーも暗躍していたという。

そもそも、歴史上最古の生命保険証券というのが、賭けそのもので、一五八三年、ロンドンの酒場で、飲み仲間が集まり、そのうちのひとりが一年以内に死ぬかどうかを賭けたもの――だというから恐れ入る。

当探偵局は、一見、現代的に見える保険金殺人の根底に、実はこの中世以来の抜きがたい賭博気分が潜んでいるのではないかと懸念しているのだ。

一九八六年六月二十一日付読売新聞夕刊で、作家の志茂田景樹（しもだかげき）氏が、保険金殺人も時代の反映であって、モータリゼーション（○○○○事件）、海外旅行熱（ロ○疑惑事件、マニラ保険金殺人事件）など、世相とともにタイプが変化してきていると論じていた。

当探偵局もそれに倣（なら）い、これからの世相を反映しそうな保険金殺人を予測してみた。本誌読者のプレイボーイの皆さんも、気をつけるよーに。

①円高ジャパゆきさん型＝外国から出稼ぎ殺し屋が来日して「仕事」をし、強い円建ての報酬を得て帰る。

②高齢化社会型＝時の政府によって福祉や年金は削られるのに、老人は増加の一途の日本社会。一方、

教育荒廃で子供は荒れる。登校拒否の引き籠りの子供も増加している。そこで、高齢者と子供の双方が、互いに高額の保険金をかけて殺人を目論む。

③健康ブーム型＝これは最も巧妙かもしれないが、今は老若男女こぞっての健康ブームである。ジョギングやジム通いなどのスポーツで無理をする人も多いだろう。そんな中で、突然の心臓麻痺（原因不明の心拍停止症状が、俗にこの呼称で呼ばれている）による死亡が起こったら——その陰に、保険金目当ての犯人たちの恐ろしい奸計(かんけい)が隠されていないとも限らないのだ。

——かくして一九八〇年代日本は、巧妙な保険金殺人者たちの天国となる。うむ、まあ……やはり世紀末ですな。

（局長・山口雅也）

MIDNIGHTS

YAMAGUCHI MASAYA

コラボ小説集

（ミュージシャン編① with ドアーズ）

異形に捧げし悲歌

Lament for Freaks

「異形に捧げし悲歌」(Lament for Freaks)……『CLIP』一九八五年五号掲載

当時『CLIP』誌にはレシピ小説を連載中だったので、アルフレッド・M・ヤングというペン・ネーム(この名前の元ネタが誰か、わかる人にはわかるでしょう)をでっち上げて書いた。掲載時は「本邦初公開幻のライナーノート」というリードそのままのベタなタイトルに変えられていたので、再録に当たって元の題に改めた。内容は架空のライナーノート。本書収録の「商品開発」等と同じ理由で、これも小説として再録しておく(雑誌掲載時は「ライナーノート風小説」などという苦しいリードが付されていたが)。ミステリ的な話になっているし、これはアリでしょう。

なぜ、ドアーズだったのか。記憶は定かではないが、当時の雑誌のリードを読むと、プリンスがサイケデリック風のアルバムを作っていた時期で、そこから六〇年代ロックが今新しい→ドアーズ再評価という風に繋がって生まれた企画なのかと思う。私の本来の音楽の刷り込みはロックなのだが、当時の原稿依頼は時代の要請からジャズをテーマとしたものが圧倒的だった。なので、ロックについて書けるのならと、意気込んで取り組んだのを覚えている。そのドアーズの幻のアルバムの中身は本文中にもある通りドアーズの《ストレンジ・デイズ》のジャケットのサイド・ショウ写真からの連想だと思うが、私は同時代なら東海岸のヴェルヴェット・アンダーグラウンドのほうに肩入れしていたので、東西の闇帝王対決セッションということにして、そこへフリー・ジャズ勢が雪崩れ込んで……という、こんなものを喜ぶのは自分だけなんじゃないかというような「幻のライナーノート」が出来上がった次第。

後に、同じ幻のロック・レコードというテーマでルイス・シャイナーが『グリンプス』(一九九三年)を書いて、世界幻想文学大賞を受賞した時は、「こちらの方が先なのに」と切歯扼腕した。まあ、東洋の島国に棲息するゴマメの歯軋りではありますが。——それは、ともかく、あらかたの幻のアルバムがオフィシャルで出てしまった二十一世紀の今も、ジミ・ヘンドリックスとマイルス・デイヴィスのセッション音源に騙されそうになったり、フランク・ザッパとローランド・カークの共演(これ、ホントにやってるんです)音源が出てこないかと、ブートな夢想に耽っているアルフレッド・M・ヤング氏なのでした。

本邦初公開幻のライナーノート

いま’60年代がリバイバルしている。
サイケデリック・ファッションを着て、プリンスを聴く。
これが新しい。
’60年代といえば、ドアーズだ。
ドアーズといえばジム・モリスンだ。
そのスーパースターの幻のレコードが発見された。
これは、そのレコードのために書かれた
ライナーノートである。

一九八四年二月十三日未明、夜半から降り出した雪が、まるでビロードのカーペットのようにに積もるブルックリン橋のたもとに、ひとりの男の死体が浮かびあがった。死体からは大量のＬＳＤが検出され、死因は麻薬の過剰摂取による心臓麻痺と推定された。普通ならジャンキーの事故死で片づけられる事件だったが、ひとつ検死官を驚かせた奇妙な事実があった。死体の胸に、ナイフで〝Mother Fucker〟の文字が刻みつけられていたのだ。

警察は、この死体の異常な文字を連続殺人犯(シリアル・キラー)の「署名的行動」と見做し（過去にも同様の署名入りの娼婦殺害事件があった）、ＦＢＩの犯罪行動分析班にも出動要請が行き、事件はにわかに殺人事件の様相を呈し、その線で捜査も進められたのだが、この身元不明者がツデーラ・デズモンドというプエルトリコ人であるということが判明した以外、新事実をつかむことはできなかった。検死審問（インクエスト）の評決は、結局、事故死ということに落ち着き、捜査も終了した。

遺体を引き取ったのは、唯一の縁者であるレッドウッド在住の従弟だったが、彼は遺体とともに、死者のポケットから出てきた一個のキイを受け取った。このちっぽけな遺品は、ロサンゼルスの銀行の貸金庫のキイだった。従弟が金庫を開けてみると、中から8トラックのテープと一片の録音データ・メモが出てきた。音楽に興味のない従弟は、しばらくそのテープを自宅の机の上に放り出しておいたが、デズモンドの葬儀の晩、運命の女神はとうとう、われわれに微笑（ほほえ）むことになる。

葬儀に凝った音楽テープを流すことで有名なロック好きの若い葬儀屋が、この日、従弟に雇われてデズモンドの葬儀に来ていた。彼は机の上に放り出されていた件（くだん）のテープを、自分の葬儀用のテープと間違えてかけてしまう。次の瞬間スピーカーから跳び出してきた、この世のものとは思えぬ呻（うめ）きと嵐のようなサウンドに、彼の心臓は爆発寸前の反応を示した。これは――熱心なファンである彼も聴いたことのない――ジム・モリスンとドアーズの幻の未発表テープなのではないか！

テープはすぐさまエレクトラ・レコードのオフィスに持ち込まれた。しかし、これを手にした会社側の心境は複雑だった。われわれには測り知れぬ因縁を秘めたテープだったのである。

録音は一九六八年二月頃、《ストレンジ・デイズ》の後に出るはずの幻のＬＰ《異形に捧げし悲歌》(Lament for Freaks) のためのトラックで、これは、当時、ジム・モリスンが制作を意図していた同題映画のサウンド・トラック盤になるはずのアルバムだったのである。

ＵＣＬＡの映画科から屈辱的なドロップ・アウトを余儀なくされた前歴をもつモリスンは、映画制作には異常な執念をもっていた。彼は当時『ローリング・ストーン』誌のインタビューで、自作映画のコンセプトについてこう語っている。

「今度の映画は異形のためのものさ。異形の者たち、それは被差別者たち、障害者、変態性欲者、麻薬中毒患者、犯罪者、ヒッピー、兵役忌避者、そして人種差別を受けているあらゆる連中、そうそうロックン・ローラーもそうかもしれん。そういう異形の者たちこそ美しいと思うんだ。だって、奴らは差別されることによって、この平凡でヘドが出るほど退屈な薄バカ社会から自由でいられる――奔放不羈でいられるのだからね。だから、奴らのための讃歌をつくろうと思う。そして連中の讃歌といったら、そう、悲歌がピッタリというわけさ」

また、その作風について、同じUCLA映画科出身のレイ・マンザレクは、こうコメントを寄せている。

「とにかく、すごいシロモノだったよ。誤解を覚悟で言えば、トッド・ブラウニングの登場人物が、ゴダールのカメラワークの中で暴れ、しかもお話ときたら、ルイス・ブニュエルの《アンダルシアの犬》って感じなんだ。ジムやニコがさまざまな風変わりな連中、フリークスやもろもろの奴らを連れて、ロスからニューヨークまでシュールな旅をするって筋さ。でも、こいつにはちょっとしたトラブルがあってね……」

この映画とレコードが世に出なかった経緯になると関係者は一様に言葉を濁す。この狂気じみたアルバムの録音中、どうも何か重大な事故があったらしいのだ。ひとりの凄腕ギタリストが失踪し、またローディのひとりも行方不明になった。LPのベースメント・テープと十数巻の撮影済みフィルムとともに……。そして、この消えたローディが、どうやら死んだツデーラ・デズモンドらしいのだ。

もうひとりの失踪者、ジムが酒場で拾ってきたというギタリストの方は、さらに謎めいている。関係者のうち、誰もこのプレイヤーの本名を知らず、ただエレクトラΨとだけ呼ばれていた。エレクトラといえば、ドアーズの所属するレコード会社でもあるが、いっぽう、ギリシャ悲劇の凄惨な復讐劇の中心となった娘の名もエレクトラであった。この呼称はギリシャ悲劇に魅せられていたジム・モリスンのジョークだったのか？　また、Ψというギリシャ文字については、心理学の分野で、超能力を、量子力学の分野では、波動関数を表すことでも知られているが、その名前の意味については、関係者全員が「知らない」との証言で一致している。このギタリスト、ギリシャ人とインド人の血を引いているということで、このLPの中では、ギターのほかに、フェキーナというインドの古い弦楽器をラーガ（インド音楽の旋律）的な感覚で弾いている。

「エレクトラは、美しく恐ろしい女だったわ。私が嫉妬を覚えた唯一の女よ」――これは、このLPに参加したヴェルヴェット・アンダーグラウンド一派の「宿命の女（ファム・ファタール）」ニコの証言だが、いっぽう、「なに、奴は男――異性装者（トランスヴェスタイト）だったのさ。妙なギターを弾く男でね」という、ロビー・クリーガーの言葉も無視できない。実に謎めいた人物である。いったい、このLPの録音中に何が起こったのだろう？　紛失したフィルムは何を語っているのだろう？　エレクトラが失踪した夜、スタジオ内で誰かの悲鳴がした、という元エンジニアの証言もあるのだが……。

　しかし、これ以上、詮索（せんさく）するのはよそう。フィルムは発見されなかったが、ともかくも、われわれの前にはこうして音楽が戻り、しかも、それが音楽史上に残るであろう一大スーパー・セッションなのだから……。

　レイが言う。「はじめジムは、ヴェルヴェット・アンダーグラウンドとドアーズのセッションでこのアルバムを埋めつくそうと思っていたんだ。東西の闇の帝王の競演って、アイディアさ。悪くないだろ。そのころジムはヴェルヴェット一派のニコとつき合っていたから、話はすんなりまとまった。だけど、僕はそれだけじゃ飽き足らなくてね……」

　ドアーズのドラマー、ジョン・デンズモアがつづけて言う。「……そう、僕もレイもそれだけじゃ満足できなかったんだ。ドアーズは詩の面では全面的にジムに負ってたんでね、サウンドの面では、僕らの手で何かクリエイティヴなことをしたかった。それで、僕もレイも、どちらかというとジャズ畑の人間だったんで、二人でジャズ・メンとのセッションを主張したんだ。案の定、ジムは難色を示してね、議論のあげくに殴り合いの喧嘩にまでなっちまって……」

当時、レイとジョンの二人は、あるメディテーション・センターに通っていて、そこでたまたまフリー・ジャズの詩人、ドン・チェリーと邂逅していた。もともとジャズに関心のあった二人は、すぐに彼と意気投合し、いつか一緒にセッションをしようと約束を交わしていたのだ。

ドン・チェリーは言う。「レイ・マンザレクから映画のコンセプトを聞かされたときはすっかり昂奮してね。彼がサウンド・トラックにテナーが欲しいって言うんで、すぐさまアルバート・アイラーに連絡をとったよ。奴とは六四年にマイケル・スノーの実験映画《New York Eye and Ear Control》で一緒にサントラを吹き込んだ経験があったからね。あの時はいま一歩の出来だったんだけど、今度はユニークなものになりそうな気がしたんだ」

ドン・チェリーは、アルバート・アイラーの他にも、かつてのニューヨーク・コンテンポラリー・ファイヴの盟友、アーチー・シェップにも声をかけ、さらに、当時フリー・ジャズ・シーンのミュージシャンが大きな影響を受けていたセロニアス・モンクをかつぎ出すことにも奇蹟的に成功した。

ドアーズの他のメンバーの熱心な説得に、ついにジム・モリスンも折れ、ここに稀にみるジャズとロックの一大セッションが実現したのである。

ロビー・クリーガーが締めくくる。「あのテープが消えちまったときはがっかりしたよ。みんな、もてるパワーとイマジネーションを出しきったんだ。特にジムは落ち込んでね、魂の抜け殻みたいになっちまったのさ。とにかく、ほんとにフリーになれた、気の遠くなるようなすごいセッションだったんだ」

さあ、われわれも、いよいよレコードに針を落としてみることにしよう。

〈サイドA〉

1、路上でムーンライト

一曲目は、ドアーズのメンバーのみによる強烈なハード・ロックで幕を開ける。映画でジムたち一行がグレイハウンドに乗るシーンに使われたらしい。題名からわかるが、ジムが十代の頃心酔していたビート・ジェネレーションの作家、ジャック・ケルアックの小説『路上』からヒントを得た詩の内容だ。ラストで、ギターのカッティングに合わせてジムが「ヒーッ、ヒーッ」と笑うのは、『路上』の登場人物モリアーティの物真似だろう。

2、ふたりの詩人の組曲

二曲からなる組曲で、これまたジムの心酔した二人の詩人の作品に曲をつけている。

第一楽章《吠える》は、ケルアックと同世代のビート詩人、アレン・ギンズバーグの有名な詩。「究極の幻想である女のアレへの射精の意識から逃れながらも……」という一節を不敵にシャウトするジムは、また新しい伝説を創ろうというのか……。

一転して第二楽章《黙想》はストリングス伴奏のみの静謐(せいひつ)な世界。ボードレールの詩をジムが英訳し、ニコがけだるいヴォーカルで歌う。ニコについては、レイがこんなエピソードを話してくれた。「んー、なんて言うかな、ニコには一種のカリスマ的なすごみがあったね。女ジム・モリスンとでも言うのかな。あのセッションの時もちょっとした事件があったんだ。ドン・チェリーが連れてきた女性ピアニストが高慢だっていうんで、ニコが彼女と徹底的に罵り合ってね。そのピアニスト、とうとう激怒して、椅子を蹴とばすと出ていっちまった。もちろん、二度とスタジオには戻って来なかったよ。彼女の名前かい？　そう、誰あろう、今をときめくカーラ・ブレイだったってわけさ」

3、エレクトリック・シャーマン

「俺の音楽は一種の悪魔祓いの儀式さ」というジムの言葉を、まさに裏づける曲。ロビー・クリーガーが幻惑的なブギーのリズムを刻み、不思議な陶酔感の味わえる曲だ。

4、ラウンド・ミッドナイトの主題による変奏曲

ここで、いよいよジャズ・ナンバーが登場する。ドン・チェリーとアーチー・シェップは、当初、モンクとのセッションで、NYC5でも演っていた名曲《たそがれのネリー》を取りあげるつもりだったらしい。ところがモンクは、ジム・モリスンのヴォーカルとピアノのデュオという形に固執したため、二人はやむをえず、このセッションから降り、曲もモンクの希望で《ラウンド・ミッドナイト》に変更になった。ただし、完成テイクでは、チェリーとシェップにマンザレク、クリーガーの演奏もダビングされ、メランコリックかつ躁的な《変奏曲》へ変貌した。

前半のモンクの訥々としたピアノに、ダークな官能をたたえたジムのヴォーカルが絡む。ここには、夜の言葉に親しんだ闇の詩人同士の、震えるように美しいコラボレーションがある。このトラックは、映画の中で「美しくも異常なセックス・シーン」に使われたという。

〈サイドB〉

1、黒く塗れ、何度でも

これは、ジャガー＝リチャーズ・ナンバーを素材にした、凄いセッションだ。ドン・チェリーが西アフリカの民族楽器（弦楽器）ドゥソングニを持ち出してエスニックに迫れば、ヴェルヴェット・アンダーグラウンドのジョン・ケイルがフリーキーなヴィオラでこれに応える。

そして、問題のギタリスト、エレクトラΨがこれまた珍しいインドの古楽器フェキーナを弾き、ストーンズのラーガ風ロックを煽情的に盛り上げる。フェキーナはヴィーナに似た弦楽器だが、胴の部分に鈴がはめ込まれていて、それが弦と共鳴して幻想的な音を出す。今までに聴いたこともないような、スペイシーな調べだ。

2、暗闇の道化師

これは、ジムが十代の時に書いた詩の一節「覗き魔は闇の道化師である」が発展して曲になったもの。ヴェルヴェット・アンダーグラウンドのルー・リードが退廃的なヴォーカルを聴かせる。彼らの名曲《ヘロイン》を想起させる曲調で、映画では幻想的なトリップ・シーンに使われたという。

ルー・リードは言う。「このセッションは御機嫌だったな。ジムの歌は前から好きだったが、ドン・チェリーと会えたのも収穫だった。このセッションがきっかけで、後にドンと《ザ・ベルズ》のアルバムをつくることになったんだからね」

娘がリップ・リグ&パニックのメンバーだったり、自分もロック畑のミュージシャンと交流したりと、多彩なドン・チェリーの活動は、このセッションあたりに端を発していたようだ。

3、異形に捧げし悲歌

このアルバム最大のハイライト。いよいよ前代未聞のフリー・ミュージック・セッションが幕を開ける。レイ・マンザレクが証言する――。

「正直、僕らはビビったよ。相手はフリー・ジャズの巨人たちだ。初めはどうしたらいいのかわからなかったね。だけどアイラーが言うんだ。『君たちは、ロックンロールでも何でも好きなやつをやりたまえ。僕たちも自由に好きなものをやる。コードなんか問題じゃない。君たちに魂（ソウル）があれば、自然に〝霊的な一体感（スピリチュアル・ユニティ）〟が生まれて、素敵なフリー・ミュージックが僕らを解放するだろうよ』ってね」

確かにアイラーの言うとおりになった。

冒頭は、ドン・チェリーの虫の音のような鈴と笛の演奏で始まる。自然回帰への想いが伝わってくる素朴なメロディだ。そこへ突然、怒濤のごとくアーチー・シェップのテナーが咆哮する。怒り狂ったネプチューンを思わせるフリー・インプロビゼーションの嵐が、なんともすさまじい。

このシェップの吹奏に拮抗するかのごとく、今度は、ドアーズの連中が《Lament for Freaks》のテーマを強力にたたみかけてくる。彼らの必死の形相が見えてくるような熱演だ。〝ネプチューン〟シェップの魂の叫びに蒼穹のジュピターが応えないはずがない。いよいよ宇宙からのメッセージをたずさえ、アルバート・アイラー（ts）の凄絶なインプロビゼーションが爆発する。さらには、ジュピターの放つ稲妻のごとく、閃光と化したエレクトラΨのスペイシーなギターが宙空を翔びかい、音の叢雲を切り裂く。

すべての楽器が〝異形〟のテーマを核に巨大な音のカオスを形づくるさまは、さながら天地創造のせめぎ合いを現出し、聴く者を畏怖させずにはおかない。

十分におよぶフリー・インプロビゼーションが最高潮に達したあと、突然、アイラーを除いた他のすべての楽器が鳴り止む。

静寂の中、アイラーはおもむろに黒人霊歌風のメロディを吹きだし、闇の彼方からジム・モリスンの呪詛の歌声が誘いだされる。麻薬で乾ききった声を慰撫するかのように絡むアイラーのテナーが優しい……。

詩の内容は、名曲《ジ・エンド》のギリシャ悲劇をさらに突き詰めたもので、「異形ゆえに天国の扉は開かれる」というウィリアム・ブレイクのドアーズ流解釈が、見事に表出されてゆく。

混沌の果ての闇に漂う歌は、今や天上界にいる二人の祈りにも似てわれわれの魂を根底からゆさぶる。

ここに、すでに逝きし異才ふたり――モリスン＝アイラーの〝霊の調和（スピリチュアル・ユニティ）〟は完了した。そして、すべての異形の者たちへ、天国の扉（ドアー）は開かれたのである。

＊尚、ベーシストについては、ロック、ブルース調の曲はホット・ツナのジャック・キャサディ（ジミ・ヘンドリックスとのセッションでも知られる）が、ジャズ主導の曲はルイス・ウォレルがそれぞれ担当。ドラムス、パーカッションについては、モーリン・タッカーと未確認だがトニー・ウィリアムスも参加している模様。

（異形音楽評論家
アルフレッド・M・ヤング）

グロビュール対策マニュアル

コラボ小説集
（ミュージシャン編② with 細野晴臣）

「グロビュール対策マニュアル」……細野晴臣《Making of NON-STANDARD MUSIC》（12インチ・シングル／テイチク／一九八四年）付属ブックレット『GLOBULE』所収
編　アメリカ合衆国空軍地球外生物対策局／日本語版監修　山崎浩一／研究レポート作成　山口雅也&野々村文宏

一応、本作に附された当時のクレジットを再現しておいたが、私がこの一文を書くに至った経緯を私の記憶から説明しておく。

依頼を受ける際、私は細野さんの事務所を訪れたのだが、出ていらしたのは、当時事務所を仕切っていた和田博巳さん。和田さんは元はちみつぱい（ロックバンド）のベーシストで、元々、はちみつぱいのファンだった私は音楽（ロック以外にジャズも）の話で意気投合、「それなら、山口さんに書いてもらいましょう」ということになった。その記憶と山崎さん、野々村さんの記憶を照らし合わせると、まず、山崎さんから地球外生命体＝グロビュールの素材（作画も山崎さんによる）が示され、それに私と野々村さんが自分のアイディアを加えて本文や脚注を書いた――というのが真相に近いのではと思う。本文中の数の神秘に対する興味やジャパネスク的ユーモアの部分、あるいは海軍横須賀基地が出てくるところなど、私の手筋による文章だと判断したが、確証までには至っていない。いずれにせよ、今回、快く、この一文とイラストの再録を承諾してくださった、山崎・野々村の両氏には、この場を借りて感謝の意を表したい。

『GROBULE』は新書サイズ一七六頁の豪華なもので、そのコンテンツは、中沢新一、大原まり子、火浦功らの文章に加えて、丸尾末広、ひさうちみちお、藤原カムイ、いしかわじゅんらの漫画が載るという充実したものだった。ブックレットの中の細野さん自身の言葉によると、「本にレコードがついたもの」という主客転倒の発想を企図していたようだ。当時の細野さんは、ＹＭＯ散開（解散ではない）直後で、新しい途を模索しており、ノンスタンダード／モナドというレーベルを立ち上げていた。その新レーベルのパブリの一環として、こうした、新レーベルのサンプラー音源と書籍の合体というメディア・ミックス企画が生まれたようだ。

それにしても残念なのは、《Making of NON-STANDARD MUSIC》がＣＤ化された際、「パッケイジ上の制約から」『GLOBULE』が収録されなかったことだ。細野さん自身の意向はどうだったんだろう？　やはり、《狂騒の八〇年代》――バブル期ならではの、贅沢な企画だったということなのだろうか。

尚、私は、本書収録のコラボ相手のミュージシャンのうち、インタビューをした加藤和彦さん以外とは、どなたともお会いしていない。本書出版を機会にお会いしてみたい気もしているのだが（和田博巳さんとは再会できることに）。

HYBRID PANORAMA MANUAL

グロビュール対策マニュアル

編●アメリカ合衆国空軍地球外生物対策局
日本語版監修●山崎浩一
研究レポート作成●山口雅也&野々村文宏

1989年以来、空軍地球外生物対策局（ブルーブックⅡ）、NASA宇宙外交局、及びFBI各支部に寄せられた地球外生物G－99（通称グロビュール）との接近遭遇例は'99年11月末日現在で5万件に及んだ。地球外生物対策局では、今後、地球外生物G－99との無益な摩擦・紛争を回避し、円滑な意思の伝達を試みるため、《対策マニュアル》を作成した。グロビュールとのコンタクトの際の指針となれば幸いである。

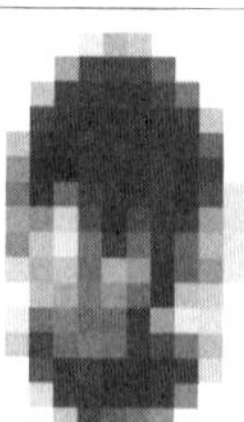
Dr.STEPHAN SPITTSBERG

はじめに

本マニュアルは南カリフォルニア大学宇宙コミュニケーション学科のステファン・スピッツバーグ教授(1)による論文“G-99: What Should We Know About *Him*?”(2)を基底とするものである。

また、G－99の形状については合衆国空軍士官学校教官ダグラス・トランブリング氏の示唆と助言によるところが大きい。

さらに、G－99の言語構造については、国立地球外生物研究センターのジョージ・ルーク博士の論文“A Few Studies On The Language Of GLOBULE”を参照させていただいた。

以上の3氏への謝意は、銀河系600万ヵ国語を駆使しても言

【注】

（1）説明するまでもなく、ヘイウッド・フロイド博士と並ぶ地球外生物学の国際的権威である。

（2）スピッツバーグ教授が去る9月に発表した900ページに及ぶ長大な研究論文。G－99に関するデータを初めて学術的に体系化した記念碑的業績である。

い尽くせない。

図1　グロビュールの形状とその誤認例　　日本語版図版作製　山崎浩一画伯

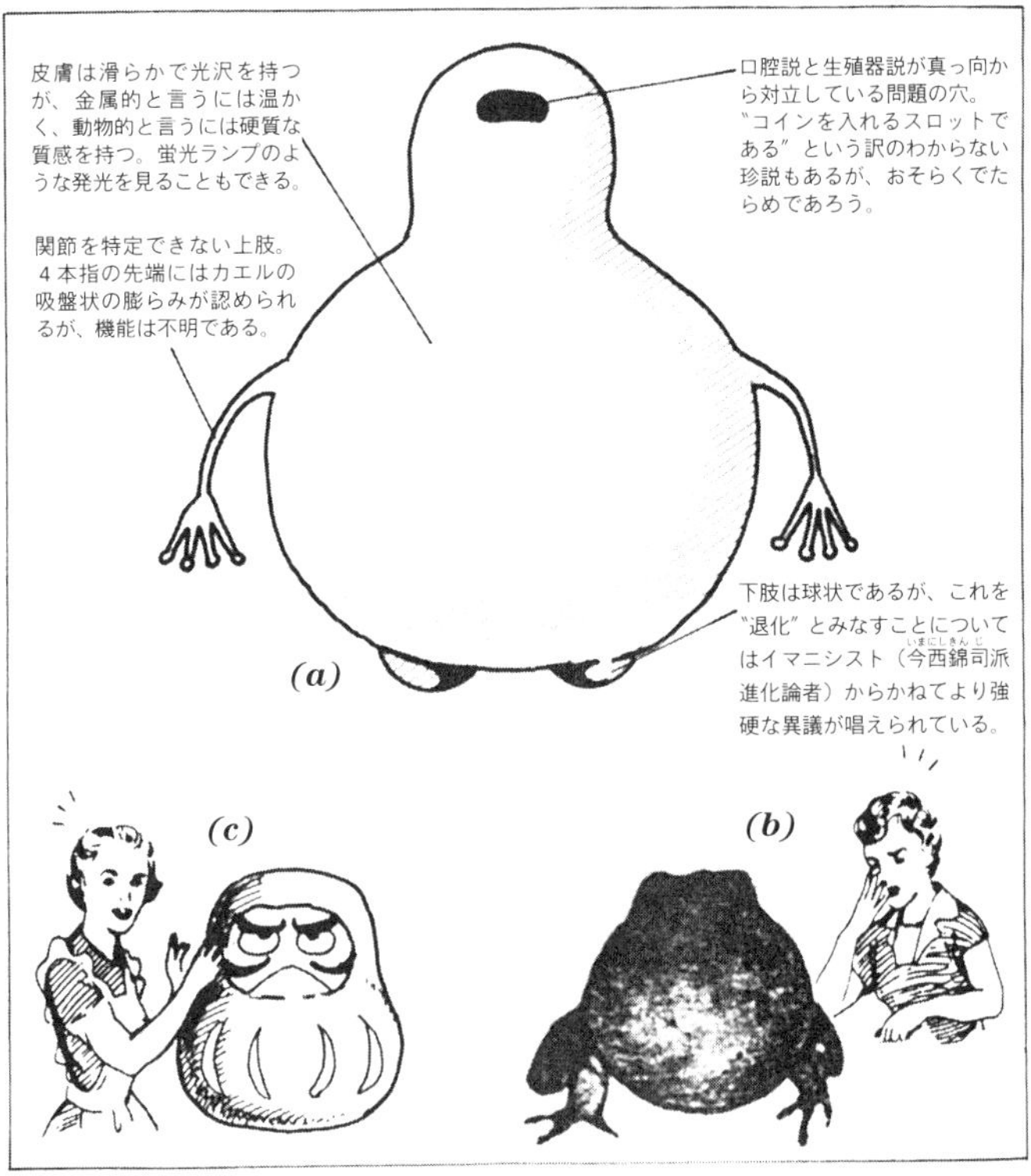

皮膚は滑らかで光沢を持つが、金属的と言うには温かく、動物的と言うには硬質な質感を持つ。蛍光ランプのような発光を見ることもできる。

口腔説と生殖器説が真っ向から対立している問題の穴。“コインを入れるスロットである”という訳のわからない珍説もあるが、おそらくでたらめであろう。

関節を特定できない上肢。4本指の先端にはカエルの吸盤状の膨らみが認められるが、機能は不明である。

下肢は球状であるが、これを“退化”とみなすことについてはイマニシスト（今西錦司派進化論者）からかねてより強硬な異議が唱えられている。

(a)

(b)

(c)

【1】空軍第8特殊部隊NY少佐の例

アマゾン流域ネアカンガ付近でG作戦行動中、湖沼地帯でグロビュールらしき生物を発見。しばらくコンタクトを試みたが受け容れられず、やむなく捕獲した。部隊の特殊分析班が調べた結果、捕獲生物は、この地域に棲息する両生類、エメラルド・フロッグ（しかも産卵期で腹の異常に膨張した）の雌であることが判明した。（図1―b）

【2】海軍第7艦隊　S中尉の例

海軍横須賀基地付近の日本民間人宅を訪れた際、Tokonomaと称するディスプレイ・スペースに、赤色を帯びたグロビュールを発見。放射能による汚染を恐れたS中尉は、ただちに基地の特殊核処理班に通報、民間人宅を放射能シールドで覆うに至った。しかし、後日判明したところによると、S中尉の目撃したものは、グロビュールでなく、日本の宗教的民芸品、Daruma Doll（達磨）であったという。（図1―C）

われわれは、これら2例を笑うことはできない。これだけ目撃例が増え、グロビュール発見が一種の社会現象にまでなりつつある今日、人類全体に心理的圧力が加わり、それに比例して誤認例は増加していくものと思われる。われわれはパニック回避のためにも、まずは冷静な心理状態におい

グロビュールの確認

G－99（以下グロビュールと呼称する）の形状については、目撃・遭遇例によってまちまちで、必ずしも一定していないが、だいたい以下のデータを確認の基準とするのが適切であろう。

▼体長…3～5フィート(3)

▼形状…図1－aに示したとおり、胴部と頭部の大小2つの球を接合した体形をしている。脚は退化していて、これも球状をなし、ベアリング的機能により移動するものと思われる。

また、グロビュールは高度の精神感応力を有するので、哺乳類に見られるような感覚器は持たないものと思われる。頭部の口腔状の穴の機能については、口腔説と生殖器説が、明確なエビデンスがないまま対立している。

▼体色…形状とともに、特に注意して観察しなければいけないのが、グロビュールの体色である。通常は緑色を帯びた青色とされているが、稀に赤褐色という報告もある。この場合は、グロビュールが放射性微粒子を帯びている可能性があるので、極力接触は避けなければならない。

て、グロビュールの諸特徴を数えあげ、的確な対象物の観察結果に着実にあてはめていく作業に専心すべきであろう。

【注】

(3) 目撃例の約90％がこの範囲の体長に集中している。ただし、これはあくまでも平均値であり、最小で1フィート、上海での最大例で3000フィートに及ぶものの目撃例も報告されている。

(4) 1977年のワイオミング州《デビルズ・ピーク事件》、及び1982年のカリフォルニア郊外での通称《E．T．事件》が最も有名である。

(5) たとえば未確認飛行物体を目撃した際、オモチャやアイスクリーム・コーンを即座に連想できる無邪気で柔軟な感性の持ち主。

(6) これは、古代ヘブライ人が9という数字に特別の意味づけをしていたのと関連がありそうである。彼らは9という数字に「真理」を見出していた。つまり真理は虚偽に勝つという信念から、何度かけ合わせても自分自身を再び表す9を〝真理の数〟としたのである。《例》3×9は27だが、その2と7を加算すると9になる。同様に12345679×9＝111111111だが、1＋1＋1＋1＋1＋1＋1＋0＋3もまた9となる。つまり、9は常に真理の数として9に帰るわけである。ち以上がグロビュール確認の際の注意すべき諸特徴である。

グロビュールとの接近遭遇

南カリフォルニア大学のステファン・スピッツバーグ教授によると、これまでの重要な接近遭遇例(4)において、いずれも児童ないし〝童心(イノセンス)〟を保った大人(5)が異星人とのコンタクトに成功している。つまり、過敏な精神感応力を有する異星人が心理的ダメージを受けずにコンタクトできる相手は、まず〝無心な(イノセント)〟児童であろうという仮説が唱えられている。そこで、グロビュールを確認した後は、次の2点を実行して相手の警戒心を解き、更なる接触を図るのがよい。

【1】《外観》……軍服・武器・装備は、グロビュールの警戒心・恐怖心を増すだけである。そこで、われわれは無邪気な子供の扮装で相手を安心させなければならない。つまり偽装作戦B－3号に基づき、図2のような装備をすみやかにし、これに対処すべきである。

【2】《心理》……心理面でも、いったん、軍規等の遵守――使命感・義務感・責任感は捨てて童心に返り、未知のものに対する素直

なみに、故ジョン・レノンが9という数字に異常な執着を示していたのは有名な話である。

【付録】
グロビュールについての歴史、神話学的研究

●北米インディアンの神話

米オレゴン州南部に住むズリ族から、詩人であり文化人類学者のジャクソン・ボワズが1890年に採集した神話――世界の始まりの日に、精霊の大首長が全ての生き物を集めてこう言った。「君たちのなかで、森に棲む緑色の生き物を捕えてきたものに、世界を変える力、木や森と話す力を与えよう」まず灰色熊がそれに近づき、口をネバネバした液で封印され泣く泣く帰っていった。つづいて大鷲が立ち向かったが、飛ぶことの記憶を引き抜かれて帰っていった。最後に、聖なる草ペートをくわえたコヨーテが緑色の生き物の力を封じこめることに成功し、これを連れて帰った。ところが新月の晩、空から不思議な円盤が飛来して、緑色の生き物を檻ごと吸収して彼方に去ってしまった。コヨーテが夜、月に向かって吠えるのはこのためである。

●アフリカの神話

火の起源について、アフリカの各部族の伝説はいずれもギリシャのプロメテウス神話の

な驚異・不安・憧憬を喚起するようにする。但し、その際、無邪気な好奇心によって軍人としての冷徹な観察力が代替されていることを忘れてはならない。これが後々の報告（リポート）に資するからである。

グロビュールへの意思伝達

相手の警戒心を解いたあとは、いよいよ実際の意思疎通段階になる。以下にその要諦を示す。

【1】グロビュールの言語構造

国立地球外生物研究センターのジョージ・ルーク博士の研究により、グロビュール言語の構造が、人類のそれとさほど隔りのないものであることが解明されつつある。しかしながら、実際にわれわれが彼らの言葉を駆使して会話をするとなると、非常な困難を伴う。なぜなら、音声言語における最小構成単位である「音素」の体系が（特に母音において）、われわれのものより複雑な構造をもつからである。（図3）

【2】身ぶり言語による意思の伝達

現在までのところ音声言語による意思伝達は困難と思われるの

モチーフを原型として生成されている。ところが、カラハリ砂漠に住むサン人、ラテ族だけは異なった火の起源説を持っている。――大昔、地上には火というものがなかった。動物や鳥が寒さにふるえているとき、東の空から赤く光る火の玉が砂漠に落ちた。中には緑色の変な神が乗っていた。緑の神は苦しんでいた。だが、カラスもシマウマもアリもダチョウも、苦しむ彼をどうしてあげればいいかわからなかった。勇気あるマントヒヒが、泉の水を彼に与えてやると、変な生き物はたちまち元気を取り戻し、「願いをひとつだけかなえてやる」と、動物たちの頭の中に響く言葉でいった。「寒い」と誰かが身震いし、あたたかい太陽のことを思った瞬間、火が生まれ、その生き物は去っていった。これが、ラテ族に伝わる火の起源である。

●中国少数民族の神話
少数民族と総称されている56の非漢民族のうち、中国東北地区に住むアルタイ語族ツングース語系布哲（プーチェン）族の伝承のなかにグロビュールらしきものが登場する。――平和に暮らしていた村に、ある晩、蛮族が押しかけて、村を支配するといい出した。村の長（おさ）が、蛮族に村から立ち去るよう願いでると、彼らは「明日までに百尾の魚を釣りあげてくれば許してやろう」と無理難題をふっ

図2　接近遭遇時における理想的装備（偽装作戦B-3号）

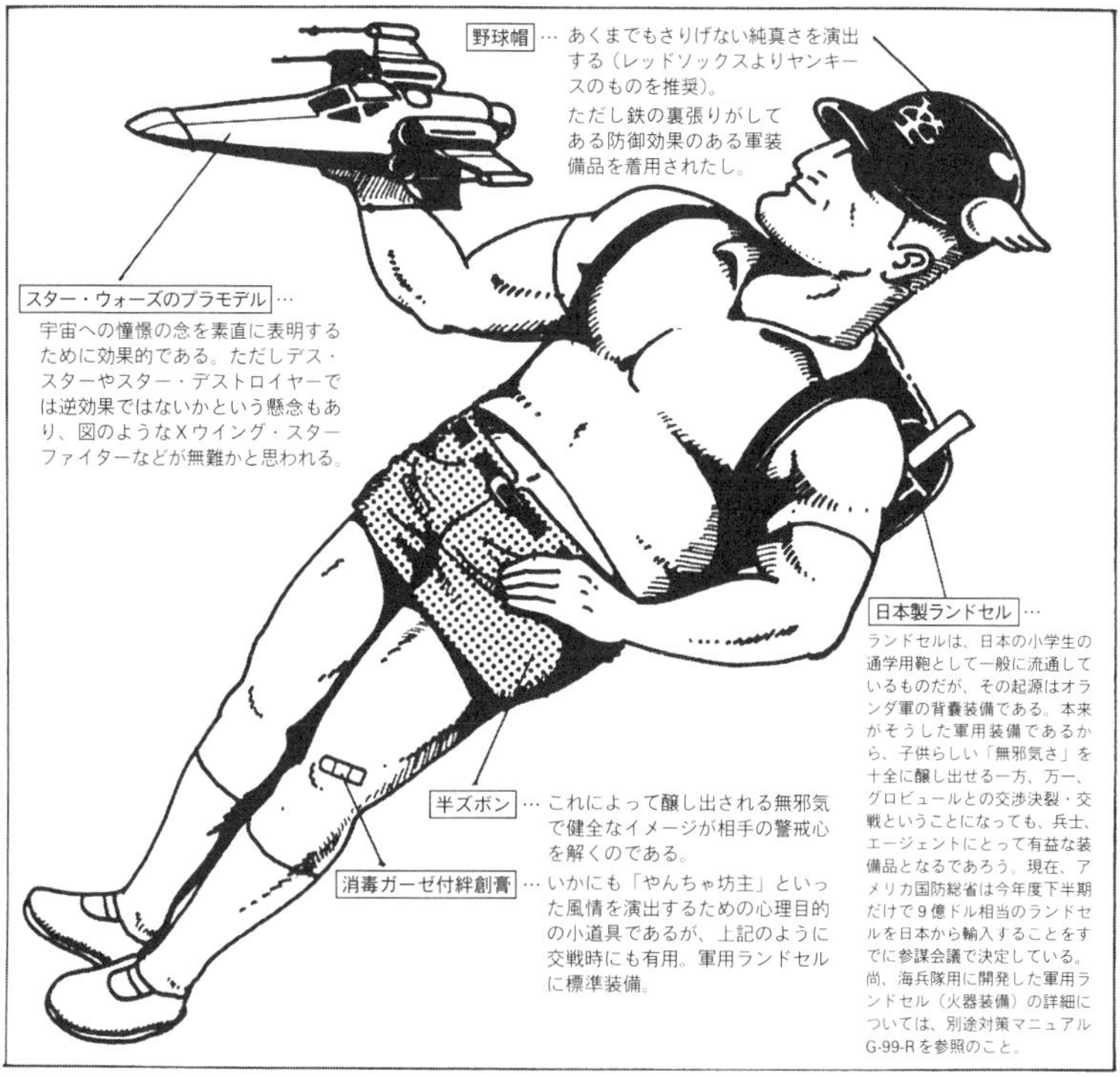

野球帽…あくまでもさりげない純真さを演出する（レッドソックスよりヤンキースのものを推奨）。

ただし鉄の裏張りがしてある防御効果のある軍装備品を着用されたし。

スター・ウォーズのプラモデル…宇宙への憧憬の念を素直に表明するために効果的である。ただしデス・スターやスター・デストロイヤーでは逆効果ではないかという懸念もあり、図のようなXウイング・スターファイターなどが無難かと思われる。

日本製ランドセル…ランドセルは、日本の小学生の通学用鞄として一般に流通しているものだが、その起源はオランダ軍の背嚢装備である。本来がそうした軍用装備であるから、子供らしい「無邪気さ」を十全に醸し出せる一方、万一、グロビュールとの交渉決裂・交戦ということになっても、兵士、エージェントにとって有益な装備品となるであろう。現在、アメリカ国防総省は今年度下半期だけで9億ドル相当のランドセルを日本から輸入することをすでに参謀会議で決定している。尚、海兵隊用に開発した軍用ランドセル（火器装備）の詳細については、別途対策マニュアルG-99-Rを参照のこと。

半ズボン…これによって醸し出される無邪気で健全なイメージが相手の警戒心を解くのである。

消毒ガーゼ付絆創膏…いかにも「やんちゃ坊主」といった風情を演出するための心理目的の小道具であるが、上記のように交戦時にも有用。軍用ランドセルに標準装備。

図3　母音体系比較図

i
u
a
アラビア語
タガログ語
e
o
日本語・ロシア語
スペイン語
ü
ï
ö
トルコ語
グロビュール語

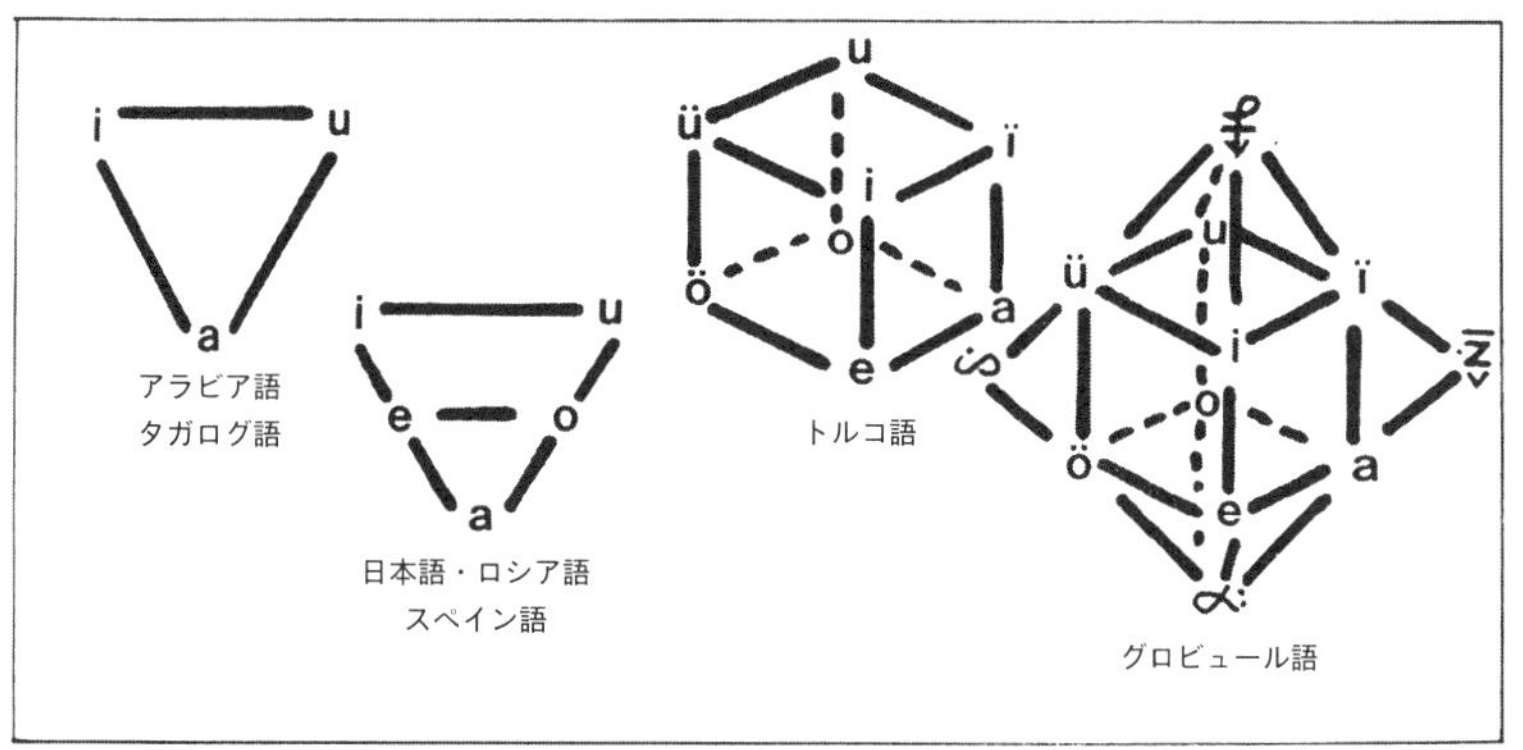

で、われわれは何か他の手段にたよらなければならない。そこで言語に代わって身ぶり言語の重要性が増してくる。

前出ルーク博士の研究によると、グロビュールの数字に対する認識は地球人とほぼ同じものであり、数学を解するという。さらに、数字によるグロビュールとの意思伝達は非常に有効であるとして、次のような示唆を与えてくれた。

(a) これまでグロビュールがある特定の数字に反応を示していることが報告されている。9のつく日、9月に出現することが多いし、ヤンキー・スタジアムの野球試合で9回裏に姿を現わしたことも多々ある。また裁縫師（a ninth part of a man と呼ばれる）やビジネスマン（nine-to-fiver）といった9に関係のある職業の人に異常に興味を示す。とにかく9という数字に執着するのである。(6)

(b) われわれは、この不思議な習性を大いに利用すべきである。グロビュールとの会話の第一歩として、身体全体を使って9という数字を表わしてみよう。（図4）真理の数9を示すことによって、グロビュールにもわれわれに虚偽がないことが理解され、また、同時に、地球人類に対するある種の「畏怖」の念を抱かせることもできる。なぜなら、グロビュールの指は合計8本しかなく、9という数字は「真理」であると同時に、彼らに

かけてきた。百尾の魚が1日で釣れるはずはない。そこで、村いちばんの勇士、華兄弟が川上に立ち、自決すると、川はいちめん血だらけになった。その晩、月の色がたちまち黒に変わり、雲のはてから緑色の変な生き物が現われ、川のなかから魚たちを空中に放り上げていた。朝、村人たちが悲痛な面持ちで広場に行くと、蛮族たちは、ぴったり百尾の魚たちに食い殺されていた。村人たちは、あの緑色の生き物は華兄弟の生まれ変わりだと信じ、年に一度、川で魚を釣ることを止め、この小さな緑の神に感謝の気持ちを捧げた。

ほかにも、古代アッシリア、聖書外伝、ペルシャの雨の神話、モンゴル・チャガン族の英雄譚などに「緑色の生き物」についての口述がある。また、これらの例がグロビュールによるものとわれわれを確信させるエビデンスのひとつとして、その伝承が付近の部族には伝わっていない特殊例であることをあげる学者の主張もある。

●**興味深い例として**——薬物学の立場から

南カリフォルニア大学バークレー校薬理学研究室のJ・B・ラッセル教授らのグループが1992年に行なった実験「人間に対する幻覚の実現」のなかで、興味深い臨床例が語られている。24歳、男、以前に軽いアルコー

とっては未知領域の「神秘」とも映るからだ。

図4　グロビュールへの正しい挨拶のしかた

ル依存症の症状あり。LSD♯25（俗称　デリュージョン）既用歴あり。前日より暗闇のなかに放置したあと、サントスのビタージュミン（水に溶け、アルコールによく溶ける塩基）を5ミリグラム投与、以下、5時間15分後に極めてまれな幻覚が発生した。それは、実験者と被験者の距離の中間点に発生した緑色の不思議な映像であった。特筆すべき点は、この幻覚が、被験者だけでなく試験者にも観察できるものであったということ――その事実により、本現象については、精確な意味での「幻覚」という用語の使用は避けるべきであろう。その緑色の物体（半透明であるが、その透明度が刻々と変化する）はくるりと一回転し、二人に向かって手を振り、直後に消失した。「幻覚」が手を振る。――われわれはこの特異な現象の意味するところを解明せねばならないのだが、学会で90ページにわたる論文を発表したJ・B・ラッセル教授は、非主流のフリンジ・サイエンスと見做され、正当な評価もされず、嘲笑と叱責の声の渦巻くなか、南カリフォルニア大を去り、現在はその行方も知れないのである（CIA、NSA、FBIのデータベースにも該当者なし）。

MIDNIGHTS
YAMAGUCHI MASAYA

コラボ小説集
（ミュージシャン編③ with 門あさ美）

歌姫

「歌姫」……門あさ美　LP《SIMULATION》（ユニオン／一九八五年）付属ストーリー・ブック所収

LPサイズ一六頁の豪華なブックレットで、殆どの頁を私の小説が占めているところを見ると、製作サイドの要望に応えた一文だったのだろう。本文では無署名で載った小説だが、今回仔細に検めてみたら、最後の頁に、Story by Masaya Yamaguchi とクレジットがあったのを確認した。しかし、細野さんのものと同様、ＢｏｘとしてＣＤ化された際には、ストーリー・ブックは、残念ながら付属せず。

小説の内容に関しては、門あさ美さんのイメージに沿ったものという程度の緩い縛りの依頼だった。だが、門さん自身が、当時は極端に露出度が低い（テレビ出演も二度ほど）方だったので、渡された資料も乏しく、私は、門さんのそうしたミステリアスなイメージを逆手にとって、時空を超えた謎めいた美貌のシンガーという幻想小説に仕立て上げてみた。

尚、脱稿時のタイトルは「世紀末の歌姫」。

【追記①】ゲラを読みながら、門あさ美さんのベスト二枚組ＣＤを聴いていたら大発見――ある曲の中に「（大意）読みかけのミステリー、犯人捜すまで……（中略）……ページが揺れる（中略）結末を先に見てしまいそう」という歌詞を発見してしまった！　慌てて他の曲を調べてみると「密室」とか「Kill me」という単語を発見――門さんは全曲作詞作曲もするシンガーソングライターだから、これは、イメージがミステリアスというだけではなくて、相当なミステリ・ファン確定でしょう。「歌姫」執筆時には、お会いできなかったが、本書収録を機に、直接お話しできたらと思う今日この頃――。

【追記②】ミステリ好きの女性歌手で思い出したのだが、青江三奈さんが赤坂の本屋で、一人でロス・マクドナルドのポケミスを買っていたという目撃情報もある。皆さん、ミステリ通として相当なものです。

窓をとおして、黄昏時（たそがれ）の空を見あげる。

薄く鉛を溶かしこんだような雲の層の彼方から、
こらえきれなくなった天使たちが舞い降りてきた。
まるで、天国にまさる歓びが地上に待ちうけているとでもいうかのように。

そう、今夜は、ひょっとしたら、
天上界よりも地上のほうが楽しいかもしれない。

歌姫はカクテル・グラスを手にしたまま、扉を開けて外へ出ることにした。
古ぼけたビルの屋上テラスにたたずむ歌姫。
いま後ろ手に閉めた扉は、このビルの管理室を改装したペントハウスのものだった。
誰にも教えない、彼女だけの秘密の住居……。

こんなところに住んでいるのには理由（わけ）があった。
彼女だけの特別な理由が。

螺旋（らせん）の舞いを見せる白い天使たちは、
歌姫のビロードのベレー帽やペルシャン・ラムの毛皮の上に、
甘えるようにまとわりついてきた。
そのうちのひとりが、思いきって、
彼女のガラス細工のような鼻筋に冷たいキスをする。

この感触が好き。

鼻筋で溶けた雪の冷たい感触が、
彼女の頭をさえざえと澄みわたらせ、
心に満ちていた黄昏の気分はいつの間にか霧散してゆく。

これが理由だった。

この街に来て三ヵ月。
歌姫がこの古ぼけたビルの屋上家屋（ペントハウス）を居に選んだのも、
この冬、誰よりも早く、白い天使たちと冷たいキスを交わしたいからだった。

階下から吹きあげてくる風にのって、
かすかに街のざわめきが聞こえてきた。

クリスマス・イヴを祝うにぎやかな音楽が、風に舞う白い天使たちに伴奏をつけはじめたようだ。

「白い天使さん」歌姫は天を仰いで囁いた。

「今夜は地上のほうが、ずっと楽しくってよ……」

※

彼の惑いの理由はふたつほどあった。

ひとつは、眼下のテムズ河に溶けゆく雪。

この街は霧でこそ有名だったが、雪が降ることはめったにない。

そして、もうひとつは……。

「心の中も雪模様みたいだな、モーリス」

ふいに背後から声がして、名前を呼ばれた男は振り返る。

そこには仕立てのいいディナー・ジャケットに身をかためたジムが、白い歯を見せて立っていた。

「急に呼び出してすまない。実は今夜、キングスで評判のK――のコンサートへ行くんだが……」

モーリスの顔が再び雪模様になる。

友人の表情を敏感に察知したジムは、真顔で訊ねた。

「何か、不都合なことでも？」

モーリスはデスクから二枚の切り抜きと一枚の写真を取り出して、ジムの前に投げ出した。

「これなんだ、問題は」

ジムはそれらを手にとって検めてみた。

カラー写真は、今夜コンサートがあるというK――のライヴを撮影したもの。

憂いを帯びた透明感のある美しい横顔が、マイクに向かっている。

〝真夜中の歌姫〟（ミッドナイト・キャナーリー）などと呼ばれ、

近ごろ評判になっているシンガーだった。

切り抜きのほうの一枚目は、

どこか北国の酒場の様子を描いた印象派風の絵画だった。

画面の手前では、赤ら顔の男たちが盃を交わし、

奥の舞台では、三角形のバラライカらしい楽器を手にした伴奏陣を背に

女性歌手が歌っている。

北国らしい毛織りの二重スカートに

刺繍をしたブラウスといういでたち。

絵画の下のキャプションには、

――歌うアナスタシア／一八八六年・モスクワ――とある。

もう一枚の切り抜きは、いささか粒子の粗いモノクロ写真と楽譜の組み合わせ。

写真は女性のポートレイトだった。

コルセットで極端にボディをしめつけ、大きなフープ・スカートにレースやリボンなどをあしらったロココ・スタイルですましこんでいる。

キャプションには、

――エリック・サティ作《おまえが欲しい》と、それを歌ったポーレット・イスパ／一九〇〇年・パリ――とある。

ジムは掌の中の三人の女を見くらべているうちに、自分の心の中に、ある奇妙な思いがきざすのを感じた。

当惑しながらゆっくり顔をあげる。

と、そこには、緊張したモーリスの眼差しがあった。

「そう、みんな、同じ女だよ」

唐突なモーリスの言葉だった。

ジムは驚いて、もう一度、掌の中の女たちをしげしげと眺めた。
たしかに面影は似ているが、それにしても……。
モーリスはジムの混乱にかまわずつづけた。
「絵の切り抜きのほうは、僕が大学時代に『ロシア世紀末美術』
という本で見つけて、ずっととっておいたものだ。
描かれている女性になんとなく惹かれてね。
――恋をした、と言ってもいい。
照れくさい話だが、
この女性の肖像は、ずっと僕の心のギャラリーに飾られていたんだ。

もう一枚の切り抜きは、
先日、雑誌のパリ特集の中で見つけた。

例のエリック・サティが作ったシャンソンを最初に歌った幻の歌手だそうだ。

この写真を見た時、
僕の心の中のギャラリーに飾ってあった肖像画が激しく反応した。

『これは、わたしよ』と、ロシアの歌姫が囁いているような気がしたんだ……」

「そして、百年後のこの街で……」

「……信じられない」

モーリスの熱情に憑かれたように、ジムはボンヤリと言った。

「いや、僕には確信がある。

百年後のこの街に、また彼女が現われた。
現実の女として、今夜、僕の目の前で歌うんだ」

※

宙に遊ぶ白い天使たちは、
歌姫にキスするだけでは物足りないらしく、
あるものは彼女の掌の中のグラスにまで舞い降り、
静かに溶けていった。

歌姫はグラスの酒をすすった。
アプリコット・ブランデーの甘い味わいと、
喉を降りてゆくウォッカの熱い刺激のハーモニーが快い。
このカクテルの名前はカチンカ。
可愛いらしいロシアの女性名——
エカテリーナの愛称から命名されたものだ。
歌姫はこのカクテルを飲むたびに、あの国のことを思い出す。
こんなふうにグラスに雪が溶ける日は、なおさら……
……あの日のわたしも、歌うために出かけようとしていた。
今日よりも、もっともっと白い天使たちが踊っていたウスチーンスカヤ通りで、
わたしはコリベルに乗った。

コリベルっていうのは、ロシアの古い型の馬車。輪の上に置いたギターみたいな形で、前の方が馭者（ぎょしゃ）台になっている。

「チェルカースキイ小路までお願いね」

ほんとは黒いはずなのに、凍りついて真っ白になった口髭をもぞもぞさせて、馭者が答える。

「十五コペイカ。それと、馬の水代はお客さんもちだよ」

運賃の折り合いがついて、馭者が毛深い馬に鞭をあてた。

橇（そり）は驚くほど軽快に滑りだした。

たちまち冷たい風が頬を刺し、

わたしは貂（てん）の外套の襟を合わせた。

目的地まで行くには、ヒトロフカ市場（ルイーノク）のほうを通っていかねばならなかった。

ここはちょっと品のない連中がたむろしているのだけれど、

わたしはいっこうに気にしない。

靄（もや）の中に安酒場や木賃宿が見え隠れする。

舗道（ほどう）では、商い女たちが土鍋を前に〈犬の喜び（ソバーチャ・ラードスチ）〉なんて呼ばれている得体の知れない肉汁を売らんと、大声をあげている。

「手打ち麺(ラプシャー)に牛の煮こごりはどうかね！」

その土鍋にたむろする人々。
酔っぱらいとその情婦(マルーハ)、
ちんぴら(オゴレーツ)と安煙草(マホルーカ)の匂い、
《長寿平安(ムノーガヤレータ)》を歌うドラ声……。

どの国にもいつの時代にも、必ずある靄の中の庶民の街。
下層居住区(ヒトロフカ)の街がとても懐かしい。

チェルカースキイ小路に着き、
わたしは酒場《アルセーンティイチ》へおもむく。
そこがわたしの仕事場なのだ。

店内には、素晴らしい味のチョウザメのシチーや
ワインビネガーのついたハムの匂いがたちこめ、
半ブチルカのウォッカでご機嫌になった紳士たちが、
わたしの歌を待ち望んでいる。

わたしは目を閉じて、一曲目の《カリンカ》を歌い出した。

「♪　わたしのカリンカ……
緑の松の木の下で、
わたしを寝かせておくれ
アイリューリ、リューリ……」

リリカルなメロディーが、哀愁をおびたバラライカの伴奏と溶け合う。
わたしはこの楽器が好き。
ドムラとか一弦琴のグースリもいいけれど、
この三角形の胴に三弦を張ったリュートには、
透明で、それでいて底に情熱を秘めた、ウォッカのような魅力がある。

透明な響きと底に秘めた情熱……。

歌姫の心に、また別の思い出が甦ってきた。

そう、あのかたの曲にも透明な響きがあったわ。
パリ郊外のアルクイユ、
旅籠屋《釘》（オーベルジュ・デュ・クルウ）の偉大な伴奏ピアニスト、
ムッシュー・サティは、いつも同じ服を着て、

〝ヴェルヴェット・ジェントルマン〟なんてからかわれていたっけ。

わたしは確かに、彼の伴奏で歌い……。

※

最後の客も帰り、

静まりかえった場内に、男の声が響いた。

「君は、百年前もこんなふうに歌っていたんだね？」

ステージの上の歌姫は

美しい眉をわずかに吊りあげて言った。

「さあ、どうかしら」

「僕にはわかっている。君は亡命者なんだ。

君は国境だけじゃなく、〝時〟からも亡命してきたんだね。

世紀末のモスクワから、

世紀末のパリから、

百年を経て、再び世紀末のこの街に現われた真夜中の歌姫（ミッドナイト・キャナーリー）。そして……」

「そして、あなたの心の中へも亡命するかもしれない」

歌姫は悪戯（いたずら）っぽく笑った。

「だって、今夜は、白い天使の舞う、すてきなクリスマス・イヴですものね……」

——Fade Out——

コラボ小説集
（ミュージシャン編④ with 大江千里）

モンマルトルに消えた部屋

センリ君の事件簿（ケイス・ブック）

「モンマルトルに消えた部屋～センリ君の事件簿（ケイス・ブック）」……大江千里（おおえせんり）　アーティスト・ブック『QUARTETTE』（CBS・ソニー出版／一九八六年）所収

センリ君を主人公に、外国を舞台にした小説――という程度の縛りの依頼だったと思う。書いた時は意識していなかったが、結果、本作が私の書いた本格ミステリの最初の作ということになる。

当時は、雑誌もこの手のスタイリッシュな書籍も、レイアウト先行で誌面作りがされていたので、本作も、行替えが頻繁（それも文章途中のヘンな個所で）な詩みたいな体裁で掲載されていた。これはこれで楽しいし、当時の出版物の雰囲気を知るよすがにもなるのだが、今回は紙幅の関係もあって、普通の組みで再録した。また、センリ君が看破する真相が、現在の社会状況からすると不適切なものになっていたので、そこのところは全面的に改稿した。ついでに、本格ミステリとして緩い部分のネジも要所で締め直しておいた。

エスプレッソ・マシンからコーヒーが注がれるシュッという音。店内に溢れる豊かな香り。忙しそうに、立ち働くギャルソンたちが、カウンターから差し出されたカップを盆に載せ、表のテラスにいる客たちにサーヴィスする。もし、匂いに色があるとすれば、淹れたての珈琲と焼きたてのクロワッサンの香ばしい匂いは——褐色ってとこかな。その褐色の香りが糊のきいたギャルソンの白いシャツにまとわりつきながら、舗道につき出たテラスまで運ばれてゆく。そして、午後の優しい陽光の中で空気に溶け、パリの青空へと立ち上ってゆくのだ。

ぼくは、店内に漂う褐色の香りを胸一杯吸うと、鍵盤に手をおいて、次の曲を弾くことにした。曲名は、ヴァーノン・デュークの《パリの四月》——。

ぼくは、ピアノを弾きながら、頭の中で、《パリの四月》の歌詞のところどころを反芻した……パリの四月、栗の花が咲き……木陰には休日を楽しむテーブル……これこそ素敵な気分……誰もこれに代わるものを知らない……という大意の、いま弾くのにふさわしい曲だった。

そう、ぼくはいま、四月のパリにいる。そして、ちょうど、この曲みたいな素敵な気分にひたっていたんだ。

ここは、モンマルトルのテルトル広場に面したカフェ《黄色い犬》。ぼくの職場である。

《黄色い犬》はあまり大きくないカフェだが、舗道につき出たレンガ色の天幕に黄色い文字で書かれた店名とアフリカの洞窟壁画みたいな犬の絵が目立つらしく、画学生や気のきいたパリジャン、パリジェンヌの間で、評判を呼んでいる店だった。

一年前に、マダム・ドルレアックがこの店を買い取り、店内改装をしたときに、店の奥にあったピンボールのゲーム台を取りはずして、少々、窮屈だが、ピアノを入れることにした。レストランならともかく、カフェでピアノを置いてあるところなど、パリ広し——といえども、ちょっとないだろう。

きょうのような暖かい春の昼下がり、きらめく陽光の中で、小粋な男女が、サクレ＝クール寺院の優雅な姿を眺めながら珈琲をすする。そこへ、店の奥から静かなピアノの調べが……。そんな絵画のような情景がマダム・ドルレアックの頭の中で描かれていたに違いない。

パリでは、誰もが絵を描くようにして物を考える。カフェのマダムも、レストランのシェフも、花屋のおじさんも……。

それで、一ヵ月前に、ぼくがこの《黄色い犬》の三代目ピアノ弾きとして雇われたというわけだ。初めて会ったときのマダム・ドルレアックの大げさな歓待ぶりときたら……。

「まあ、日本からいらしたの？」

マダム・ドルレアックは太いバリトンに近い声で、さも驚いたようにまくしたてた。

「わたしも、日本には行ったことがあるのよ、ヘンリ……、大戦のあとにね、まだ、前の前の夫が生きてた頃だったわ」

「ぼくの名前、センリ（漢字では千里と書く）です。日本のどこへ行かれたんですか、マダム？」

「うふふ」マダムは、艶然と微笑んで、「決まってるじゃないの、ホンコンよ！　あそこ、猿の脳ミソが、とっても美味しくってねぇ」

こりゃ、あかん、とぼくは思った。ここ《黄色い犬》で日仏の文化交流と理解を深めるには、蟻ん子がフジヤマを登るみたいに気長にやらなくちゃならないらしい。

マダムは、ぼくの戸惑った表情などには、おかまいなしに、厚化粧をした顔と年齢の割には艶のある髪を輝かせてお喋りをつづけた。

「それに、モンマルトルで絵や音楽の勉強をしたいだなんて、やっぱり日本人は勤勉なのねえ。偉いわァ。ウチは、そういう方は大歓迎なの。あなた、ホントに賢そうな顔をしててよ――モーリ」

「センリですから。――それで、ぼくは雇ってもらえるんですか？」

「もちろんよ。わたしにまかせておきなさい」ウィンクするマダムの付け睫が小鳥の羽ばたきみたいな音をたてた。「あなたみたいに、可愛いくて、大人しいギャルソンなら、こちらからお願いするわ。週六百フランでどう？　お昼とお夜食はカウンターの賄いで食べてもいいのよ」

マダムの赤く塗りたくったトウガラシみたいな唇が迫ってきた。厚く白粉をはたいた鼻の下にうっすらウブ毛が生えているのまで見えた。

いささか、たじろいだぼくは、急いで話題を変えることにした。

「ところでマダム、ぼく、アパルトマンも探しているんですが」

「オーッ、それも大丈夫。わたし、この近くのアパルトマンの家主でもあるのよ。さっきも言ったように、センリ――じゃないセンスのいい芸術気質の方ばかり――ダンサーとかモデルと画家とか……、そういう方々を、わたしが厳選して、優先的に入居してもらっているの。ね、わかるでしょ？　アルティストたちの《桃源郷》みたいな……でも、始めたばかりだから、まだ、片手で数えられるぐらいの住人しかいないのよ。そうそう、二階にちょうどいいお部屋が……角部屋だけど」

どうやらぼくは、ドラァグクイーンみたいに豪奢に着飾って、太い声で捲し立てるマダムから逃げられない運命らしい。

だが、とにもかくにも、ぼくのパリでの新生活がスタートしたのだった。憧れのモンマルトルでの生活が。ガーシュウィンの『パリのアメリカ人』ならぬ、パリのニッポン人のぼくが、映画の中のジーン・ケリーみたいに、思うぞんぶん絵を描いたり、作曲をしたりできるんだ。

この一ヵ月というもの、ぼくのパリでの生活は順調に流れていった。毎週末のマダム・ドルレアックのしつこいレイヴ・パーティーのお誘いをかわしてさえいれば……。

ぼくは、回想から現実に戻ると、《パリの四月》を静かに弾き終えた。

次に何を弾こうかと思案していると、カウンターの方で言い争う声が聞こえてきた。中学生ぐらいの華奢(きゃしゃ)な身体つきをした女の子がギャルソンのひとりと口論している。しばらくして文句を言うのをあきらめた少女は、すごすごとピアノの近くのテーブルまでもどり、椅子に座った。

「どうしたんだい？」

ぼくが声をかけると、驚いた少女がこちらを見あげた。亜麻(あま)色の短髪。薄い眉の下には、つぶらなグレイの瞳がまぶしそうに細められている。素朴だが美しい顔立ちだ。少女はためらいがちに言った。

「兄さんが、消えちゃったの……」

彼女の話によると、兄のクロードはロレーヌからこちらの大学へ入るために出てきたのだが、ここのところ、音信不通なのだという。早くから両親を亡くして親類の家に預けられていた少女は、たったひとりの兄のことが心配になり、単身モンマルトルまで出てきたということだった。

「――それで、お兄さんの住んでるはずのアパルトマンまで行ったんだけど、管理人のおじさんは、そんな人はいないって取り合ってくれないの」

「それ、どこのアパルトマン？」

「北ヴァンサン通り十三番地」

「えー、それ、ぼくの住んでるアパルトマンじゃないか！」

「そうなの？　管理人のおじさんが、そんなに言うなら、家主のところへ行って確かめてみたらどうだいって言ったので、ここまで来たの。それで、ギャルソンに事情を話したのだけれど、家主さんはいないからって……」

「マダム・ドルレアックは、この時間は、いつもいないんだよ。で、お兄さんの部屋の番号はわかる？」

「確か……二〇七号」

「なんだ、ぼくの部屋の近くじゃない。ぼくも二階だし。そうだ、そういえば――」

――そういえば、ぼくは、きのうの朝、二〇七号室の住人を見たんだっけ。スケッチに出かけようと部屋を出ると、廊下の端の二〇七号室の扉が開いて、鞄を提げた、恰幅のいい中年の紳士が出てきたんだ。

「ふむ、安静にしていなさい。お大事に」

「ドクトル、ありがとうございました……」

そんな会話が交わされているのを漏れ聞いた。扉の陰にはナイトガウンをはおった、ちょうど目の前の少女と同じ髪の色をした痩せた美青年が立っていた。彼の足許には鮮やかなオレンジ色の絨毯が見えた。――ペルシャ絨毯みたいな高価なモノじゃない、アフリカ土産っぽいやつだ。ぼくはその部屋の前を通りすぎ、ちょうど顔を出した二〇八号室のロジェと挨拶を交わして、階下へ降りていった。

管理人室の中では、さっきのドクトルが電話で話をしていた。ちょっと緊張した深刻そうな面持ちで。でも、ぼくはさほど気にもとめず、管理人のジョセフとも挨拶を交わして、朝の公園へと出ていったのだった。

「たぶん、なにかの間違いだと思うよ。お兄さんはいるはずだから。そうだ、これから一緒にアパルトマンへ行ってみようか」

少女の顔に輝きがもどった。

「嬉しいわ。わたしの名前はジャンヌ」

「そう。ぼくの名前はセンリっていうんだ」

「わかったわ」——とジャンヌがうなずく。ぼくは一瞬、緊張する。

「セ、ン、リ。よろしくね」

よかった。彼女となら、日仏文化交流もスムースに運ぶに違いない。

ヘルメットを被り、店の裏においてあったプジョーにまたがる。プジョーはこのパリの街角のどこにでも見られるバイクだ。細身の五〇ccで、オートバイと言うよりモペットと呼ぶべきかな。サスペンションもいいし、重心が低くて乗り易いから、ぼくは重宝している。これに乗ってパリの街を走りまわると、あの切ない映画『個人教授』で、去り行く年上の女（ひと）ナタリー・ドロンを、モペットで必死に追いかけたルノー・ヴェルレーにでもなった気分。

——それはともかく、ちょっと危っかしいけれど、ジャンヌを後ろの荷台に乗せてスタート。スピードは出さなかったのに、ジャンヌはぼくの腰にしっかりつかまってきた。彼女の意外なほど豊かな胸の感触が背中に伝わってくる。モペットの運転をしながらドギマギするぼく。あとで訊いたら、彼女は十六歳だった。都会の子と違って素朴な感じだったから幼く見えたが、日本でいえば高校生くらいだったんだね。……年上の女（ひと）ならぬ年下の子との恋？　いけない、いけない。ウッディ・アレンじゃあるまいし。ぼくは邪念を振りはらうように、スロットルをふかした。

モンマルトルの白い街並み。白亜のサクレ＝クール大聖堂をはじめ、ユトリロが描いたような〝白壁〟の家々がつづく。白って、なんて落ち着くんだろう。アンドレ・ジルの兎の壁画で有名な、シャンソン酒場《跳ね兎（ラパン・アジル）》を右手に見ながらソール通りを走り抜ける。

この付近はロシュシュアール大通りの方と違って風紀は良いのだが、先週、ソール通りのアパルトマンで疫病を疑われる患者が出て、大騒ぎになったという噂を聞いた。テレビでは、ナンタラ出血熱（耳慣れない病名なので覚えてない）というアフリカの疫病の名前をニュースキャスターが口にし、アメリカのＣＤＣ――疾病（しっぺい）管理予防センターに当たるお役所も乗り出しているそうだ。

あの話、その後は沙汰止みになっていて、詳しいことは知らないけど、白亜の街に疫病の黒い影が差してきたような気がして、その時は、ぼくの心にも不安の影がよぎったのだった。

もの想いにふけっているうちに、北ヴァンサン通りのアパルトマンに着く。六階建ての石造り。築百年ぐらいは経っているだろう。エレヴェーターもない。パリやロンドンみたいな古都にはこんな歴史のある建物が多い。ぼくたちふたりは、着くとすぐに、階段で二階へ駆けあがった。

二〇七号室の前に立って、扉（ドア）をノックする。二回、三回。――返事がない。ジャンヌが待ちきれず、大声で呼ぶ。

「兄さん、わたしよ、ジャンヌよ。開けてちょうだい！」

シンと静まりかえって、何の返答もない。

「クロード、ねえ、いないの？」

返事がないので、ぼくは思いきって扉のノブを回してみた。軋み音を立てて、扉があっけなく開いた。そこには――。

――何もなかった。

文字どおり、何もなかったんだ。椅子やテーブルなんかの家具も、テレビやレンジなんかの電気製品も、大きくてかさばる書棚とかベッドなんかも――。

ぼくは、この部屋に入ったことはなかったから、何と何がなくなっているか、正確に数え上げることはできない。でも、普通に生活に使うようなものが、そこにはなかった。――いや、待てよ、ぼくにも確認できることが、ひとつあった。確か、きのうの朝、扉の陰に覗いていた、やけに派手なオレンジ色の絨毯――アレも、影も形も見えなかったのだ。――そして、あの瘦せた青年――クロードの姿も……。

「消えちゃった。急に引っ越したとか……？」とぼくが呟くように言う。

「わたしに何も言わないで、兄が引っ越すなんて、あり得ないわ」と少女が心細げに答える。

「でも、夜逃げしちゃったとか」

――ああ、つい無神経なこと言ってしまった。

華奢な少女は、文字通り雌豹のように豹変して、こちらを睨む。

「兄は、夜逃げなんて、不始末をするような人じゃないですから！」

「ご、ごめんよぉ……」

ぼくは彼女の怒りと不安を紛らわすために、即興で思いついた提案をした。

「それなら……隣人――隣に住んでるロジェに訊いたら、何かわかるかも」

——彼なら、二、三度ぐらい話をしたことがあるし、ここの大家さんのマダム・ドルレアックとも親しいみたいだし、何か情報を訊き出せるかもしれない。

ロジェの部屋の扉をノックすると、頭髪の薄くなりかけた中年の男が、目をこすりながら応対に出た。

「あ、寝てたの？　ごめん」

ロジェはダンサーなので、タンク・トップにぴっちりしたタイツという、その年齢としては、あられもない姿。ぼくは、ドギマギしながらつづけた。

「実は隣の部屋の人のことで、訊きたいことが……」

「隣？　何言ってるの？　隣にひとなんて住んでないわよ。ずーっと、この一年、空き部屋じゃない」

ロジェはゲイっぽい口調で、いかにも迷惑そうに言った。

「でも、確かに、きのうの朝、ぼくは見たんだ。二〇七号室に青年——クロードって名前なんだけど……あなたも彼を見たでしょ？」

「さあね、知らない。さあ、もう行ってちょうだい。これからレッスンがあるんだから」

まったく、とりつく島もない。ぼくらはあきらめて、管理人室のジョセフのところまで行くことにした。

「な、なに、何号室？」かなり老齢のジョセフは少々耳が遠い。「……え？　二〇七？」

「そう二〇七号室！」ぼくらは教会の聖歌隊のように唱和した。

だけど、老人の答えは——。

「はあ？　二〇七は、ずっと空室だよ」

「いや」ぼくは隣の少女のほうを顎で示して、「この子のお兄さんが、間借りしてたはずなんです」

「そうなんです」ジャンヌが言い添える。「クロード・レインズという名前で」

「はあ？　……クロード・レインズ？」老人の唇に笑みが浮かぶ。「そう言えば――」

「やっぱり！」ジャンヌが身を乗り出す。

しかし、老管理人は手を車のワイパーのように振って、「いや、いや、あんたの兄さんとやらのことではない」老人は笑いをこらえながら、「クロード・レインズという名の役者が出ている映画を観たことがあって――」

「兄は、役者じゃなくて画家志望なんです！」

「だから、まあ……あんたの兄さんとは別人のクロードで……」

「何ていう映画に出ていた俳優ですか？」と、映画好きのぼくが、つい口を挟む。

「昔の怪奇映画で、――タイトルは《透明人間》」そう言って、今度は声に出して大笑いする老人。「――だから、その役者の顔を、わしは知らんのだよ。なにせ――」笑いながら、切れ切れに言葉を継いで、

「――透明人間の役だから、クックッ……」

「包帯ぐるぐる巻きで出てきて……クックッ……」

「包帯を取り去ると……透明だから……クックッ……」

「最後まで、役者クロードの顔はわからずじまい……クスクス……」

そこでようやく笑い止んで、

「――そんなわけで、わしは、クロード・レインズという役者の顔を知らんから、お嬢さん（マドモアゼル）のお兄さんと同一人物かどうか判定の仕様がないんだよ」

そこで、老管理人はジャンヌのほうを真顔で見ながら、「もっとも、あんたのお兄さんの顔も知ら

ないんだから、比べようもないがな」

それを聞いて黙り込むジャンヌに代わって、僕が猛抗議した。

「でも、ぼく、きのうの朝、たしかに二〇七号室で、痩せた青年がいるのを見たんだ。咳(せき)をしていた。お医者さんらしい人も来ていて、ほら、ここで帰り際に電話をしていたでしょ？」

白髪頭をかきながら考えこむ老管理人。

「さあ、そうだったか……近頃、耳以外に……物忘れもひどくなっていてな。……誰かが電話していたっけかな……」そこで意を決したかのように、「ともかく、二〇七号に誰もいないことは確かだて。なんなら管理ノートを見せようか？」

——どうなってるんだ？　ぼくは急に心細くなるのを感じた。きのうまで身近に感じていた人たちが、急に心の読めないエイリアンみたいに感じられる。ぼくが見たのは、幻か幽霊か、あるいは透明人間だったとでもいうのか？　それとも……。

ぼくの心を見透かすかのように、老管理人が呟いた。

「まあ、透明人間対透明人間——ってことで、映画の続編ができたわな」

——そんな、無責任な。透明人間アパルトマンなんて、あるもんか！

アパルトマンの老管理人の無責任な受け答えに失望したぼくとジャンヌは、近所のカフェ《口笛(シッフレ)》で作戦を立て直すことにした。

《黄色い犬(シエン・ジョーヌ)》には、戻る気になれなかった。——身近な人たちが誰も信用できない気分に、ふたりとも陥っていたので。テーブルに頬杖をつきながら考え込む、あまりお洒落でないふたりだけの《男(アン・ノム・エ・ユンヌ・ファム)と女》——クロード・ルルーシュの映画ね。——ああ、爺さんの《透明人間》発言のお陰で、あの恋愛映画のタイトルや「ダバダバダ」のスキャットばかりが頭に浮かんでくる。そんな時、ジャンヌがカフェ・オ・レをひと口すると言った。

「ねぇ、ねぇ、センリ君……」

ぼくは自分の頭脳のおサボりを覚られたのかと焦って、「ちょっ、黙っててよ。いま、この小さな灰色の脳細胞を働かせてるんだから――」と、つっけんどんに応じた。

「あら、小さな灰色の脳細胞って、あなた、エルキュール・ポアロ気取り？」

「そ。――こういうのは気分だし、フランス一の名探偵気分で……」

「あの、もしもし、ちょっと、ポアロってベルギー人なんですけど」

「あー、知ってますよ、それくらい。でも、イギリスで最初に舞台になった時は、ポアロはフランス人の気取り屋って設定で――」

フランス人の少女はあきれた――と言うか、むしろ感心した様子で、「そんな豆知識まで知ってるの？　あはっ、やっぱり日本人って、オタッキーだわ」

ぼくは、ちょっと気恥ずかしくなって、「オタクって呼び方、フランスでも通用するの？」

「ウイ・モ・ナミ……パリなんて、日本のアニメ・オタクの巣窟よ」

「ああ、だね。じゃ、ポアロ改め、ルルタビーユかメグレ警部でいいから――」

「そういうのがオタクっぽいって言ってるの！　それに、あなたは――」

「なんだよ？」

「ピアノ弾くんだから、名探偵ルルタビーユというより――」

「ん？」

「同じ作者の《オペラ座の怪人》のほうが合ってるんじゃなくて？」

「そういうのこそ、オタクの言い草だよ！」

一瞬、日仏のミステリ・オタク同士が睨み合ったわけだけど、フランス・オタクのほうが、はっと我に返って、

「こんな言い争いをしてる場合じゃなかった。センリ君、わたしのために、ちっぽけな灰色の脳細胞を働かせているわけだし――」

「ちっぽけ――じゃなくて、小さな脳細胞！」と、まだ、ぷりぷりするぼく。

「そうよね。細胞なんて、普通、誰でも小さいものです」――と、頓珍漢（とんちんかん）な返答をするフランス・オタク少女。

「――そこで、名探偵センリ君の耳に入れておきたい情報があったのよ」

「ん？」

「わたしの兄さんなんだけど……その『普通の人』とは違うところがあったの」

「え？」ぼくは驚いて、「普通の人より脳細胞がデカかった、とか？」

「ん、もう！　そっちへ行きますか？　ちょっと、真面目に聞いてよ！」

「ぼくは『普通に』真面目なつもりですが」

「脳細胞が、普通の人よりデカいなんて、透明人間より怖いわよっ」

「ご、ごめん。実は、ぼく、普通の人より集中力のない迷探偵の部類なもので」

ぼくは、透明人間にでもなりたい気分で謝罪した。

「まあ、いいわ。センリ君が真面目で誠実な人だってことは、わかってるし」

そこで少女は少し、しんみりした口調で、「田舎から出てきた小娘の、透明兄さんのおかしな話を真剣に聞いてくれたのは、あなただけだし……」

「あ、それは、まあ……ぼくも、ここでは異邦人……心細い時もあるし」

そこで、ジャンヌは意を決したように、

「それで、あなたにだけ、打ち明けることなんだけど――」

「なに？」

「センリ君、あなた、きのうの朝、兄の部屋でお医者さまの姿を見たって、言ったわよね？」

「うん。だけど、その人の顔も名前も知らないんだ。本当の医者かもわからない。お医者が提げている鞄みたいのを持っていたから、そう思っただけで……」

「でも、その人がお医者さまだとすると、思い当たることがある――」

「ふむ、それで？」と名探偵気分を取り戻して訊き返すぼく。

「わたしの兄さんはね、実は普通の人にはあり得ない稀な病気があるの……」

「な、なに？」

「心臓停止症」

「えー？」ぼくは耳慣れない言葉に仰天した。

「わたしも詳しくは知らないんだけど、時々、心臓が止まっちゃうの」

と、割と普通にスゴイことを言う少女。

「それでも、二、三分経つと、また蘇生するんだけどね……」

なんてこった！　世界的大都市のど真ん中で、透明人間のように消えた男が、そんな奇病の持ち主だったとは！　ぼくのパリの青空が、にわかに、どんより曇ってくるような気がした。――ん、待てよ、この気分……前にも経験したような……。既視感(デジャ・ヴ)ってやつだろうか……いや、違うぞ……あれは確か――。

それからぼくは、考えに考えた。この謎を解かなけりゃ、ジャンヌが困るし、第一、ぼくの気が変になっちまう。ぼくはその時、名探偵ポアロになり、ルルタビーユになったつもりで、記憶の欠片を ジグソー・パズルのように集め、あれこれ組み合わせて、推理をめぐらしたのだった。——そして、ぼくの頭の中に、ある考えが浮かんだ。フランス・パンみたいに堅固な証拠はないけれど、これは——ひょっとすると……。

ぼくは、寄る辺なき目の前の少女を励ますように言った。

「ジャンヌ、わかったような気がする。ぼくは、これから、ちょっと図書館まで行って調べものをしてくるから、君のほうは、電話帳で、ここらあたりの医者の住所を、洗いざらい調べておいてくれないか」

そう言い残すと、ぼくは図書館へ行って目ざすものを閲覧した。そのあとは、ジャンヌの作ったリストを手に、この界隈の医者を訪ねて回った。——そうして、自分の推理に確信を得たぼくは、その晩、ある計画を実行に移したのだった……。

夜の十時。ぼくとジャンヌのふたりは、さっき管理人室から失敬してきたマスター・キーを二〇八号室に差しこんだ。ロジェが帰るのは毎晩一時過ぎだから、中には誰もいないはず。そっと扉を開ける。中は真っ暗。闇の中を恐る恐る行くふたつの影。居間を通りぬけたところで、何やら低い唸り声が聞こえてきた。

弾かれたようにビクッとするふたり。ジャンヌが身体をぼくの背中にすり寄せてきた。うん、いい気持ち……あ、そんなことを考えてる場合じゃないんだが。ぼくたちは思いきって、唸り声のする奥のクロゼットの方へ行くことにした。

　クロゼットの中では、唸り声が苦し気な咳に変わった。

「あ、兄さん！」ジャンヌが思わず叫ぶ。

　ぼくがそろそろとクロゼットの扉に手をかけようとすると、突然、カーテンの陰から跳び出した何者かが襲いかかってきた。びっくりして、振り向くぼくの首を、その黒い影がとんでもない力で、締めつけてくる。ジャンヌがけたたましい悲鳴をあげる。ぼくは夢中でそいつの髪をつかんだ。すると……、なんとそれが、スッポリと抜けてしまったではないか。そいつは鬘(かつら)を被っていたのだった。

　ジャンヌが大きな花瓶を抱えながら近づいてくるのが、そいつの肩ごしに見えた。

　——いまだ、ジャンヌ、やれ！

　花瓶の割れる豪快な音。ぼくの喉からそいつの指が離れ、息が楽になった。そいつはあっけなく床にくずおれた。

　急いで明かりを点けたぼくらは、驚きのあまり、口もきけなかった。

　床にながながとのびていたのは、卵のような禿頭(とくとう)のマダム・ドルレアックだったのだ。

　マダム・ドルレアックはゲイ（あるいは両性愛者？）だった。そういえば、あのばかに艶のある髪、鼻の下のウブ毛、太い声、過剰に女性っぽさを押し出した豪奢な衣装……。そう、ぼくの第一印象通り、マダムは異性装(トランスヴェスタイト)趣味の——ドラァグクイーンだったのだ！

　あとから聞いたことだけど、そっち方面では、かなりの有名人なんだそうだ。ぼくには、日本の異性装の友人——彼らはクロスドレッサーと呼んでいたけど——もいたから、気づいてもよさそうなものなんだが、慣れない外国の環境に圧倒されて、洞察力が鈍っていたのかもしれない。

　マダムのほうも、端(はな)からカミング・アウトしてくれればよかったのに。——ぼくのことを、アルテイストと見てくれていたから、この子は偏見がないからと、向こうでも、あえて言わなかったのかもしれない。まあ、マダムのお誘いに乗ってレイヴ・パーティーに出ていれば、丸わかりだったんだろうけどね……。それはともかく、このへんで——。

ぼくの、ちっぽけな灰色の脳細胞の働きについて、語っておこうと思う。

まず、真相に気づいた手がかり、ジグソー・パズルのピースのひとつから——。

ぼくが、ジャンヌから、お兄さんの奇病の話を聞かされていた時、何か心に不安がよぎるような妙な既視感（デジャ・ヴ）があったこと。——あれは、実際に経験していたことだった。ジャンヌと一緒にプジョーのモペットでアパルトマンへ向かう途中、ぼくは、先週、ソール通りのアパルトマンで疫病を疑われる患者が出て、大騒ぎになったという噂話を思い出していた。テレビでは、ナンタラ出血熱（いまだにムズカシイ病名なので覚えてない）とか報じていたけど、その時、ぼくが感じた不安が、あの既視感（デジャ・ヴ）の正体だったのだ。

——これがパズルの一ピース。

次、パズルのもう一つのピース。

ぼくは、ジャンヌと不思議な消失事件を捜査している間、ふと、これと同じような出来事の記事を、どこかで読んでいたことを思い出したんだ。それで、あの日、図書館で調べて、なんとかその資料を見つけ出した……。

一八五五年、万国博覧会が催されてにぎわうパリ。ところが、市内のホテルで、ひとりの人間が消えてしまうという事件が起こる。驚いた家族がホテルに訊いても取り合ってくれない。部屋もろとも宿泊客が消えてしまったのだ。——この不可解な事件の真相はなんと、ホテルの経営側がグルになってその宿泊客を隠したというものだった。宿泊客は、実はペストを患っていた。当時の一番恐ろしい疫病だ。こんなことが外部に漏れたら、ホテルの評判も、万博でにぎわうパリの評判もガタ落ちになってしまう。そんなわけで、部屋もろとも宿泊客を移動させた——というのが事件の真相。これ、ホントにあった史実なんですよ。

今度の事件もこの話に似ていた。部屋ごと消えてしまったジャンヌの透明お兄さんは、実際は風邪をこじらせていただけだったんだけど、そのいっぽうで、《心臓停止症》なる厄介な奇病の持ち主でもあった。

ところが、風邪の診察で二〇七号室を訪れたお医者——ドクトルが、管理人室で電話をした時、全てが狂いだした。このドクトルは先週のソール通りの疫病騒ぎにも関わっていて、その話を疾病管理予防センターの職員としていたんだけど、話の中身は、二〇七号室の患者はソール通りの疫病騒ぎとは関係ありません——という報告だったんだ（ジャンヌのリストを元に訪ね当てた、そのドクトルが証言してくれた）。——それを耳の遠い管理人のジョセフが断片的に聞いて、てっきり二〇七号室の男が疫病に罹ったと勘違いしてしまったのだ。

——それで、ジョセフはその誤報を家主のマダム・ドルレアックに通報、驚いたマダムは二〇七号室へ飛んで行き、心臓が止まっている男を発見する。例の心臓停止症だ。

——ここでぼくの頭の中のパズルのふたつのピースがぴたりと嵌（はま）った。すっかり、例の疫病で死んだものと勘違いしたマダムは、パリ万博の時のホテル経営者と同じ発想で、事件の隠蔽工作に走ることになる。

マダム・ドルレアックは、あのアパルトマンを、アルティストや自分のドラァグクイーン仲間みたいな、世間に理解されにくい人たちの《桃源郷（シャングリラ）》にしようと考えていた。ところが、そんな矢先に、アパルトマンから疫病患者が出てしまったら、少ない間借り人は逃げ出すだろうし、《桃源郷（シャングリラ）》計画も水泡に帰す――マダムは、混乱した頭で、そう考えちゃったんだ。

マダムはマダムなりに、無理解な人たちの差別的な言動には、いろいろ苦労していて、自分の《桃源郷（シャングリラ）》計画は、どうしてもやり遂げたい夢だったと、あとから聞いた……そこのところは、同情できるけど、あの隠蔽工作はやり過ぎ……。

これも、あとで、ご本人から聞いたことだけど、マダムの頭にも、あのパリ万博時の消失事件記事の記憶があったんだそうだ。マダム・ドルレアックは、昔の消失事件の隠蔽工作を、――そのまま、そっくり再現しようと考えたってわけ。まず、誰が来ても他言無用と老管理人に緘口令（かんこうれい）を布（し）いた。次に、昔からのクロスドレッサー仲間だったロジェとふたりで、二〇七号室の家具からなにから運び出して空き部屋に移した。

それから、ふたりは、ジャンヌのお兄さんを、あのオレンジ色の絨毯にくるんで、ロジェの部屋のクロゼットに一時的に閉じ込めることにした。三分後に息を吹き返したことも知らずに……。

ともかくも、これで一件落着。ジャンヌのお兄さんは病院に運ばれ、マダムとロジェは警察でたくさん叱られ――でも、ジャンヌとお兄さんが訴えないと言ったので、許されて――ぼくとジャンヌはかたく抱き合って……あ、いや――、マダム・ドルレアックの隠蔽工作が瓦解したように、そんなフランスの恋愛映画みたいに、うまく事が運ぶわけないでしょ。

ジャンヌは蘇生したお兄さんとアメリカへ渡ることになった。なんでもヴァージニア大学の教授が、お兄さんの患っている病気の研究をしていて、もう、治験も開始しているのだそうだ。マダムとロジェが罪滅ぼしにと、クロスドレッサー仲間に治療費のカンパを募り、それに《桃源郷（シャングリラ）》改装資金を足して、兄妹に渡していた。

――あの人たちも、やっぱり、根っからの悪人じゃなかったんだ。だから、ぼくのほうは、マダムやロジェとも仲直りして、また、《黄色い犬（シェン・ジョーン）》でピアノを弾いたり、時々は、ギャルソンのバイトもしたりして（金欠になったマダムが人件費削減をしたので）、テキトーお気楽に過ごしている。

ほかには、好きな映画の勉強もすることにした。マダム主催のドラァグクイーン・パーティーにも行ってみた。そこで、お腹の肥えた身体にぴちぴちタイツのロジェの《前衛ダンス》なるものを見せられたのは、ちと苦行だったけど。

——それでも、まあ、楽しかった。ここに来てよかったと思う。アルティスト志望とかアニメ・オタクとか、ドラァグクイーンとか……面白人間たちが大勢集って、自由に好き勝手やってる街。絵画みたいな白亜の建物の下の舗道は犬の糞だらけというテキトーな街。

——うん、ここは、ぼくみたいなテキトーな面白人間には《桃源郷（シャングリラ）》なのかも。

ところで、あれからひと月たったいまも、ジャンヌとの別れの場面を思い出すんだ。

彼女は目に涙をいっぱいためて、こう言ったっけ——。

「ありがとう。あなたのおかげよ、アンリ」

「センリだってば、もうっ！」

——Fade Out——

MIDNIGHTS

YAMAGUCHI MASAYA

麗しき夏の響きよ。

コラボ小説集
（ミュージシャン編⑤ with GONTITI）

「麗しき夏の響きよ。」……GONTITI　LP《SUNDAY MARKET》（EPIC／一九八六年）LPプロモ販促冊子所収

本作を書いたことを忘れていた。今回、森永博志さんとの面談で、新たに出てきた二篇のうちの一篇。

スケッチ風の掌編だが、内容はほぼ実話。当時凝っていたダイヴィング・ツアーでセブ島を訪れた時のことを、そのまま書いている。尚、久しぶりに読み返してみて、本作に私の亡くなった叔父が出てくるのには驚いた。私は、本書収録の書き下ろし戯曲『FUAN FUAN氏の真夜中の島（ミッドナイツ）』の中で、この叔父について触れている。その時は、本作の内容は未読だった。これは、叔父について書くことを運命づけられたシンクロニシティー＝《奇偶》現象ということなのでしょうか。

南の島で、太陽は神のように遍在する。

そう、それはまさに神だった。

肌を焼くとか、そういう感覚じゃない。光と熱に姿を変えた神は、皮膚の下深くに潜りこみ、私の神経繊維の隅々に凝りかたまった冷たい都会の澱を溶かしてくれるのだ。

人間のつくり出すちっぽけな都会の澱などは、この南の島では汗のひと雫にも値しない。

私はデッキ・チェアから半身を起こすと、〝サン・ミゲル〟ビールの残りを飲みほした。これ以上太陽に身をまかせていたら、昨夜松明の下で食べたレチョン――ブタの丸焼きみたいにパリパリになっちまう。

ふいに足元のラジオが、無血クーデターは成功し、マラカニアン宮殿の庭ではレチョンを売る屋台が出て賑わっている、と報じた。

「まるでフィエスタだな」私は小さく笑った。

私が冗談を言おうと隣のデッキ・チェアの方を振り向くと、叔父はビールの壜を抱えたまま、幸せそうな寝息をたてていた。

〝叔父さんとの休暇〟

私はこのコンセプトがひどく気に入っていた。会社を辞めて最初に思いついたのが、この叔父とのセブ島旅行だった。三十歳を過ぎて辞表を出した私の暴挙をとがめもせず、双手をあげて喜んでくれたのは叔父だけだった。彼には私よりもっと若い時、数ヵ月で会社を辞めた「前科」があった。

叔父さんとの休暇——女と行くのでもない、友人と行くのでもない、ましてや仕事でもない旅……。年長の叔父と行くことで、はじめて私の旅は、子供の頃の長い長い海辺の夏休みという色彩を帯びたのだった。

話し相手が眠ってしまったので、仕方なく音楽でも聴こうとダイヴィング・バッグをまさぐる。私がつかみ出したのは、見なれないカセット・テープだった。

——こんなテープをバッグに入れた憶えはないのに……。

ともかくも、デッキにセットして、スウィッチON。——これは……いったい……？

そのテープには島の音がつまっていた。ギターの響きは青い海の上をすべるバンカ・ボートみたいに涼しげだったし、スティールっぽいパーカッションの響きは浜ではじける椰子(やし)の実みたいに乾いていた。

急いでカセット・レーベルを見ると、《GONTITI》という文字が目に飛びこんできた。

私はゆっくりと高い空を見上げた。双発のプロペラ機が高度を下げて飛んでいくのが見えた。海の碧(あお)も椰子の木の緑も、すべて神が彩色したこの島では、飛行機の銀色のボディでさえ、なにか巨大な鳥の羽根の色のように、自然に輝いていた。

それにしても、この麗しき夏の響きよ。

——Fade Out——

コラボ小説集

（ミュージシャン編⑥ with 布袋寅泰）

WIND BLOWS INSIDE OF EYES

「WIND BLOWS INSIDE OF EYES」……布袋寅泰　LP《GUITARHYTHM》（東芝EMI／一九八八年）発売時のライヴ・パンフレット所収

本作も、自分で書いていたことを忘れていて、本書の内容確認のため三十年ぶりに森永博志さんと面談した際に、「こんなのも書いてたよ」と渡された数作の内の一篇。

曲のタイトルに合わせて自由に書いてください——という依頼内容だったと思う。結果、私の西洋建築に関する知識と、後に『生ける屍の死』で現れる葬儀産業に対する興味が、合体して出来上がった一篇。今回、楽曲と聴き比べて、ダーク&ゴシック・ホラー的な曲調に合っていると確認、ひと安心しました。

本作もまた、《GUITARHYTHM》CD化の際に、関連商品として復刻されなかった貴重なもの。

死後硬直みたいに足をつっぱらせてブレーキを踏みこんだ。タイヤが軋み音をたてて車が停まり、土埃が舞う。イグニッション・キーに手をやりかけたところで、カー・ラジオから「俺が死んだらキャデラックのバックシートにほうりこんで廃車置場まで連れてってくれ」と歌う声が聞こえてきた。

俺は少し辛い気分になって、グローブボックスからチューブを取り出すと、中の錠剤を隣のシートに全部あけた。色とりどりのカプセルや錠剤の中から強い鎮痛剤――オピオイドをつまみだして噛みこんだ。

車から降り、坂道を歩きはじめる。ゆるやかな勾配を登りながら、道なりにつづく糸杉の木立ちを眺める。急に吹きはじめた風が葉を揺らす。糸杉がトロイア攻城戦に臨んで武者ぶるいするギリシャ兵の隊列のように見えた。木立ちを吹きぬけた風は、俺の硬直した長めのパンク・ヘアをも震わせていく。その震えはもうすぐ俺の全身にも伝わっていくことだろう。

丘陵の頂き近くにきたところで、東側の斜面が見えてきた。

――そこに死者たちの町があった。

ゆるやかな斜面いっぱいに墓石や十字架が立ち並び、丘陵の頂き近くには大きな霊廟もいくつか立っている。死者たちの大理石の住居の数々。それらは俺に、メキシコ山中の谷間で見つけた美しい町の日干し煉瓦の家々のことを思い出させた。

少し遠くに目をやると、斜面をぐるりと回った南側に小さな湖が見える。風が吹いてきた方角だ。

それに対して、こちら側にぐるりと回った北側には、小さな砂漠が広がっていた。こんなところに砂地が広がっているなんておかしなことだと思ったが、ともかくも、墓地を挟んで向かい合った湖と砂漠は、潤いと渇きのコントラストをみせ、風景に奇妙な美しさを与えていた。

丘の斜面の死者の町。だがしかし、生者の棲み家もわずかながら存在していた。いや、そのうちのひとつは生者の家というより〝神の家〟と呼んだほうがいいかもしれない。墓地の斜面を下りきったところに、古びた教会が見えた。この国には珍しいゴシック風のカトリック聖堂だった。イタリアの山中やフランスの古都にある大聖堂とは比べるべくもないが、それでも、法衣を広げたような控壁(バットレス)や天をあおぐ尖塔は堂々としたものだった。ここからはよく見えないが、たぶん教会の正面の入口上部のアーチと梁(はり)に囲まれたタンパン――浮彫装飾部には、西からの紅い陽を受けた《最後の審判》の彫刻群が浮かびあがっているに違いない。

もうひとつ、教会の近くに建っている屋敷もひどく古ぼけたものだった。たぶん前世紀の終わりごろ建てられたものだろう。この国の北東部には時々見られる様式だ。マンサード屋根をつけたイタリア風ヴィラ。多彩色模様のスレート瓦の屋根の上部を槍や鏃(やじり)を並べたような鋳鉄製の棟飾りが柵をなしてとり囲んでいる。屋敷の中央には屋根裏部屋を利用した小塔があって、その前面には《未亡人の露台》と呼ばれる手すりのついた物見露台があった。もともとは船員の妻が湾に入ってくる船を見張るためのものらしかったが、山中にあるこの屋敷では、物見露台から見える方向には墓地が広がるばかりだった。その見晴らし塔を眺めていると、俺の中に、怯えと悦びがないまぜになった奇妙な感情が湧きあがってきた。俺は二度目の身ぶるいをした。

不意に香の匂いが俺の鼻をついた。そちらのほうに目を向けると、斜面の中ほどのあたりで埋葬が行なわれていた。祈りの言葉を唱える神父と墓穴をとり囲んだ数人の参列者の姿が見える。神父は聖水を墓に注ぐと、提げ香炉を振り始めた。すでに時が止まった死者の上で、時を刻む大時計の振り子のように提げ香炉がスウィングする。チク、タク、チク、タク……。

俺は、提げ香炉が送る波動に衝き動かされたように、ふらふらとそちらのほうに歩きだした。

神父と参列者一同が「天に在す」と「慶たし」をともに唱え、一同が墓に聖水を注いだ。墓が白百合の花に満たされる頃に葬儀は終わった。

俺は、参列者が三々五々立ち去るのを待って神父のほうへ近づいていった。最初にどう切り出そうかと思ったが、単刀直入にいくことにした。俺にはもう時間が残されていなかった。

「神父さま、お願いがあるんです」

神父は、こうした性急で不躾な呼びかけには慣れているといった態度でこちらを振り向いた。

「なにかな？」

「葬式を出してほしいのです」

「どなたの？」

「お、俺の……」

「ほう、あなたの、な」神父は少しも驚いた様子を見せずにつづけた。「あなたは洗礼は受けておられますか？」

「いえ、俺はクリスチャンじゃありません。でも、苦しくて……」俺は胸を叩いた。「この、なんというか……心の中の闇の部分を葬り去ってしまいたいのです」

神父は、ジェルで突っ立った髪や革ジャンパーといった俺の風体をしばらく眺めていたが、彼の口をついて出てきた言葉は、薄汚れたパンクスに浴びせる罵声とは違ったものだった。

「ふむ。よろしい。だが、ここは教区墓地ではなく、共同墓地です。それに、あなたの望みに応えられるのは、もっと別の人だ」

そうして俺は、この斜面を下ったところにある屋敷に住むドイツ人の葬儀屋を紹介されたのだった。湖のほうから冷たい風が吹いてきて、香が目にしみたことを憶えている。

「なるほど、魂の葬儀ですか、久し振りですな」

ドイツ人の葬儀屋は静かに笑った。

マンサード屋根の屋敷は葬儀屋の住居と葬儀堂を兼ね、その中で俺たちは葬式の打ち合わせを始めていた。

「魂の存在をあなたは信じるのですか？」いままで何度も狂気を疑われてきた俺は、用心深くなっていた。

「もちろんですとも。反対生成論を私は信じておりますからな」

「反対生成論？」

「ええ、この世では、必ず反対物がその反対物から生まれる。美しいものと醜いもの、正しいものと不正なもの。強くなるとは、弱いものから強いものが生じることです。生と死も同じように反対関係にありますね。死ぬとは、生者の世界から死者が生じることであり、生まれるとは、死者の世界から生者が生じることです。つまり、生まれるとは生きかえることなのです。——だとすれば、死者の魂がどこかに存在していることを認めねばならない」

俺は少し安心した。葬儀屋はこちらの顔色を窺いながら、てきぱきと葬儀の方式を決めていった。

「……埋葬でなく火葬のほうですね。けっこう。魂を葬る方はみなそちらを選びます。煉獄の浄火を連想されるからでしょうかな。いや、そのお考えは間違っておりません。浄めは必要です。それで、魂を抜いたご遺灰やご遺骨はどういたしますか？」

「そう、しばらくは、棺に入れて、この屋敷の塔の物見露台に立てかけてくれませんか。たとえ抜け殻になっても、自分の墓を、自分の魂の行方を見ていたいんです」

「おやすいことです。それなら、頭蓋骨をまるまる残す方式でやります。それから、マホガニー製のツーピース棺をお勧めします。棺の上蓋の半分を開けて顔――頭蓋骨を出すことができます。それから、墓は丘の上の霊廟はいかがですか？　上等のスコットランド御影石でできていますし、物見露台のちょうど正面に位置していますから、きっとよくご覧になれると思いますよ」

俺は葬儀屋の言うとおりにした。くしゃくしゃの紙幣で料金も支払った。その後はもう決めることは何もなく、地下の火葬炉へ行くことになった。地下へ通じる階段を降りる途中、また激しい身ぶるいが全身を襲い、俺はポケットの錠剤をまさぐった。

次に目醒めたのは棺の中だった。棺の内張りはシルクで心地よいはずだったが、俺の身体に感触というものが残っているかどうか自信がもてなかった。

目の前には丘の斜面いっぱいに広がった共同墓地が見える。なるほど、俺の魂が納められる霊廟は、この塔の真正面にあった。

灰色の冷たい大理石の家。死の棲み家……。

俺はしばらく自分の汚れた魂の棲み家を見つめていたが、不意に丘陵の樹々がざわめきだしたのに気がついた。坂道に並んだ大きな糸杉も、墓地に点在する灌木（かんぼく）の茂みも、墓に供えられた花々も、怯えたように震えている。風が吹きはじめた。湖のほうからまた冷たい風が吹きはじめたのだ。

風はしだいに強さを増し、墓地を吹きぬけていった。石でできた霊廟さえもが震えはじめた。俺は急に恐ろしくなった。俺の墓は風のために身ぶるいしているのだろうか？　いや、それとも……。霊廟から黄色い煙のようなものが漏れはじめ、それは湖からの風に乗って渦を巻き、丘陵の北側の方へ流れ始めた。

風に渦巻く黄色い煤煙は、俺の魂の遺灰だった。俺の汚れた魂が風に乗って砂漠へと運ばれる。そのとき俺は、その砂漠が、丘陵の墓から漏れ積もった遺灰でできたものだということを知った。

生の湖から吹いてきて、汚れた魂を死の砂漠へと運ぶ風。遺灰を乗せた風は俺の頭蓋骨の虚ろな瞳の中へも吹き込んできた。瞳の中で俺の魂の灰燼（かいじん）が囁いた。

「いつもの所で、また逢おう」

——Fade Out——

コラボ小説集
（ミュージシャン編⑦ with 飯島真理）

不思議の国のまりン

A TALE OF THE MAGIC ISLAND

「不思議の国のまりン　A TALE OF THE MAGIC ISLAND」……飯島真理(いいじままり)写真集『MARRON』（ジ・アニメ特別編集／近代映画社／一九八四年）所収

飯島真理さんは歌手として活躍されているが、私より下の世代の言によると『超時空要塞マクロス』の声優としても成功をおさめられたそうだ。

書誌学上（出版年月日）は、本作が私の小説第一作ということになるが、同時期に渡した原稿の発行月が早かっただけで、実際の第一作は、吉田カツさんの画集に書いた「Travelin' Light」ということになる。本作の依頼内容は、飯島真理というアイドルを主人公にして、写真集のイメージにある南の島を舞台にしたものをということだったと思う。制約のある枚数の中で出てくるSF作家クラーク先生とは、当時スリランカに在住していたアーサー・C・クラークがモデル（と言うか、特別出演かな。写真集の中に、飯島さんとのツーショットが載っていた）。内容は、SF、ホラー、冒険、ミステリ、幻想(ファンタジー)の要素を、これでもかと詰め込んでいる。大江千里さんとのコラボ作と共に、私の中では、ジュヴナイル的位置づけで書いたもの。

自分がとっても高いところにいるのを知って、わたしはちょっぴり怖くなった。でも平気だわ。中学生のころ初めて馬に乗ったときは、もっと怖かった。灰色の象さんの背中は、あの時よりずっと安定感があって、すぐに気分は爽快。なんだか不思議の国の王女さまになったような気がしてワクワクしてきちゃった。

――そう、まさに不思議の国の王女さまだわ。……それとも、不思議の国に迷いこんだアリスかな、いや、わたしのことを、みんなは、「まりン」て呼んでるから、不思議の国のまりンよ。わたしはこの連想がすっかり気に入ってしまった。わたしははたして、この街でチョッキを着た忙しウサギ君に出会えるかしら……？

わたしの本名は真理（シンリ）と書いてマリ。紺色のすてきなサリーを着ていても、中身はれっきとした日本人なのだ。このヤシの木と美しい海岸線の島国に来て、きょうで三日目になる。そろそろ灼熱の太陽や道路を横切る象にも慣れてきたけれど、それでもまだ、ときどき不思議の国に迷いこんだアリスのような気分になってしまう。

「お嬢さん、そろそろ時間です」

象使いのハンサムな男の子のひと言で、ハッと王女さまの夢から醒（さ）めたわたしは、東京から来た平凡な音大生にもどった。そうよ、まりン、大事な目的を忘れちゃだめじゃないの。わたしが、わざわざ、このインド南端の島国を訪れたのは、この地方の古楽器を研究するためじゃなくって？　いつまでも観光気分でサボっていると、東京に帰ってから教授にしかられてしまう。

わたしはサリーの裾をふわりとひるがえすと、象から飛び降りた。象使いの男の子は、なんてオテンバな女の子だろうと、端整な顔に目玉だけをギョッとむいて、こちらを見ている。この国の女の子は、みんな淑女ばっかりなのかなぁ？

ホテルに戻ってレポートを五ページほどまとめると、またわたしの中で遊び虫が騒ぎだした。わたしはノートを放りだすと、出発前にパパがプレゼントしてくれた服をスーツケースから取り出した。〝探険服〟って自分で勝手に呼んでいる半袖のサファリ・シャツに半ズボン、それにとっておきの探険帽子。この帽子をこぶしでそっと叩くと、コツコツとパパの音がする。このお気に入りの服をさっそく着こむと、わたしは鏡の前に立ってみた。

「わたしは探険家まりン。これから不思議の国の危険な冒険に行ってまいりまーす」

わたしは神妙な面持ちで、鏡に映った自分の姿に向かってこうつぶやくと、ぺろっと舌を出した。このときのわたしは、まさか、自分の言葉が現実のものとなるなんて、思ってもみなかったのだ……。

街に出て、しばらく市場のあたりをぶらついてみた。せまい道路に人がごったがえし、道路の端に停めてある自転車や荷車が、まるで高級車みたいに尊大な顔つきで、御主人の帰りを待っている。肩を寄せあうように並んだ店先の、バナナやマンゴー、ヤシなどのトロピカルな香りは、東京のフルーツ・パーラーの十倍くらい芳醇な香りを放ち、わたしの鼻を快くくすぐる。

果物の甘い香りに分け入るように、露店に並べられた香料も、負けじとわたしの嗅覚を刺激しはじめた。赤トウガラシや丁子はわかるけど、ここへ来てからおなじみになった、コエンドロや茴香は、まだ、どれがどれやらさっぱりわからない。この国では、観光にかり出されるのは二つの眼ばかりではないみたい。わたしの鼻の嗅覚も、さっきから市場のあちこちをキョロキョロしている。

そのキョロキョロしているわたしの鼻——じゃなかった、わたしの眼に、ひとりの小柄な老人が歩いてくるのが映った。腰巻き風のサロンをしめて、上半身は赤銅色の裸の胸を張っている。驚くほど年齢（とし）をとっているみたいだけれど、骨太の腕は逞（たくま）しい。やわらかそうに巻いた白髪、白い眉の下でルビーのような瞳が光っている。

「おお、まりン！」

すれ違いざまに老人は立ち止まり、低く呻（うめ）いた。わたしの顔をまじまじと見ながら驚きの表情をうかべている。このおじいさん、わたしの名前を知ってるのかしら？　今まで一度も会ったことがないというのに。

「いや、失礼したの」老人は気をとり直したように表情をやわらげると、言葉をつづけた。

「お嬢さん、お見かけしたところスィンハラ人ではないようじゃな。英語はわかりますかの？」

老人は意外にも流暢な英語でしゃべりはじめた。まったくの意外つづきね。

「ええ、スィンハラ語は片言ですから、英語でお願いします。わたし、日本から来たんです」

「ホーホゥ、賢い子じゃ。それに、美（ラッサナイ）しい。お嬢さんは素晴らしい福相をもっておられる。良いお顔じゃ。だが、ちょっと……」

老人の表情がまた少しくもったのを、わたしは見のがさなかった。

「だが、なんですか？」

「いやいや、なんでもない。ジジイの勘違いかもしらん。それよりの、福相をもったお嬢さんを見こんで、ひとつ頼みがあるんじゃ」

このおじいさん、見たところ悪い人じゃなさそうなので、わたしは黙って先をうながした。

「ひとつ預かってもらいたいものがあるんじゃ。これじゃがの――」

おじいさんは、どこから取り出してきたのか、美しい宝石をちりばめた白象を手のひらにのせていた。

「まあ、きれい。これはなんですか？」

「ホリー・エレファントじゃ。遠い昔、インドのカピラヴァストゥ国の王妃マヤ様の夢の中にこの白象が現われて、マヤ様の右脇に触れたのじゃ。夢から醒めたマヤ様は、非常な歓喜が胸に宿ったような気がされての。それからマヤ様はご懐妊なされ、ブッダ様がお生まれになったというわけじゃ。ご存知じゃったかな？」

「知ってるわ。子供のころお釈迦様の物語は読みました」

「ホーホゥ、ますます賢いお子じゃ。じゃが、これは伝説などではないのですぞ。本当にあったことなのじゃ。現にこのジジイが、この目で確かめ――」

わたしは、この途方もないことを言いだしたおじいさんが少し気味悪くなりはじめていたけれど、とにかく最後まで話を聞くことにした。

「……それでな、この白象の中には、ブッダ様の尊い歯が納められておっての。〝仏歯〟というて、この国の民があがめておる聖なる宝物なのじゃ。じゃがの、この仏歯の入った白象を、一度、天穹界へお返しせねばならなくなっての」

「天穹界？」

「そう、この宇宙を支配しておる天穹界じゃ。天国とか日本ではテンゴクとか、いろいろな呼びかたがされておる。その天穹界が、この地球を救い民を導く聖者に、この白象を遣わしておるのじゃ。この白象を持つものは、地上の全てを支配できる聖エネルギーを授かることになるという――」

「じゃあ、お釈迦様も……？」

「そうじゃ。ブッダ様もこの白象のおかげで誕生なされ、多くの民を救われた。このジジイは、ブッダ様が亡くなられてから、ずっとずっと気の遠くなるほど永い間、この白象をお守り申し上げていたのじゃ」

このおじいさん、頭がおかしいのかしら。そんなに永い間生きられるわけがない。わたしはますます気味悪くなって黙りこんでしまった。

「フーハァ、このジジイが狂っているかとお思いじゃな？　無理もない。じゃがの、お嬢さんはマヤ様に似た、何億人にひとりの良い相をしておられる。どうかこのジジイを憐れと思って、願いをきいて下さらんか」

「ええ、それはいいけれど……でも、そんな大切なものを預かって、いったいどうすればいいんです？」

「この白象を、天穹界に返してほしいんじゃ。近ごろ、また世の中に濁悪(じょくあく)がはびこり騒然としてきておる。天穹界はこの白象を一度戻させ、あらためて選んだ救世の聖者を誕生させるべく、再びお遣わしになるおつもりなのじゃ」

途方もない話の連続に、わたしは戸惑った。

「――でも、どこにお返ししたらいいんでしょう？　わたしはこの国に来たばかりだし……」

「ここから東へ、ずっと密林を分け入ったラトナプラの近くに、エンジェルズ・ピークという小高い丘があるのじゃ、明後日の明け方の五時までに、その丘の頂上にこれを置いてくだされ」

「おじいさんは、いっしょに行ってくれないんですか？」

「このジジイはの……」おじいさんは、ふと淋しそうな顔をした。「もうすぐ死ぬんじゃ。わしには自分の運命が見えておる。このジジイはもうすぐ殺されることになるんじゃよ」

わたしはびっくりして、思わず息をのんだ。おじいさんは疲れたような口調で話をつづけた。

「疫霊（えきりょう）の一族がこの白象を狙っておっての。疫霊というのは、肉体は死んでおるが、穢（けが）らわしい魂のみ生き残った一族のこと。ふだんは地下に棲み、夜な夜な悪魔の手先となって世の中に凶事をもたらすという、憎むべき亡霊一族なのじゃ。奴らはこの聖エネルギーで、地球をわがものにしようとたくらんでおるんじゃ。わしは奴らの手にかかって……」

「そ、そんな！　逃げれば大丈夫よ！」

「ホッホッホ、もう手遅れじゃ。運命球に死相が出ておった。これは避けられんことなのじゃ。さあ、お嬢さん、頼みましたぞ。ジジイは行かねばならん」

おじいさんは、押しつけるようにして白象を手渡した。天穹界だとか疫霊だとか、わたしは混乱するばかりだったけれど、ルビーのように美しいおじいさんの瞳には、うむを言わせない真実の輝きが宿っていた。

「それからの、今晩寝るときに、扉と窓にこのお札（ふだ）を貼っておきなされ。いかに魔力をもった疫霊といえども、このお札を破って押し入ることはできんからの」

わたしは素直に、お釈迦様の姿が描いてあるお札を受け取ると、白象といっしょにビニールのポシェットにしまいこんだ。

「フム、フム、これで安心じゃ。どうもありがとう。さて、行くとするかの」

「待って、最後にひとつだけ教えてちょうだい。どうして、初めて会ったわたしの名前がわかったの？　おじいさん、さっきまりンって呼んだでしょ」

「おお、お嬢さんはまりンという名じゃったか」おじいさんは少しの間、ためらうように考えてから説明してくれた。「そのな、それは聞きちがいじゃろ。お嬢さんの名を呼んだわけではないんじゃ。

わしは英語でマリスと言ったのじゃ。初めて会ったとき、お嬢さんのお顔に〝殺意（マリス）〟の相が浮かんでおっての。どうも、お嬢さんがひょっとして人を殺すんではないかと……いやいや、これはジジイの世迷い言じゃ。忘れてくだされ。——じゃあ、わしは、もう行かねばならんでの。頼みましたぞ」

そう言うと、おじいさんは夕日に向かってトボトボ歩きだした。わたしが、あまりのことに呆然としている間に、おじいさんの姿は人混みにまぎれて見えなくなってしまった。わたしは途方に暮れてしばらく佇（たたず）んでいたが、あまりの急展開で頭を使ったせいか、空腹を覚えたので、まずは、腹ごしらえをしてからゆっくり考えようと心を決めた。

レストランめざして、市場の方の道をひき返しはじめると、とある露路で、ひときわ人だかりがしているのが目についた。群集の中で女の人の短い悲鳴や男たちの怒声が聞こえる。わたしは胸さわぎをおさえながら、人垣を押し分けると、群集のまん中に顔を出した。

ルビーの瞳をしたおじいさんが死んでいた。咽頭（のど）がぱっくりと割れて、一面血だまりができている。わたしは声にならない悲鳴をあげた。おじいさんのルビーの瞳は、カッと見開かれ、まるでわたしに懇願するかのように、にぶい光を放っていた……。

レストラン《魔王（ラーヴァナ）》の薄暗い店内では、観光客相手のショウがすでに始まっていた。ステージの上では、日本のナマハゲや閻魔（えんま）大王のような異様な仮面をつけた男たちが、デヴィル・ダンスを始めていた。この地方に伝わる伝説の踊りだ。ダンスといっても、ドルキというタイコの騒々しいリズムにのって、数人のデヴィルが舞台せましと大暴れするだけなのだが。

わたしの前のテーブルでは、観光客らしい白人の中年夫婦が、口をあんぐりと開けてステージに見入っていた。彼らは感心しているようだけど、そのときのわたしには、うるさいＢＧＭでしかなかった。夕方出会ったおじいさんの言葉、瞳の輝き、そして血の海が、わたしの頭を占領していて、それどころではなかったのだ。

わたしがボンヤリしている間、ショウのほうは最高潮に達していた。さまざまなデヴィルたちに混じって、今度は松明（たいまつ）を持った男が現われ、炎を呑みこんだり、天井に向けて火を吹きあげたりしている。そのたびに、前のテーブルの中年婦人は、「オオ」とか「ワオ」とか大げさな感嘆の声をあげている。普段なら、こういう民族芸能に反応するわたしなのだが、そのときは事件のことで頭がいっぱい――、いささか白けた気分で頬づえをつきながら、お皿の料理をつついていた。

テーブルの上にはマサラ・ドサという、インド風カレー・クレープといった感じの料理と、チキンの辛子焼きが載っていた。チキンのほうにナイフを入れると、まだよく火が通っていなかったようで、切り口に血がにじむのが見えた。わたしは急に不快な気分に襲われ、思わずナイフを床にとり落としてしまった。

ナイフを拾おうと、あわててテーブルの下にかがんで手を伸ばした瞬間、目の端に、恐ろしい黄色いかたまりのようなものが映った。ステージで宙返りをした男が、突然こちらに向けて火を吹き放ったのだ。炎のかたまりは、まるで仕掛け花火のように強烈な渦を巻きながら、わたしの前髪をかすめ、ドシンとテーブルに衝突した。テーブルはビリビリと震え、背たけほどもある火柱があたりを照らした。

一瞬目がまわり、ふらっと立ちあがった次の瞬間、わたしは前の中年婦人の椅子に肩口からぶつかっていた。追突された婦人は椅子から飛び出して、ステージの上に投げ出された。少ししてから肩に痛みが走り、自分が反射的に回転レシーブをしていたことに気づいた。高校時代のクラブ活動が思わぬところで出たのだ。まるでパブロフの犬のように反射神経が働いたのかしら。

　ステージの上にうつ伏せになっていた中年婦人が赤ん坊のように泣きじゃくりだし、それを機に、店内のざわめきがドッとわたしの耳にとびこんできた。

「これはこれは、お嬢さま、おケガはございませんでしたか？」

　いつの間にか、わたしの目の前に大男が立っていた。身長は二メートル近くもあろうか。ぶ厚い胸板にキッチリとタキシードを着こんでいるが、不思議なことに汗ひとつかいていない。首まわりが窮屈そうなカラーの上には、親切めいた口調とは裏腹に、褐色の無表情な顔が載っている。豊かな黒い口髭とオールバックの頭髪、そしておよそタキシードとは不釣り合いなサングラスをかけているので、眼の表情を読むことはできない。

「わたくし、当店の支配人で、パム・ヴィーラと申します。当店の芸人がたいへん失礼をいたしました。さあさ、お手をどうぞ。あちらのほうで治療などを……」

　彼が差しのべる手に助け起こされながら、わたしはこの男の皮膚の冷たさにびっくりしてしまった。

「大丈夫よ、わたしは。ケガはないわ。わたしよりあの御婦人のほうを……」

　わたしはステージの上で泣きじゃくっている中年婦人の方を指さしたが、奇妙なことに、支配人はちっとも振り向こうとしない。それもそのはず、彼の眼は、わたしのビニール・ポシェットに入った白象に釘づけになっていたのだ。

「ホウ、面白いものをお持ちですな。お土産ですか？　ちょっと拝見……」

　支配人の手が不遠慮にポシェットのほうへ伸びてきたので、わたしは思わず後ずさった。

「これはだめです。大切な預かりものだから」

「おや、そうですか。その剣幕では、よほど価値あるものなのでしょうな。たとえば、人が命を賭けるほど……」

支配人は囁くように言いながら、ゆっくりサングラスを取った。褐色の肌の中に異様な白眼が浮かびあがり、一瞬彼は盲人なのじゃないかしらと思ったけれど、すぐに、白眼の中に薄い銀色の瞳が存在していることに気づいた。その不気味な瞳に見つめられると、わたしの頭の中に奇妙な痺れが生じ、不快な気分に襲われた。

「いずれ、あなたの手もとを離れるときがくるかもしれませんな。ま、せいぜいお気をつけなさい」

彼が笑った。今度は白眼ではなく、まるで半月に割ったスイカのようにゆるんだ彼の口もとだけが、闇の中に浮かんでいた。そう、『不思議の国のアリス』に出てくるチェシャ猫のように、それだけポッカリ浮かんでいる〝ニヤニヤ笑い〟が、そこにあった……。

わたしは支配人の態度に腹を立て、彼に背を向けると店を出ていくことにした。さっきの火吹き男はどこかに消えていて、ステージの上にはデヴィル仮面たちだけが立ちつくしていた。仮面に隠れてよくわからなかったけれど、彼らの視線がわたしの背中を追いかけてくるように思えた。わたしはふらつく足どりでドアを押しながら、さっきのテーブルのチキンは、ウェルダンになったかしらと、妙なことが気になった。

白い象牙のボディ、胴と耳と鼻の部分には純金が貼りつけられ、その上には、ダイヤ、サファイヤ、ムーンストーンなど、さまざまな宝石がちりばめられている。背中の輿には大切な〝仏歯〟が納められているのかしら。わたしには、この手のひらにすっぽり納まってしまう小さな白象に、世界を支配するようなすごいエネルギーが秘められているとは、とても思えなかった。

わたしは、《ルンビニー園》ホテルの自室に戻っていた。白いシルクのパジャマに着替え、ベッドの上で、こうして手の上のちっぽけな白象を眺めていると、半日の間に起こったさまざまな出来事が、まるでぜんぶ夢であるかのような気がした。でも、事実、手の上には白象が載っているし、わたしの前髪は、ほんの数本だけど、焦げてチリチリになっている。

早起きして、この白象をエンジェルズ・ピークへ届けたら、明日一日、おじいさんとの約束を果たせば済むこと。

わたしは肩をすくめてつぶやいた。そう、みーんな忘れて、今度こそ勉強に精を出そう。

「仕方ないね」

大きなため息をひとつつくと、わたしはヴィデオ・カメラのタイマー式オート・スイッチをオンにして、メディテーション・ダンスをはじめた。これはわたしが考案したダンスだった。静かな音楽にあわせながら、独特の呼吸法で流れるように踊ると、精神と肉体のバランスがよくなって心身ともにすごくリラックスできるのだ。ときどきこうしてヴィデオに撮り、あとで観ながら振り付けを直したり呼吸法をチェックしたりするのだ。眼をつぶりながらこのダンスをしていると、まるで自分が、誰もいない宮殿か寺院のなかで、気ままに踊っているような気分になり、とっても心が落ち着いてくる。

心の平静が戻ってきたところで、ベッドにもぐりこんだ。窓の外ではさっきから奇妙な鳥が羽ばたいている。せわしなく翼をバタつかせている不気味な黒い鳥……。わたしは気になってベッドから飛び出した。――ああ、あれは蝙蝠だ。うー気味悪い。わたしは、おじいさんから貰ったお札のことを思い出して、窓と扉に貼りつけることにした。これで万が一、疫霊みたいな連中が本当に存在するとしても、入って来られないだろう。わたしはすっかり安心すると、ベッド・サイドの小卓に、白象と日本から持って来た招き猫の小物入れを並べて置いた。この猫の小物入れ、背中にファスナーがついていて、中にクシを入れたりキャンディを入れたりしているお気に入りのグッズなのだ。この猫君も、きっと白象を守ってくれるでしょう。わたしは安らかな気持ちになり、昼間の疲れも手伝って、すぐに眠りに落ちていった……。

夢の中で、わたしは白象の背中に揺られながら微笑んでいた。するとあたりが急に暗くなり、わたしはいつの間にかモンスターたちにとりかこまれていた。大蝙蝠、デヴィル仮面、火吹き男……。そして、あの怪しい支配人――パム・ヴィーラが、銀色の不気味な瞳を輝かせながらニヤリと笑っているのが見えた。手に鋭いナイフを振りながら狙っている……助けて、誰か、ママ、おじいさんッ……。

悪夢から醒めると、薄い虫よけの蚊帳を通して、白い天井のシミが見えた。どうしてママは起こしてくれないんだろう、学校に遅刻しないかしら？　しばらくわたしは寝ボケた頭で考えていたが、部屋にただよう独特の臭いで、自分が異国の地へ来ていることを思いだした。そうだ、きょうはエンジェルズ・ピークへ出かける日じゃないの。いつまでもぐずぐずしていないで起きなければ……。わたしはベッドの中でもぞもぞしながら、そばの小卓に手を伸ばした。

白象が失くなっていた。

手に触れたのは、招き猫の小物入れだけだった。わたしはバネで弾かれたようにベッドの下やらスーツケースの中、果てはくず籠の中まで、大あわてで探した。でも、白象は影も形も見えない。眠っている間に盗まれてしまったのだ！　わたしはオロオロしながら、扉と窓のほうを見た。両方とも内側からしっかり錠が掛けられている。それに、あの魔よけのお札もしっかり貼られたままだ。どうしてこんなことになったの？　いったい、どうやって……。お札の神通力は効かなかったのかしら？

突然、部屋の扉をガリガリひっかく音がした。わたしはハッとして、テーブルの上にあった花びんを摑むと身がまえた。まるで猛獣の鋭い爪がひっかいているような音だ。わたしは自分の神経までひつかかれているような気がして、緊張に脚が震えた。

「誰なの——入ってきたら、ひどいわよッ！」

外の怪物はなにも答えず、そのかわり扉をひっかく音がぴたりとやんだ。シンと静まりかえった扉を見つめていたわたしの眼に、信じられない光景が映った。しっかり掛けられたはずの錠が、ひとりでにスルスルと動きだしたのだ。花びんを握りしめたわたしの手に思わず力がこもった。

扉が開くと同時に、得体の知れない影がうずくまっているのが見えた。わたしは手の花びんを、そいつに思い切り投げつけた。扉の向こうの影はすばやく身をかわすと、恐ろしいジャンプ力で部屋の中へ飛びこんできた。花びんは敷居に当たって空しく砕け散った。影はわたしの頭を飛び越えると、ベッドの上にフワリと着地した。

そこにいるのは、大蝙蝠でも悪魔でもなかった。一匹の黒ブチの瘦せ犬が、片耳をぴんと立ててこちらを見ていた。

(怪シイ者デハ、アリマセン)

どこかで声がした。わたしは驚きのあまり、眼を十回ぐらいしばたいた。この部屋には、わたしとその瘦せ犬のほかは、誰もいないはずなのに……ひょっとして？

(ソウデス、ワタシガ話シテイルノデス。アナタノ心ニ直接話シカケテイルノデス)

「あなたは誰なの？」わたしはとまどいながら、やっと訊いた。

(ワタシノ名ハばうるじみーる・はきむ三世。大聖僧様ノ召シ使イデシタ)

わたしは、すぐに、その不思議な事態を理解した。

「あなた、テレパシーで話しているのね。その大聖僧様っていうのは？」

わたしはこのチビ助の侵入者にいくらか心を許しながら先をうながした。

（アナタガ、昨日市場デ、オ会イニナラレタ老人デス。仏陀(ブッダ)様ノ弟子デ、ソレハソレハ尊イカタデシタ……）

「まあ、それじゃ、お亡くなりになった、あのおじいさんの飼い犬ってわけね」

（ソウデス。大聖僧様ハ、捨テ犬ダッタワタシヲ育テテクダサッタウエ、素晴ラシイ能力マデモ、オ与エクダサイマシタ。デモ、昨日、疫霊ノ手ニカカッテ……）

　わんちゃんの目から、ひと筋涙がこぼれ落ちた。わたしは深く同情してうなずいた。

（ワタシハ、御主人様ノ敵ヲ討タネバナリマセン。ソレニ、大切ナ白象ヲ天穹界ニ届ケナケレバ……）

「そ、そう、それなのよ！　その白象が昨夜盗まれてしまったの！」

（エッ！）わんちゃんは尻尾をぴんと立てて驚いた。（魔ヨケノ札ヲ貼ッテオカナカッタンデスカ？）

「冗談じゃないわ。見てちょうだい。ちゃんと言いつけは守っていたのに、こんなことになってしまうなんて」

（オ嬢サン、コレハ大変ナ事態ナノデス）わんちゃんは深刻そうな表情でつづけた。（モシ、明朝ノ五時マデニ、えんじぇるず・ぴーくニ白象ヲ届ケラレナイ場合ハ……）

「届けられない場合は？」

（たいむ・りみっとデ、天穹界ハモウ一度コノ世ヲヤリ直スタメニ、全テヲ消シ去ッテシマウノデス）

「じゃ、地球は……？」

（ソウ、全テ蒸発シテシマウノデスッ！）

　そんなの困るわ。大切なわたしの両親や友だち、それになんの罪もない人たちまで消されてしまうなんて！　わたしは全身に冷や水を浴びせられたような気持ちになった。

（トニカク、手掛リヲ探シニ、ほてるノマワリノ捜査ヲシマショウ）

そう言うと、わんちゃんはベッドから跳び降り、二人、いや一人と一匹は、ホテルの周囲を手掛かりを求めて捜しまわった。一時間後、結局なにも発見できず、わたしたちは途方にくれてホテルの裏通りに立ちつくした。

「やっぱり、アイツの言うとおりになった」

（アイツトハ？）

わたしは、昨夜《魔王(ラーヴァナ)》レストランで起こったこと、怪しい支配人パム・ヴィーラのことなどを、かいつまんで話した。

（ソ、ソイツガ疫霊ダッタンデス！　奴ガ大聖僧様ヲ殺シタノデス。白象ハ疫霊ニ奪ワレタンダ！）

「えッ、パム・ヴィーラが疫霊？」

わたしが犬を相手に話しているのを、街の連中が目ざとく見つけたらしい。いつの間にか、わたしたちの周りには黒山の人だかりがしていた。

好奇心をあらわにしてわたしたちを見つめる眼、眼、眼……。

「お姉ちゃん、パム・ヴィーラのことを知りたいのかい？」

人垣の中から亀のように首を伸ばした子供が、スィンハラ語で話しかけてきた。

「そうよ、坊や。なにか知ってるの？」

「ウン、パム・ヴィーラはもうこの街にはいないよ。もとの棲み家に帰ったんだ。ボク、知ってるんだ」

「えッ、その棲み家はどこなの？　教えてちょうだい！」

「タダでは教えられない」

子供にしては油断のならない眼つきで、この子、抜け目のないことを言う。

「いいわ、何ルピーいるの？」

「お金、いらない。おとうちゃんがみんな取り上げちまう。その、なにか玩具(おもちゃ)がほしい……」子供は伏し目がちにつぶやいた。

なーんだ、他愛のない。やっぱり子供ね。わたしは急いで部屋に行き、日本から持ってきた招き猫を摑むと裏通りに戻った。子供は、ボクは女の子じゃないぞ、とでも言いたげな不服の表情をみせたが、しぶしぶ話しだした。

彼の話によると、この坊やは《魔王(ラーヴァナ)》のコックの息子で、パム・ヴィーラが、しばらくラトナプラ村近くの自宅に帰ると言っていたのを立ち聞きしたという。わたしは、その地名を聞いたとたんハッとした。ラトナプラといえば、エンジェルズ・ピークのあるところではないか。わたしは勢いこんでヴィーラの詳しい居場所を訊いたが、坊やは「住所までは誰も知らないよ」と言いはった。

「クラーク先生なら知っとるかもしれん」

わたしと子供のやりとりを見かねて、横から中年の男が口を出してきた。

「クラーク先生って？」

「ラトナプラに住んでる、外国人の偉い作家先生だ。なんでも、星やら遠い未来やらの話を書いとるらしい。クラーク先生が一度、ヴィーラのことを調べにこの街へ来たことがあるでの。クラーク先生なら多分、ヴィーラの居所を知っとるだろう」

ああ、その人の名前なら知っている。有名なSF作家で、わたしも彼の小説を読んだ覚えがあった。なんだか急に光明がさしてきたみたい。

「これはいいよいよ、ラトナプラへ乗りこまなければならないようね、バウルえーと、むにゃむにゃ三世」わたしはわんちゃんの方を見て言った。

（ばうるじみーる・はきむ三世！）

「寿限無みたいな名前ね。お前の名前を呼ぶたびに、いちいち舌をかんでるわけにはいかないのよ。犬はバウバウ鳴くからバウ之助でどう？　いい名前でしょ。わたしのことはまりンって呼んでちょうだい」

（……仕方ナイデショウ。今ハアナタガ御主人様デスカラ、まりン様）

バウ之助は不満そうな眼をしながらも、わたしの提案に同意した。わたしは部屋に戻って、例の探険用サファリ・シャツに着替えると、籐のバッグに歯ブラシやクラーク先生へのお土産用ヴィデオなどをつめ込んだ。――さあ、ラトナプラめざしてＧＯ！

しか〜し、わたしとバウ之助は、その時、ホテルの裏の人垣の中に、ひとつの凶々しい影が潜んでいたなんて、知るよしもなかったのだ。

人でいっぱいの満員列車に乗る。汗と香料の混ざったものすごい臭気をがまんしながら、揺られること二時間、ネゴンボの町に着く。そこからまた奥地へ。ラバの引く荷車をヒッチハイクして、左右に延々とつづく紅茶畑を眺めながら三時間ほど。その先は、ついに自分の足で密林に分け入り、虫に刺されながら、足が棒に腕が枝になるほど歩いた。でも、奮闘のかいあって、その日の夕方には、やっとラトナプラの村に着くことができた。

クラーク先生の家は、村のはずれにあった。植民地風の瀟洒なお家で、裏庭にはプールまで付いている。ただひとつ、まわりの風景と異質なのは、テラスの上に巨大な衛星通信用アンテナが立てられていることだ。周囲ののどかな雰囲気にさからうように、昂然と自己主張をしている。

表札を確かめてから呼び鈴を押す。しばらくして玄関に現れたのは、作家というより大学の先生といった感じの、知的でやさしそうなおじさんだった。でも、その紳士的な風貌とは不釣り合いなジャンパーを着ているのが、ちょっぴりおかしかった。ティーンエージャーが着るような銀色の派手なヤツなのだ。背中には赤く２０１０と数字が縫いつけてあって、なんだか０１０１（マルイ）の店員さんみたい。

わたしは下を向いて笑いをかみころした。

「おや、可愛いらしいお嬢さんにわんちゃんだね。なんの御用かな？」

クラーク先生は眼鏡の奥からいたずらっぽい好奇心をあらわにして訊ねた。

「わたし、まりンといいます。日本から来ました。あなたがパム・ヴィーラの行方をご存知と聞きましたもので」

「ほう、パム・ヴィーラのな」クラーク先生はちょっと考え込んでからつづけた。「よろしい、立ち話もなんだから中に入りなさい」

わたしたちが通されたクラーク先生のお部屋には、コンピュータやプリンタ、そのほかにも、わたしの知らないような機械がいくつも据えてあり、四方の壁には書籍のほかに、ヴィデオテープやＣＤの類いがたくさん収納されていた。さすがにＳＦ作家ねと、わたしは感心して、しばらく室内のものに見とれていた。

クラーク先生のつくってくれた、とってもおいしいココナッツ・ミルク・シェイクを飲みながら、わたしはこれまでにあったことを全て打ち明けた。クラーク先生は興味深げにあいづちをうっていたが、わたしの話が終わると、少し考えこんでからこう言った。

「本当に驚くべき話だね。しかし、こうしてテレパシーのできる犬を目の前にしては、信じないわけにはいかないだろうな」バウ之助はガラにもなく、テレたように耳を伏せた。

先生は話をつづける。

「確かにわたしは、一度パム・ヴィーラの調査をしたことがある。そこのバウ之助君が言うように彼が地下に棲む異生物であるとの確信を持ったからだ。だがね、彼の棲み家はわからずじまいのまま、ある事情から調査を打ち切らざるを得なくなってしまったのだよ」

「ある事情ってなんですか？」わたしとバウ之助は思わず身をのり出して訊いた。

「わたしの本業のほうの研究が、いよいよ大づめを迎えたからなんだ。わたしの調査によると、どうもこの近くの密林の中に、モノリスが建っているらしいのだよ。今夜、それを確かめに行かねばならんのだ」

「モノリス？　ああ、わたし知ってます。『二〇〇一年宇宙の旅』の中に出てきた不思議な柱ですね」

「ほう、あれ、読んでくれたのかね？」

「いいえ、映画で――」と答えて、しまったと思った。

クラーク先生は少しすねたような顔で、

「わたしの書いたアレの原作は読んでない人が多いから……」

「すみません、今度読みますから――」

「いや、短編だし……映画もヒットしたから、いいんだ」先生はすぐに気を取り直して、「――ともかく、そのモノリスなんだが、その正体は、不思議な宇宙の前哨でね。その秘密を知る者は、宇宙と生命の秘密を知り、新しい人類〝星の子供〟の誕生に立ち会うことができるのだ。どうだね、まりン君。モノリスのある場所はエンジェルズ・ピークへ行く途中だ。わたしといっしょに行ってみないかね？」

わたしはバウ之助と顔を見合わせた。パム・ヴィーラの手掛かりが途切れた以上、あとはもうエンジェルズ・ピークへ行って、天穹界に一心にお願いするほかない。――それに第一、タイム・リミットは明日の朝なのだ。たったひと晩で、この奥深い密林のどこにヴィーラを探し出せというの？

「わたし、いっしょに行きます。モノリスを見たあと、エンジェルズ・ピークへ行ってみます」

「おお、そうか。では善は急げで……」

クラーク先生がそそくさと席を立ちかけたとき、わたしは大切なことを思い出した。クラーク先生へのお土産のヴィデオテープがあったのだ。

「先生、これ忘れてました。お土産のヴィデオテープです。日本の特撮映画『ゴジラの逆襲』が入ってるんです」

「それは嬉しいね。わたしは特撮映画も大好きでね。モノリス調査までまだ一時間ほどある。さっそく観せてもらおうか」

クラーク先生は子供のようにはしゃぐと、テープをヴィデオ機器にセットした。それはプロジェクタにつながっている。テーブルのスイッチを押すと、スルスルと書棚が左右に分かれ、壁には巨大なスクリーンが現われた。先生がプレイ・ボタンを押すと、しばらくして映像がとび出した。

スクリーンには、見覚えのある部屋が映っていた。白い壁、ベッド、天井から垂れ下がっている蚊帳。……違うわッ、これは『ゴジラの逆襲』じゃない。わたしの泊まっていたホテルの室内よ。昨夜ダンスをしたときに、オート・スイッチも室内の照明も消し忘れたまま眠ってしまったんだわ。そのうえタイマーのセッティングまで間違えて。ヴィデオは、わたしがダンスを終えてベッドに横になったところから始まっていた。

「先生、ごめんなさい。わたし、けさ間違えて、昨夜撮ったプライベート・ヴィデオのほうを持ってきちゃったらしいんです」

「フム、そうか。いや待てよ、いいじゃないか。じっくり観てみよう。ひょっとするとこのヴィデオに、白象泥棒の犯人が写ってるかもしれんよ」

そうだ、クラーク先生の言うとおりだ。ヴィデオのまわっていた一時間の内に、もし犯行があったのなら、きっとその一部始終が映されているはずだ。

(消失ノ謎ガ解ケルカモシレナイ！)

バウ之助が興奮して尻尾を振った。

……十分、二十分、室内ではなにも起こらない。早送りにしたい気持ちをおさえながら、わたしたちは固唾（かたず）を呑んで、忍耐強くスクリーンに見入っていた。

四十分を過ぎたころ、突然電話のベルが鳴り、まるでそれがなにかの合図でもあるかのように、スクリーンの中のわたしがムックリ起きあがった。どうして？　わたしには全然覚えがないのに！

スクリーンの中のわたしは、眼をとじたままベッドの横に立つと、ゆっくりと小卓の招き猫を掴みあげ、背中のファスナーを開けた。そして今度は、白象を取り上げると、スッポリその中へ入れてしまったではないか！

――今、すべてがわかった。わたしが犯人――だったのだ！

(疫霊ノ時限催眠ダ！)バウ之助が叫んだ。

「そうだ、パム・ヴィーラの妖術のひとつだ」先生が即座に応じる。「《魔王（ラーヴァナ）》で奴の眼を見たとき、君は邪悪な術にかかった。ヴィーラは魔よけ札で室内に入れないことがわかると、電話のベルをキッカケにして、君に仕掛けた時限催眠のスイッチをオンにしたのだ。催眠状態に陥った君は、白象を猫の小物入れの中へ押し込んだ……」

「そうすると、あッ、あの猫は子供にあげてしまった！」

「そうか、もう手遅れだろう。多分、その子供はヴィーラに操られていたか、あるいは欺(だま)されて白象を渡してしまったに違いない。ひょっとすると、もう殺されて……」クラーク先生は沈痛な面もちでうつ向いてしまった。

「でも、どうしてそんなことを？　《魔王(ラーヴァナ)》で奪おうと思えば簡単にできたでしょうに」

（疫霊ハ、アナタヲ恐レテイタンダ。大聖僧様ガ頼ムクライダカラ、キット、スゴイ能力ヲ持ッタ娘ダロウト……）

ああ、なんてひどい誤解なんでしょう。わたしはただの平凡な音大生。そんな恐ろしい力が備わっているわけがない。そのために罪のない子供がひとり……。それを思うと、わたしの内にムラムラと怒りの感情が湧きあがってきた。明朝までに、なんとしてでもヴィーラを見つけ出し、白象を奪い返さねば！

シダを踏み、からみつくツタをナタで切りはらいながら、わたしたちは密林の最深部に分け入っていった。クラーク先生はコンパスを見ながら緊張に顔をひきつらせている。いよいよモノリスに近づいてきたのだ。三階建てのビルほどもある巨大なヤシの林を抜けると、突然、せまい公園ほどの窪地に出た。

そこにモノリスがあった。窪地の中央に、ひっそりと黒い石柱が建っていた。

「おおッ、やっと見つけたぞ！」

クラーク先生は昂奮で声をうわずらせ、わたしたちはモノリスのそばまで走り寄った。

モノリスは大人の背たけぐらいあった。大きい墓石のような物言わぬ漆黒の柱。石とも金属ともわからない材質の盤の表面には、なにやら文字が刻みつけてある。わたしたちは顔を寄せあって、その文字に見入った。

――Pem Vira(パムヴィーラ)ここに眠る――

「ち、違う、これはモノリスじゃない！」

クラーク先生の叫びと同時に、わたしたちの足元を地震のような揺れが襲った。柱の手前の土がムクムク盛り上がると、突然、土くれが飛び散り、漆黒の怪物が飛び出した。

墓石の上にヴィーラが立っていた。まっ黒なマントに身をつつみ、左手に白象を、右手には奇妙なまだら模様の笛を持っている。わたしたちを見おろしながら、ヴィーラが口を開いた。

「ようこそ、わが家へ。昨夜は失礼しましたな、まりンお嬢さん」

「やっぱり、あなたが盗(と)っていたのね。あの子はどうしたの？」

「可哀そうだが……、言うことを聞かなかったものでな」ヴィーラは残忍な笑いを浮かべた。

「まあ、なんてひどいことを。許せないわ。さあ、その白象を返してちょうだいッ」

わたしが叫ぶと同時に、こらえきれなくなったバウ之助が、牙をむいてヴィーラに飛びかかった。ヴィーラは軽く身をかわすと、手の笛を唇にあててひと吹きした。バウ之助は「ギャン」と悲鳴をあげると、即座に地面にたたきつけられた。

ヴィーラが笛を吹くと、この世のものとは思えない恐ろしい騒音の波がわたしたちの耳を襲った。人間の神経を痛めつけるあらゆる騒音、そして死者の呪いに満ちた叫び声……それらの音が凶々(まがまが)しいエネルギーとなって、わたしたちの脳にキリキリと突きささる。耳を被っても無駄だった。凶音は鼓膜などとは関係なしに、直接わたしたちの神経を冒していくのだ。

「や、やめてちょうだい……あなたがそれを返さないと……世界支配どころでは……なくなるのよ……」わたしはやっとそれだけ言うと、ガックリ膝をついた。

鳴りだしたときと同じように、突然笛の音が止んだ。ヴィーラは疑ぐり深そうにこちらを睨みながら訊ねた。

「そいつは、どういう意味なんだ？」

わたしは頭痛に涙ぐみながら、明け方の五時までに白象を天穹界に返さないと、世界支配どころか、この地球そのものが消えてしまうという話を訴えた。

疫霊は少し首をかしげて思案してから、

「フーム、どうやら嘘ではなさそうだな。以前、サタン様からもそんな話を聞いたことがある。地球がなくなってしまうのでは仕方がない。白象を手に入れるのが少し遅すぎたようだな。だがな、ただで返すわけにはいかんぞ。わしら疫霊の一族は、世界支配が至上の夢だったんだ。わしらの棲んでいるこの暗い地面の下はな――」ヴィーラは墓の前にポッカリあいた穴を指さしてつづけた。「そこは、今、お前たちが苦しんだような、世の中のあらゆる呪いの声、凶音に満ち満ちておるのだ。その音にさいなまれながら、わしらは生きるでもない、死ぬでもない、呪われた毎日を過ごしてきた。この白象さえあれば、わしらは地上を支配し、自分らだけ幸せに暮らしている地上の奴らを、地獄の底へ落とすことができたのに……。まあ、仕方ない。白象は返してやろう。ただし、ひとつ条件がある」

「それは、なに？」

「お前の血がほしい、ほしい」ヴィーラはいやらしい舌なめずりをしながら、黄色い二本の牙をむき出しにした。

「いかん、まりン、その穢(けが)らわしい吸血鬼に君の命をやることはない！」

クラーク先生がわたしをかばうようにしてヨロヨロと立ちあがった。

わたしは決然と答えた。

「いいんです、先生。白象が戻らなければ地球は大変なことになるんです」わたしはヴィーラをしっかり見すえて言った。「いいわ、ヴィーラ、わたしの血をあげましょう。でも、今はだめ。四時半にクラーク先生の家の裏のプールまで来てちょうだい」

「なぜ、今じゃだめなんだ？」

「わたしにも、心の準備をする時間ぐらいくれてもいいでしょう。逃げも隠れもしないわ」

疫霊は、下卑た笑い声をあげた。

「ウィッヒッ、勇敢なお嬢さんだ。よかろう、心の準備でも遠足の準備でも勝手にするがよい。ただし、逃げだす準備をしても無駄だぞ。――それでは、四時半に参上する」

言うが早いか、ヴィーラの姿は宙空に消え、ヤシの林の間をいやらしい蝙蝠が飛び去っていくのが見えた。わたしはほっと息をついて、肩の力を抜いた。意識をとり戻したバウ之助が、悲しそうに鼻を鳴らしながら、わたしの脚にすり寄ってきた。

「奴は単なるゾンビや悪霊ではなかった。疫霊の中でも最もたちの悪い吸血鬼の一変種だったんだ」クラーク先生が眼鏡を人差し指で押さえながら言った。「奴の名前にもっと早く気づくべきだった。墓にあったPem Viraの文字を並びかえるとVampire（吸血鬼）になるだろう」

クラーク先生の部屋で話し合いながら、わたしたちは重苦しい雰囲気につつまれていた。ヴィーラとの約束の時間までにあと十五分しかないのだ。

「奴に噛まれたら最後、君も生死の間をさまよう穢らわしい疫霊に身を落とすことになるんだよ」

（ソウダ、まりン様、ニンニクモ十字架モ勝チ目ハナイ。奴ノ魔笛ハ恐ルベキ武器ナノデス）バウ之助もクラーク先生におとらぬ心配顔でまくしたてる。

「そう、バウ之助君の言うとおりだ。あの笛はこの世のあらゆる凶音を破壊エネルギーに変え、われわれの脳細胞を冒すのだ。君はたとえ血を吸われるのをまぬがれたとしても、精神を病んで一生を過ごすことになるだろう。逃げるんだ、まりン」

「みんなありがとう。わたしのことを心配してくれて。でも、かけがえのない地球にくらべたら、わたしひとりの命なんてちっぽけなものよ。わたしは大丈夫。もう決心したんだから。それに、ちょっと考えがあるの。……クラーク先生、ひとつお願いがあるんですが……」

わたしは、さっきふと思いついたアイディアをクラーク先生に話した。先生は「それはたやすいことだが……」と言いながらも、まだ半信半疑の面もちで腕組みをしていた。しかし、もう時間がない。すでにダイスは投げられたのだ。

……四時二十五分。約束の時刻まであと五分。夜が白々と明けてきた。これ以上陽が昇るとヴィーラも出てこられなくなる。奴は約束の時刻にはきっと現れるに違いない。

わたしは、クラーク先生宅のプールサイドにオルガンを一台据えてもらい、その前に坐って、じっとヴィーラが現れるのを待った。天穹界のタイム・リミットまでの時間も、あと三十分ほどしかない。果たしてわたしは、ヴィーラに打ち勝ち、あそこにたどり着くことができるのだろうか。庭の繁みの向こうには、巨大な岩のプリンみたいな形をしたエンジエルズ・ピークが見える。

家の窓からは、バウ之助とクラーク先生が心配そうにこちらを見守っている。二人とも、会ってからまだ三日とたっていないのに、永年つき合ってきた友だちみたいな気がする。そうだ、まりン、頑張らなくては。大切な友だちや日本のパパとママのためにも。なんとしてでも白象を取り返すのだ。そう思っているうちにも時は刻々と過ぎていった。二分前、一分前、四時三十分ジャスト！

――突然、目の前のプールが泡だち、ものすごいしぶきとともに巨大な水柱が現れた。水柱は次の瞬間、左右に砕け散り、水中から水滴をしたたらせたヴィーラが姿を現した。

「ブヴァーファ、お嬢さん、決心は変わらなかったとみえるな。良い心がけだ。それでこそ闇を領する帝王の花嫁にふさわしいというものよのう」ヴィーラは好色そうに赤い舌をチロチロ出しながら、わたしのほうへ一歩踏みだした。「さあさ、おぬしの清らかな血を……」

「いやよッ！　誰があなたの言うとおりになんかするもんですか」

「おやおや、女心となんとやらだな。いいだろう、凶音で頭を混乱させて、骨抜きにしてから、ゆっくり生き血をいただくこともできるんだぞ」ヴィーラはそう言うと、腰にさした魔笛を抜きとり唇にあてた。

わたしは眼をつぶった。まもなく恐ろしい凶音の嵐がわたしの脳髄を襲い、あらゆる濁悪の声がわたしの神経を冒しはじめた。わたしは頭痛と吐き気を必死でこらえながら、オルガンの鍵盤に指を置いた。

最初の荘重なD音があたりに鳴り響いた。そして、美しい鎮魂のメロディが流れはじめた。フォーレの《レクイエム》だ。モーツァルトのもヴェルディのも激しすぎてだめ。フォーレの清澄で美しいメロディがこの場にはふさわしいのだ。死者の魂を慰める、慈愛に満ちた鎮魂の歌。わたしは朦朧となりながらも、最後の気力をふりしぼってこの曲を弾きつづけた。心をこめて祈るように……。

清らかなメロディにつつまれたヴィーラは、愕然としたように眼をむいてこちらを見ると、「ギャッ！」と叫んで耳をおさえた。手からは魔笛がすべり落ち、ゆっくりとプールの水底に消えていった。

やっぱり思ったとおりだ！　わたしたちが凶音に弱いように、恐ろしい音の中にひたっている疫霊は、美しい音、聖なる調べに弱いのだ。ヴィーラはプールサイドに倒れ、のたうちまわりながらも、まだ白象を放そうとしない。

《レクイエム》の最終第七曲、《楽園へ（イン・パラディズム）》の分散和音を弾き終わらないうちに、勝負はついた。ヴィーラの手から白象が転がり落ち、彼の全身が痙攣（けいれん）したかと思うと、ぐったり動かなくなった。

たまらずに、クラーク先生とバウ之助が家から飛び出し、わたしといっしょにヴィーラのもとに駈け寄った。

ヴィーラは耳から青い血を流し、かすかに息をしていた。わたしは急にとんでもないことをしてしまったという気持ちに襲われた。

「ああ、やっぱり大聖僧様の言うとおりになってしまった。わたしの心に殺意（マリス）が宿ってしまったんだわ。とうとうわたしは『不思議の国のマリス』になってしまったんだわ。こんなはずではなかったのに。殺すつもりはなかったのにッ！」

ヴィーラが、やっと薄眼をあけて言った。

「負けたよ、お嬢さん。白象は返そう。それから、そんなに自分を責めるものではない。わたしはお前に殺されたのではない。救われたんだ。もう、生死の間で翻弄（ほんろう）されることも、濁悪の手先としてこき使われることもない。……わたしは滅んで無に還る。もう、あの凶々しい音に満ちた暗い穴ぐらに帰ることもないんだ……ありがとう。お前さんの弾いた曲は美しかったよ……」

ヴィーラの眼から青い血の涙が流れた。その涙が地面にしたたり落ちないうちに、彼の身体は灰燼（かいじん）となり、彼の存在は永遠にこの世から消え去ってしまったかのように見えた。

七回転び、八回起きあがった。手を泥だらけにして膝小僧をすりむきながらも、走って走って走りぬいた。汗が額を伝って眼に入り、エンジェルズ・ピークがにじんで見えた。近いように見えた聖地には、なかなかたどり着くことができなかった。いちばん速いバウ之助は百メートル行くごとに立ち止まって、早く、早くとわたしをせかす。いちばん遅いクラーク先生はもうへとへとで、右にふらふら左にふらふらとよろけながらも、必死の形相でついてくる。

タイム・リミットまであと十分。もうほとんど夜が明けかけている。あちこちの道端でニワトリが鳴きはじめた。ああ、ここで遅れたら、今までの努力が全て水の泡だ。走れ、まりン、走れ！　ゴールはもう目の前よ！

遠くからは巨大な岩のプリンのように見えたエンジェルズ・ピークは、近くで見ると、天使のプリンどころか、まるで悪魔の背びれのようにけわしい岩壁だった。わたしはクラーク先生のお尻を押しあげたりしながら、岩登りを始めた。あと三分。ああ、早くしなけりゃ。――時間よ、どうかゆっくり進んでくださいな！

もう、膝がサビついた蝶番（ちょうつがい）にでもなったんじゃないかしらと思ったとき、急に視界がひらけた。とうとう頂上（ピーク）に着いたのだ。五時まであと十六秒！　助かった！

「お待ちしておりました、まりン様」

頂上の石のテラスには、美しい祭祀（さいし）衣装を着けた三人のスィンハラ人が立っていた。楽器を抱えている者もいる。

「わたくしどもは、ラトナプラの三楽献師（がくけんし）です。大聖僧様のお言いつけで、天穹界へ献音をするためにまいりました」

そう言い終わると、三楽献師は勢いよくリズムを叩き、踊りはじめた。それは、バイラに似て、とてもポップで親しみやすい音調であるうえ、素直に赤ん坊のころに戻れるような素朴で心地よい音楽だった。わたしもつられて、つい踊りだしてしまった。

浮かれながらバウ之助とクラーク先生のほうを見ると、二人とも顔を赤くしていた。いやだわ、お酒でも飲んだのかしら。ン？　それにしては妙な具合ね。

空を見あげたわたしは、思わず驚きの声をあげてしまった。空の雲は紅を流したように、まっ赤に染まっている。三楽献師のリズムはそれに応えるかのように最高潮に達していた。いつのまにか、数人の村人たちも頂上に上がってきていて、しきりに東の雲の彼方を指さしている。三楽献師もとうとう踊りを止めて、そちらのほうを指さしはじめた。

東の彼方の雲が割れ、巨大な半透明の手が現われた。一本一本の指が、およそ東京タワーの脚柱ぐらいの大きさだ。巨大な手は、大きさに似合わぬ優雅な動きで、なにかを投げるような仕草をした。

その、投げられた小さな物体は、ひたすらひれ伏す村人たちの頭上を越え、わたしの目の前の宙空に浮かんだ。美しい銀色のお皿だった。

皿の底には球形の三つの脚が付いている。

「この、ちっちゃなベイビーUFOに白象を載せろというのね」

わたしは銀のUFOに白象を載せてやった。白象が盤に触れると、クーンという澄んだすてきな音があたりに谺（こだま）した。UFOはピリピリ震えると徐々に上昇し、わたしの頭上で嬉しそうに二度旋回すると、もと来た東の空に吸い込まれるように去っていった。あの巨大な半透明の手は、すでに雲間に隠れ、影も形も見えなくなっていた。

「これでいったん白象は天穹界へ戻り、あらためて救世の聖者が地上から選ばれるわけか。聖者……選ばれし者……〝星の子供（スターチャイルド）〟……新人類……ウム、わたしが目撃したのは、ひょっとして吸血鬼の墓などではなく、本物のモノリスだったのかもしれんぞ……」

クラーク先生がまた理屈をこねている。わたしはもう、モノリスも天穹界もどうでもよかった。これで地球は助かったのだ。最後まであきらめないでよかった。わたしは至上の幸福感で胸がいっぱいになった……。

いつのまにか、周囲には誰もいなくなっていた。三楽献師も、村人も、クラーク先生やバウ之助の姿も見えなかった。そこはエンジェルズ・ピークではなかった。広い広い緑の芝生がつづき、目の前にはハスの浮かぶ小さな美しい池があるだけだった。

池のほうに歩きだすと、ドレスの裾が脚に触れた。知らないうちに、わたしはオレンジ色のサリーを着ていたのだ。頭には同じ色のターバンを巻いている。まるで何も着てないかのような軽くて優しい肌ざわりの衣装に、わたしはなんだか嬉しくなってしまった。

池のほとりに着くと、色とりどりの花が咲きみだれていた。その花々が、わたしがまばたきするたびに色を変える。赤は黄に、黄は青に、青は紫に……パッパッと色が変わってとってもきれい。わたしはハスの花を一輪髪に挿すと、眼を閉じた。とてもすてきな平和の園。今までに味わったことのないような喜びと陶酔感が胸を満たし、わたしはしだいに眠くなっていった……。

白い天井のシミには記憶があった。薄い虫よけの蚊帳を通して見る天井。前にもたしか眺めた覚えがあった。

わたしは、《ルンビニー園》ホテルのベッドの中で目醒めた。白いシルクのパジャマと白いわたしの部屋。わたしは頬をつねってみようとして手をあげかけたが、すぐに下ろしてしまった。そんなことをしなくても、これが現実だってことはすぐわかる。

「ああ、あの大冒険はすべて夢だったのかしら?」

わたしはがっかりしてつぶやいた。部屋の中を見まわしたが、大冒険の証拠となるようなものはなバウ之助が、その場にひれ伏して、そう言った。
（オ目醒メノゴ気分ハ、イカガデスカ、まや様？）
まりンでも、不思議の国に迷い込んだマリスでもなく、ある重大な役割を果たすために、この世に生を受けてきたのだということを悟った。
わたしは白象の夢を観たのだ。そのことに思い至った瞬間、わたしは、自分が日本から来た大学生の
しばらく考え込んでいたわたしは、突然あることに気がついた。たとえすべてが夢だったとしても、
それとも現実なの？
わたしは、その花を手にとり、いっそう混乱してしまった。いったい、これは……？　夢なの？
鏡の中のわたしの髪に、少し萎れかけたハスの花が挿さっていた。
ね。わたしは、しょんぼりとベッドのそばの鏡に映る自分を見つめた。
くびをした。話しかけてもこない――なんだ、ただの犬じゃないの。やっぱり、すべては幻だったの
バス・ルームから出て来たブチの痩せ犬は、わたしのほうをキョトンとした顔で見ると、大きなあ
「バウ之助、そんなところでなにをしているの？」
黒ブチの細い尻尾。あ、あれはバウ之助じゃない!?
ため息をつきながらベッドに腰をかけると、バス・ルームの扉の陰に、なにか動く気配がする。白
にもなかった。

――Fade Out――

ラッキー・ハードボイルド

（販促編 with ラッキーストライク）

コラボ小説集

「ラッキー・ハードボイルド」……『LUCKY STORY』（ラッキーストライク販促／一九八六年）所収

煙草の販促品にも小説を書いていた。今回、読み返してみて、「おや、またこのパターンか」と思ったら、ラストのサプライズでびっくり。見事に自分の仕掛けた詐術に引っかかってしまった。本作を書いて十年ほど経ってから、突然自宅に電話があって、「この作品に惚れ込んでいるので、全文を自分のブログに掲載させてくれないか」という申し出があった。こんな、作者も忘れているような小品を気に入ってくれたのは嬉しかったが、ブロガーの方には、「全文掲載」は著作権上の問題があるという理由で、ご辞退申し上げた。そのブロガーの方は、多分、本作のエンディングにやられたのかもしれない。当時は、本作のアイディアを長編で書こうと思っていたし、アイディアの一部は短編「半熟卵にしてくれと探偵は言った」（『モンスターズ』所収）で流用しているが、伏線とオチの照応という点では、この掌編の切れ味に軍配が上がるかもしれない。

扉口に立って、トレンチ・コートの雫を軽く払いながら、汚れた看板を見あげる。

《Lucky Loser》（幸運な負け犬）

こんな吹き溜まりみたいな田舎町のバーにしては粋な店名だ。私は皮肉っぽく笑うと、ペンキのはげかかった扉を押した。

薄暗い店内。ボソボソと囁いているジューク・ボックス。バターとコーンのかすかな匂い。客は奥のボックスで酔い潰れている老人がひとり。……まるで、外でそぼ降る雨が壁にしみ込んだような陰気さだ。こういう店で気をゆるすことはできない。私は店内をゆっくり見わたすと、油断のない足どりでカウンターの方へ向かった。

いちばん端の椅子に坐る。新聞を読んでいたバーテンダーが大儀そうに顔をあげた。灰色熊の身体に禿げ鷹の頭が載ったといった感じの中年男だった。

私はコートのポケットから煙草を取り出すと、一本口にくわえた。茶色い吸い口のラッキーストライク。

私は紫烟をくゆらせながら考える。なぜ、昔の私立探偵たちは茶色い吸い口の煙草を好んだのだろう。マイク・ハマーのラッキーストライクとか……。私の理由は決まっていた。それは、ブン殴られて唇を切った後にくわえても、血の跡があまり目立たないからだ。多分、他の連中の理由もそんなところだろう。私は白い吸い口の煙草に血や口紅の跡が残っているのを見るのを好まなかった。

「何にします？」バーテンダーがカウンターの上の煙草を珍しい虫を見つけた子供のように眺めながら言った。

「ワイルド・ターキィ。ダブルで」

バーテンダーはますます愉快そうに眉をつりあげて言った。「ほほぅ、バーボンをねえ……。そいつはかまわんが……」

カウンターに置かれたのは、グラスになみなみとつがれたミルクだった。

「あんたには、こいつがお似合いさ。どうせジョシュの件で探りに来たんだろう。そんな奴にはこいつでたくさんだ！」

バーテンダーは言うが早いか、カウンター越しに岩のようなパンチを繰り出してきた。

拳は私の唇をかすめ、煙草を弾き飛ばした。私は半身をのけぞらせ、椅子から立ちあがりざま、左のストレートを放った。

そいつが、身を乗り出したバーテンダーの顎にヒットした。骨が砕ける鈍い音。

ラッキー・パンチだった。

無理な体勢から放ったにしては、ラッキーな一撃――。バーテンダーはカウンターの中であっけなく頽れた。

私をナメる奴はみんなこうなる。

ラッキーストライクを吸ってなぜ悪い？

バーボンを注文してどこが悪い？

私はコンパクトを取り出すと、奴の拳がかすった唇のルージュをひき直した。

――女だからって馬鹿にすると、ラッキー・パンチを喰うことになるよ、あんたも。

ソウル・マジックを信じるかい？

コラボ小説集
（テーマパーク編 with 韓国ロッテワールド）

「鳥を飼う男」同様、三十年ぶりの収納庫開錠で出てきた作品（『BRUTUS〈ブルータス〉』一九八五年二月十五日号）。

本書収録の経緯はこうだ――まず、収納庫から、本作の手書きの原稿を発見。早速読んでみたところ、冒頭のワン・シーンは思い出したものの、中盤からは、作者本人も先が読めない二転三転の展開で、面白く読み通すことができた。だが、掲載誌が見つからなかったので、当時の編集担当の森永博志さんに電話したところ、タイトルを口にしただけで、即座に「あれ、面白かった、凄かったよ」と、作者も忘れていたシーンやプロットもすらすら喋り出すではないか。森永さんは掲載誌も保管していて送ってもらうことに。そうした森永さんの言葉に背中を押され、本書の初校ゲラ出校時の最終ミーティングの席で、講談社担当都丸尚史氏と実務担当の藤原組長に本作の話をしたところ、二人とも強い興味を示したものの、その時点で四百ページを超える大部の本になっていたので、収録は見合わせ、《メフィスト》誌に「未収録作」として掲載することに……それから三日後、都丸氏からメールが届き、本作（と「鳥を飼う男」）を『ミッドナイツ』に収録しないというのは、編集者としてもミステリ・マニアとしても残念すぎる」という文面と共に、藤原組長が国会図書館から探し出してきた掲載誌を元に文書データ化したものが添付されていた。メール本文には印刷日程などのぎりぎりの進行調整も記されている。作者本人も唖然茫然、二転三転の展開である。しかし、新旧三人の名編集者の熱意に後押しされて、ゲラ読みを中断、雑誌掲載時の三倍の長さに加筆・改稿の上、収録することになった次第。

ジャンルとしては《純正ＳＦ》と言いたいところだが、例によって、ミステリ・恋愛・幻想（ファンタジー）の要素を詰め込んである。企画的には――『BRUTUS』の《韓国・ソウル、完璧ガイド》特集のページに掲載されたものだ。掲載誌を仔細に読んでみて驚いた。小説に添えられた《空想都市建設計画》と題された特集記事には、八八年完成予定の空想都市・仮称《ロッテ・ランド》の概要がイラスト・写真入りで記されている。この計画が、八九年完成の《ロッテワールド》として実現するわけだから、本作での私の《コラボ》（森永さんによるとタイアップではないとのこと）相手は、何と《テーマパーク》ということに相成った。

誠に不思議な惑星直列の《奇偶（シンクロニシティー）》現象により、台割決定後に発見された、書いた本人が忘れていた三作品（もう一作は巻頭を飾る「夢魔で逢えたら」）が、『ミッドナイツ』の「目玉」となるべく、ここに集成されることになった。

I

「ねえ、ねえ、ソウル・マジックって知ってる？」

「こうなったら、あとはソウル・マジックを信じるしかないぜ……」

そんな噂がマンハッタンのあちこちで囁かれていた。私がそれを耳にした場所は、国連本部ビルの三十六階であり、ソーホーの画廊であり、ＣＢＧＢの楽屋であり、タイムズ・スクエアのゲームセンターであり、ウォール街のエリートがトリプル・エスプレッソで目を覚ますカフェだった。噂をしている連中も種々雑多、来月の選挙を気に病んでいる上院議員から、安ホテルのロビーで悪態をつくジャンキー娼婦まで、あらゆる連中が《ソウル・マジック》という言葉を口にしていたのだ。しかも、彼らはその合言葉を、呪文を唱えるように秘密めかした表情で囁いた。

ネットで検索しても、引っかかる項目は、《ソウル・マジック》の正体を問うものばかりで、そこに答えはなかった。当初はエクスタシーやマジック・マッシュルームのようなドラッグの一種かと思い、知り合いの87分署の刑事に聞いたこともあったが、例のメキシコの壁の一件以来、ニューヨークに出回るドラッグは激減、そんな新種の出物があるとは知らないという。

そんな風に、二十一世紀半ばのニューヨークの街は閉塞状態にあったから、心の避難所（シェルター）を失った人々には、そこから抜け出すための合言葉――「開け（オープン）、胡麻（セサミ）！」が必要だったのだ。

そう、この大都市には、今、いくつもの暗い影が落とされていた。

一つは未知のウィルスによる疫病の恐怖。二年前に発見された中南米起源と思われるこの疫病について、CDC——疾病管理予防センターとフランスのパスツール研究所が必死に研究した結果、次のようなことがわかった。未知のウィルスは感染した当初はおとなしく潜伏しているが、そこに血中のエチル・アルコールが加わると、ある酵素と結びついて活性化、エチル・アルコールと共に脳のドーパミン神経系に悪影響を与えると。つまり、普通は、酒を飲むとエチル・アルコールの作用で神経伝達物質ドーパミンが放出され、人は幸福や快楽を感じる。それが、酒を飲むとウィルスによって、逆にドーパミンが阻まれ、人間の脳は抑鬱状態となり、遂には認知症まで引き起こすというのだ。

そこで、二つ目の影が差す。そのウィルスによる発症に恐怖を覚えた有力市議会議員（断酒会経験者）と厳格なメソジスト派キリスト教徒であるニューヨーク市長が結託して、《新禁酒法》（本当は酒類管理等に関する規制条例だったが、誰もそう呼ばなかった）を制定してしまった。この条例は、《狂騒の二〇年代》の禁酒法のような厳格なものではなかったが、酒類購入時のＩＤ提示、購入数の制限があったし、公共施設やホテルなどにも「No Alcohol」のプレートが掲げられ、市民のほうでも、ことが疫病なので、異を唱えることもなく、飲酒を控えるようになり、潰れる老舗バーが出てくるいっぽう、《断酒会》とセラピストは大盛況という——ニューヨークは、ドラッグも酒も煙草も駄目という、逃げ場のない閉塞した街になっていたのである。

さらにもう一つ——私自身の心にも影が差していた。

中国との激しい競争の末、三年越しのプロジェクトが纏まりかけたところで、同僚に贈収賄事件の嫌疑がかかり、私のところに嫌な仕事が回ってきた。決算書を改竄しろというのである。上司は、「ＭＢＡ（経営学修士）の資格は伊達じゃないよな」とだけ言った。「こんな不正をするためにＭＢＡを取ったんじゃない」と言い返せない自分が情けなかった。子供の頃はそれなりの冒険人生を夢見たが、これは、自らにも累が及ぶ危険な人生の選択だった。

入念で狡猾な改竄工作を仕上げたところで、すべてに嫌気がさした私は、その危険な仕事と引き換えに一ヵ月の長期休暇を要求し、会社側もいい厄介払いになると思ったのか、これを承諾した。

私が必要としていたのは、冷えたマティーニでもケープ・コッドの潮風でもなかった。向かったのは、シアトル郊外の実家だった。実家といっても、昨年、父が急逝してからは、誰もいない空き家と化している。本当は葬儀の後、すぐ処分してもよかったのだが、ニューヨークにトンボ返りした私は仕事にかまけ、そのままにしてしまった。だから、ハイ・スクール時代まで自分が使っていた部屋も、東部の大学へ旅立った日そのままになっている。

私はベッドの埃を払うと、そこに座り、父親の好きだったラヴィン・スプーンフルというバンドの《魔法を信じるかい？》のCDをループでかけ、これまた父が遺していったスコッチを一杯飲んだ。ここなら遠慮もいらないと、もう一杯タンブラーに注ぐ。それから、ベッドに横になった。ベッドの近くの壁に、子供のころ好きだったSF冒険映画の色あせたポスターが貼ってあるのが見えた。

――冒険人生じゃなくて、危険人生に嵌ってしまったMBAの優等生のご帰還か……こんなはずじゃなかったのに。

ポスターを眺めながら、そんなことを思った。背後ではラヴィン・スプーンフルが「魔法を信じるかい」と励ますように歌っている。

突然、頭の中に閃くものがあった。

私は、ベッドから起き上がると、デスクの引き出しを開けた。そこに、ジュリー・キムの弔意を書いたカードと名刺が無造作に置かれているのを発見した。異国にいて父の葬儀に来られないジュリーが共通の友人のエリンに託したものだった。私は葬儀のどさくさに紛れて、そこに突っ込んだまま、今の今まで忘れていたのだ。

ジュリー・キムと私が初めて出逢ったのは、シアトル郊外に古くからある遊園地の観覧車の中だった。

きかん坊だった私は順番を待つ列に飽き飽きし、改札係の目を盗んで強引に割り込んでしまったのだ。私がもぐり込んだ観覧車にジュリーとその母親が座っていた。小さな鼻の上にソバカスが散った黒髪ポニー・テールの少女は、ハシバミ色をした切れ長の目を見開き、ポカンと口を開けたまま私を見つめていた。大きな観覧車が一回転する間じゅう、私たちは外の景色などそっちのけで互いに見つめ合っていた。

ジュリー・キムは韓国人の貿易商の父親とアメリカ人の母親の間に生まれた娘だった。互いの家が一ブロックほどの近さだったということもあり、家族ぐるみの付き合いが始まったが、その頃はまだ、「幼馴染」程度の付き合い——たまに読んだ本を貸し借りする程度の間柄だった。本格的に相手を意識したのは、ハイ・スクール時代。取り分け、卒業時のプロムの夜、二人でパーティーを抜け出して思い出の大きな（その頃の自分たちには小さく窮屈なものになっていたが）観覧車に乗った時だった。東部の大学へ進学することが決まっていた私は、密かに愛の告白をする潮時は今かもと「予定外」の身勝手な想いを抱いていたのだ。

「やっぱり、予定通り？」観覧車が半分くらいの高度に差し掛かったところでジュリーが唐突に聞いてきた。

「ん？　大学？　うん、予定通り東部の大学へ行くよ」

「その先は？」

「あー、ＭＢＡでも取って……その先は、わからないな。ＭＢＡを取得すれば、あとは、どうとでもなるだろ。まず、目の前の試験に受かってからでないと……」

しばしの沈黙。私はその時、それまで「彼女の予定」に無関心だったことに気づき、慌てて聞き返した。

「君は？」

「私、韓国へ行くの」

「え？」

「パパの仕事の都合でね、一家で韓国へ帰ることになったの……大学も韓国の大学へ行くつもり」

「その先は？」

「んー、向こうで……この観覧車みたいに、ゆったりと着実に天に昇って行くような仕事に就くことに――」

私のキスで彼女の言葉は途切れた。それは「愛の告白」ではなかった。「別れの挨拶」だった。彼女との初めてのキスが最後のキスになるなんて……でも、あの時は仕方なかった――自分の不確定な「予定」が確定していた「感情」を無理やり圧し潰してしまった。遠距離恋愛は考えられなかった。アメリカ国内だって、東海岸と西海岸の時差で別れたハイ・スクールの先輩カップルをたくさん知っていたから――。

観覧車が天辺に達した時、頂点に達した私たちの恋愛感情も、観覧車が高度を下げるにつれて冷めていった。多分、アメリカ中で毎年、何百、何千とあるティーンエイジャーの愚かで平凡な別れの一コマ――だが、あれから、何人もの女性と付き合ってきたが、彼女ほど「非凡」な相手には巡り合っていない。ともかくも、東部の名門大学に入学した私は、「予定」通り、ＭＢＡを取得して、ニューヨークの上場企業に入社……今は下りの高速ジェット・コースターに乗り込み、独りぼっちでシアトルの実家に佇んでいる。

――ジェット・コースターと言えば……ジュリーは、あの時の言葉のまま観覧車のような人生を続ける道を選んだのだろうか……。

私は手の中の名刺に目を落とした。ハングルが印刷されている名刺を裏返すと彼女の勤務先が英文で記されている。どうやら、ソウル市内の建築事務所に所属しているらしかった。

相変わらずループし続けているラヴィン・スプーンフルの歌声が耳に入って来た――「魔法を信じるかい……」

その瞬間、ユングの言うところの共時的現象（シンクロニシティー）なるものを理解した。最近の自分がかかわった一連の事件・行動の裏に隠された偶然の意味を悟った。私はジュリー・キムと再会するために、今ここにいるのだ。「ソウル・マジックを信じるかい？」というニューヨーカーたちの噂話の中の「ソウル」とは、魂（Soul）の意味ではなくて、同じ発音だが、綴りが違う韓国の首都ソウル（Seoul）特別市のことを指していたんだ。

私は今度こそチャンスを逸してはならないと、時差のことなど構わずに、すぐさま携帯電話を取り出すと、名刺にある電話番号をキーパッドで押して呼び出した。

女性が出た。私は慌てて、

「あ、英語わかります？　時差のこと考えずに突然、えー、電話してすみませんが、シアトルからかけているんです。そちらにジュリー・キムさん、いらっしゃいますか？　私、友人の――」

そこまで言いかけたところで、鈴のような笑い声が聞こえてきた。

「ジュリー・キムさんは、私よ、ワ・タ・シ。私の声も忘れちゃったの？」

「あ、久しぶりだから……」

「それにシアトルは今、夜中なんでしょう？　どうしたの、緊急事態？」

「い、いや、緊急って訳じゃないんだけど、今、休暇で実家に来てて、君がエリンに託した名刺を見つけて……それで、急に君に会いたくなって……明日そっちへ行っていいかな？」

ジュリーは再び笑いながら、

「明日？　そっちって、ソウルへ来るの？　相変わらず自分の《予定》優先の《タイム》君ね」《タイム》というのは、自分の予定ばかり優先して時間を気にする私につけられた綽名だった。

「あ、忙しい？　駄目？」

「忙しいのは忙しいわよ。来週ウチの事務所が設計した建物のお披露目があるので大忙し……でも――」

「でも？」私は固唾を呑んだ。

「でも、私もあなたに会いたかったから」胸の鼓動が高鳴った。「でも――」と同じ言葉が続く。「今度こそ正直に答えてちょうだい。急にソウルに来たくなった理由を述べよ」

「それは……」答えに窮した。「君に逢いたいというのは、本当のことだけど……きっかけは――」

決算書改竄の話はできなかった。「今、ニューヨークでは『ソウル・マジックを信じるかい？』って噂話が流行っていて……」

それを聞いたジュリーの咽喉の鈴が再び鳴った。

「そう、それなら、いいわ。忙しくても会える理由ができた」

「会える理由？」

こちらの問いには答えずに、ジュリーは口早に、話を切り上げた。

「明日の飛行機のチケットの予約をして。《ソウル・マジック》案件なら一晩ぐらいお付き合いできるから。ホテルの方はこちらでいいところを予約しておくから、航空チケットだけでいいのよっ、また電話してね――」

電話が切れた。

《ソウル・マジック》そのものといった感じに謎めいた物言いのジュリー・キムだった。

II

仁川国際空港（インチョン）に着いた時、私は、やはり《ソウル・マジック》を信じてもいいという気分になっていた。なぜなら、本当にジュリーに出逢うことができたのだから。

「오래간만입니다（オレガンマニムニダ）（久し振りです）、ジュリー」私はロビーをこちらにやって来る彼女に、グーグル翻訳で覚えたての韓国語で話しかけた。

ジュリーはハイ・スクール時代からは思いも寄らない、いかにも仕事のできる女といったスーツ姿だったが、やはり仕事人にふさわしい機能的なポニー・テールが変わっていないのが嬉しかった。彼女は細い鼻に皺を寄せて笑った。

「네（ネ）、정말오래간만이군요（チョンマルオレガンマンイグニョ）（ええ、ほんとに久し振りね）」

ソウルに着いたのが夕方の便だったので、「さっそくご飯でもしましょう」ということになり、「どこで？」と聞くと、彼女は「アメリカから来た観光客は、みなさん焼肉でしょうが。服に臭いのつかない、空調のいいお店があるから、そこでどう？」

その夜、私たちはカルビやロースや唐辛子味噌を塗ったサンチュに舌鼓を打ちながら、眞露焼酎（チルロ）や白濁した乳酸飲料みたいな막걸리（マッコリ）という韓国の伝統酒の盃を交わした。

お互いの思い出話が一段落したところで、ジュリーは真顔で尋ねてきた。

「あなた、ずいぶん疲れているみたいね。髭も剃ってないし、少し痩せたみたい」

「うん、昨夜は一睡もしていないし、ここのところ眠れない日々が続いてる……」

「何があったの？」

　私は、決算書改竄の一件を素直に白状した。彼女に心の内を明かさない愚は繰り返したくなかった。

聞き終わった彼女は憤然として、

「それはひどい話ね。それって、パワハラの尻尾切りじゃない。でもね、私は……そんな上司より、あなたにも怒ってるの」

「え、どういうこと？」

「あの……あなたと初めて会った観覧車のこと、覚えてる？」ジュリーは急に話題を転じた。「ほら、地元シアトルの英雄ジミ・ヘンドリックスも乗ったという噂のある――」

「忘れるもんか。僕らは、外の景色なんか見ないで、お互いの顔を見つめ合っていたね」

「いや、それは違うわ。私の方は、あなたの顔とあなたの膝小僧を見比べていたのよ」

「膝小僧？」

「そう、あなた半ズボンだったから膝小僧、汚れていて瘡蓋（かさぶた）があるのが見えた。――かわいい顔をしているのに、この子、相当のきかん坊なんだって思ったわ。ほら、観覧車の列も無視して、私たちの席に割り込んできたでしょう？」

「ああ、そうだったね……あの頃は……一人っ子だったし、母を早くに亡くして、それを気遣った父さんに甘やかされていたから――」

「それから私たち少し疎遠になって……ハイ・スクールで再会してみたら、学業成績はいいけど、仔羊みたいなティーチャーズ・ペットになっていて――」彼女の感情が昂ってくるのがわかった。「優等生のあなたのことも、好きだったけど、自分の思ったことをガンガン行動に移して、私のことを庇(かば)って、いじめっ子もやっつけちゃう、子供のころのあなたのほうが、もっと好きだった」

「うん……親一人子一人で、父親には苦労を掛けたから……自我ができた頃から……勉強して出世して、父親を喜ばせようと、そればかり考えていた」

「そうね、あなたのそういう優しいところも理解できるわ。でもさ、そのお父様もお亡くなりになったことだし、そろそろ、自分の好きなこと、やりたい放題をして、自分の人生を生きてみたらどう? そんなゲスな上司にどうして言い返してやらなかったの? そっちのほうが、私は腹立たしいの。そんな会社なんて辞めちゃって、MBAの資格にしがみついてなんかいないで……上場企業のMBAなんて、この世にごまんといるでしょう、そんなの、とてもあなた自身の人生とは思えない——」

僕は堪らなくなって、心の鎧を脱ぎ捨てた。

「わかったよ……僕がソウルまで来て君に逢ったのも、君にそういうことを言ってもらって、今後の決意を固めるつもりがあったかもしれない……」

相手の表情が和らいだ。

「ごめん、言い過ぎた。私だって他人の人生をとやかく言えるほどのキャリアを積んでいるわけでもないし」ジュリーはすっくと立ちあがった。「——とにかく、今夜はホテルでゆっくり眠って、明日にでもスッキリした頭で考えればいいのよ。これからホテルまで案内するから」

Ⅲ

漢江(かんこう)の近くに建つ、その巨大な建物を見上げながら、僕は唖然としていた。巨大なロケット——それも、五〇年代のＳＦ映画に出てくるみたいな丸みを帯びたペンシルのような外観、五十階分ぐらいの丸窓も宇宙船のそれを思わせる。そのロケットの先端には、車輪のスポークのような通路が八方に延び、先端を取り囲んだ宇宙ステーションのような円形の施設と繋がっていた。目を凝らしてみると、その円形施設は、ゆっくり回転しているのがわかる。――そう、宇宙船が宇宙ステーションにドッキングしたような感じだった。

「あれが……僕の泊まるホテル？」

「そ。ウチの事務所が設計担当したの」ジュリーは、明日の天気予報でも告げるように答える。

「えっ？　君が設計したの？」

「まさか、いくら大学で建築工学を勉強したからって、いきなりこんな大型プロジェクトをやらせてはもらえないわ。でも、デザインは私の進言で、ああなったの」

「あの宇宙ステーションみたいな円形のところ？」

「宇宙ステーション……と言うか、観覧車のイメージね」

「ああ……」僕ははっとした。「君とのプロムの夜、観覧車みたいな人生を歩みたいって、言ってたよね……早くもその夢を実現したわけだ」

「正確に言うと、観覧車みたいな人生じゃなくて、あのシアトルのジミ・ヘン観覧車そのものを造ってみたいと、あの時は思ったの、ほら、子供の頃、読んで面白いと思ったものを、大人になって自分で書いてみるのが作家でしょ。私の場合もそんな感じ……でも、宇宙ステーションっていう見方もいいわね。さすがＭＢＡ取得は伊達じゃない！　今後のパブリに提案してみよう」

僕はできの悪い生徒のように一周遅れの質問を続けた。

「あの、宇宙ステーションの回転部分は展望レストラン？」

「いいえ。田舎のデパートじゃあるまいし、宇宙ステーションは全部、客室。スイートとか高額な宿泊料を払う顧客用。ほら、日本に《借景》って考え方があるでしょう？　あそこの窓は大きく切ってあってね、一周回れば、ソウル市内の全景が見渡せる風景絵画の役割も果たしているというわけ」

「すごいね、――これ、ソウルのランドマークになるだろ」

ジュリーは珍しくはにかんだ様子で、話題を転じた。

「――さ、寒くなって来たから、さっさと中に入りましょう」

そうして二人がドアマンのいない、玄関ホールに入ると、そこは照明もついていない暗がりで、周囲に人影も全くなかった。フロントも無人というありさま。

僕は戸惑いながら、

「外から見た時も窓明かりがなかったけど、まだ、営業していないの？」

「そう。予約を入れたというのは嘘。ここの設計・開発部門はウチが統括しているから、役得の『点検』名目で、私は自由に出入りできるの。だから、今ここにいるお客はあなたと私だけ。でも、大丈夫よ、ここの管理システムのコードも知ってるから、エレヴェーターも動くし、客室ではお湯も出るから――」

そうして、最上階のコンコースを通り抜け、豪華なスイートに入った僕らは――。

彼女が照明を点ける前に、僕はジュリーを引き寄せ強引にキスをした。あのプロム・ナイトの失態は繰り返したくなかった。このチャンスを逃したら、僕は意気地なしの負け犬だ。この時ばかりは明日の予定など考えなかった。感情が「時間」を組み伏せたのだ。僕の冒険的な愛情表現を彼女は拒絶しなかった。僕らはそのまま、天蓋付きのベッドに雪崩れ込み、激しく愛し合った……。

Ⅳ

　僕の耳元で懐かしい《魔法を信じるかい？》のメロディが流れている。それで目が覚めた。オリジナルのラヴィン・スプーンフルの歌声がない電子音による演奏のみヴァージョンだった。ヘッド・ボードのパネルに《Do You Believe in Magic : Alarm》という表示が見えたから、これは目覚まし時計の機能による演奏なのだろう。

　そのまま、視線を自分の隣に向ける。ラヴィン・スプーンフルの主張通り、僕は愛の魔法を信じたい気分になっていた。

　いま、僕の隣でベッドの上掛けにくるまっている女性は、最早、観覧車の中で身を硬くしていたポニー・テールの少女ではなかった。髪留めを外し、首筋まで下ろした髪の端を指先で弄びながら、目覚ましの楽曲に合わせて柔らかいハミングをしている素晴らしい肢体の大人の女性。まるで官能に飽食した映画の中の未来の女バーバレラのように振る舞い、溶けるような目差しでこちらを見あげている。

「あ、起きちゃった？」バーバレラが口を開いた。「仕事人間の習い性で、つい、アラーム機能を解除し忘れちゃった」

「これ《魔法を信じるかい？》だろ？　君の選曲？」

「そう、プロム同伴の申し出を受けた日に、あなたの家でお父様のレコードをかけてくれたでしょう？　それを覚えてててね、アラームにぴったりの曲だと思って――よく眠れた？」

「うん、プロム・ナイトの日から、ずっと眠り続けていたような気分だ。それに、目覚めると、隣にはバーバレラがいた。今だったら、時(タイム)の魔法を信じられるよ」

「あは？　バーバレラ？」ジュリーは小さく笑った。「タイム君は子供の頃からその手の映画のオタク(ギーク)君だったからね。――いいじゃない、子供時代の自分に戻れたなら……」

「父さんが、その手の映画が好きだったから……」僕は急に照れ臭くなってベッドから出た。

ホテルの窓の外には、早朝の光芒を受けてきらめく漢江と、その向こうに無表情に広がる砂洲が見えた。そして、目には見えないが、その下には堅い岩盤が広がっているはずだ。

ふと、マンハッタン島も岩盤であることを思い出した。堅いフランスパン（僕はあのパンが苦手だった）に何本もの摩天楼のフォークを突き立てたニューヨーク。タフでなければピーナッツの殻みたいに圧し潰されちまう都市。同じ岩盤都市であるこのソウルも、やっぱり人々にタフであることを強いるのだろうか？

急に現実の世界に引き戻された僕は、そこで、いつもの鎮静剤――煙草が吸いたくなった。

「この客室は、喫煙可なの？」

ジュリーは気だるそうな溜め息をつきながら、

「ここはね、ニューヨークのホテルとは違う、魂(ソウル)の快楽を提供する館なの。可も不可もないのよ。嗜好品の類は高い宿泊料金を払っているお客様の自由――」

僕はベッドの上に散乱している下着を着けながら、

「じゃ、煙草を買ってくる」

空港で買った《亀甲船(コブクソン)》という煙草は僕の口には合わなかったのだ。

「それじゃ、私の分も買ってきて。銘柄は……そうね、《コイーバ》がいいわ」ノワール映画の中のローレン・バコールのような口調でジュリーが言った。

「ああ、君みたいなポニー・テールの女の子のロゴマークのやつね、僕もそれにする」

「──それから、ホテルの近くにカフェがあるから、ダブル・エスプレッソとシナモン・ドーナッツもお願い。ごめんね、まだスタッフがいないから、ルーム・サーヴィスは《不可》なのよ」

「わかった。待っていろ。俺は女の期待は裏切らない」と、ハンフリー・ボガート気取りでバコールに答える僕。

ジュリーは謎めいた微笑を浮かべながらハミングの続きを歌い出す。今度の曲はボガート映画に合わせて《時の過ぎゆくままに（アズ・タイム・ゴーズ・バイ）》だ。彼女は僕の心の内をちゃんと読んでいた。その瞬間、僕の心──魂（ソウル）と彼女の魂がぴたりと一致していることに気づいた。そう、僕の目の前にいるソウル在住の女性は、掛け替えのない文字通りの《ソウル・メイト》だったのだ──。

その《ソウル・メイト》の甘い声を背に部屋を出ようとした時。わずかに足元が揺らいだ。ん？　地震なのか……いや、ソウルは岩盤都市だから、直下型地震のはずはない。起き抜けに朝食も摂らずに急に動いたから、貧血による眩暈（めまい）でも起こしたんだろう。タフガイ気取りが貧血なんてみっともないから、そのまま黙って部屋を出ることにした。

V

エレヴェーターを降り、早朝の静まりかえったロビーに出る。まあ、僕らの他に滞在客はいないのだから、静かなのは当たり前か……と思ったところで、僕の目に、ひとりの少女の影が飛び込んできた。キリコの絵のように支柱の長い影と追いかけっこをしながらロビーのフロアを駆け抜けていく少女──。

僕の姿に気づいて振り向いた少女の顔を見て愕然とした。今、客室のベッドに残してきたばかりのジュリーの顔――いや、正確に言うと、少女時代のジュリーの顔が、そこにあったのだ！　揺れるポニー・テール、ソバカスの散った小さな鼻、驚きのため大きく見開かれたハシバミ色の瞳……。シアトルの観覧車の中で身を硬くしていた少女が、いま、二十年以上の時を超えて、このソウルに現われたのだ。

僕が唖然として立ち尽くしている間に、柱の陰から第二の人物が姿を現わした。頭に黒いターバンを巻いた浅黒い顔をした男。アラブ人の宿泊客だろうか。いまや、世界の歓楽地のいたるところで見かける石油成金のひとりなのかもしれない。――いや、ここには、宿泊客はいないはずだから、テロリストの隠密行動か……いや、それも違うな。テロリストがあんな目立つ格好をしているわけがないし……。

ジュリーちゃんは、そのアラブ系の男の姿を見ると、『不思議の国のアリス』の主人公のような不機嫌な表情になり、踵（きびす）を返して、逃げようとした。しかし、アラブの悪党らしき男は髭の下の酷薄そうな唇を歪めて笑うと、すぐさま少女に追いつき、彼女を軽々と脇に抱きかかえて無人のフロントの方へ向かう。

「オイ、コラッ」僕は思わず叫び声をあげると、そちらへ向かって走り出した。ターバンの男は素早くフロント・デスクの向こうへ回り込む。

僕も、後を追ってフロントの裏側へ回り込んだ。

しかし……そこには、誰もいなかった。

ふたりは現われた時と同じように、突然宙に消えてしまったのか。僕は猟犬のように這いつくばって、床の隅々まで調べたけど、抜け穴みたいなものも見つからない。その代わり――。

消えたふたりの代わりに、僕は長いフロントの奥に異様な物が置かれているのを発見した。

長さ七フィートあまりの橇みたいな形の乗り物。僕は、それが何であるか知っていた。——座席の前方のコックピットの上には赤、黄、青の年月日表示ランプ、ヴィクトリア調の座席の後部には大きいゴングのような円形の時間航行推進盤とエネルギー・ドラムが付き、黒檀とチタンでできた優雅なコントロール・パネルには、例のチベット産水晶の握りの付いた脱着可能なレバーも、ちゃんと付いている。

——タイム・マシンだ！

心の中に歓喜が湧きあがってきた。ジョージ・パルの映画で何度も見た時間航行機が、いま僕の目の前にあるのだ。その時、僕の頭の中には、マンハッタンのオフィスに置いてある未処理の経理データや改竄決算書のことなど、これっぽっちもなかった。

——ん、カイザン？　ケッサンショって何だっけ？　タイム・マシンに関する記憶は鮮明なんだが、そんな言葉の記憶はないぞ……。

それはともかく、ジュリーちゃんとターバンの男は、もう一台の別のタイム・マシンでどこかへ翔んだのだろう。——そう思うと矢もたてもたまらず、僕はそのドリーム・マシンに跳び乗った。

シートに座ると、脚がヒヤリとした。目を落とすと、自分の膝蓋の張り付いた膝小僧がのぞいているのが見えた。なんと、僕は半ズボンをはいているではないか。僕の心の中に、再び《ソウル・マジック》という言葉が谺し、狂おしい歓喜が喉元に溢れるのを感じた。

「……말라！（……やめろっ！）」

警備員らしき韓国人の男が慌ててこちらに来るのが、フロントの向こうにちらりと見えた。

「フン、嫌なこった」夢にまで見たタイム・マシンに乗れるチャンスを逃せるもんか。ボクはクリスタルのレバーを下に押し下げ、スロットルを全開にした。時間航行推進盤が回転を始め、ブーンという振動。みぞおちのあたりの軽い不快感。そして、空間の歪みと目眩く光と影……。ホテルのフロントも外壁も消えてゆく……ボクはゆっくり意識を失った……。

気がつくと、ボクは、大きな風車のついたお城みたいな建物の前にいた。ここはどこなのかな、オランダかしら……？　静まりかえった夜の広場を、回転する風車の影がゆっくり舐めていく。ボクは、タイム・チャートを見た。

一九八八年……ソウル

やはり過去に戻っていた。場所は同じくソウル。あのヘンテコなホテルが建つ前は、こんな風景だったのか……ボクは抑えきれない好奇心につき動かされてマシンから跳び降り（もちろん、大切な水晶レバーはポケットに入れた）、風車館の方へと歩いていった。

大きな木の扉の上に看板がかかっている。〈F・コッポラ監督作品／コットンクラブ2〉——ははーん、ここは映画館なのね。でも、あの映画に《2》なんて、あったっけ？　大人の映画のことは、よくわからないや。

中へ入ると、千席近い大劇場の内部では、巨大なダイアン・レインが粋なラブ・ソングを唄っていた。ボクは最初、本物の女優が舞台にいるのかと目を疑ったが、ほどなくそれが立体映像であることに気づいた。ホログラフィかなにかの応用か、ともかくも、ボクの目の前で巨大な生身の女優が唄っているように見えたのだ。《コットンクラブ》は、父さんの好きな映画だった。でも……ああ、これが、《キングコング2》だったら、よかったのに——。

今度の続編は近未来が舞台で、二十一世紀に施行された《新禁酒法》条例下のマンハッタンが描かれていた。――あれ、コッポラって、ＳＦも撮ってたっけ。この法律がよみがえったのは、ある疫病のウィルスが、アルコールによって活性化するということがわかったためだった。人々は違法な酒を求めて、五番街はニュー・ハーレムと化し、闇酒場（スピークイージー）が復活し、人々は怪しい快楽に走っていた。そういえば、ボクがニューヨークにいたころも、フラッパーとパンクスのガッタイみたいなフラッパンクという新種の不良連中が出没してたっけ。

「お酒なんかでグタグタ言うより、冒険のほうがいいのに……やっぱり大人の映画はつまんない」

ボクはそう呟きながら、風車シアターを後にして、広場の方へ向かった。

広場の中央には、にぶいライム色の光を放つ月（ルナ）が落ちていた。直径十五フィートぐらいの球体。時代から言うとディスコのミラーボール――と言いたいところだけど、放つ光がボンヤリしているので、やっぱり《月（ルナ）》というのが正しいと思った。まったく、ソウルってヘンテコなものばかりが建っているんだなー。

ボクは誘蛾灯に誘われる夜の昆虫のように、ふらふらと月（ルナ）のところまで行った。恐る恐る球体に手を触れてみると、細いピンク色の稲妻が走り、ボクの掌（てのひら）に絡みついた。驚いて手を引っこめたが痛くはなかった。月の光は人や動物を狂わせるというけれど、ボクはその時、イカレちまった（ルナティック）ように、ライム色の球体を見つめつづけていた。

「帝国軍襲来！　火星帝国軍襲来！」

突然、広場に警報が鳴り響き、急を告げるアナウンスがこだました。轟音（ごうおん）のする上空をあおぐ。星屑を散らした黒いパラソルのような夜空には、巨大なエイが浮かんでいた。エイだけではない。ナマズのような尾ひれのついたヤツ、貝殻のようなヤツ、何機もの怪しい飛行物体が鉛色の腹を見せて夜空を埋めつくしていた。それら異形の飛行物体の正体は、なんとＵＦＯの大襲来だった……エイ型の

ＵＦＯの頭には通称「コブラ」——チョウチンアンコウの誘引突起のようなものが伸びていて、その先から中間子光線が放たれ、見る間に街の建物を破壊していくではないか！

広場のいたるところから、様々な人種の小さな戦士たちが現われ、《月》の周囲に据えられた砲台へ駆けつけた。ここは、誘蛾灯でも、ディスコのミラーボールでもなかった。《月》は地球防衛軍の軍事施設だったのだ！　それなら、ボクもボヤボヤしていられない。すぐさま近くの砲台へすべり込んだ。

シートに座り、コントローラーで砲台の角度を調整する。本当の射撃はしたことないけど、カプコンのオン・ライン・ゲーム世界大会で、オリジナル・イレブンになったことがあるほどの腕前だから、こんなのチョロイもんですよ。ボクが照準器を合わせたころには、もう、向かいの砲台から鋭い閃光が走るのが見えた。一番数の多いエイ型のＵＦＯが意外なほど身軽に旋回して、他の砲台から発射されたレーザー・ビームをかわした。それでなくても、磁力シールドに守られているから、こちらの攻撃ははね返されてしまう。——なかなかやるじゃないか。ボクはファイア・ボタンに指をおくと、ゴクリとツバを呑み込んだ。

ＵＦＯも中間子光線を発射してきた。虹のように色とりどりのビームが何本も夜空に交錯し、広場はまるで土曜の夜のディスコみたいな大騒ぎになった。

照準器の中にエイの尾ひれが入る。奴らが攻撃する時は一時的に磁力シールドは解除される。その時が、チャンスなのだ！

ボクはシールドがオフになったのを見きわめて、慎重にロック・オンしてファイア・ボタンを押す。砲台のレーザー砲から緑色の閃光が走り、ＵＦＯの尾部を切り裂いた。すさまじい爆発音。エイ型のＵＦＯはブルブルと鉛色の腹を震わせて高度を下げた。ボクはシートの上で跳びはね、獣のような叫び声をあげた。「さあ、次の獲物はどいつだ？　クソ野郎！」

それから三機ほど撃墜し、ＵＦＯ群が退却しはじめた時、ボクはハッと我に返った。ボクはこんなところで何をしているんだ？　ボクはジュリーちゃんを捜しに来たんじゃなかったのか？

あわてて砲台を跳び出し、広場の隅のタイム・マシンのところへもどった。タイム・パネルの横の時空サーチ・モニターのスウィッチを入れる。ここには、ジュリーちゃんたちが乗った、もうひとつのマシンのＧＰＳ——時空軸における位置が映し出されるはずだ。ボクは、彼らの後を追って再び時空航行の旅へ発つ決意をした。


それからというもの、いろんな時間、いろんな場所をうろつきまわった。

ある時ボクは、「時間」にうるさいが冷静沈着で不屈の冒険心に富んだ英国紳士フィリアス・フォッグとなって、気球に乗り込み、八十日間世界一周の旅に出た。スペイン、インド、香港（ホンコン）、ヨコハマ……様々な国や街を巡る冒険旅行の果てに、遂に宣言した日時ぴったりにロンドンの高慢ちきなクラブに戻って、大冒険の賭けに勝利したのだった。——だが、地球を一周しても、肝心のジュリーちゃんは発見できない。

ある時ボクは、黄色いレンガの舗道の上でジュリーちゃんに似た女の子と出逢った。でも、残念ながら、その子はジュリーちゃんでなく、カンザスから来たドロシーという娘だった。ボクは、その子とブリキ男やカカシ男、ライオンなんかとも力を合わせて、古城に棲むオズの悪い魔女をやっつけることになる。……ああ、また寄り道だ。

ある時ボクは、鉱物学の世界的権威リーデンブロック教授となって、アイスランドの死火山の噴火口から地球の中心部にまで通ずる地底世界を探検した。大木と見まごうキノコの森をぬけ、巨大な恐竜どもに踏み潰されそうになる。ティラノサウルス・レックスがあんなにデカイとは……。いやらしい恐竜はうようよいたが、この地底世界にもジュリーちゃんの姿は見えなかった。

——でも、そうこうしているうちに、ボクはある重大なことに気づいた。

タイム・マシンというのは、本来時間を旅するもので、装置の位置は変わらない。それが、このマシンは、ソウルからイギリス、オズの国、アイスランドの地下世界へと翔んでいた。このマシンなら、時間だけでなく、世界中のどこへでも行って、好きな冒険を実体験できるのだ。このタイム・マシンの特長——知られざる機能に気づいたボクは、腰のあたりが、ワクワクと浮きたつのを感じた。初めてひとりで列車に乗って、ニューオーリンズの叔父さんの家へ行った時の気分の百倍ぐらいコウフンした……。

ボクの夢想は、突然、時空サーチ・モニターの点滅に破られた。やっとジュリーちゃんたちに追いついたのだ。ボクは航行レバーを倒して着時態勢にはいった。時代は信徒長(カリフ)ハールーン・アッラシードの御代(みよ)——正確な年代は……まだ、学校で習ってなくて、わからないからテキトー。ともかく、バグダードの都から数百海里も離れた、荒くれ船乗りたちも恐れる謎の島、レムリアへ向かってGO！

その時ボクは、全能至高の神、アッラーに誓って、船乗りシンドバッドになっていた。そうなる運命だったのだ。ジュリー姫をさらっていったターバンの男はアラビアの黒魔術師クーラに違いない。奴がいる場所はわかっている。だって、シンドバッドの物語は空で言えるくらいよく憶えているのだから。

悪魔の腸(はらわた)みたいに深々ウネウネとつづく島の洞窟を抜け、異教徒の聖堂を見つける。そのいちばん奥に湧き出る《運命の泉》にクーラがいるに違いない。そこで、その邪悪な力にいっそう磨きをかけようというのだ。

「来たな、シンドバッド！」泉の前に立つクーラが不気味な笑いを浮かべて呪文を唱えた。「偉大なる陰母神カーリーよ、我が願いをかなえたまえ！」

聖殿の奥で大きな影が蠢いた。巨大な蟹（カニ）の影だった。長い腕が一、二、……六本。脚が二本──合計八本の蟹みたいな化け物がゴソゴソと音をたてて、こちらへ近づいてくる。ボクは脚が震えないように、思い切り踏んばった。

姿を現わしたのは黒魔術に操られた陰母神像、六手のカーリーだった。クーラは悪魔の力を借りて石像に生命を吹き込むことができるのだ。

カーリーは六本の手それぞれに剣を持ち、そいつを触手のように揺らめかせながら、ボクに襲いかかってきた。ボクも腰の三日月刀を抜く。刃がぶつかり合う鋭い音が洞窟の中にこだました。カーリーの右第二手の振り降ろした剣をかわしている間に、左第三手の鋭い突きがボクの額をかすめる。ヤバイ！　ボクはあわてて跳びのいた。血が目に入って相手がよく見えない。

すぐさま敵の二度目の鋭い突きが襲ってくる。そいつを辛くもよけたボクは、サムライのように両手で剣を握りしめ、相手の懐めがけて、素早く飛び込み、渾身の力をこめて突きを食らわせてやった。──しかし、陰母神の手は多すぎた！　左右の第一手の剣先がボクの胸元に突き刺さる。相討ちだった。

激しい衝撃とともに目の前に赤い闇のカーテンが降りてくる。遠くでかすかにジュリー姫の悲鳴が聞こえたような気がした……。

闇のカーテンがするするとあがり、目の前にカラフルな花々が散っているのが見えた。しばらくして僕は、自分がホテルのスイートの長椅子の上に横たわっているのに気がついた。

――ここは……ソウルの宇宙ステーション・ホテルの一室だった。僕は魔神の洞窟から未来へ向かったのだろうか。――だが、周囲には大切なタイム・マシンの姿は見当たらなかった。

……しばらくして、僕は事の次第を悟った。なんだ、そうだったのか。僕は、眩暈のあと気を失って……夢を見ていたのか……事態を察した私は心の底に冷え冷えとした失望感がにじむのを感じた。

私は長椅子の上で夢の余韻を楽しむことを潔しとせず、渋々立ちあがると、ベッド・ルームの方へ足を向けた。

ベッドの上に、瘦せた少女が膝を抱えて座っていた。

私に気づいた少女はハシバミ色の目を大きく開けて、優しい微笑を浮かべて、こちらを見つめている。

――ジュリー……。

「賢者は夢の実現に努力する。アッラーの教えよ」ジュリーがソバカスの浮いた小さな鼻をうごめかせて言った。「何があったの？」

「眩暈がして……多分、意識を失ったんだと思う。僕は眠って長い夢を見ていた。――あ、待たせちゃって、ごめん、まだ、煙草とコーヒーを買ってきていなかった」

「いいわよ、あれからまだ十分と経っていないから」

「十分？　二千年ぐらい眠っていた気分だよ。それくらい長い長い夢を見た」

「どんな夢？」

「胸躍る冒険の夢――タイム・マシンに乗って――」僕は宇宙戦争や魔神カーリーとの戦いの様子――冒険譚の数々を話して聞かせた。

「そのタイム・マシン、変なところがなかった？」

「まあ、夢だから、あるはずのない映画を見たり、変なところはいろいろあったけど――」僕は少し考えたあと、「タイム・マシンに関しては、映画の中のタイム・マシンと違って、時間だけじゃなく場所も移動できた。それも現実にあるはずのない、虚構の場所――オズの国とか、アイスランドの地底世界とかに行ける機能があって――」

「あなたは、現実にそこにいたのよ」と謎めいたことを言うジュリー。

「いや、夢だから……」

「いいえ。夢というのとは、ちょっと違うわ。あなたの乗ったタイム・マシンは、心の中の《虚構／現実》を、時空を超えて航行する《魂》のタイム・マシン」

「あ、そう言えば――」僕ははっとして、「僕がマシンで行った世界での冒険は、子供のころ観た映画や物語の中に出てきた冒険ばかりだった」

「でしょ？　それが当《ソウル＝魂ホテル》の観覧客室の画期的機能。私の友人がカリフォルニア工科大学で開発したVR＝S――仮想現実装置が各部屋に組み込まれていてね。ベッド・パネルのアラーム機能の《魔法を信じるかい？》と同期して、現実に疲れた――あなたのような宿泊客に、心の中の仮想現実――子供のころにやりたかった冒険人生を提供するわけ。――それが、『ソウル・マジックを信じるかい？』の真相。これは極秘プロジェクトだから、ネット上でも、開業までは、VR＝Sの機能は明かさずに『ソウルの魔法を信じるかい？』の文句だけでパブリ発信をしていたわけ。それがニューヨークで謎めいた噂話として広まっていたわけね」

「そうだったの」真相を知った僕は失望感を露わにした。「じゃ、装置のスウィッチを切った今は、僕は過酷な現実に引き戻されているわけだ……僕はプロジェクト案件の実験動物だったんだね」

「あら、人体への影響はすべて関係者で検証済みよ。あなたは、案件の実験動物じゃなくて、栄えある新時代の顧客第一号——それに、まだ装置のスウィッチは切っていないわ」

「え？」

「もしもし、何を寝ぼけているの？」彼女は小さな鼻に皺を寄せて悪戯っぽく笑いながら言った。「あなたの前で喋っている美女は、だーれ？」

「ジュリー……あっ！」目の前にいるジュリーは今現在——二〇三六年の大人のジュリーじゃなくて、あのシアトルのジミ・ヘン観覧車で初めて会った時の少女だった！

「それから……あなた、自分の脚を見てごらんなさい」

言われるがままに目を落とす。——ありがたい！　そこには傷だらけの膝小僧があった。僕は半ズボンをはいたままだった。

「隣の部屋には、タイム・マシンが、まだあるわよ。半ズボンのポケットにはクリスタルのレバーも入っているし」

僕はポケットの中のレバーに触れた。この脱着可能なレバーは、あの映画の主人公も大切にして持ち歩いていたものだ。

「あなた、過去ばかりに行っていたようだけど——」僕の《魂》の中の少女が言った。「今度は未来に行ってみない？　私たちの未来がどんなものだか——」

僕は即座に頭を振った。

「いや、いい。やめとく。今は僕自身の《魂》がタイム・マシンだとわかったから……自分の未来は自分で切り拓く現実の冒険人生の途(みち)を選ぶよ」

少女ジュリーが嬉しそうに、

「それでこそ、優等わんぱく坊主のタイム君。ヴェリー・クールよ！」

それに答えて僕が、

「これからはソウル・マジックを信じるから、君も一緒に僕の冒険人生に付き合ってくれるかい？」

「もちろん。それじゃ、とりあえず、銀河帝国軍が攻めてくる前に——」大人の表情に戻ったジュリー姫が、鈴音のように笑いながら言う。「——ベッドの上の冒険から始めてみる？」

——Fade Out——

優しい時の過し方

コラボ特別編
（加藤和彦インタビュー）

「優しい時の過し方」……加藤和彦『加藤和彦スタイルブック　あの頃、マリー・ローランサン』（ＣＢＳ・ソニー出版／一九八三年）所収

仕事をしている。思い出す限り名前を挙げていくと——村上春樹、チェット・ベイカー、《狂騒の八〇年代》——昭和・平成バブル期に、私は創作以外にも多くのインタビューのジェイムズ・ブラウン、タムリン・トミタ、秋元康、トビー・フーパー etc.……。

どの方のインタビューも印象深い仕事だったが、やはりミステリ、ホラー、ＳＦ絡みということで、以下の四人の方についてコメントをしておく。

村上春樹さん……《月刊プレイボーイ》一九八六年五月号掲載（ノン・クレジット）。『世界の終りとハードボイルド・ワンダーランド』（八五年）刊行後ということもあって、《月プレ》編集部から「ハードボイルドと音楽に強い」とされていた私のところへインタビュワーのお鉢が回ってきた。インタビューの中身は、編集部の目論見通り、小説作法のみならずボブ・ディランやチャンドラーのことなど、村上さんには、お好きな話題について、大いに語っていただいた。「seek and find」などというハードボイルド小説の専門用語も飛び出す、村上さんとしても異色の濃い内容のインタビューだったのではないかと思う。今回、事情により再録できなかったのは残念（後に国会図書館でも、その部分が欠落していることが判明）。

加藤和彦さん……村上春樹さんと同じ理由で私にお鉢が回ってきた。ともかく、ミステリ・プロパー顔負けの加藤さんの通人ぶりに舌を巻いた。書棚にはポケミスがずらりと並

んでいたと記憶する。長椅子で加藤さんがミステリを読む——という写真撮影をした。古典から新作まで、膨大な数を読んでいる加藤さんの話題があまりに豊富なので、インタビュー終盤は一問一答の駆け足になってしまったのが惜しい。紙幅の関係で削った部分では、加藤さんが「アルバムを作るとき、（ミステリがそうであるように）箱庭を造っている気分です」と語られていたのを印象深く覚えている。そうしたことを踏まえて、本書には、このインタビューを再録することにした。

トビー・フーパー師匠……一九八六年。掲載誌不明。多分、《悪魔のいけにえ2》のプロモーションで来日した際にインタビューを敢行。時はスプラッター・ホラー映画全盛の時代。掲載誌が見当たらないので、記憶だけでインタビューの内容を再現してみる。話が盛り上がったのは、次の二点——①私が「《悪魔のいけにえ2》で怖いのはレザーフェイスよりも、むしろお兄さんの方ですね」と水を向けると、ホラーの巨匠は真顔で頷（うなず）き、「自分は、あの兄貴を登場させることでヴェトナム戦争のトラウマの恐怖を描きたかった」と答えた。②私が「あなたの創造したレザーフェイスと《13日の金曜日》のジェイソンと《エルム街の悪夢》のフレディが戦ったら、誰が勝つと思いますか？」と、おバカな質問をしたら、巨匠は爆笑……なんと答えたかは覚えていない。

タムリン・トミタさん……《月刊プレイボーイ》一九八七年九月号掲載。日系女優として《ベスト・キッド2》でデビューしたトミタさんの来日プロモーション時にインタビューをした。当時も知的な方だと思ったが、最近になって、ハリウッドのSF大作（《デイ・アフター・トゥモロー》）やテレビの犯罪ドラマ（《クリミナル・マインド》《24》etc.）でNASAやCDCの科学者の役などをされているのを発見、順調に（それもいい方向で）女優としてのキャリアを積まれているのを知り、嬉しくなった。彼女の最新出演作は、P・K・ディック原作の《高い城の男》。トミタさん、ミステリやSFがお好きなんでしょうか？——今、このタイミングでトミタさんに再インタビューをしたら面白かろうと思う今日この頃なのでした。

山口雅也 加藤さんが最初に読んだミステリというのは何でしょう。

加藤和彦 子どものころは、やはり江戸川乱歩じゃないかな。あとは、エラリイ・クイーンの少年〈ジュナ〉のシリーズが出てるでしょ。あれをずっと読んでいて、それと並行して乱歩の少年物を読んでいました。

山口 それはいつごろですか？

加藤 中学校のころじゃないかな、でも乱歩はすぐ終わっちゃって。ミステリを読むっていうより、クイーンの描くアメリカの雰囲気に対するあこがれみたいなものだったけどね。土地に対するイマジネーションをくみとっていたみたいだったね。

山口 〈ジュナ〉シリーズは一作ごとに舞台がかわって、少年旅行記みたいな感じがありますよね。クイーンの大人物では、戦前はニューヨークを舞台にしたものが多かったんですが、戦後はニューイングランドにライツヴィルという架空都市を創造したりして、ミステリと舞台になる土地の関係って、すごくありますね。

加藤 そうですね。だから中学の時に、架空のアメリカやらイギリスが想像できたという気がします。あのころちょうど、『エラリイ・クイーンズ・ミステリ・マガジン』とか『ヒッチコック・マガジン』とかが全盛で、『ヒッチコック・マガジン』なんか創刊号からずっと読んでいましたね。それが高校時代まで続きましたが、僕の場合、クリスティーからの影響が大きいみたいでしたね。小説のディテールからイギリスの生活様式がすごく好きになったこともあるけど、精神的にもすごく影響されたような気がします。

　クリスティーの小説というのは、モラルから絶対にはずれないでしょ。例えば、単にお金が欲しいから人を殺すなんていう動機の犯罪というのはないんですよね。自分の名誉を守るためにとかいう動機の殺人はあったとしても、いわゆる反社会的な、インモラルな事件っていうのはあまりない。そういうことをビシッと書いてると思う。

山口　加藤さんにとって、ミステリっていうのはどういう位置をしめていたんですか？

加藤　僕の場合、ミステリからある種の教育を受けたところがあってね。今のミステリというのは、娯楽一辺倒みたいだけど、昔だったら、けっこう教養小説みたいなところがあるじゃない。もちろん本当の教養小説ではないけれども。人生に必要なものが出てくるわけです。もちろん血生臭い殺人なんかが起きたりして、直接〈教育〉とはいかないんですけど、そのものの部分には触れないで、〝別のことで〟そこに触れる。特に本格物の場合そうですよね。行動の仕方とか、判断の仕方とか……。

山口　本格物の場合、作家があくまで自分のイメージの世界観の中で遊んでいるところがあって、それがまた面白い原因でもあると思うんです。あんまり現実どっぷりのリアリズムはかえってつまらない。

加藤　だからミステリというのは、人生に出てくるいろんなものをね、いろんな人たちのとらえ方で表現してるわけです。だけど、現代の社会小説っぽいのは僕はつまらないと思う。リアリスティックで現代的だけど、そんなの日常的に起こってることだからね。ミステリにする必要はないんです。今やジャンルの境がよくわからない時代になってきてるけど、それは絶対あった方が面白かったと思うね。

山口　僕は加藤さんのレコードの中で『ベル・エキセントリック』にすごくミステリ・ムードを感じたんです。聴く側からすると、一つの時代へのオマージュに満たされている世界ですよね。ディアギレフが出てきて、コクトーやサティが出てくる、そういう一九二〇年代のエポックがあった。一方、一九二〇年代のミステリ界というのは、本格ミステリの全盛で、クリスティーがいてクイーンがいてという時代ですよね。僕は加藤さんの中にそんな時代へのオマージュがあると思うんですよね。

加藤　そうですか。『ベル・エキセントリック』の音楽というのはほとんど様式美の世界で、本格ミステリもそうですけど、絶対に踏みはずしてはいけないルールがいっぱいあるわけでしょ。このアルバムでも、いろんなリズムや音を使っていても、その使い方というのは、ある意味では、様式美に挑戦というか、様式美を現代的観点でとらえたらどうなるか、という部分があります。それが現代にとって、全く意味のないものとは思わないし、単にノスタルジックなものでもないし、もちろん現代では失われていることだけれどもね。だからこそ僕は大事なことだと思うんです。そういうものが僕の生き方の基本だと思ってるとこがあるから。単に古いものが好きとかっていうことじゃなくて、いつまでたっても人間はそんなに変わるものではないからね。

山口　でも加藤さんの好きなハードボイルドって〝様式やぶり〟みたいなところがありますよね。文体が思想そのものっていわれたり。

加藤　そういう言い方をすると、僕の音楽は様式を尊重しながらも、その様式をやぶりたいっていうところがあってね（笑）。ハードボイルドってそういったところがありますよね。体言止めにするとかというのは、従来やってはいけなかったことでしょ。自分の気持ちを語らないで、ディテールの積み重ねによって語る。極端に言えば、事件だけ作っておいてあとはあなたが考えなさいみたいにね。それはほとんど様式美に挑戦したようなことでしょ。僕の音楽のつくり方というのも、僕の気にかかったことをディテールを積み重ねて構成したという感じだね。

しかし『あの頃、マリー・ローランサン』はちょっとちがって、ありのままの現代を切り取ってきて描くという方法論によって創ったわけです。

山口　ハードボイルドの探偵では誰が一番お好きなんですか？

加藤　やっぱりフィリップ・マーロウ。

山口　サム・スペードとはやはり一線を画するところがあるんですか？

加藤　探偵としてはサム・スペードのほうが探偵っぽいね。マーロウはもちろんミステリなんだけど、普通の小説に近いところがあるね。

山口　さっき仰っていた、人生を教えてくれるようなところがあるっていうことですね。

加藤　そうですね。出来事を与えるだけで、あとは考えなさい、というようなところがありますね。

アーウィン・ショーの『ビザンチウムの夜』という小説があるのですが、落ちぶれたプロデューサーがいて全然金がなくて一生懸命脚本を書くんだけど、自分の名前ではバツが悪いというので、人から依頼された風をよそおってカンヌの映画祭へ行ったりするという。そんな中年の男が出てくる小説なんですけど、それは完全にハードボイルドの世界みたいなんですよね。純文学だけど、そこに犯罪の要素をちょっとでも入れれば完全にハードボイルドになるね。逆にフィリップ・マーロウの中から犯罪の部分を全部取っちゃって構成したら純文学になるし、そういう意味で、犯罪をはずしても小説として成り立つというのはすばらしいミステリなんだなぁ、と思いますね。

山口　チャンドラーの『長いお別れ』なんかも、フィッツジェラルドの小説と比較されたりしますよね。ハードボイルドが加藤さんに教えたことってどういうことでしょう。

加藤　むずかしいなぁ。俗なコトバで言うと男の本質をついている、ということかなあ。でもハードボイルドというのは日本で多分に誤解されてると思いますね。よくひきあいに出されるコトバに、〈男はタフでなければならない、やさしくなければ生きる資格がない〉というチャンドラーのフィリップ・マーロウの台詞がありますね。でもどちらかというと、ハードボイルドは〈一人でウイスキーを隅で飲んでる〉みたいな大衆の中の孤独的なイメージがあるでしょ。それは決してまちがいではないと思うけど、そればっかりがハードボイルドではなくて、男の弱さというのが一大テーマだと思うわけ。弱さは優しさと表裏一体のものですが、それゆえに、非常に愛してる人がいたとしても、自分はそれに絶対に触れない、というような所があるわけです。『カサブランカ』というのは、その点ですごくハードボイルドな映画なんですね。あれは男のタフさと、それに裏づけられた優しさというのが両方出てるでしょ。

　ぼくの『ニューヨーク・コンフィデンシャル』という曲も、一緒に生活していた女と別れた男が、その女がこのニューヨークにいるということだけでここを離れられない、という歌なんです。

山口　ハードボイルド的探偵のモノローグを歌ったような……？

加藤　だからこそ、その裏に、男の女に対する丁寧な別れの哲学があり、しかも自分自身に対してすごくストイックなところもあり、男は最後にこう言うんです。「まだ時間が早い、パブで飲むには」とね。彼は昼間からは飲まないんだ。失恋したからといって、もうどうでもいい、朝から飲んだくれちゃおう、というのはハードボイルド的じゃないですね。やせガマンかもしれないけど……。

山口　そうですね。やせガマンであれ、一つの信条をつらぬき通す。

加藤　自分で自分の曲を解説するというのは妙だけど、失恋の痛みを耐えてるというのを決して言わない手法は、ハードボイルド的手法かもしれないね。

山口　ええ。まったく同意しますね。

加藤　別の言い方をすれば、生きることの永遠のテーマみたいな……。毎日の生活というのはタフネスとテンダネスの選択を強いられることばかりでしょ。今日は、二時から三時までタフネス、夜は優しさでいこう、なんて分けられればすごく簡単なんだけどね（笑）。

だから、あのフィリップ・マーロウの言葉というのは、当然チャンドラーの人生観でもあるんだろうけれども、世界中の何百万人、いや何千万人かわからないほどの男たちを励ましてるよね。

山口　〈タフでなければ生きていけない〉というだけだったら、凡百のハードボイルド作家でも言えたと思うけど、でも〈やさしくなければ生きる資格がない〉と続けたところがチャンドラーのすごいところだと思うんです。

加藤　チャンドラーの生涯というのはあまり優遇されたとは言えないんでしょう。でも、そこまでつきつめたというのはすごい。

山口　それから、友情っていうのはハードボイルドのテーマの一つだと思うんですけど、それについて声高に語らないのがハードボイルドの特徴でもある……。

加藤　その場合大切なことは孤独ということかな。たとえ結婚していようと家族があろうと、親子の間柄であろうと、人間は一人だという倫理観があると思うんだ。人間はそれぞれ孤独だと思っているから、だからこそ友情を大切にし、自分の妻を大切にし、人との会話を楽しむってことがある。

友情ということでとらえると理解しやすいんだけど、何で助けるのかというとね、それはやはり両方孤独だから。孤独な者同士がちょっとでもひっかかるところがあれば助け合うという。つまり、夫婦の愛情もそうだしね。それをすぐに義理・人情で理解しようとするんだけど、でもそうじゃないと思うんです。

山口　ハメットの『マルタの鷹』の中でサム・スペードの相棒アーチャーが殺され、スペードが弔い合戦をやるけど、それも日本でいう義理人情とちょっと違う。チャンドラーの『さらば愛しき女よ』の中でのマーロウと〈大鹿マロイ〉にしても、別に事件の依頼者がいるわけじゃないし、形から言えば友情に近いんだけど、友情の為だなんてことは言わない。

加藤　マロイにしても自分の女であるヴェルマをひたすら追いかけるアホな奴だけど、それだけ真剣にやってるってとこに魅かれたのかもしれない。

山口　ハードボイルドっていうと、ロス・マクドナルドの話は出てないんですけど、加藤さんはロス・マクはどうですか？

加藤　洗練されてるよね。現代的だしね。嫌いではないです。でも彼の描く私立探偵、リュウ・アーチャーというのはシリアスだからね。フィリップ・マーロウぐらいまでだったら時代というのがあるからエンターテイメントだけど、アーチャーはリアルだよね。読んでるとロス・アンゼルスの知っている場所もどんどん出てくるんだけど、それが逆に妙なリアリティを持っちゃって……。でも僕が好きな探偵に順位をつけるとすると、フィリップ・マーロウ、リュウ・アーチャー、サム・スペードという順かなあ。

山口　ハメットが描くサム・スペードという私立探偵は、金と女に目のない男だけど、完全に女性不信っていうところがありますね。相手の女を助けたいんだけど、男は一旦仲間がやられたら絶対ゆずれないとか言ってね。

加藤　でもハメットとチャンドラーとの差は大きいよ。チャンドラーはそこで女を助けるんですね。そして、助けるオレはイヤな奴だなぁということで毎日生きていく。そういう点で、一歩進んだ男だと僕は思うんだ。

山口　『長いお別れ』の中でマーロウが、金持ちの妻のことでメロメロになってるテリー・レノックスに対して幻想をいだくな、汗もかけば便所にも行くんだと。バラ色の霧の中を飛んでくる黄金の蝶じゃないと。そう言っていながら、チャンドラーは未完の『プードル・スプリングス物語』の中でマーロウを大金持ちの何不自由ない令嬢と結婚させちゃいますけど、そういうのはどう思います（笑）。

加藤　あれと似ていると思うね。007を結婚させておいて、その次は妻を殺されてしまうという手法とね。彼としてはそのままで終わりにするつもりはなかったんじゃないかなぁ。

山口　なるほど、そうかもしれませんね。ハードボイルド系に出てくる女性っていうのは悪女が多い気がするんですが。

加藤　一概に悪女とは言えないね。女がどうのこうのというよりも、女を〈この世の中のすべての人間の欲望の代表〉みたいなことで置いていると思う。それに対して男、つまり主人公というのが欲望に対した時にどうなるかということが非常に興味深いわけです。これは男と女ということだけではなく、自分の〈欲望〉と置きかえてみると非常によくわかる。その女が絶対に欲しい、そして手に入れられる状況もあるんだけど手に入れない。そこに暗示的にだけど人生の規律というのが示されている気がするんだ。

山口　昔の本格ものの場合は、心理を深く掘り下げていくと犯人がバレちゃうし、恋愛は知的ゲームの邪魔だ、みたいなところがあって、ハードボイルドとはだいぶ趣が違うように思いますね。

加藤　そりゃそうさ。本格ものの探偵っていかにも〈不能〉のタイプが多いじゃない（笑）。いかにエラリイ・クイーンが美男でペダンチックといえど、なんとなく不能っぽいでしょ。あれはシャーロック・ホームズ以来の伝統なんじゃないかな。

山口　ディクスン・カーなんかは、いかがですか？

加藤　カーのものは言い知れぬ怪奇趣味なところがあるでしょ。ああいったものは好きでしたね。

山口　オカルティズム——黒ミサとか吸血鬼まで出てくる、ああいうオドロオドロしいものが？

加藤　そのオドロオドロしい、なんともはやペダンチックなところが好きでしたね。

山口　『ベル・エキセントリック』を聴いていましてね、少々我田引水的な見方なんですが、雰囲気がディクスン・カー的だなというところがあったんですよね。それはオドロオドロしさじゃなくて、カーの作品にバンコランという探偵を主人公にしたのがありますね。舞台は爛熟(らんじゅく)したパリで、サロンがあって、そこに登場するバンコランの前に猟奇的事件がおこっていく。そんな二〇年代末のパリの雰囲気が感じられたんですよ。

加藤　『ベル・エキセントリック』をレコーディングしたころは、今世紀初頭から一九三〇年代くらいまでに関するものを何十冊と読みまくりましたね。本屋さんへ行っても、その時代の雰囲気を伝える本があると全部買ったりしまして。

山口　カーの作品だとどんなものがお好きですか？

加藤　『火刑法廷』というのが一番好きでしたね。

山口　『火刑法廷』も怪奇小説とのボーダー・ラインを引くのがむずかしいような不思議な作品ですね。解決がインチキでね。その他では『アラビアンナイト殺人事件』とか、『盲目の理髪師』、あと

加藤　『皇帝のかぎ煙草入れ』っていうのもよかったな。ミステリの作家の中では一番ペダンチックな人じゃないですか。ブリティッシュの伝統を最も継いでいるような。

山口　でも、この人も実はアメリカ人なんですよ。イギリスの十七、八世紀あたりが好きで、それが作品に投影されてて。

加藤　ほんと？　僕、イギリス人だとばかり思ってた。ほとんどポーと、コナン・ドイルの線をおし進めた感じがあるのにね。

山口　今度は、美酒と美食の話をしたいのですが、ロアルド・ダールに『味』という短編がありましたね。

加藤　ああ、利酒（ききざけ）の話ね。ダールはいろんなことをやってるんだね。例の007の脚本まで書いてるでしょ。それから『チキ・チキ・バン・バン』のとか。けっこういろいろなジャンルを書いてるんだね。

山口　ダールのほかにも酒の出てくるミステリは多いんですけど、印象に残ってるのはどんなものでしょう。

加藤　酒で一番印象的なのは、ジェームズ・ボンドのマティーニだね。

山口　ジェームズ・ボンドだったら『カジノ・ロワイヤル』に出てくる〈ヴェスパー〉という女の名前をつけたものもありますね。

加藤　変なカクテルでしょ。甘そうな。

山口　かなり強いんですよね。ジンが3でウォッカが1、ベルモットが1／2でシェイクするってやつですよね。ウイスキーのダブルのロックで4杯分ぐらいのかなり強いものなんですよね。

加藤　ボンドはそれを飲んで、その上、食事の最中もワインをガブガブ飲むんだから、かなりの酒豪だね。

山口　あと、酒というとクレイグ・ライスで、マローン弁護士がニューヨークへ来るんですね。ビールを二杯バーテンダーに頼んで、チェイサーがわりに「ジンをダブルでくれ」とか言うんです。普通、チェイサーっていうと逆でね、メチャクチャな飲み方をして「これがシカゴ流だ」なんて言ってね。

加藤　ハードボイルドの探偵の酒の飲み方というのは〈本格もの〉とだいぶ違うところがあると思う。〈本格もの〉だと、ワインの利酒をして〈これは何年もののワインだ〉とかね。それに対してハードボイルドだと、ガンガン強い酒を飲んでしまう。

山口　マーロウとレノックスのおかげで、ギムレットが有名になったり……。加藤さんの楽曲にもお酒の描写が多いですが、加藤さん自身の実生活ではどういうお酒の飲み方をされているんですか？

加藤　僕は昼からは飲まないなあ。よく飲むお酒はドライマティーニかな、あれは気分がキリッとするからね。

山口　ところで探偵にはグルメが多いですね。ネロ・ウルフの出てくる『料理長が多すぎる』なんて美食ミステリの代表だし、フランスのメグレ警部もグルメ探偵の一人ですね。

加藤　メグレ警部というのは、フランスへ行くようになって好きになったんだけど、すごく現実に即して書いているんですね。メグレ警部は、ほんとにフランス人なんだ、細かいところまでね。うちの妻もワインとパンさえあれば事足りるというところがあるんですが、そういった描写もすてきですね。フランス人にとって食事というのは切り離せないし、お酒でも女でもすごくリアルなものなんですね。それがすごく作品にうまく描かれているね。

「87分署」シリーズというのはちょっと誇張があるけど、たぶんよくニューヨークを表してると思うし、メグレものは犯罪にいたるまでのリアリティがあるね。そういう中で食べ物を自然に出してるっていう感じだね。〈本格もの〉っていうのは、ちょっと無理やりっていうところがあるよね。

山口　〈本格もの〉とハードボイルドって、食べ物なんかに明確に象徴されるところがありますよね。イギリスの〈本格もの〉で、貴族が出てきたりすると、朝食からいろんな料理がズラーッと並んだりしますよね。それに比べてハードボイルドだと、レノックスを連れてるマーロウは途中でハンバーガーだけを食わせたり、あるいはハム・エッグやベーコン・エッグですましてしまったりとか、そういう違いがありますよね。

加藤　マーロウが人を連れて帰ってきて、ベーコン・エッグを作るというのは、すごくリアリティがありますね。気つけのワインが何年ものだった、なんていうのは合わないね。

山口　ミステリ読んでて何かの食べ物にあこがれたっていうのはありますか？

加藤　子どものころにね。エラリイ・クイーンのジュニア・ミステリでは、朝のオムレツとかベーコン・エッグといった、わりと普通のものがすごくおいしそうに描写されているんですね。僕らが食べているのとは違うんじゃないかと思ってしまうほど。

山口　そう言えば、クイーンというのは、大人向けの作品だとあまりそういう描写がないですよね。せいぜいケーキとコーヒーぐらいですよね。ところがジュニア向けのものだと、お料理上手なおばさんがいたりして……。

加藤　そうそう。いつもおいしいものが出てきて、あのシリーズが八冊ぐらいあるんでしたっけ。それも特殊な料理じゃなくて、いわゆる家庭料理でね。コーヒー一杯の描写にしても、ほんとにいい匂いがしてきそうなんですね。それが印象に深く残っています。

僕は特殊な料理が出てきてどうのというより、やっぱりリアリティがどこかにあるもののほうが好き。ミス・マープルが食べている四時のクッキーだとか、マーロウが作るベーコン・エッグだとか、生活とつながってるもののほうがよく覚えているね。十数人の晩餐会がどうのこうのっていうのは、小説の中のことなんだなあ、で終わってしまって。たとえシチュエイションは特殊であっても、リアリティがあるというのがあるでしょう。僕はそういうのが好きだし、人の心を打つのはそういうものだと思う。

リアリティってことでいうと、僕のレコードの作り方というのもそうなんですけど、ムダなことなのかもしれなくても、単に資料を探すというレベルじゃなくて、いろいろ読む。そして旅行をしたり、その他いろいろな刺激を得て、つまり百ぐらいのことをかけてやっと一つの表現を得る、そんな作り方をしていますね。今は逆が多いと思いますね。一だけ知っていて、それで十作ってしまうといったような。そういうのはイヤだと思います。

山口　なるほど。加藤さんのレコードを聴いていると納得がいくお話ですね。——ところで、話はかわりますが、最近翻訳が出た『マイアミ沖殺人事件』というのは読まれましたか？

加藤　読みました。ああいう遊びの精神というのはいいですね。全部証拠写真とかレポートとか本当の報告書でできていてね。あの本の原本ってほとんどないんでしょ。

山口　復刻版が出たんです。むこうの本だと本当に錠剤が入ってるらしいです。

ところで、最近テニスをやられてるってお聞きしたんですけど、ラッセル・ブラッドンの『ウィンブルドン』はいかがでした？

加藤　普通だったらテニスは、実際にやってるほうが面白いんだけど、これは面白い小説だったね。最後の方ではテニスの試合のサスペンスと事件自体のサスペンスがからんできて。

山口　また話がガラッとかわりますけど、『パパ・ヘミングウェイ』の裏ジャケットで波打ち際に倒れてるのは、あれは……？

加藤　あれは僕です。バハマの海岸なんですけど、鼻に海水は入ってくるし、蚊はとんでくるし、日は暮れてくるし、もうたいへんだったんです（笑）。

山口　海を舞台にしたミステリも多いですけどね、豪華客船に乗ったり。

加藤　そういった大仕掛けなのも好き。そんなとりわけすごいっていう作品はないんだけど、島に行くようになってからリアリティが出てきてね。『ドクター・ノオ』もすごくジャマイカがうまく描かれていますしね。

山口　フレミングはジャマイカが好きですよね。

加藤　別荘もあってね。フレミングの『ジャマイカ案内』という本も面白いですよ。

山口　ボンドが出たところで、このへんでミステリと映画の話へいってみたいんですが、やっぱりヒッチコックですか？

加藤　そりゃもちろん（笑）。だいたい全部見てますよ。ヒッチコックの中でも僕が好きなのは、初期の非常にロマンチックな作品を撮ってた時代があるよね、『レベッカ』や『泥棒成金』とかがね。スリルがあって、なおかつそれがエンターテイメントになってる。エンターテイメントっていうことは、人間を絶望させない、モラルのあるものだと僕は思うんだけど、あのへんのヒッチコックの作風は、ラブロマンスがあってサスペンスフルで、ゴージャスな円熟した作品だと思うな。

山口　ヒッチコックの『白い恐怖』みたいな心理スリラー的なものはどうですか？

加藤　ダリの絵を使った深層心理の夢のシーンはすばらしいですね。ヒッチコックとダリという別の分野の人がつながって何かをつくり出すっていうのはすばらしいことだと思うな。

山口　やっぱり。加藤さんの『猫を抱いてるマドモアゼル』の中に、心理学がとても好きよって一節がありましたね。——ヒッチコック以外の映画ではどんなものが？

加藤　そうだな、クルーゾーの『スパイ』という映画があったでしょ。あれをもう一度見たいと思うんだけどやってないですね。ストーリーの細かいところは忘れてしまってるんだけど、あの映画のもってた不思議さが妙に頭に残ってますね。

山口　確かに、あの映画には不条理なムードがありましたね。——最後に、加藤さんのミステリ・ベスト・テンみたいなものを……。最も意外な結末だったのは？

加藤　まず、エラリイ・クイーン『ドルリイ・レーン最後の事件』かな。ただあれは、「四部作」を全部読まないと面白くないんだけれども。

山口　謎で一番面白かったのは？

加藤　そういう意味では『オリエント急行』です。それからサスペンスで忘れられないのがウールリッチの『幻の女』と『黒衣の花嫁』ですね。だんだんオブセッションが積み重なって不思議なムードを作っている良いサスペンスものですね。

山口　探偵ヒーローに惚れたというのは？

加藤　フィリップ・マーロウですか。やっぱりマーロウですね。高校のころでしたから。マーロウものもいろいろあるけど、それを読んだ時っていうのはさほど感動しなかったですね。『さらば愛しき女よ』（*Farewell, My Lovely*）はタイトルも素晴らしいですね。もちろん内容も好きですが。

山口　脇役では？

加藤　「87分署」のキャレラの妻で聾唖のテディ。キャレラと妻が愛し合うシーンがかならず出てきて、それがいつもキューンとなるんですよね。

山口　それじゃ最後に、マーロウの有名な台詞風に加藤さん流にしめくくってもらおうかな。

加藤　そうねえ。むずかしいなあ。

男と女しかいないんだから、
男と女がいっしょにいなけりゃ生きていけない。
そしてそこに人生がなければ、
生きていく意味がない……。
というところかな。

MIDNIGHTS
YAMAGUCHI MASAYA

FUAN FUAN氏の真夜中の島

（1987年上演の戯曲に基づく2019年新版戯曲）

戯曲　三幕劇　青山円形劇場（with 岡田眞澄）

一九八七年の春から夏にかけて、私は一篇の戯曲を書いた。その第一稿は、当時フリー・ライターをしていた私の依頼主である編集者森永博志さんの手に渡り、森永さんの手による台詞改稿等を経て（当時私は『生ける屍の死』の執筆に専念していたので改稿には参加せず）、同年の十月六日から十四日の間に、青山円形劇場で、岡田眞澄（おかだますみ）さんの独り芝居『F

AN FAN氏の微睡(まどろ)みの南』として上演されている。

今回、一九八〇年代の創作を集成した『ミッドナイツ』を編纂するに当たって、私はこの戯曲のオリジナル稿も収録したいと考え、森永博志さんを始めとする関係各方面にリサーチを重ねたのだが、オリジナル初稿どころか、完成稿すらも発見できなかった（早稲田大学の演劇博物館に若干の資料類は収蔵されている模様）。私自身も上演は観ているのだが、舞台に孤島らしく砂を敷き詰めるオリジナル版のアイディアが（劇場側の要請で）却下されたことぐらいしか記憶にない。台詞もプロットも記憶になかった（森永さんの記憶も私と同様だった）。しかし、これは当時、私の唯一の戯曲作品であったし、岡田眞澄というビッグ・ネームとのコラボ作品が未収録というのは、いかにも惜しい。——そこで、オリジナル脚本の再現は諦め、「孤島に独り佇む男の独白によるアイデンティティ探し」というコンセプトのみを踏襲、タイトルも本書のイメージに合わせて変更して、一から構想も練り直して書き下ろしを試みたのが本作である。

【追記】その後、他の前説でも書いた三十年ぶりの収納庫開錠により、《FAN FAN氏の微睡みの南》関係資料が多数出てきた。その中に、私がシーンごとにプロットや情景のアイディアを仔細に書いた（スケッチ入り）十七ページに及ぶノートと、それとは別に森永さんが独自のアイディアで書いた脚本の手書き原稿がクリップで留められたものがあった。それらの資料を基に脚本制作過程を整理すると——。

① 私のプロット・アイディアと森永さんの脚本を合体させ、私が第一稿の脚本を書く。
② 第一稿の脚本を制作サイドに見せた結果、青山円形劇場側や美術の要請から、私のアイディアの大半が却下、また、台詞も「長すぎる」との理由で削ることに。
③ ②の結果、①の森永脚本に近い形で森永さんの手による完成稿ができあがる。同じく発見された公演パンフレットには、《脚本　森永博志＋山口雅也》と、クレジットがあった。また、音楽担当が、エスノ・プログレなバンド KILLING TIME であること、この公演が昭和六十二年度芸術祭参加作品であることも判明。

第一幕

場　孤島の砂浜
時刻　昼（日中）

――開幕（円形劇場なので幕はない。開幕、閉幕は照明の点灯・溶暗で代替する）

開幕代わりの照明点灯、舞台中央にピンスポットのライトが当たる。床には白砂が敷き詰められている。ディレクターズ・チェアにぐったり座っている男の姿が浮かび上がる。

男は耳の下までのミディアムの長髪、細面（ほそおもて）、ブルーの濃い色のレンズの眼鏡を掛けている。ローズ色の花柄模様のジャケットにインディゴ・ブルーのヴェルヴェットのパンツ、ジャケットの下にはパンツと同色の地に白い水玉模様のシャツ（六〇年代のボブ・ディランを想起）を着ている。靴はパープルの紐付きスニーカーを履いている。全体にミュージシャンか遊び人中年男の風情が漂う。

ライトの輪が広がり、周囲を映し出す。ディレクターズ・チェアの隣に白塗りのリゾート用の円形テーブルが置かれている。テーブルの上にはマグカップ、透明の液体の入ったショット・グラス、灰皿、コイーバのシガリロ（細巻の葉巻）のケースが置かれている。テーブルの中央にはラジオのような機器も置かれている（縦十五センチ、横三十センチ、奥行き十センチ）。機器の上部の端から銀色のアンテナが斜めに伸び、機器正面の中央にはスピーカらしき小さな孔が並び、三つのダイヤルが付属。全体に派手な朱赤の塗装が施されている。

ディレクターズ・チェアから、やや離れたところに、大きなグランド・ピアノが半ば砂浜に埋もれている。その向こうには椰子(やし)の木が一本立っている。
背後には五台の八〇インチ画面のプロジェクタが据えてあり、それぞれ熱帯の密林が映し出されている。真ん中のプロジェクタには、湿地帯の画像、蛸の脚のような支柱根に支えられたマングローブの樹が映し出されている。
周囲から寄せては返す穏やかな波音が聞こえてくる。赤いラジオからチェット・ベイカーの歌う《トラヴェリン・ライト》が流れてくる（以下、この曲は音量を下げ、ループで流れ続ける）。
ラジオの歌声をきっかけに、男が目を覚ます。ぐったり傾(かし)げていた首を伸ばし、ゆっくりと周囲を見回す。当惑した表情、大儀そうに立ち上がり、傍のテーブルを見下ろす。ショット・グラスとマグカップに鼻を近づけ、匂いを嗅ぐ。それから、それぞれ一口ずつ口をつける。

男　（思わず独り言を呟く）珈琲(コーヒー)と酒……これは、ドライ・シェリー……かな。（そこで、はっとして、自分の喉元を押さえる）声が出るな。匂いも、味もわかる……。

男は、慌てた様子でジャケットの内ポケットやパンツのポケットをまさぐる。パンツのポケットから、黒いタトゥー柄のジッポ・ライターが出てくる。蓋を開けて点火してみる。

男　（独り言が続く）炎は出る……服も濡れていない。難破して、この島に漂着したわけではないようだな……だが、どうして……こんなところにいるんだろう？　それに……（強い口調で）僕はいったい、誰なんだ？　自分が誰なのか思い出せない……いつも上着の内ポケットに入れているはずの財布も免許証もない。顔写真も氏名も確認できない。（顔を撫でてみる）……髭の剃り跡があるから、大人の中年ぐらいの男……だが、自分がどこの誰だか記憶がない……これは、夢なんだろうか……いや、違うだろう。僕は、こうして自分の独り言……声を聞いている。僕は他人より夢を観ることが多い。その夢は大抵は悪夢なんだが――その悪夢の中では、どういうわけか、いつも僕は声が出なくて苦悶していた……だが、今は、こうして自分の声が聞こえている。だから、これは、いつもの悪夢じゃない。それに――（沈思黙考の間合い）なんでこう、独り言が口をついて出てくるのか……独り言というのが、探しもので疲れた脳の退行化現象の現れだと聞いたことがあるが……ああ、僕は自分を探していたんだっけ……（溜め息をつく）ふう、ホントにおかしな事態だな。現実の自分の記憶がないのに、以前観た悪夢のことは覚えているなんて……逆行性健忘症――記憶喪失ってやつかな？　何かの事故で頭を強打して記憶喪失に……しかし、見回したところ、ピアノ以外に、船や飛行機の残骸は見当たらない。だから、なんらかの遭難でここにいるわけではないみたいだ。（思案気に首を傾げて）……それに南の島のリゾート・ビーチみたいな、テーブルの品々……。この派手なラジオ……かな、なんだ、この派手なラジオの塗装は？　イタリアのスポーツ・カーみたいだ。

男はテーブルからラジオを取り上げ、右端のダイヤルを回す。ダイヤルの操作によってラジオの音量が上下する。

男　これは、ヴォリュームか。さっきから、同じ曲ばかり流れて……選局を示すパネルはないみたいだが……こっちのダイヤルはどうかな。

男は隣のダイヤルを回す。突然、音楽が止み、チェット・ベイカーとは違う声が微かに聞こえてくる。急いで右端のダイヤルを回す男。

ラジオ　（電気処理されたような年齢性別不明の声が響き渡る）おぉぉぉい、出てこぉぉーい！

男は驚いて、ラジオのスピーカを凝視する。

ラジオ　おおーい、誰かいるのか？　いるなら出てくれ。返事してくれ！

男は恐る恐るスピーカに呼びかける。

男　おい、聞こえているぞ……これは、無線機か何かなのか？

ラジオ　（クラブ《バードランド》のMCマスコット、ピー・ウィー・マーケットのような甲高い、やや早口な声に定まってくる）おお、いるのか、やっと答えてくれたか。え？　これ、無線機なのか？　そっちには、無線機があるのか？

男　いや……僕は無線機に詳しくはないが、これは、無線機じゃないぞ、ラジオにしか見えない、それも見たことのない外国製の赤い色のラジオ……。

ラジオ　そうか……ラジオ……それで外界と繋がっているのか。

男　ん？　外界って、あんた、どこにいるんだ？

ラジオ　どこって……わからんよ。ここがどこだか、何も見えない。狭いところに背を丸めて、うずくまっている。周囲は、ぼんやりとした光——まるで、障子から差し込むような、薄明かりなんだが、なんかほっとするような心地よい光に包まれている……。

男　……『陰翳礼讃』。

ラジオ　あ？　いきなり、なんだ？　インエイ？

男　あんたの言葉を聞いて、ふと思い浮かんだ。随筆のタイトルだよ。谷崎潤一郎が書いた、日本文化における陰翳を礼讃する名作随筆——評論と言ってもいいかも。本が手許にないので、精確に言えるか心もとないが——その中で谷崎は、まだ電灯がなかった時代の、日本家屋の障子から差し込む薄明かりの美や心地よさについて論じていて……すまん、まだ、記憶があやふやで……ここから先は、谷崎以外の誰かの論かもしれんが、そうした障子から差し込む光は、胎児が母胎で感知する光に近いものだと説明されていたのを読んだ覚えがあるんだ。

ラジオ　おい、ちょっと、待てよ、それじゃ、あんたは、ボクが今、母胎の中にいて……そこで背を丸めているボクは胎児だとでも言いたいわけか？

男　まさか。（少し小馬鹿にしたように）胎児は喋らんだろう。あんたが、背を丸めてうずくまってるだの、障子から差し込む光だのって言うから、ふと連想しただけだ。……それで、あんたは、身動きできないのか？　どこかに拉致監禁されているのか？　どうして、そうなった？　あんた、誰なんだ？

ラジオ　（途方に暮れたように、やや声を落として）……そう、がんがん言うな。こっちも、混乱してるんだ。……まず、ボクが、どうしてこんなところにいるのか、わからん。拉致監禁と言われたが——紐みたいなものが身体に付着しているような感じがあるけど、縛られているような束縛感はない。足先ぐらいは動かせるんだが……立ち上がることはできないみたいなんだよ。そんなことより——。

男　そんなことより——？

ラジオ　——そう、そんなことより、（強い口調に戻り）いちばん困っているのは、自分が誰だかわからん——ってことだ。

男　はあ？　誰だかわからん——って、それじゃ、僕と同じじゃないか！

ラジオ　あ？　何を言ってるんだ？　あんたも、自分が誰だかわからんって……それじゃ、記憶喪失した同士が、お互いラジオを介して話してるってか？　……そんなおかしな狂気じみた話があるもんか。（しばし、沈思黙考の間合い）……はぁ、わかったぞ、あんたがボクを拉致監禁した張本人で、何かの薬でボクの記憶を消して、ボクを言葉でサディスティックに弄(もてあそ)んでいると……そういうこと？

男　それこそ、アメリカの犯罪ドラマみたいな、狂気じみた話だ。……僕はサディストのシリアル・キラーでもテロリストでもない。

ラジオ　でも、ボクと同じで自分が誰だか記憶にないんだろう？　だったら、なんで自分が犯罪者じゃないと言いきれるんだ？

男　それは……自分が誰だか記憶はないが、自分が犯罪者とか悪党ではないという確信があるからだ。

ラジオ　確信？　その確信というものの論拠は記憶じゃないのか？　だったら、論拠を示せ。あんたが悪党じゃないという記憶があるんなら、それを教えてくれ。

男　それは、できない。

ラジオ　なぜ？

男　確信は記憶に隣接しているが、本質的には、信仰に近い概念だからだ。

ラジオ　あ？　何を言ってるんだ？　いきなり禅問答か？　さっぱりわからんぞ。

男　（溜め息をついて）信仰している者に神の存在を証明しろと言っても無駄なことだろう。僕は自分が何者であるか記憶にないが、悪党ではないと確信していると言った話の中身は、そういうことだ。

ラジオ　（鼻を鳴らして嘲るように）ふん、理屈っぽい奴だ。ボクのほうについて言えば、信仰はないが、神の不在については、論拠を示せるぞ。

男　（こちらも嘲るように言い返す）ほら、それこそ、確信じゃないか。あんたも、自分が何者か記憶がないと言いながら、神の不在は確信しているんだろ。だから、僕も、自分が誰だか記憶はないが、自分は犯罪者じゃないと確信していると言っているんじゃないか。

ラジオ　あー、わかったよ、あんたこそ、壊れたラジオの宗教哲学番組みたいに、うだうだと……禅問答の垂れ流しは沢山だ。

両者、しばし沈思黙考の間合い。また微かにチェット・ベイカーの歌声が流れる。

ラジオ　（きっぱりとした口調で）いいよ、わかった。あんたもボクも自分が何者か記憶がないってことでいいだろう。だが、記憶をすべて失ったわけではないわな――。

男　（うなずいて）ふむ、と、言うと――？

ラジオ　だからさ、ボクたち、会話は成立してるじゃないか、言葉を解し、それを組み立てて、お互いの意思疎通はできてる——言語の記憶はあるんだ。

男　そうだね。なんとか会話にはなってる。

ラジオ　それに、あんたは、ラジオがどうだとか、『陰翳』なんたら……えー、『礼讃』だとか、具体的なモノについての知識の記憶もあるわけだ。

男　あんたのほうも、障子がどうだとか、胎児がどうだとか、具体的なモノについての記憶はあるわけだね。

ラジオ　そうさ、だから、自分が誰であるか、どうしてこんなことになってしまったのか——その二つの記憶は失くしているが、ボクたちには、過去に学んだこと、体験したことの知識の記憶は、断片的かもしらんが、まだ、（強調して）脳の中にあるわけだ。

男　いいことを言うな。我々はアイデンティティのみを記憶喪失している。逆行性健忘症の不可思議なところだが、まあ、そういうことなんだろう。

ラジオ　——だろ？　（不意に気を変えたように）あんた、さっき、「連想した」と言ったな。

男　ん？

ラジオ　ほら、ボクが障子から差し込む薄明かりのことを口にしたら、『陰翳礼讃』なんてムズカシイ随筆のタイトルを連想したんだと答えた。——つまりだ、あんたは、ボクとの会話から連想して、過去に読んだものの記憶が甦ったわけだ。

男　確かに。あんた、思ったより頭いいじゃないか。

ラジオ　そりゃそうさ。少し前までは、生まれたてみたいな、まっさらなブランクの記憶だったが、今は、あんたと言葉を使って話しているし、『陰翳礼讃』なるエッセイだか評論だかを、以前、読んだような記憶も甦ってきている……だから、それは、ボクの知識の記憶も戻ってきているってことだ。

男　言いたいことが、わかってきたよ。つまり――。

ラジオ　そうだよ、このまま、ボクたちは会話を続けて、お互いの情報交換をし続ける。そうすれば、いつかは、何かの「連想」で、自分自身のことを思い出すかもしれんじゃないか？

男　（溜め息をついて）そうだな、確かに、今は、それぐらいしかやれることはないかも。

ラジオ　なんだよ、溜め息はあんたの癖か？　あんたは悲観論者なのか？　もっと元気を出せよ。あんた、ボクと違って自由に動けるんだろう？　さっき、「赤いラジオに向かって喋ってる」とか、言ってたな。――って、ことは、ラジオが見えてるわけだ。他に何が見える？　どこにいるか見えてるのか？　あんたは、どんな風体だ？　どんな服を着てる？　ボクの周囲の情報は、さっき言った、「母胎みたいなものの中にうずくまっている」で、すべてだ。だから、今度は、あんたのほうの情報をくれよ。

男　（改めて周囲を見回して）僕は、デッキ・チェア、いや、ディレクターズ・チェアみたいな折り畳み椅子の中で目覚めた。傍にはリゾートにあるみたいな白い丸テーブルがあって、その上に、赤いラジオが載っていた。他には、珈琲、シェリー酒の入ったグラス、煙草が置いてある……。

ラジオ　おいおい、随分豪勢じゃないか！　そういうのは、全部、ボクの好物だぞ。

男　僕にとっても。欠かせない嗜好品だよ。珈琲、酒、煙草は、僕にとって生活の糧（かて）――「三種の神器」みたいなものだ。……そんな確信がある。

ラジオ　いいぞ、ボクにもそういう確信がある。嗜好品の三種の神器……ボクの生活にとっても欠かせないものだった。気が合うね。で、煙草の銘柄は何だ？

男　《コイーバ》。

ラジオ　おお、《コイーバ》！　懐かしいね。思い出した……ボクも吸ってた覚えがある。

男　精確に言うと、これはシガレットじゃなくて、キューバ産の葉巻(シガー)を細巻きにしたシガリロ。黄色の地に金色のポニーテールの女性の横顔をあしらったパッケージが可愛いから、女性の喫煙者にも勧めて喜ばれた覚えがある。

ラジオ　うん、うん、思い出してきた。女性人気のシガリロね。確かオランダの煙草だろ？　だが、値が張るから、ボクは特別な日に吸うことにしていた。

男　ああ、僕もそうしていた。……今日はまあ——「特別な日」なんだろうから、吸ってみようか？

ラジオ　おお、いいね。吸ってみてくれ。自分の名前は忘れても、嗅覚や味覚の記憶は残っていて、それをきっかけに、すべてを思い出すこともあるらしいから——。

男、シガリロを一本摘まみ出し、ライターで火を点ける。一服して、溜め息のように、ふうと紫煙を吐き出す。

ラジオ　（期待感露わに）どうだ？　シガリロ、旨(うま)いか？

男　旨いよ。久しぶりに堪能してる。

ラジオ　香りはどうだ？　嗅覚のほうで、思い出すことはないか？

男　（再び紫煙を燻(くゆ)らせ）うーん、どうだろう……ゴージャスな生活、とまではいかないが、何か「特別」な生活をしていた感じがする。

ラジオ　そうだろう。日本人で《コイーバ》のシガリロを吸う奴なんて、滅多にいないからな。だが、シガリロは、あんたの生活に欠かせないもの……さっき、「三種の神器」とか言っていたが——。

男　うん……何人かの観客の前で、そんな演説——講義かな——をぶった覚えがある。

ラジオ　観客？　講義？　どんな内容の？

男　珈琲、煙草、酒の成分は、人体にとって、異物——健康を害するものと、世間的には見られているわな。

ラジオ　ああ、缶珈琲を一日に何十本も飲んで死んだ奴がいた。アルコールは言わずもがな、肝臓を壊して死んだ例は数多い。煙草は……まあ、肺癌の元だと言われているし、ニコチン系の殺虫剤が染み込んだ服を着ているだけで、農夫が死んだとも聞いたことがある。

男　——そう、皮膚からの摂取・吸収だけでね。ニコチンは強力な毒だ。精製したニコチンを塗った針をチクッと皮下注射しただけで、人ひとりを簡単に毒殺できる。

ラジオ　おいおい、犯罪にやけに詳しいな。

男　そういう、あんたもな。

ラジオ　そんなに犯罪に詳しいのなら、ボクを拉致監禁したのも、やっぱり、あんたなんじゃないのか？

男　（頭を振って）いや、それはない。犯罪に関しては、僕のほうは、みんな知識の記憶であって、自分が実際に犯罪に手を染めてはいないという、記憶ではないが確信がある。

ラジオ　ああ、またそれか。イデアみたいに、経験記憶によらずとも、端から頭の中に存在する確信か？　わかった。堂々巡りはたくさんだ。ともかく、話を先に進めよう。

男　（珈琲とシェリー酒に一口ずつ口をつける）そうだね、知識記憶を並べ立てて外堀を埋めて行けば、そのうちに、本丸のほうのアイデンティティの記憶も甦ってくるかもしらん。（溜め息をついて）——ともかく、人類は、それらの毒を何千年もの間、僕の言うところの《三種の神器》として嗜んでいるじゃないか。――それは、なんでだ？

ラジオ　それは……まあ、成分としては毒だが、それは……過剰に、まずいやり方で摂取した場合にそうなるのであって、嗜好品の域なら、人間にとっては、むしろいいものだから……かな。

男　その通り。人類永年の嗜好品を、医者や科学者たちが、悪だ、毒だと言うなら、こちらも科学的に答えようじゃないか。還元主義でな――珈琲、煙草、酒の、化学的な成分は何だ？

ラジオ　（少し口ごもりながら）うう……珈琲は、カフェイン、煙草はニコチン、酒は、えーと、エチル・アルコール……でいいのか？

男　そうだよ。あんたも、なかなかの物知りじゃないか。（講義のような厳めしい口調で）珈琲のカフェイン、煙草のニコチンとか、酒のエチル・アルコールは、その善悪は措くとして、確かに人体のある部分――臓器に作用する。（自分の頭を指さし）――脳だよ。

ラジオ　ノウ……脳髄のことか？

男　そう。我々人類は、脳の働きによって、文字を生み出し文化を創造した。脳の働きによって、道具や機械を造り、農業や産業を生み出した。そうして我々人類は生物の頂点に立ち、地球を支配してきた。その脳は、今現在も、毎日毎時間、休みなく働いている。夜、他の臓器が寝ている時も脳は働いている、だから、夢を観たりするんだろう？

ラジオ　そう言われれば、そうだな。それだから、脳で動いている人間には悪徳の三種の神器が必要不可欠だというわけか？　だが、酒や煙草をやらないで脳を働かせている人もいるだろ。体質的に酒を受け付けない人もいるわけだし。

男　必要不可欠だとは言っていないぞ。血液中の糖――エネルギーの八〇パーセントは脳が消費すると言われている、他の臓器や筋肉でなくて、脳髄が、だよ。だから、珈琲、酒、煙草を、やらなくても、脳は十分に食い物を得ているわけだ。

ラジオ　脳は、食い物だけでも、常にガソリン満タンで走り続けているってことだろ。

男　ガソリン満タン……いい譬えだね。じゃあ、こちらも譬え話で応じよう。脳を車のエンジンに譬えてみる。車をフル・スピードで走らせたら、どうなる？

ラジオ　エンジンをフル回転にしたら、タコメータがレッド・ゾーンに達して……そのまま走り続けていたら、終いには、エンジンが焼けちまうだろう。

男　エンジンが焼けたら、車は動かなくなるだろ。そういう時、そうならないようにするためには、どうしたらいい？

ラジオ　車のメカについては、さほど詳しくないが、なんらかの方法でエンジンをクール・ダウンさせてやるんだろうな。

男　そう、クール・ダウン、だよ。悪徳の三種の神器には、脳というエンジンをクール・ダウンし、再びフル回転させてくれる効果がある。（また、講義のような厳めしい口調になって）珈琲のカフェイン、煙草のニコチン、酒のエチル・アルコールは、脳がフル回転で疲弊した時、脳内にドーパミンを噴出させてくれるわけで――。

ラジオ　ドーパミンというのは……確か中枢神経の神経伝達物質……でいいのか？

男　そう、このドーパミンの放出によって、人は快さを感じ、幸福感に満たされ、また何かをしようという意欲が湧いてくる……まあ、脳内ドラッグみたいなもんだ。

ラジオ　なるほど……それで、ウォール街のエリート社員は、出社前に、ダブル・エスプレッソ――カフェインで目を覚まし……。

男　ウォール街のエリートでなくたって、普通の職場でも受験生でも珈琲ブレイクとかやってるだろ。

ラジオ　そうだな、普通の会社員でも、残業の後、♪ちょっと一杯のつもりで飲んで〜、酔った脳がその日の憂さ晴らしして、翌日も定時に出社という気になるんだろうし、昔の大忙しの新聞記者や刑事の部屋なんて、みんな咥(くわ)え煙草で苛酷な仕事に集中してたもんな。

男　ほう、そんな昔のことまで、知っているのか。今じゃ、そういう職場でも、分煙・嫌煙で、咥え煙草はＮＧだろ。――とても胎児の言うこととは思えんな。

ラジオ　いや、ボクが胎児かどうかなんて、今は、どうでもいい。それよりも、あんたが何者であるか、わかったんだよ。

男　ほう、僕は何者なんだ？

ラジオ　ひと様より頭脳フル回転の仕事をやってたんだろう？　頭脳労働者――だから、脳のドーパミン補充に悪徳の三種の神器が必要なんだ。それに、やけに博識ぶったその口調、ギャラリーの前で講義をした記憶……あんたは大学教授なんだろう？

男　教授？　講義？　いや、違うね。《悪徳の三種の神器》講座なんて聞いたことないぞ。

ラジオ　そうかな、脳科学とか文化人類学とか……マンガ学の講座もあるくらいだから、どっかのＦランク大学に、そんな講座があっても――。

男　いや、それはないって。

ラジオ　なぜ？

男　ガッコが嫌いだから……学校を職場とするような人生を選ぶはずがない。

ラジオ　おや、わたしは学校が嫌い――って、そんなタイトルの小説があったね。で、なんで、学校が嫌いなんだ。

男　（忌々し気に）集団で生活するのが苦手。ラジオ体操、ホームルーム、チームでやるスポーツ等、駄目だった。不登校——というか、幼稚園時代からして、他の園児たちに馴染めず不登園、中学はなんとか優等生で過ごしたが、高校時代は試験前に一週間ぐらい不登校をして、結果、試験は理系科目で赤点を食らった。優等生から一気に落ちこぼれの暗黒時代になっちまったんだ。

ラジオ　（明るく応じて）——ほう、かえって、いいじゃないか、子供の頃のことを思い出してきたんだな。——で、なんで、集団に溶け込めなかったんだ？

男　孤独にならざるを得ない環境にあったからだと思う。家庭でも虐待こそされなかったが、僕は孤立していた。家族同士は不仲で喧嘩ばかり……親の方針の学区外通学で近所に友人もいなかったし、学校での友達も長続きしなかった。（次第に苛立った口調で）ともかく、現実生活の不毛で退屈なのが嫌で堪らなかったんだよ！　だから、子供の頃の遊びと言えば、本や漫画を読むことぐらいしかなかったんだ。

ラジオ　（あくまでも冷静に）つまり、現実が面白くないから、虚構に逃避していたわけだ。

男　（少し落ち着きを取り戻し）まあ、そういうことだと思う。僕は子供の頃から……なにか周囲に馴染めない……コンプレックスに、間欠的に苛まれてきた……という記憶がある。

ラジオ　家で漫画本ばかり読んでたってことは、虚弱体質なのか？

男　いや、引き籠りの読書の虫になるのは嫌だったから、スポーツもしたよ。足が速かったから、リレーの選手にもなったし、ピンでやる剣道も習っていた……記憶がある。

ラジオ　人間関係や組織を嫌い、学校を嫌い、虚構が安息地となれば、教師、教授の職に就くことはありえんわな。教員の世界も派閥だの上下関係だの人間関係が面倒くさいらしいし。それじゃあ、子供の頃、将来何になりたかったか思い出せないか？

男　（首を傾げ、少し考え）思い出してきたよ。僕は親や教師を謀(たばか)っていた。

ラジオ　――と言うと？

男　うちの父は小役人、母は商店経営の共働きで、二人とも人様に頭を下げて苦労していたから、「将来は、人に頭を下げられる職業につけ」と言われた記憶がある。

ラジオ　「人に頭を下げられる」？

男　そう。人様から「先生」と呼ばれ、「家(か)」の付く職業にと。

ラジオ　(鸚鵡(おうむ)返しが続く)「カ」の付く職業？

男　ほら、芸術家とか、建築家、法曹家とか、医家とか……。

ラジオ　イカ？

男　医師のことを気取ってそう呼ぶんだ。

ラジオ　なるほど、じゃあ、その家の付く職業に就いたのか？

男　あんたと話していると、いろいろ思い出してくるな……初めは母方の親戚が、医師や医療関係ばかりだったので、医師になるよう勧められ、自分も、半々ぐらいの本気度で、そうなろうという気もあったのだが――。

ラジオ　不登校の上に理系科目で赤点取ったら、医学部は無理だな。

男　それで、文系の法学部志望に鞍替えした。

ラジオ　法学部と言えば、法曹家というのも人様から「先生」と呼ばれ、頭を下げられる職業だわな。で司法試験は――？

男　大学一年の春、早々に諦めた。

ラジオ　なぜ？

男　暗記が嫌いだから。あんな六法全書みたいな味気ない分厚い本の条文を記憶するなんて堪えられなかった。

ラジオ　あんたも、猛烈に面倒くさい奴だな。

男　（心外だという顔で）だって、そうだろう？　人間なんて自分が面白いと思うことを記憶するわけで、面白いと思わないことを無理やり暗記させられるなんて、マゾヒスティックな事態には堪えられんよ。

ラジオ　じゃあ、さっき、親を謀って医師や法曹家を目指したと言ったが、あんたが本来なりたかった職業は何なんだ？　ここまできたら思い出せるだろ？

男　んー……子供の頃は漫画ばかり読んでいたから漫画家かな……。

ラジオ　おお、「家」の付く職業じゃないか！　じゃ、あんたは漫画家か？

男　（そっけなく）いや、子供の頃の僕の画力は模写程度の高が知れたもので、デッサンとかもできなかったし、同じクラスに自分より画力がある奴が転校してきて、そいつのほうが人気者になり、こちらは早くも挫折、小学校高学年で早々と漫画家の道は諦めたよ。

ラジオ　おやおや、挫折に次ぐ挫折の遠回り人生だな。それじゃ――。

男　（はっとして）いや、待て。……自分の家族、学校、職業の話から連想する記憶がある。

ラジオ　ほう、何を思い出した？

男　僕の、遠いご先祖様は日本史の教科書に名前が出てくる人物……だったと思う。

ラジオ　そりゃ、凄いじゃないか！　一気にアイデンティティの記憶の本丸に迫ったわけだ。……で、そのご先祖様は誰なんだ？　勝海舟？　源氏とか平家の末裔か？　いや、あんた、母方の親類は医療関係が多いと言ったな……じゃあ、杉田玄白とか――？

男　いや、先祖が勝海舟や杉田玄白だったら嬉しいが、それほどの有名人じゃない。源氏でも平家でもない……たぶん、江戸後期の人で、まあ、日本人なら誰でも知ってる水戸黄門みたいなのじゃなくて、大学受験の科目に日本史を選んでガリ勉暗記した奴なら覚えている程度の知名度。そう言えば、高校の教科書以外でも、母方の祖母が自叙伝を書いた時に、家系図を載せていて――。

ラジオ　おい、自叙伝って、あんたのお祖母さんも著名人なのか？

男　うん……断片的にしか思い出せないんだが、医療系で何らかの業績を上げて、女性向けの雑誌でインタビューを受けたり、他の著名人と対談したりしていた……だが、その中身は思い出せない。祖母の名前も職業も駄目だ。

ラジオ　それなら、教科書に載ってるほうのご先祖の職業は何だ？　江戸時代なら、士農工商のどれなんだ？

男　（額に手を当てて、しばし黙考）……うーん、思い出すのは……確か「家」の付く職業で――。

ラジオ　おお、血は争えないというか――ご先祖が「家」の付く職業なら、あんたの家系は遺伝子をちゃんと受け継いでいるじゃないか。――で、医家じゃないなら、書家とか？　江戸時代は、漫画家なんて職業は確立してないだろうから……画家とか？

男　……いや、家系図に狩野派絵師の名は載っていたが、姻戚関係で血は繋がっていなかった……（しばし、沈思黙考）……そうだ、その人物に関連して蝦夷地という言葉を思い出す。

ラジオ　エゾチ？　北海道のことか？　江戸時代の人なら平仄が合うが。蝦夷地ね……北海道が、そう呼ばれていた頃のことなら、まだ日本の国の版図が画定していないだろうから……測量か探検みたいなことをしてた……伊能忠敬とか、間宮林蔵の名前が浮かぶが……。

男　思い出した！

ラジオ　おお、当たりか？　伊能か間宮？

男　（急に意気が下がり）いや、その二人の業績に隠れて知名度が低くなってしまったが、江戸幕府の普請役人で蝦夷地探検家の……最上徳内。

ラジオ　モガミトクナイ……（しばし沈黙）。

男　なんだ、名前を知って、がっかりしたか？　教科書に載ってるとは言ってもマイナーな人物だからな。

ラジオ　（当惑したように）いや……違うよ、ボクが、そんなマイナーな人物の名前を知っているから、自分でも、ちょっと妙な気分になっているんだ。最上徳内は……確か山形の農家の出身だが、独学で立身出世、幕府に取り立てられて蝦夷地調査の任務を果たしたんだった――。

男　（やはり当惑し、驚いたように）よく知ってるじゃないか！

ラジオ　ああ、なぜか自分も……覚えているぞ。最上徳内という人物は、身分の上下動の激しい人で、確か、入牢もしてるんだよな。

男　そうだよ。確かに人生の浮き沈みが激しい人で――。

ラジオ　入牢してるんだったら、あんたは、やっぱり犯罪者の血を引いているわけだ。

男　（慌てて）ちょ、待てよ、そっちに来るのか？　最上徳内は、犯罪を犯して入牢したわけじゃない。元々、師匠の下人の身分で、師の代行として蝦夷地調査をしたんだが、幕府の政争や蝦夷地の騒乱に巻き込まれて、確かに、いったんは、罪人として入牢しているんだが、ごたごたが収まった後に、蝦夷地の専門家として、改めて幕府に取り立てられ士分を与えられたんだ。

ラジオ　わかった、わかったよ！

男　（憤然として）何がわかったんだ？

ラジオ　あんたの最上徳内に関する知識は教科書レヴェルじゃないってことがさ。――だから、あんたが家系図を見たということも、ご先祖様が、探検家の最上徳内だということも、事実なんだろう。あんたの言うことを信じるよ。――で、あんたの姓は最上なのかい？

男　いや、違うと思う……最上は、後から名乗った姓で、徳内……の元々の姓は高宮だった。

ラジオ　タカミヤ……それが、あんたの祖母さんの家の姓か？

男　そうだ。思い出した。祖母の旧姓が高宮で……本家は……確か、……うん、山形の造り酒屋か何か――。

ラジオ　ほれ、もう一息だ。あんたの祖母さんの結婚後の姓は？　あんたの姓名は？　職業は？　ご先祖の血を引いているのなら、職業は探検家？

男　（再び頭を抱え、呻くように）……うぅ……何かを調べたり、探ったりするような……そんな仕事をしていたように思うんだが……それ以上は、思い出せない。探検家ではない。探検家なんていう職業、今の時代には、殆どあり得んだろう……。

ラジオ　そうか、それなら角度を変えて――。

男、ラジオには答えず、シガリロに火を点けると、ディレクターズ・チェアに頽れるように座り込む。

男　（疲弊した口調で）ここらで、一服させてくれ。頭脳フル回転で疲れたよ。ニコチンで脳内ドラッグを放出させないと……。

ラジオ　（慌てて）おい、こっちには、酒も煙草もないんだぞ。まだ、あんたに訊きたいことも山ほどあるんだ！　だから――。

男、煙草を指に挟んだまま、目を閉じる。その時、ラジオの喚（わめ）き声をかき消すかのように、天井のほうから、第三者の男声が降りてくる。

天の声　（穏やかな口調で反響を伴い）……六、五、四……。

ラジオ　な、なんだ、今のは――？

天の声　……三、二、一――。

――閉幕（照明、溶暗（フェイドアウト））

第二幕

場　孤島の砂浜
時刻　昼（一定の時間が経過しているが、第一幕と同じ日中）

――開幕（開幕は照明の点灯で代替する）

開幕代わりの照明点灯、舞台中央にピンスポットのライトが当たる。床は白砂。ディレクターズ・チェアにぐったり座っている男の姿が浮かび上がる。指には火の消えたシガリロを挟んだまま、微睡（まどろ）んでいる様子。周囲の舞台装置、小道具、背景等は、第一幕と同じ。ライトの輪が広がり、周囲の全景を映し出す。

周囲から寄せては返す穏やかな波音が聞こえてくる。赤いラジオからニール・ヤングの歌う《孤独の旅路（ハート・オブ・ゴールド）》が聞こえてくる（以下、この曲はループで流れ続ける）。歌声は次第に音量を下げ、替わってラジオから喚き声が聞こえてくる。

ラジオ　お〜い、出てこぉーい。そこにいるんだろ？　寝ているんなら、目を覚ませ！　こら、フアン、応答せよ！

男、声に反応して目を開く。立ち上がると、指に挟んだ火の消えたシガリロを不思議そうに眺め、無造作に砂浜に捨てる。それから、大儀そうにテーブルに歩み寄り、マグカップの珈琲を一口すすり、傍に置かれたピルケースを取り上げ、蓋をスライドさせて中を検(あらた)める。

ラジオ　おい、ファン、起きたか？　目覚めたのか？

男　ん？　ああ……ラジオか？　ああ、寝ちまったみたいだ。それも薬を呑んだようで、夢も観ずにぐっすりとね。

ラジオ　薬があるのか？

男　ああ、きのう――なのかな……前は気づかなかった、ピルケースを見つけた。

ラジオ　ピルケース？　中身は？

男　錠剤のシートには見覚えがある……えーと、ゾルピデム……フルニトラゼパム……ゾピクロン……。

ラジオ　なんじゃ、そりゃ？　睡眠導入剤の類ばっかりじゃないか。ファン――あんた、眠剤常用者なのか？

男　（肩をすくめて）ああ、多分な。家系だろ。父親もバルビツールかなんかを常用していたのを思い出したよ。僕自身も、子供の頃から夜更かし癖があった。（陶酔したような口調で）家人や世間が寝静まって、独りきりになれる夜を――幾千幾万もの真夜中(ミッドナイツ)を、それこそ自分だけの至福の時と思って生きてきた……。（そこで、ふと気を変えたように）――あんた、さっきから、僕のことをファンとか呼んでるが、それ、僕の名前なの？

ラジオ　そうだよ、ボクが名付けたんだ。

男　名付けた？

ラジオ　そうだよ、ボクが名前を付けたんだ。たぶん、きのう……いや、前回、ボクたちは、自分の名前すらわからずに——つまり、記憶の中核を失ったまま、三種の神器がどうだとか、周辺の知識記憶ばかりを駄弁(だべ)っていた。挙句の果てに、あんたの家系自慢を聞かされたんだが、ご先祖の名前はわかったものの、肝心のあんたの名前のところへ行こうとすると、脳が疲れたとかなんとか言われて、中途半端で終わってしまった……だから、あんた、ズバリ言うが、今、正直、不安なんだろう？

男　不安……？

ラジオ　そうだよ、自分の置かれている状況がわからないのも不安、自分の名前も職業もわからないのも不安、唯一の話し相手が、やはり正体不明のラジオの中の声というのも不安、そして、わけのわからんラジオの助けで自分の正体を知るのも不安なんだろう？

男　（しばし考える間）……だから僕に、強制的に名前を付けたというのか？

ラジオ　（強い口調で）そうそう、そうだよ！　人は名付けることによって、不安から解放される。闇に潜んで目を光らせ、鋭い爪と牙を持つモンスターを、ライオンとか獅子とか虎とか、豹とか、果ては猫とか名付けることによって、不安や恐怖を解消し、安心して飼い慣らすまでにいたった。だから——。

男　わかった、だから、あんたは、お互いの不安解消・自分探しのために、とりあえず僕に名前を付けることから始めたいわけだ。

ラジオ　そうだよ。いいアイディアだろ？　それでもまだ不安か？

男　いや、不安というより、不満と言うべきかな。——不安解消のために「フアン」と呼ばれるのも、なんだかなぁ……。

ラジオ　はぁ？　ファンという呼び名に不満なのか？　じゃ、谷崎潤一郎とか、最上徳内とか呼ばれたいのか？

男　（肩をすくめて）いや、それはいい。自分が谷崎でも徳内でもないという確信はあるから、そう呼ばれないほうが、本当の自分探しには近道だろう。

ラジオ　（嬉しそうに）――な、やっぱり、あんたも、そう思うだろ？

男　その代わり――。

ラジオ　何だ？

男　僕もあんたに名前を付ける。

ラジオ　ほう、何と名付ける？

男　胎児――と。

ラジオ　あ？　タイジ……って、母胎の胎児？　随分ベタな命名だな。

男　だが、あんたのほうの情報は、それぐらいしかないからね。少ない情報の一つのあんたの声もピー・ウィー・マーケットみたいな子供っぽい巻き舌の早口だからな。

ラジオ　ピー・ウィー……あの《バードランド》のすげえライヴの福助MCのことか？

男　よく知ってるな。ジャズも聴いてるかい？

ラジオ　ああ、あんたの言うことはだいたいわかるんだ。ボクたち世代や趣味嗜好が近いのかもな。――まあ、あのMCは好きだし、あんたの言う通り……（気落ちしたように）ボクのほうには酒も煙草もなくて、狭い母胎のようなところに、囚われているわけだから……。

男　そう悲観するな。母胎の中も、そう悪いところではないはずだぞ。――《胎児回帰願望》と言って、人には、母胎に帰って安心したいという本能みたいな願望があるそうだから――。

ラジオ　ああ、その言葉も、聞き覚えがあるよ。確かに、ここにこうしていても、そう悪い気分じゃない。むしろ、安堵感があるくらいだ。——OK、いいよ、壊れたラジオなんて呼ばれるより、まだマシだ。ボクは人間なはずだから、胎児と呼ばれるのも悪くはない。

男　じゃ、胎児君、初めまして。

胎児　じゃ、あらためて、FUAN FUAN氏、宜しくな。

ファン　ん？

胎児　どうした？

ファン　今、FUAN FUAN氏と言ったな？

胎児　ああ、それがどうした？

ファン　それを聞いて、思い出したタイトルがある——確か、《FAN FAN氏の微睡みの南》といって——。

胎児　何だ、それ？　映画か何かのタイトルか？

ファン　（額に手を当て考えながら）いや、映画でなくて……演劇だと思う……確か、円形の劇場を、島——僕が今いるような孤島に見立てた男優の独り芝居で……僕は記憶をなくす直前に、その芝居のことを調べていたように——。

胎児　ちょっと待て、ファンは、今、「僕が今いるような孤島」と言ったな？

ファン　ああ、言ったが。

胎児　それは初耳だ。まだ、あんたがどこにいて、どうしているのか、聞いていなかった。知識記憶を辿る前に、まず、その目の前の情報をくれないか？

ファン　あ、ああ（周囲を見回しながら）目の前には、白い砂浜に椰子の木が一本……碧（あお）い海、波は穏やか。太陽が眩しい。背後には鬱蒼としたジャングルが茂っている。一部は湿地帯で、蛸の脚みたいな多岐の根を下ろしている樹木が……あれは――。

胎児　――蛸の脚みたいな根というのは支柱根のことだろ？　そんなけったいな姿の樹木は――マングローブ以外あり得ない。だろ？

ファン　ああ、マングローブだ。思い出したよ。実際に見た記憶もある……。

胎児　マングローブなら、あんたが、熱帯のどこかにいるのは間違いない……マングローブの生育域は、確か……アフリカ、インド、南アメリカのアマゾンあたり、あるいは、太平洋の熱帯の島々とか……。

ファン　そう、目の前の砂浜は、さほど広くなくて、弧を描いた浜の両端は見えないから、多分、円形の島みたいなところにいるんだろうと、ここで目覚めた時、まず考えたんだ。

胎児　それを早く言わんかいな、ホンマ怒りますヨ！　（わざとらしい咳払い）えへん――じゃ、ファン、あんたは、その南の島に――タイタニックみたいな海難事故かなにかで、漂着したんじゃないのか？

ファン　いや、それは違うと思う。服は濡れていなかったし、浜には他に漂着物は見当たらない。近くの砂浜にグランド・ピアノが埋もれているのが妙だが、それ以外のもの――船や飛行機の残骸は見当たらない。自分以外の人影も、だ――。

胎児　じゃあ、遭難者ではないんだな。本当に、あんた以外に人影はないのか？

ファン　今のところは。だが、前にあんたと話し合った時から時間は経っているはずだが、珈琲は淹れたてのようで温かいし、酒も注ぎ足されている。自分以外の誰かが、この島に隠れ潜んでいて、僕のためにいろいろ世話をしてくれているみたいだ。

胎児 そういう状況だと、遭難というより、リゾートでの保養といった感じだな。——ところで、リゾートと言えば、あんたの——ファンの風体を聞いていなかったな。どんな服装なんだ？ ライフ・ジャケットの類は着けてなかったのか？

ファン いや、ライフ・ジャケットは着けていない。僕の風体は……耳の下までのミディアムの長髪、細面、髭の剃り跡があるから、たぶん、中年ぐらいの男。ブルーの濃い色のレンズの眼鏡を掛けている。ローズ色の花柄模様のジャケット——ラベルは……ポール・スミス、好きなブランドだ——と思う。下はインディゴ・ブルーのヴェルヴェットのパンツ、ジャケットの下は、パンツと同色の地に白い水玉模様のシャツ……これは、六〇年代のボブ・ディランが着てたみたいなものだ。靴はパープルの紐付きスニーカーを履いている。いずれも、濡れていない。この恰好に違和感はないから、まあ、これが普段着なんだろう……。

胎児 （あきれたように）ボブ・ディラン風の水玉シャツって……何だか、時代遅れになった下り坂のロック・ミュージシャンか、お笑い芸人、あるいは……歌舞伎町の風俗の客引き——みたいな風情だな。

ファン （不愉快そうに）風俗の客引きはひどい。客引き、ポン引き、売人の類に対面した記憶はあるし、僕はそもそも職業に貴賤なしという主義なんだが、自分がそういうことを生業としていたという確信はない、お笑い芸人というのも、ね——。

胎児 ああ、お笑い芸人にしては、あんた陰気だからな。

ファン むしろ、胎児君のほうが、お笑い芸人なんじゃないか？ さっき、関西弁を使ったやんけ。

胎児 （やや凹んだ様子で）むう、ボクは、あんたと違って、どちらかというと陽性のほうだとは思うが、お笑い芸人ではないぞ。それは、それこそ、ボクの中の確信でもある。

ファン　じゃ、それはお互い除外して、風俗の客引きも却下。――その中では……ミュージシャンでどうだ？　音楽家なら、「家」の付く職業だろう？

胎児　音楽家なら、しっくりくるか？

ファン　しっくりというか……音楽と聞くと心安らぐ……なにか、毎日、音楽は常に聴いて生活していたような気がする。

胎児　音楽も、あんたの三種の神器というわけか？　（ふと思いついたように）今、ボクらの会話のバックで流れてる曲、わかるか？

ファン　（懐かしそうに）ニール・ヤングの《孤独の旅路（ハート・オブ・ゴールド）》。今は知る人も少ないだろうが、全米チャートでナンバー・ワンを獲得している。好きな曲だ。

胎児　じゃあ、前回掛かっていた曲は？

ファン　チェット・ベイカーが歌う《トラヴェリン・ライト》。元はビリイ・ホリデイの持ち歌だが、僕にとっては……こっちのヴァージョンのほうが……何と言うか……想いが強い。たぶん、（得意げに）……そうだ、チェットが来日した時に逢っていて、持参した稀少盤レコードに……「You got rare me」なんて、洒落たサインを貰った記憶がある。

胎児　ふむ、なかなかディープな話だな。ロックとジャズか。いろいろ聴いているようだが……今言った二人以外で好きな音楽家の名前を挙げてみろよ。

ファン　んー、ロックは……ディラン、ビートルズの取り分けジョン・レノン、ジミ・ヘンドリックス、フランク・ザッパ、ヴェルヴェット・アンダーグラウンドの取り分けルー・リード、キング・クリムゾン取り分け、唯一のオリジナルメンバー、ロバート・フリップ……ジャズは、セロニアス・モンク、ラサーン・ローランド・カーク、エリック・ドルフィー、ガボール・ザボ……クラシックなら、グスタフ・マーラー、エリック・サティ、オリヴィエ・メシアン、ジョン・ケージ……レゲエのボブ・マーリー……映画音楽なら、バーナード・ハーマン……いくらでも出てくるぞ。ブルースならハウリン・ウルフ・フィーチャリング・ヒューバート・サムリン、ソウル、R&B、ファンク、青江三奈フィーチャリング・デヴィッド・スピノザ……おっと、女性ヴォーカルなら、日本では過小評価のローラ・ニーロやリッキー・リー・ジョーンズとか……他の分野でも、いくらでもいえるぞ――。

背後のプロジェクタに、ファアンの挙げたミュージシャンが次々に映し出され、それに伴い、ラジオから彼らの音楽が流れてくる。最後は音のカオスのような様相を呈す。

胎児　（うんざりしたように）あー、もういい。わかったよ！

ファアン　何がわかった？

胎児　ファアン君の音楽嗜好がさ。あんたが挙げた音楽家だが、大雑把（おおザッパ）に言って、どれも、主流というより孤高な感じ。彼らの音楽も、どこか万人好みを外れた異端・異形の感じが強い。あんた、前回、自分は孤独な境遇だったと言ったよな。――だから、それが音楽嗜好にも投影されているんだろう。だから、孤高の音楽に共感するんだろう？　そういうわけで、あんたは、ミュージシャンだとしても、マイナーで売れない部類。

ファアン　（不満げに）そうかな……音楽については……なにか自分のアイデンティティにしっくりくるんだが。

胎児　じゃ、テストしてみよう。そこにピアノがあるんだろ？　せっかくだから、それを弾いて、好きな歌でも唄ってみろよ。

ファン、言われるがままに、砂に埋もれたピアノに歩み寄り、鍵盤に触れ、一音、二音弾いてみる。

ファン　駄目だ。僕にはピアノが弾けない。これが漂着物ならどうせ調律も狂ってるんだろうが、そもそも音程や楽理がわからない。僕の技量は、ギターのコードを押さえられるぐらいしか——。

胎児　いいから、歌ってみろよ。

ファン、出鱈目に鍵盤を叩きながら渋々《A Man Needs A Maid》のヴァースを英語で歌い出す。（人生紆余曲折で、最早、誰を信じていいかわからない——の大意。だが、発音、音程共に覚束ない）

胎児　もういい、わかった、ニール・ヤングの名曲バラード《A Man Needs A Maid》だろ？　君は孤独な人間嫌いで、人生も紆余曲折だったたから、誰も信用できなくなってその曲を選んだのか？　それにしても、しょうもなく下手だな、まるでダメ！

ファン　（不服そうに）そもそもニール・ヤング自身が、シナトラなんかと比べれば下手の部類だ。

胎児　いや、ニール・ヤングはヘタウマ、チェット・ベイカーもその部類。不安定な歌いぶりでも、そこが却って、味わいとか、シンガーの脆（もろ）さや儚（はかな）さの表現に繋がり、エモーションは伝わってくる。そこがプロのヘタウマとアマの下手くその違い。だから……そういう自分の音楽技量のなさも、好きな音楽家に投影されているんだろう。それでなければ、マーラーよりモーツァルトやバッハを選ぶだろうし、ましてや、ジョン・ケージの《易の音楽》なんて、知らない衆生(しゅじょう)が聴けば音楽とは思わんだろう。エリック・ドルフィーだって、最初聴いた時は、譜面を逆に吹いてるのかと思ったほど、おかしなフレーズだったし——。

胎児が話している間、マーラー、ケージ、ドルフィーの曲がラジオから流れる。

ファン　（当惑したように）胎児のご高説には、同意するよ。（不意に気づいたように）前の会話で、ピー・ウィー・マーケットの名前を知ってたのにも驚かされた。普通、音楽ファンでもMCの名前までは憶えていないだろう？　あんたも、音楽について相当詳しいな。僕の挙げた異端のミュージシャンについても理解していて、対等に話ができてる……これは、いったい、どういうことなんだ？

胎児　（同じく当惑したように）それについては……ボクも端から気付いていた。ボクも最初は記憶まっさらで、目覚めたんだが、ファンと話していると——特に知識の記憶をあんたが口にすると、ちょっとした時間差はあるが、ボクのほうでも、自然に、その知識が甦ってくるんだ。自分の記憶がファンの記憶と不思議と同期(シンクロ)してくるんだよ——だから、お互い、すらすらと会話が成立するわけで……。

両者、しばし、沈思黙考の間合い。

胎児　ともかく、ファンは音楽好きで、そこに自分の孤独感を投影しているが、プロの音楽家ではない――ってことで、いいだろ。

ファン　ちょっと待て、音楽の話題を切っ掛けに――たぶん、仕事を、一緒に、したミュージシャンの名前を思い出してきた……。

胎児　ほう、それはいい兆候だ、列挙してみろよ。

ファン　細野晴臣、飯島真理、布袋寅泰、門あさ美、大江千里、GONTITI、加藤和彦、ドアーズ……。

胎児　んー、なんか、さっきと違って出鱈目(でたらめ)な並びだな。テクノ、アイドル系ポップス、バリバリのギター・ロック、フィメール・ヴォーカルにアコースティック・デュオ、シンガー・ソングライター……音楽性も個性もバラバラ……如何に守備範囲が広いと言ったって……それら、全員、ファンの好みなのか？

ファン　（頭を振って）いや、僕の音楽嗜好のことを言っているのではない。好むと好まざるとにかかわらず、先方からオファーが来たから仕事をした……そういう確信があるんだ。それに、出鱈目な並びではないぞ、ドアーズを除けば、全員、昭和の終わりから平成にかけてのバブル期に活躍したミュージシャンばかりだ。

ファンが列挙したミュージシャンの動画がプロジェクタに映し出され、彼らの音楽も舞台に流れる。最後は音楽が交錯し音のカオスとなる。

胎児　一緒に仕事をした……ファンが腕利きのセッション・ミュージシャンなら、その並びでの共演はおかしくないが……でも、ファンには、楽器の技量はないから、それは無理な話だ……だが、音楽関係者ということなら……レコード会社のディレクターとか、プロダクションのマネージャーとか……。

ファン　それはないと、前回も言ったろう？　僕は元々、会社とか学校とか、組織の一員でいるのが苦手なんだ……いや、待てよ……確か、大学卒業時分は、自分は音楽が好きだから、音楽で食っていくかと思って、レコード会社にでも潜り込めればと画策した……。

胎児　おお、やっぱり。で、どこのレコード会社に――？

ファン　――いや、入社しなかった。それ以前の問題があった。僕の大学卒業時分は就職氷河期でね。レコード会社だけでなくて大手マスコミのどこも新規採用をしていなかった。オイルショックのせいでね。受験戦争と言われた厳しい時期を潜り抜ければいい職に就けると言われて頑張ってきたのに、油の値段なんかで、大卒の職がないなんて、世の中の何もかもが信じられない暗澹(あんたん)たる気分だったよ。

胎児　（溜め息をついて）オイルショックか……遥か昔のことだが、ボクも覚えているよ、短い期間だったが、その後のバブル期からは思いもよらない、日本の暗い時代。いい歳したオバハンがトイレットペーパーの奪い合いとかしてた――。

ファン　（意外そうに）何だ、胎児の癖に、そんな昔のことまで知ってるのか？

胎児　（むっとして）胎児の癖には余計だろ。これは仮の呼び名だし。ボクだって今、何歳なんだかわからないんだから。（そこで気を取り直し）しかし、ファンもツイてないな――そんなひどい時期が就職に重なるなんて。

ファン　ああ、一年、二年ズレていれば、職にありついていた。現に留年を重ねた同級生のほうがいい会社に入っている。

胎児　それにしても、漫画家も挫折、医者の道も法曹の道も挫折、音楽関係も挫折、優等生から落ちこぼれとか、挫折に次ぐ挫折の人生なんだな。

ファン　(沈んだ口調で)……ああ、いい時もあったはずだが、とにかく浮沈の激しい人生だった。だから、真っ先に、ご先祖様の入牢だの幕府の役人に取り立てだのという紆余(うよ)曲折の人生を思い出したんだろう——自分の半生に重ね合わせて、ああ、やっぱり、自分の挫折の連続はあらかじめ決まっていた宿命——決定論だったのかとね。

胎児　(同情するように)《悪い星の下に生まれて(ボーン・アンダー・ア・バッド・サイン)》ってやつか。まあ、そうブルースになるなよ。

ファン　いや、駄目だ。前回もそうだったが、自分の人生の暗黒時代のこととなると、途端に脳が疲れてくる。記憶喪失だろうが、そうでなかろうが、思い出したくない記憶は、脳が拒否反応するんだろう。だから、だから——。

胎児　——だから、また角度を変えて対話をしてみようじゃないか。

ファン　——と言うか、話を元に戻してだろ？

胎児　ああ、そうだった。ファンが記憶喪失の直前に調べていたという演劇。

ファン　《FAN FAN氏の微睡みの南》か？

胎児　そうそう、それ。少しのタイム・ラグはあったが、ボクもその演劇のことを思い出したよ。あれは確か、青山の円形劇場で上演された芝居だった——。

ファン　おお、君も覚えていてくれたのか！

胎児　キミ？

ファン　(明るい口調で)ああ、お互いの記憶の同期のせいなのか……僕らは同じ時代を体験してきたみたいだし、君には親近感を覚えてきてるんだ。あんたなんて、他人行儀な呼び方はできないよ。

胎児　ますます、いい兆候だ。こっちも同じ気持ちだよ。——じゃあ、君は、《FAN FAN氏の微睡みの南》という芝居に——。

ファン　ちょっと待て。今度はこっちにテストさせてくれ。

胎児　テスト？

ファン　そう、記憶のテスト。これまで、君ばかりが僕を質問攻めにしてきただろう。——だから、今度は僕のほうから君の記憶に問いかけてみたいんだ。

胎児　ああ、そうだな。ボクと君の記憶は驚くほど似てるし、ボクと君との記憶のタイム・ラグも縮まるかも。それに、君の質問の刺戟（しげき）によって、ボク自身の記憶だって呼び覚まされるかもしらん。

——で、何を訊きたい？

ファン　《FAN FAN氏の微睡みの南》に関して、思い出す限りのことを言ってみてくれ。お互い情報を突き合わせれば、記憶の核心に迫れるかもしれない。

胎児　（考えながら）……あれは、確か、君がミュージシャンたちと仕事をしていたというバブル期に……青山の円形劇場で上演されていた独り芝居で……主演は……まあ、独り芝居だから、岡田眞澄が独りで演じていた……と思う。

ファン　その通り。岡田眞澄について覚えていることは？

胎児　——石原裕次郎の全盛時に日活で主にバイプレイヤーとして活躍していた俳優だったと思う……《狂った果実》に出ていたんじゃなかったか？

プロジェクタに《太陽の季節》《狂った果実》《嵐を呼ぶ男》等、岡田眞澄の出演映画が映し出される。

胎児　容貌は……高い鼻、彫りの深い日本人離れした顔立ちで、口髭を蓄えてからはスターリンの役を演じた写真も見た覚えがある。確かフランス語も堪能で、両親のどちらかがフランス人じゃなかったか？　――だが、時代劇にも出ていたような記憶もあるが。

プロジェクタに《幕末太陽傳（ばくまつたいようでん）》の映像が映し出される。

ファン　ああ、僕の大好きな時代劇の《幕末太陽傳》にも出ているが、両親は日仏のカップルではない。僕も最近知ったんだがな。岡田眞澄はフランスで生まれ育っているが、母親はデンマーク人で、彼女の姉は、コペンハーゲンの、あの有名な人魚像のモデルだったというくらいだから、相当の美形だったんだろう。いっぽう、岡田眞澄の父親が日本人の画家なので、多分、美術繋がりで、彼の両親は知り合ったのだと思う。

胎児　確かに岡田眞澄はバイプレイヤーにしておくには惜しい美男だったな。

ファン　そうだよ！　（思わずラジオのほうへ身を乗り出す）岡田眞澄は、ルキノ・ヴィスコンティ監督に《山猫》への出演を迫られているんだが、どういうわけか断っていて、その代役が、あのアラン・ドロン――だったという。

胎児　そりゃ、もったいなかったな！　その後、フランスの映画に出続けていたら、ドロン主演の《サムライ》や《仁義》の岡田ヴァージョンが観れたかもしれないのに。

ファン　岡田眞澄は美形俳優なだけじゃなくて多芸多才だぞ。菅原文太と日本初の男性ファッション・モデルにもなっているし、松任谷由実のアルバムにゲストで一曲、歌っているはずだ。

胎児　その岡田眞澄が、独り芝居でＦＡＮ ＦＡＮ氏を演じたのか……ファンファンというのは、確か——。

ファン　ファンファンというのは岡田眞澄の愛称で、フランスの美男俳優ジェラール・フィリップの役名・愛称にあやかったものだ。当時、斜陽になった映画からテレビ出演に移行していた岡田眞澄が、バラエティでお笑い芸人に敵役としていじられた時の役名が《ファンファン大佐》で、一気にファンファンの知名度が日本中に広まったんだ。

胎児　おお、いいじゃないか。どんどん記憶が戻って来てるな。

ファン　ああ、人ごとになると、脳がフル回転してくれるみたいだ。

胎児　ああ、君は、歩く検索エンジンみたいな奴だからな。ボクのほうの検索エンジンもサクサク働いてきたよ。確か、そんな風にテレビの人気者として世間に受け容れられた岡田眞澄が、自分の原点回帰——役者としてのアイデンティティを取り戻すために、青山円形劇場で、敢えて独り芝居を敢行した——と。

ファン　その独り芝居、胎児は観ているのか？

胎児　うん、観ている……という記憶がある。照明が凝っていた。

ファン　元々が、当時、岡田眞澄と仲のよかった照明アーティスト藤本晴美（ふじもとはるみ）との共同企画だったからな。音楽は確か……エスノ・プログレな感じのキリング・タイムというバンドが担当してた。

胎児　そこまでわかっているなら、あと一歩だろう。ファアン、君はバブル期に著名なミュージシャンたちと仕事をしたんだろ？　それなら、同時期に人気再燃していた岡田眞澄とも仕事をしていてもいいはずだ。

ファン　そうだな、なんらかのかたちで、あの舞台に関わっていたかもしれない。

胎児　だろ？　じゃあ、君の風体から言って前座のお笑い芸人――でどうだ。

ファン　（憤然として）どうしても、そっち関係に持って行きたいのか？　ビートルズの武道館公演のドリフターズじゃあるまいし。それに、当時、岡田眞澄は、お笑い系番組で付いたパブリック・イメージから脱するために、敢えて独り芝居という役者としての挑戦をしたわけだから――。

胎児　（相手の言うことに構わず）――じゃ、演出家はどうだ？　君が独り芝居の演出をしたんじゃないか？

ファン　（再び額に手を当てて、意気下がる）……うーん、それはないと思う。大学生の頃、演劇もいろいろ観たが……思い出すのは、薄暗く狭い舞台で――いま胎児が置かれている状況のような不条理な劇をやってた早稲田小劇場とか……。

胎児　おお、早稲田小劇場……そんなアングラなところに出入りしていたなら……出身校は早稲田か？　あそこは、演劇関係に強くて坪内逍遥（つぼうちしょうよう）の肝いりで設立された演劇博物館もキャンパスにあるからな。演劇志望は早稲田に行けと言われていたくらいだから、君は演劇青年だったんじゃないのか？

ファン　坪内逍遥の『小説神髄（しょうせつしんずい）』には、ちょっと脳のアンテナが反応するが……僕が行ったのは法学部だからね。演劇志望なら文学部一直線でよかっただろ……。早稲田小劇場を思い出したのは、僕がそこの劇団員ではなくて、劇場下の喫茶店が僕の仲間の根城になっていたからだ。

胎児　仲間の根城？　喫茶店が？　仲間って演劇サークルじゃないのか？

ファン　いや、演劇サークルじゃないよ……学生運動の末期の頃だったから、まだ、学館は革マルが占拠していて、文系サークルは使えなかったんだ。だから、早稲田小劇場下の喫茶店を僕らのサークルが部室代わりに占拠してたんだ。

胎児　小劇場の下を部室にしてたのなら、やっぱり演劇サークルだろうが。

ファン　いや、違うって。（頭を抱え）……いや、自分自身のことになると……急に脳が働かなくなる。思い出せない。前も言ったように……その時代にも、思い出したくない、嫌な記憶があるんだろう……。

胎児　（舌打ちをして）チッ、黒歴史の多い面倒くさい奴だな。じゃ、他に演劇関係で思い出すことは？

ファン　演劇で思い出すのはあと……そう、割と最近、英国の古い戯曲を四苦八苦して翻訳したような覚えはあるが――。

胎児　翻訳？　君は翻訳家なのか？

ファン　……いや、本業ではないと思う。余技みたいなもんだ。

胎児　英国の古い戯曲というと……シェイクスピア？　坪内逍遥はシェイクスピア全集の翻訳でも知られているが――。

ファン　（心外だというように）僕の音楽の嗜好を分析した君ならわかるだろう？　僕には王道とかアカデミックとかの志向はない。だから、シェイクスピアの翻訳をすることもないだろうし、ましてや、「余技」でするなんてシェイクスピア翁に対して失礼だ。

胎児　「翁」ときたか。そんな風に呼ぶところをみると、あんたも、シェイクスピア、好きなんだろう？　それも敬愛のレヴェルか？

ファン　ああ、好きだよ。ただし、御大層な文学としてでなく、ただの……面白物語としてな。『マクベス』はサイコ・スリラーみたいな面白さだし、『十二夜』は爆笑コントで……（はっとして）おい、こんな青臭い文学談議は、学生時代に、とっくに卒業してるんだ。話を元に戻してくれ。

胎児　わかった。落ち着け。君は、演劇関係に興味はあるし、余技だとしても、なんらかの仕事をしてた。そこまでで勘弁しといてやろう。だから、君は芝居の演出家ではない。だが――。

ファン　だが——何だ？

胎児　君は前に、ディレクターズ・チェアに座っていると言ったな。

ファン　ああ。そんな形の折り畳みの椅子があるが——。

胎児　そういう形の椅子には、演出家が座るもんだ。巨匠クラスになると背凭れに映画監督の名前が書かれていたりする。つまり、野外のロケなんかで映画監督が座るもんなんだ。そういう椅子が、そこにあるとすると、君が映画監督——という線も出てくるぞ。どうだ、座ってみたら？

ファン氏　言われるがままに、椅子に座り、シガリロに火を点けて一服する。煙の輪が立ち昇る。

胎児　どうだ、座り心地は？

ファン　うん、いい気分だ。なんか、偉くなったような気分だな。

胎児　そこで、質問タイムです……君は映画が好きですか？

ファン　ああ、好きだね。映画・映像の類は、一日一本は必ずみるよ。

胎児　一日一本？　そりゃたいしたもんだ。

ファン　ご存知の通り子供の頃から不眠症気味なものでね……なんというか、日夜、頭脳フル回転なもので目をつぶっても眠れないんだよ。そういう時は、現実生活の嫌なこと、預金の残高がどうだとか、今日はゴミ出ししなかったとか、年金や確定申告や介護や……下らない人間関係のこととか、嫌なことばかりが思い浮かんできて、なんか、実人生とは別の世界を観なけりゃ、頭がおかしくなりそうになるんだ。眠剤呑んで寝たと思っても、脳は動き続けていて、夢遊病みたいのも経験している。

胎児　おお、そりゃ、本格的にアブナイ奴だな。

ファン　部屋から出るほど重症ではなかったが、目覚めたら、周囲に食い物が散乱していて、それを夜中に食べた記憶がないんだ。

胎児　それくらいなら、案ずるほどのことはないだろ。夢遊病は大袈裟だ。そりゃ、低血糖の症状じゃないのか？

ファン　（呟くように）……現世は夢、夜の夢こそまこと——ってところかな。

胎児　おお、江戸川乱歩の座右銘か。

ファン　そうだが、元ネタは、詩人、ウォルター・デ・ラ・メアの言葉の援用だ。

胎児　待てよ、脱線はそのくらいにしとこう……話が先に進まんから。——ともかく、ファンは、現実問題から虚構に逃避すれば、安らかに眠れたというわけか。

ファン　まあ、そういうことだろう。

胎児　それじゃ訊くが、子供の頃、好きだった映画監督は誰だ？

ファン　（即座に）円谷英二。

胎児　あ？　あの特撮監督の？　君の映画の刷り込みは怪獣映画か？

ファン　そうだよ。小学校高学年の頃、映画館で初めて観た映画が《モスラ》で、もう、打ちのめされたね。それで、図書館に一冊しかなかった特撮の本を借りてきて、円谷英二の名前を知り、真剣に弟子入りを考えた。

プロジェクタに《モスラ》の映像が映し出される。

胎児　ああ、刷り込み、トラウマの類を語れない映画ファンなんて、ボクも信用できないから、そういうのは、いい話だと思う。（疑り深げに）だが、前回は、そんな逸話は出なかったな……さては——。

ファン　ご明察。円谷英二弟子入りの夢は、あっさり崩壊したよ。学芸会の時、特撮ネタで一発、クラスメイトをビックリさせてやろうと目論んで、カーテンを引き裂いて怪獣の着ぐるみを造っていたんだが、脚まで作ったところで……（忌々し気に）前回言った、あの僕より絵のうまい転校生が、驚異的に精巧なモスラとラドンのミニチュア模型を造ってきたんだ。

胎児　ああ、トラウマ映画を観る前に、映画監督志望も挫折のトラウマを負ったというわけか。（同情するように）しかし、君というご仁も、挫折に次ぐ挫折続きで、その果てに、いったい、どういう職に就いたんだろうね？

ファン　（諦観したように苦笑しながら）んー、まあ、あれも駄目、これも駄目でドミノ倒し的に、なんらかの仕事に就いたんだろうよ。映画関係の線は、このくらいにしとくか。

胎児　いや、まだ駄目だ、体験的な記憶のほうは、相変わらず挫折の壁に阻まれてるみたいだが、知識の記憶のほうは、どうだ？　好きな映画は何だ？　さっき、仕事をしたという岡田眞澄の映画は観てるんだろう？

ファン　ああ、観てるよ。岡田眞澄の出演映画でいいのは——石原裕次郎とガチで共演した初期のものよりも、映画単位で言えば、断然、《幕末太陽傳》だね。

以下、両者の挙げる映画がプロジェクタに映し出される。

胎児　いいね、岡田眞澄のあの外国人っぽい容貌で時代劇というのは、ちょっと違和感があったが、遊郭の若い衆を、剽軽に演じていた。あの美男だから、しくじりをやった時、陰間茶屋に売り飛ばされるとか言われてビビッてた――。

ファン　――あれ、笑えたね、落語ネタの面白さ、フランキー堺のスラップスティック且つ流麗な動き、本来の構想では、もっとシュールなエンディングになるはずで……君もアレを観てるのか？

胎児　ああ、観てるよ。夭折の天才川島雄三監督作品。脚本は今村昌平。

ファン　今村昌平！　あの人も好きな監督だよ。《人間蒸発》のエンディングの凄さ。もう、映画館のシートからずっこけるぐらい驚いた！　……映画という虚構と企みの世界を――あ、以下ネタバレになるから、やめとくか？

胎児　ああ、やめとこう。それに、その映画はすでに観てるよ、君とは記憶が同期してるって言っただろう？

ファン　ああ、そんなこと言ってたな――（疑り深く）でも、そんな不可思議なことってあるかなぁ……。

胎児　お互いのことを信じ合おうって、気持ちが一致したばかりじゃないか。

ファン　――じゃあ、本当にお互いの記憶が同期しているか、試してみよう。僕のほうから胎児の好きな映画を訊いてみようじゃないか。

胎児　（こちらも諦めたような口調で）ああ、いいよ……ヒッチコックもいいが、ボクでなくても誰でも褒めるだろうから、ヒッチコックになりきれなかったウィリアム・キャッスルのほうに肩入れしとくか。

ファン　（苦笑いしながら）いきなり、そっちかい。

胎児　――君の捻くれた趣味も我慢して拝聴してきたんだ。ボクも好きに言わせてもらう。以下思いつくままに……仁俠映画もすきなんだが……シュレーダー兄弟絡みでは、アカデミーを獲った《タクシー・ドライバー》より断然《ローリング・サンダー》。そう、比較論なら、より好みがわかっていいだろ。キューブリックの《博士の異常な愛情》を採るより、ネタ被りでヒットしなかったが、ハイ・テンションでラスト超ビックリのシドニー・ルメットの《未知への飛行》を支持する。お涙頂戴の感動映画はクソだと思う。

ファン　（投げやりな感じに）同意。ノンフィクションに涙することはあるが、泣きたいために劇映画は観ようと思わないな。

胎児　そういうのを観るくらいなら、ありったけの映像技術を己の強迫観念のみに注ぎ込んだラス・メイヤーの《ファスター・プッシイ・キャット、キル！　キル！》には作家性を認める……エド・ウッドは誘蛾灯みたいなもんで……おい、こういうのやっても、やっぱり切りがないぞ。

ファン氏、それには答えず、椅子から立ち上がり、グラスの酒とカップの珈琲に一口ずつ口をつけると、新しいシガリロに火を点けて紫煙を吐き出す。それから、ラジオに向きなおって。

ファン　（少し揶揄するような口調で）なるほど、いろいろ……万人が評価しないようなものまで、よく観ているな。僕の趣味嗜好と一致している。テストは合格だよ。

胎児　（身構えるような口調で）ほう、合格ね、つまり、ファアン、君とボクの記憶は同期しているということか。

ファアン　（相変わらず韜晦気味に）うむ、まあ……僕も同じ映画を観ているし、そういうのが好みなんだが……ちょっと、思うところあって……。

胎児　でも、コミコンの質問コーナーじゃないんだから、いい加減にして、次に行っても——。

ファアン　（きっぱりと）駄目だ。もう一つだけ質問して確かめたいことがある。

胎児　あ？　何だ？

ファアン　僕はさっき、記憶を失う直前のことを思い出して《FAN FAN氏の微睡みの南》という芝居のタイトルについて言及した。だから、胎児、君のほうでも、囚われの状況になる直前に観た記憶のある映画のタイトルを挙げてほしい。

胎児　（当惑したように）それは……できると思うが……ええと、監督名は忘れたが、多分、日本未公開の《The 9th Guest》……。

ファアン　ほう、君は日本語字幕なしでも映画が観られるのか。

胎児　ああ……だいたいのプロットはわかる。

ファアン　（皮肉っぽい笑みを浮かべながら）《The 9th Guest》は、アガサ・クリスティーの《そして誰もいなくなった》の知る人ぞ知る元ネタだぞ。日本でも、これを観ているのは僕ぐらいじゃないかという埋もれた作品だ。

背後のプロジェクタに《The 9th Guest》の映像が映し出される。

胎児　（考え込み、答えない）……。

ファアン　（相変わらず笑みを浮かべ）じゃあ、ついでに、最近観た日本の映画で感銘を受けたものを一本、挙げてくれないか？

胎児　（しばし黙考の間合い）……うーん、《山河を越えて》……かな。

ファン　ほう、あまり耳にしないタイトルだな……どういう筋の映画なんだ。

胎児　（再び考える間合い）……たぶん、一言で言えば、名犬物語。戦争中、疎開先の少年が捨て犬を拾い愛犬として育てる。それから、一家は終戦で東京へ戻ることになるんだが、焼け野原の東京では犬を飼うことはできない。そこで、疎開先に犬を残して、少年の家族は東京へ戻る。しかし、残された犬のほうは飼い主の少年を慕って田舎から脱走、何千里を追いかけ、紆余曲折の末、東京で少年に巡り合う――。

プロジェクタに《山河を越えて》の映像が映し出される。

ファン　（突然、声に出して笑い出す）ははは……とうとう、引っ掛かったな。

胎児　何？　引っ掛かったとは？

ファン　（笑い止んで）《山河を越えて》は、僕が生まれる前の昭和二十七年に東映の配給で公開されたんだ。そして、スコットランド産コリーの主役犬の飼い主の子役を演じたのは、僕の母方の叔父だった……。

胎児　何？　叔父さんが子役？　……すると、やっぱり、君は役者・俳優の類なのか？　少なくとも映画関係の――。

ファン　まあ、そう早まるな。僕は、こう見えても幼少時は、緊張しいの、はにかみ屋でね。叔父には子役にならないかと勧められたんだが、「嫌だ」とはっきり断ったのは覚えている。

胎児　そこでも、子役挫折の黒歴史か。

ファン　自分からやる気はなかったんだから、挫折とまでは言えんかもしれんがね。挫折は叔父貴のほうだよ。叔父のほうも子役上がりは大成しない——の言葉通り、出演映画はその一本切り。その後は小さなCM製作会社に入ったり、職を転々、しばらくは、麻雀で子供のミルク代を稼ぐような遊び人暮らしをしていた。でも、甥である僕にはよくしてくれた、大好きな叔父だった。同じ遊び人気質で気が合ったんだろう。

胎児　ジャック・タチの《ぼくの伯父さん》みたいな関係だったと？

ファン　そういうことだ。僕がジャズにのめり込む切っ掛けも、その叔父がアート・ブレイキーのレコードをくれたことによる。その叔父が、先般亡くなってね。

胎児　そりゃ、残念だったな。

ファン　それで、葬儀の後、遺品整理を手伝っていたら《山河を越えて》の8ミリ・フィルムが出てきたんだ。僕は幼少の頃、何度も叔父貴に観せられているから、懐かしくなって、それをDVD-Rに焼いて持ち帰った。何せ、ソフト化——DVDはおろか、ヴィデオにもなっていないマイナーな作品だからね。だから……胎児の口から《山河を越えて》のタイトルが出た時、はっきり悟ったんだ。

胎児　（用心するように）君は今、「引っ掛かったな」と言ったな。

ファン　（すました口調で）言ったよ。僕は意図的に罠を仕掛けた。君の正体に目星をつけるためにな。——まず、《幕末太陽傳》や《未知への飛行》は、ソフト化されている。つまり、映画ファンだったら、誰でも観られるわけだ。だが、《山河を越えて》は、そもそもソフト化されていない、叔父貴の遺品からつい最近発掘されたものだ。——つまり、僕以外の誰かが最近観たというのは、あり得ないことなんだ。

胎児　その……意味するところは――。

ファン　そうだよ。君は記憶の同期とか、屁理屈を言っていたが、その記憶があまりにも僕と同じことから、今や、君のことを他人とはとても思えない。――それで、他人が観ているはずがない《山河を越えて》を君が最近、観ていると言った瞬間に確信した。――（鋭く）君は実は僕自身なんじゃないのか！

胎児　あ、ああ……。

そこで突然天井から声が降りてきて、両者の声はかき消される。

天の声　（反響するような荘厳な声）……四、三、二、一――。

――閉幕（照明溶暗）

第三幕

第一場　孤島の砂浜
時刻　真夜中（照明落とすも、舞台が見える程度）

――開幕（舞台中央のファアン氏とラジオにスポット・ライトが当たる）
小道具類は第二幕に同じ、舞台全体は薄暗い、天井には闇の中に満天の星。空の低い位置には月が輝いている。ラジオからは、オリヴィエ・メシアンの《世の終わりのための四重奏曲》が流れている。
ファアン氏、椅子から立ち上がり、珈琲を一口飲むと、シガリロに火を点けて、テーブルのラジオに呼びかける。

ファアン　おーい、出てこぉぉーい。起きたか？　応答せよ！
胎児　（眠そうに）……ああ、まだここにいる。起きたよ。なんか、天のほうからカウントする声が聞こえてきて……なにか微睡（まどろ）んでしまった。
ファアン　（暢気（のんき）そうに）ああ、そんなことがあったな。僕らのほかに誰かがいるのかな。
胎児　そっちはどんな様子だ？
ファアン　夜になっている。たぶん、不眠気味の僕が快適に過ごせる、幾千幾万もの真夜中（ミッドナイツ）の一夜なんだろう。月や星が綺麗だよ。でも……変だな、月の位置が横に移動している……。

胎児　月の位置が移動？　そりゃ、人工衛星か何かの間違いじゃないのか？

ファン　いや、夜空の人工衛星は見たことあるが、小さな星ぐらいの煌めきで、あんなに大きくはない。……にしても、あの光は月よりは小さいし、……ともかく、今は、人工衛星や星より大きい夜空の移動する明かりが見えているんだ……。

胎児　じゃ、ＵＦＯの類か？　《Ｘ－ファイル》じゃあるまいし、これ以上、話を面倒な方に向けんでくれ。――ともかく、そっちは、夜なんだな。あれから、どれくらい経ったのかな？　数時間か？　それとも一昼夜ぐらい経っているのか？

ファン　時計がないから、わからん。腹は空いていないが、珈琲は温かいし、酒、煙草も補充されている。

胎児　そりゃ、羨ましいな。まあ、別に特に何か欲しいわけではないが。（そこで、はっとして）そんなことより、前回、君は、ボクを罠に嵌めて、なにかわかったというようなことを言っていたな？　なんでも、君とボクは同じ人間なんだとか――しかし、今、ボクと君は別の場所にいて、互いに別人として会話を交わしているじゃないか。それとも、君は自分が何者であるか、思い出したのか？

ファン　（煙草の煙の輪を吹き出して）いや、相変わらず自分のアイデンティティについては、お手上げだ。胎児君、君のほうは、僕の知識記憶や体験記憶を掘り起こして、僕の正体を突き止めようとしていたが、僕のほうは、追及を受けている間、それ以前のこと――君と僕との不可思議な関係性について突き止めようと考えていた。

胎児　ふむ、それで――？

ファン　君と僕の知識記憶があまりに一致しているからさ。君は同期とか言って説明したが、胎児君は、僕が言うアーティストや作品名を即座に理解して会話が成立してるし、それどころか、普通の人が知らないマイナーな作品名——例えば《The 9th Guest》とか——まで、一致している。つまり、自分が最近観た、言わば激レア映画のタイトルが出たから、それを念頭に置いて、質問の罠を掛けてみたんだ。（興奮した口調で）そうしたら、大当たり！　ズバリ、ソフト化されていない僕以外誰も観ているはずがないような、個人史に関わる映画《山河を越えて》が、君の口から出た。その時に悟ったんだ。僕は君で、君は僕なんだって、ね。

胎児　そう言われれば、そうだが……でも、こうして会話を重ねていても、君とボクとの性格や人格はだいぶ違うみたいだし、第一、多分、隔絶された別個の環境で交信しているんだから、ボクと君とは、やっぱり別人なんじゃないか？

　　フアン氏、吸いさしのシガリロを指で弾いて捨てて、珈琲を飲み、唐突に口を開く。

フアン　（ぽつりと呟くように）《前世の記憶》……あるいは《生まれ変わり説》。

胎児　ああ……。

フアン　どうせ、君なら知ってることだろ。——発語間もない二歳から五歳までの子供が、突然、自分の前世の記憶を語りだす。特に死んだときの状況や死の恐怖、また、自分はもとより家族の名前や親近感までを語りだすんだ。子供のくせに、前世の酒や煙草の嗜好なんかも受け継いでいるそうだ。それで子供の言うことを調べてみると、実際に、そうした前世の人物が実在し、子供が言うような——なぜか自然死より圧倒的に事故死の例が多いようだが——状況で死んでいたと証明されて騒然となった。発端はヴァージニア大学精神科の主任教授イアン・スティーヴンソンが六〇年代に始めた調査だが、二十一世紀の今に至るまで、三千件を超える例が報告・研究されている。

胎児　輪廻転生——というやつか。（しばし考え）これは、まあ、……フリンジ科学の部類なんだろうが——。

フアン　（憤然として）フリンジ・サイエンス……非主流とか疑似科学とか言いたいのか？　スティーヴンソン教授の論文は、ちゃんとした科学専門誌に掲載されていて、「二十世紀のガリレオ」とまで論評されているんだぞ。

胎児　（皮肉めいて）同じ論評の中で、ガリレオ云々の前提として「大きな間違いか、あるいは——」とも書いてあったぞ、確か……。

フアン　《前世の記憶》については、児童心理の研究者から作話説や自己欺瞞説も出ているが、子供が自分の母国語でない前世で操っていた他国語を喋ったりする、いわゆる《真性異言》みたいな、作話や記憶の捏造では説明のつかない事例も報告されている。幼児が語る前世の人間の実在も確認されていて、幼児は、その人物の個人情報を五十幾つも言い当てていた。そんなわけで、南極を除くすべての大陸で《前世の記憶》の事例が記録されているから、科学としてエビデンスもあるんだよ。僕は、断然、この《前世の記憶》説に与したいね。

胎児　（当惑したように）いや、茶化すつもりはなかった。（真剣な口調になって）……そうだな、その説なら、ボクらの間の不思議な関係にも、大方の説明がつきそうだ。ボクも《前世の記憶》に一票、投ずるよ。——つまり、ボクはまだ生まれてはいない胎児だが、今ここで、自分の前世君の記憶を受け継いでいる最中なんだな……（そこで、はっとして）そうなると……君は——前世の君は、すでに死んでいるのか？

フアン　（意気阻喪して）そこが……この仮説の辛いところだ。

胎児　（元気づけるように）いや、待てよ、そう死に急ぐな。死の代わりに、臨死体験ならどうだ。

君は今、死に臨んでいるのかもしれないが、まだ死んではいない。――どうだ、今の気分は？　その島とやらに独りぼっちでいて、やっぱり死の不安を感じてるのか？

ファン　（少し考えて）……いや、君は前回、僕のことを不安に苛まれているとか言ったが、実はそうでもないんだ。孤島に独りぼっちでいても不安感よりむしろ安堵感がある。……ほら、僕は現実生活のあれこれが嫌いで、眠れない時に虚構に逃避すると言ったろう？　映画や音楽に逃避する前は、幼少期の僕は、こんな孤島に独りぼっちでいるイメージを思い浮かべて寝に就いていた……。

胎児　なるほど、南の孤島で独りぼっちというのは、子供の頃からのファン氏の心の安全地帯だったというわけだ。それなら合点がいく。臨死に際して、君の脳は、少しでも君の不安や恐怖を解消するために、《ＦＵＡＮ ＦＵＡＮ氏の真夜中(ミッドナイツ)の島》――という心の安全地帯のイメージを君に用意してくれたというわけだ。

両者、しばし沈思黙考の間合い。

胎児　……じゃあ、君は事故か何かで、突発的に死に瀕していて、ボクのほうは、君の来世として生まれ変わって、幼少の内からテレビの《世界ビックリ大賞》みたいな番組で、自分の前世とやらを語って、世間の好奇の眼に晒(さら)されることになる――というわけか。

ファン　それじゃ、何か不都合でも？　テレビに出られれば超能力少年とか言われて、がっぽり稼げるかもしれんぞ。

胎児　いや、その後が問題でね。その後、君が経験したみたいな濁悪(じょくあく)の現実世界を再び四苦八苦しながら挫折に次ぐ挫折で生き延びるなんて人生を繰り返すのは、どうも気が進まん……（感傷的な口調で）……それに、短い間だったが、君という前世と語り合えて楽しかった。前世君だけ、先に逝かれるというのは……寂しいよ。

ファン　……なんだよ、珍しく泣かせることを言うじゃないか。——だが、僕のほうは大丈夫。いろいろ紆余曲折の人生だったみたいだが、音楽とか映画とか、それに小説とかに、好きなだけ浸って、好き勝手やってきたみたいだから——平知盛が自害する時、潔い辞世の言葉を残しているだろう——『見るべき程のことは見つ』って。僕も、「聴くべき音楽」、「観るべき映画」、それから「読むべき本」なんかも……たぶん、ほとんど制覇してると思うから……いつ死んでもいいだけの『見るべき程のことは見っ』の心境でやって来たから、このへんで、来世君にバトン・タッチするのもいいかもと思ってるんだ。

胎児　おい、無責任なことを言うな、前世君！　それじゃ君は、自分だけ逃げて、ボクにまた、居心地の悪い現実世界と折り合いのつけられない挫折のドミノ倒しのような、前世君みたいな人生の輪廻地獄を繰り返せというのか？

ファン　（頭を振りながら）来世君は、まだ《前世の記憶》現象について、わかっていないな。前世の記憶があるのは、自我ができる前の、せいぜい八歳ぐらいまでのこと。それ以降は、前世の記憶は薄らいで、遂には本人も忘れてしまうんだそうだ。だが、どういうわけか、前世が酒、煙草を嗜んでいた場合は、来世君もその嗜好を受け継ぐという説もあるが——ともかく、前世の記憶を失えば、それ以降の君の人生は君独自のものになるわけだから、前世なんかに囚われないで、せいぜい、努力して強い自我や人格を造って、自分の才能を十全に発揮して、世の中と折り合いをつけて、幸せな人生を送ってくれ給えよ。ま、健闘を祈る……（性急に）じゃ、僕はこれから死ぬんで忙しいから、これで失敬——。

胎児　（慌てふためいて）おい、ちょ、待ちーなって。ホント無責任極まりない奴だな、君というご仁（じん）は。フリンジ・サイエンスで一つ謎解きをしたら、それでお仕舞いかよ。ボクはまだ納得していないぞ。謎解きは、まだ終わってないんだ。これからが大事なとこなんだよ。

ファン　謎解きは、これから——？

胎児　（忌々し気に）そうだよっ。ボクが来世で、《世界ビックリ大賞》に出演した時、なんて言えばいいんだよ？　自分の前世が何者か具体的に明言できなけりゃ、来世のボクは、ギャラがっぽりの超能力少年じゃなくて、ただの《世界最年少チビっ子詐欺師》になっちまうだろうが！

ファン　（はっとして）ああ、そりゃ、来世君に申し訳ない。僕のご先祖様みたいに牢屋入りということになったら、それこそ輪廻転生の地獄だからな。——（他人事のように）それで、君のほうの前世分析に進展はあったかい？

胎児　……まあ、あったよ、ボクのほうでも、二回にわたる君との対話セッションで、自分なりの分析推理を重ねてきたからね。……もう少し訊きたいこともあるが、もう充分、手掛かり・情報の類は揃ったように思う。

ファン　（少し揶揄するように笑いながら）ほう、そりゃ、名探偵みたいで頼もしい限りだ。——で、僕は、いったい何者なんだ？　どんな職にありついていたんだ？

胎児　まあ、そう焦るな。どうせ、もう死にかかってる身なんだから。

ファン　（憤然として）だから、早く答えをくれって言うんだよ。

胎児　順番に説明するよ。——先ず、君の人となり……と言うか、どういう種類の人間なのか——ということから。

ファン　どういう種類の人間かって？

胎児　（鋭く）そう、ズバリ、前世君、君という人間は、依存傾向があるね！

ファン　（拍子抜けしたように）……まあ、そのきらいは、あるわな。（テーブルの上に載ったものどもを見下ろして）珈琲、酒、煙草の類には、確かに依存しているよ。

胎児　（即座に会話を引き取って）――そう。君はボクとの会話の最初のところで、いつも頭脳フル回転の君の生活には、カフェイン、エチル・アルコール、ニコチンは欠かせない、嗜み以上の三種の神器だと得意げな演説をぶった……それに、さっきわかったことだが、眠剤にも依存してるんだろ？

ファン　ああ、そうだね。だが、僕よりももっと頭脳フル回転でやっているプロ棋士なんかは、対局中にチョコレートをガンガン食べて脳に――。

胎児　また脱線する。悪い癖だ。――そんなことは、どうでもヨロシ。余計なことを言って話をヤヤコシクするな。

ファン　だが、依存傾向があるからって、個人の職業までは特定できないだろうと思ってさ。

胎児　まあ、そう急かすなって。――そうした君の依存傾向は、珈琲、酒、煙草――という悪徳の三種の神器に限らなかった。もっと、強力に君のフル回転の疲弊した脳をドーパミン――脳内ドラッグが――眠剤なんかより、ずっと強力で依存性の高い特殊なおクスリがあったんだ。それに気づいたから、ボクは君が何者であるか、わかったんだよ。

ファン　（不愉快そうに）ドラッグの使用に関してはノー・コメントだ。

胎児　いや、もう君を犯罪者扱いはせんよ。ボクは違法ドラッグのことを言ってるんじゃない。そこらに出回っているドラッグよりも安全で、面白くない現実の憂さを晴らしてくれる、依存性は高いが、まったく適法なおクスリ……ほら、君は自分で言ってたじゃないか。一日一本は服用しないと安眠できないってさ――。

フアン　（はっとして）ああ……一日一本は映画を観て――。

胎児　それだけじゃないだろ。君は一日中、歯医者に行かなきゃならん時も、仕事や勉強している時も、音楽を垂れ流しで聴き続けているんだろう？　それに、これまでの話の端々からすると、シェイクスピアだのクリスティーだのと……本の話題も多種多様で豊富だった――小説の類も、たんと読んでるようだね。君は――平知盛みたいに、「観るべき程のものは観つ」、「聴くべき程のものは聴きつ」、「読むべき程のものは読みつ」――で、子供の頃から死の瀬戸際まで、ずっとやってきたんだろう？　つまり前世君、君が一番、依存してきたおクスリは――。

フアン　（大儀そうに、うなずいて）――《虚構》か……。

胎児　そう。音楽、映画、小説――これらに、共通する構造は《虚構》だよ。子供の頃から、常に孤独で、世の中の現実から「面白くない」の一言で、虚構に逃避してきた君は、言わば、（強い口調で）――《虚構依存症》だったと言うわけだっ！

両者、しばし沈黙の間。フアン、珈琲、酒を一口ずつ飲み、新しいシガリロに火を点ける。紫煙を吐き出してから、おもむろに口を開く。

フアン　（穏やかな口調で）――いかにも……僕は《虚構依存症》だよ。数年前に、大病を患って死にはぐった時に、それを悟った。たぶん、病気の緩解期のことだろう。何百冊も本を読み、音楽を聴き、映画も観たし、ついでにゲームもした……それで、《虚構》が、いいおクスリになって、快感・幸福感に満たされ、身体の病気も快癒、仕事への意欲も戻って、現場復帰したんだ。

胎児　病は気から——と言うからな。虚構依存が心のストレスを解消してくれたんだろう。

ファン　——それで、その《虚構依存症》から、僕の職業を言い当てられるというわけか。

胎児　ああ、君は、一連の会話の当初、盛んに脳の働きについて、言を弄していたな。——ところで、脳の働きと言えば、《思考》だね。思考というものは《言葉》を使って創りあげるものだ。だから、いつも頭脳フル回転の君は、《言葉》を使って《思考》し、現実とは違った何かを創造する職業を選んだ。

ファン　何だか話が抽象的過ぎて、胎児君らしくないな。

胎児　じゃ、別の角度から話をしよう。子供の頃から孤独で、《虚構》に囲まれ、大嫌いな現実から逃避してきた君は、いつしか、《虚構》のほうを重視し、《虚構》の中にこそ、己の実人生がリアルで幸福に感じられるようになってしまった。そして、遂には、それを仕事にしてしまうまでになった。

ファン　《虚構》を創り出す職業は沢山あるが——。

胎児　君は組織に入ったり、他人と組む人間関係は嫌なんだろう？

ファン　——それじゃあ、映画界は無理だ。映画監督は、やれ美術だ、俳優だ、製作だと、多くの人間関係の中で成り立っている職業だ。だから、僕には無理。音楽家も、僕には楽理がわからんからプロになるのは無理だろう。漫画家は、まず、お遊戯程度の画力しかない僕には無理だし、今ではアシさんたちを雇わなきゃならないチームプレイだろうから、それも無理だろう。

胎児　……となると——。

ファン　（紫煙を吐きながら眼を細める）——だが、作家——小説家なら、組織に属さない独りでも、鉛筆一本——今なら、ラップトップのパソコン一台あれば、自在に《言葉》を操り、自分の嫌う現実とは異なる《虚構》の理想世界を創り出せるというわけだな。

胎児　そうだよ、それに、作家だったら、前世君がドミノ倒し的に挫折した「家」の付く職業をすべて創造・追体験できるじゃないか。

ファン　（紫煙と共に溜め息をつく）そうだよ、……今、はっきり思い出した。僕は作家だよ……君の言うように、小説という虚構の中だったら、漫画家も演出家も医家も法曹家も、探検家だって……いや、あらゆる時代・階層の職業の人々を登場人物にすれば、成りきりで自分がなり得たかもしれない人生を体験できる。楽理がわからん僕でも、音楽家だって、それらしく描くことが──。

胎児　（相手の言葉を遮って）音楽家と言えば、前に何人ものミュージシャンと一緒に仕事をしたと言っていたが？

ファン　（額に手を当てて記憶を探るように）……それについても……だんだん思い出してきた──あれは、僕が作家として本格的にデビューする前の話だ。バブル期に、僕はフリー・ライターをしていた。作家志望ではあったが、自分の書くようなものが世間に受け容れられるとは、どうしても思えなかった。だから、新人賞にも応募しなかったし、持ち込み原稿みたいなこともしなかった。そのいっぽうで、食っていくために始めたライター仕事では、僕に仕事を回してくれていた編プロに、《音楽》分野の仕事、あるいは小説が書けるなら、なんでも受けると言ってあったんだ。だから、これはバブル期特有のことだが、ミュージシャンを始めとする様々な分野の著名人の作品とのコラボという形で小説を書いていたんだ。文芸誌からお呼びはかからなかったが、あの頃は「コラボ小説」ばかり書いていたな……うん、岡田眞澄の独り芝居に脚本を書いたのも、その一環だろう……その手の仕事の最初は……画家の吉田カツさんの画集に書いた「Travelin' Light」というタイトルの掌編だった……。

胎児　バブル期らしいエピソードだな。

ファン　（そこで話を転じて）僕らはこれまで《バブル期》という言葉を使ってきたが、あの時期の僕の時代認識は違っていてね。僕はあの時代のことを、アメリカの《狂騒の二〇年代（ロアリング・トウェンティーズ）》に倣って《狂騒の八〇年代（ロアリング・エイティーズ）》と呼ぶことにしていたんだ。八〇年代は、儲かっている企業から、著名なアーティストや一介のフリー・ライター風情にも、結構な金が回って来ていたんだ。吉田カツはフジのロゴマークで億のギャラを得ている。そうしたお金で、アーティストたちは好き勝手で自由な創作ができたんだよ。だから、八〇年代は、それなりに自由で面白い文化が存在していたと思う。

胎児　経済破綻のバブルの時代じゃなくて、文化的には、《狂騒の八〇年代（ロアリング・エイティーズ）》か。なるほど、いいネーミングだと思うよ。少なくとも文化的には、結構な自由があったわけだ。

ファン　——だろ？

胎児　ああ、同意するよ。（そこで気を変えたように）さっき最初のセッション会話のときも、《トラヴェリン・ライト》の曲が流れていたね。

ファン　（やや、嘲るように笑い）他人事みたいに言うなよ。僕は君の前世で、君は僕の来世——つまり、君は僕自身なんだから、僕の素性は端からわかっていたんだろう？

胎児　……まあ、薄々は、な……だが、君のほうでも感情の記憶が思い出すのを嫌がっているみたいだから、結論を先延ばしにしていた。しかし、なんで——。

ファン　（相手の言葉を遮って）その前に、君が僕の来世——事実上の僕であることを確認するために、一つ訊きたいことがある。

胎児　（戸惑って）なんだよ、改まって……。

ファン　僕は君のことを《胎児》と命名したね。

胎児　ああ、それしか、こちらの情報がないと言うから、受け容れたが……。

ファン　いや、それ以上に《胎児》と命名する必然的な意味があったんだ。それを作家としての自己を取り戻した今、ようやく悟った……それで、これから、僕の一番好きな小説の引用をするから、それが君の記憶として受け継がれているかどうか確かめたいんだ。（相手に答える暇を与えず）……胎児よ、胎児よ、何故（なぜ）躍る——

胎児　（反射的に続けて）——ハハオヤノ……ココロガワカッテ……オソロシイノカ……あっ！

天の声　（穏やかな声が反響する）十、九、七、六……。

——溶暗（照明消灯　第二場へ舞台移行のため）

□

第二場　精神科医の診療室

時刻　不明（室内なので）

——照明点灯（舞台中央にスポット・ライトが当たる）

舞台全体は薄暗い。リノリウムの白い床。周囲の壁も白。スポット・ライトが照らし出す中央に、部屋の無機的雰囲気にそぐわないフランス製の長椅子（シェーズ・ロング）（レカミエ夫人風）が据えられていて、そこに精神科患者用の白い拘束衣（ストレート・ジャケット）に身を包んだファアン氏が横たわっている。

だが、両腕は拘束されておらず、胸の上に置いて、眼をつぶっている。背景のプロジェクタ（中央）には男のシルエット。手にはICレコーダを持っている。舞台全体にグスタフ・マーラーの交響曲第九番第四楽章（アダージョ）がBGMとして低く流れている（葬送曲のように／マーラーの指示・死に絶えるように）。

シルエット　（事務的な口調で）……五、四、三、二、一……。

シルエット、首を傾げて、しばらくフアン氏のほうを見下ろしているが、少しして気を取り直したように、手にしたレコーダに語り始める。

シルエット　（事務的な口調変わらず）カウント・ダウン終えるも、クライエント目覚めず。次のカウント・ダウン、あるいは薬剤による覚醒の対処法を試みる前に、本日のセッション3の経過を記録しておく、――以下、かなり特異な症例なので、公式な臨床記録ではなく私的な研究目的の所見記録として口述しておく――。

クライエントAは、MDMA――メチレンジオキシメタンフェタミン――俗称エクスタシーとメタンフェタミンの混合製剤PMMAの過剰摂取による意識不明の状態で発見・救急搬送される。摂取量が致死量に達していなかったためか、MDMA過剰摂取時に見られる身体各部位からの出血は認められず。この薬剤過剰投与が故意によるものか、事故によるものか、あるいは、PTSD――心的外傷後ストレス障害の治療過程で投与されたものかは不明。MDMAによる薬剤治療は、日本では前例がないことなので、現在、FDA――アメリカ食品医薬品局に治療例の詳細について照会中。

クライエントAは、意識回復後、逆行性健忘症を発症。氏名・職業等のアイデンティティに関する記憶喪失を訴える……（少し躊躇いの間合い、事務的な口調から私的な述懐に変化する）——とは言っても、記憶というものは本来、消し去れるものでなく、何らかのストレス要因によって封じ込められるものである。よって、器質的障害が認められず、PTSDへの薬剤治療の痕跡が認められることから、これを心因性の健忘症と判断。催眠療法とEMDR——眼球運動による脱感作と再処理法を併用する治療方針を試みる。

人間の脳は知的な記憶と感情的な記憶を別の場所で処理することは、つとに知られている。クライエントAは、知的な記憶は保っているものの、感情的な記憶に関しては再現・回答を拒否する傾向が認められる。よって、知的記憶と感情的記憶を繋ぐエビデンスとして心理学会に報告されているEMDRを、有効な治療法として採用した。

催眠療法の導入として、クライエントAにとって、一番快適で安心できる場所を思い浮かべるよう促したところ、これまでのセッション同様、南の孤島で、嗜好品に囲まれて独りでいるという状況を選択。また、本セッションにおいては、EMDRの眼球運動を促すライトの点滅移動を「月の移動」として認識。催眠療法との併用からくる、前例のない臨床例として特記する。

今回のセッションでも、初回、第二回セッションと同様に、催眠中に、解離性同一性障害を発症する。この別人格は、PTSD発症前後に現れたものと思われる。クライエントAの本来の人格より外交的であり、躁的であり、現実的であり、楽観的でもある強い人格——クライエントAは、この人格を「胎児」と命名する。——この別人格《胎児》が存在する母胎もまたクライエントAにとっては、心理的安全地帯の一つと推定される。《胎児》人格は、クライエントA本来の人格を「不安」

と名付けるも、同じく心理的安全地帯にいる彼に顕著な不安感は認められず。

クライエントAが解離性同一性障害であることは明らかだが、別人格同士が対話することは極めて稀である。これは——催眠治療特有の症状と推定されるも確たるエビデンスはなし。しかしながら、別人格同士の対話には、記憶の回復の方向を目指す意思が見られるので、外部から催眠被験者への示唆は一切やめて静観する方針を採る。クライエントAは、この別人格の出現状況を、ヴァージニア大学精神科の主任教授イアン・スティーヴンソンの言うところの「前世の記憶」現象に擬し、前世と来世の自分同士の対話というかたちで認識、感情記憶回復の方向で別人格同士の対話が続く。——この異例の対話を黙認したのは、逆行性健忘症による感情記憶の回復と、解離性同一性障害の人格統合ということに関して、極めてよい兆候であると判断したための措置である。クライエントAは、自分の職業について記憶を回復しつつある模様。次のセッションでも催眠療法とEMDRとの併用で治療を試みる予定——。

引き続き、クライエントA、覚醒のためのカウント・ダウンを試行する。

（やや優しい口調になって）十から逆に数を言います。それが終わると、あなたは、目覚めます。

十、九、八、七、六……（場内に声が反響しながら）五、四、三、二、一……。

——幕（溶暗）

あとがきに代えて（好事家のための補遺）

以上で、《狂騒の八〇年代（ロアリング・エイティーズ）》＝バブル期の私の創作関連で単行本化されていない作品の、ほぼすべてを集成できた……と思う。「ほぼすべて」などという曖昧な言葉を使ったのは、私が当時書いていた原稿の書誌リストを記したノートを紛失（八五年分のみ発見）してしまったからだ。よって、本書に収録した作品群は、私自身の記憶と調査に、当時の依頼主だった森永博志さんの記憶を合わせたもの（森永さんサイドから出てきた布袋寅泰とGONTITIは書いたことすら忘れていた）の集成ということになる。しかし、本書収録コンテンツが決まった後も、思い出す仕事、新発見の原稿などがあって、それらはできるだけ前説で触れるようにしたが、それでもまだ、当時の時代性を物語るような仕事で、書き漏らしたものがあるので、好事家のために、以下に記しておくことにする。

①プッチーニの歌劇《トゥーランドット》関連のCDに書いた小説仕立てのライナーノート（八〇年代半ば）……バブル期の日本では、世界的なパバロッティ人気もあって、熱心な音楽ファン以外の一般人もオペラを鑑賞するという風潮が生まれていた。それで、私のところにも、こうした仕事が回ってきたのだろう。だが、それ以上の記憶はない。多分、日本の大手レコード会社からの依頼だったと思うが、ネット検索をかけても該当作には行き当たらなかった。

②フリッツ・ラング監督の映画《メトロポリス》のノベライゼーション（一九八四年）……一九二七年公開のSF名作サイレント映画を、当時PVなどを多く手掛けていたイタリアの音楽プロデュー

サー、ジョルジオ・モロダーが再編集、自作のサントラを付けて八四年に世界的に再上映。その際に、日本公開のプロモーションの一環として、私にノベライゼーションのオファーがあった。主筋さえ守っていれば、脇筋は好きに書いていいという、かなり緩い制約の依頼だったので、私は、所持していたテア・フォン・ハルボウの原作小説（改造社刊／一九二八年）を精読、映画では削られていたアヘン窟のシーンを加筆したり、地下労働者の反乱を、リヴィング・デッドの反乱に書き換えたりして、長編サイズのノベライゼーションを脱稿。原稿を渡した編集サイドからはOKの返事が出ていたのだが……プロモ企画そのものが破綻して、私の初の長編小説になるはずだった原稿は、未刊のまま文字通り「お蔵入り」に。ギャラも貰っていない。……まあ、バブル期には、ありがちなエピソードではある。本書編集協力の藤原義也組長が興味を示しているので、暇なときにでも倉庫を漁ってみますか（その後、三百枚超の決定稿を発見）。

③原宿のクラブ《ピテカントロプス・エレクトス》で上演する芝居の戯曲の原案（八〇年代半ば）……桑原茂一（くわはらもいち）さんが代表を務めていた伝説のクラブで、ある時、芝居（コント？）を上演しようということになって、都内某所の企画会議に呼ばれた。クラブで、メンバーは、脚本家の宮沢章夫（みやざわあきお）さん、映像作家の手塚眞（てづかまこと）さん、それに私を含む数名のライター。私はミステリ・パロディ劇のアイディアを提出（アイディアの核心については記憶がある）した。持ち寄ったアイディアを基に長時間に及ぶブレインストーミングをしたのだが、その日は結論には至らず、その後、企画自体も没になって二回目の企画会議は招集されなかった。これもバブル期にはありがちな話だが、私は、差し入れの寿司を食べただけでノー・ギャラ。ただ、雑談の最中に宮沢章夫さんが面白い話を連発したことは鮮明に覚えている。その後の宮沢さんの活躍を予想させるような面目躍如の一場面でした。この時の企画が実現していたら、宮沢章夫さんとのコラボということで本書に収録されていただろうと思うと、

ちと残念なので、当時を知るよすがとして、ここに記録しておく。

④資生堂の男性用化粧品BRAVASの販促用に『BRAVAS CLUB』に書いたショート・ストーリー（八七年）……これも、まったく覚えていなかったが、『夢魔で逢えたら』同様、収納庫に眠っていた当時のスケジュール表に締切日や枚数が記されていたので、書いたことは間違いない。現物はまだ発見できていないので詳細は不明。私の親は資生堂の商品を扱う小売店を経営していたので、実家のどこかに埋もれているかもしれない。

⑤「ヴィデオ・クリップ・ボーイ」（八五年『CLIP』?）……ＳＦホラー的な内容の小説。書いたことは記憶しているが掲載誌も原稿も見つからなかった。直後に『CLIP』誌のレシピ小説連載が決定しているので、路線に合わないと考え、自主回収後に紛失したものと思われる。

——ということで、最後に、当時、私のコラボ作品を受け容れてくださった著名人の皆様に、感謝の意を表して、私が《狂騒の八〇年代（ロアリング・エイティーズ）》——バブル期の日本で原稿書きに明け暮れた《幾多の真夜中（ミッドナイツ）》の作品集の閉幕とする。

令和元年十月　山口雅也

＊Special Thanks to Katsu Yoshida, Hiroshi Morinaga and Sayako Asaba.

初出一覧

「夢魔で逢えたら　I'll see me in my nightmares.」……未発表原稿。一九八五年執筆

《カクテル・レシピ小説》

「グラスが血にしみる」……『CLIP』五号（学生援護会、一九八五）
「蒼ざめた墓に赤い唇」……『CLIP』六号（学生援護会、一九八五）。「蒼ざめた墓」を改題
「ぷよぷよ猫のための変奏曲」……『CLIP』七号（学生援護会、一九八五）
「女優志願」……『CLIP』八号（学生援護会、一九八六）
「メドゥーサの復讐」……『CLIP』九号（学生援護会、一九八六）。「メドゥサの復讐」を改題
「恋人よ我に帰れ」……『CLIP』一〇号（学生援護会、一九八六）

《ラウンド・ミッドナイト》＋1

「Travelin' Light」……吉田カツ画集『Round Midnight』（JICC出版局、一九八四）所収。
「I'm Travelin'Light Because…」を改題
「赤い死重奏曲」……同
「スイート・カリフォルニア」……同。青柳風人名義
「商品開発」……同。町山朔弥名義
「素晴らしき環境音楽装置」……『月刊小説王』一四号（角川書店、一九八四）

《亜米利加落書き帖》

「SECOND LINE」……鈴木英人画集『ロマンシングアメリカ』（講談社、一九八六）所収

「SOUL FOOD」……同

「GAS-STATION」……同

「NEWS STAND」……同

「RADIO」……同

「SKYSCRAPER」……同

「登場人物たちの、その後の消息」……書き下ろし

《幻のチャック・スチュアート・コレクション》

「アルバート・アイラー」……『スイングジャーナル』一九八五年六月号（スイングジャーナル社）

「ウエス・モンゴメリー」……『スイングジャーナル』一九八五年七月号（スイングジャーナル社）

「サックスの巨人たち」……『スイングジャーナル』一九八五年八月号（スイングジャーナル社）

「カウント・ベイシー」……『スイングジャーナル』一九八五年九月号（スイングジャーナル社）

「デューク・エリントン〜ビリー・ストレイホーン」……『スイングジャーナル』一九八五年一〇月号（スイングジャーナル社）

「サラ・ヴォーン」……『スイングジャーナル』一九八五年一一月号（スイングジャーナル社）。「サラ・ボーン」を改題

「モダン・ジャズのスター達」……『スイングジャーナル』一九八五年一二月号（スイングジャーナル社）

「鳥を飼う男」……『スイングジャーナル』一九八五年四月号（スイングジャーナル社）

《プレイボーイ探偵局　実話推理事件簿》

FILE 1〜FILE 5……『月刊プレイボーイ』一九八六年四月号〜六月号、八月号、九月号（集英社）。「P.B.探偵局」を改題

「異形に捧げし悲歌　Lament for Freaks」……『CLIP』五号（学生援護会、一九八五）。アルフレッド・M・ヤング名義

「グロビュール対策マニュアル」……細野晴臣《Making of NON-STANDARD MUSIC》（12インチ・シングル、テイチク、一九八四）付属ブックレット『GLOBULE』所収。山崎浩一・野々村文宏との合作

「歌姫」……門あさ美《SIMULATION》（LP、ユニオン、一九八五）付属ストーリー・ブック所収

「モンマルトルに消えた部屋　センリ君の事件簿（ケイス・ブック）」……大江千里アーティスト・ブック『QUARTETTE』（CBS・ソニー出版、一九八六）所収

「麗しき夏の響きよ。」……GONTITI《SUNDAY MARKET》（LP、EPIC、一九八六）店頭販促冊子所収

「WIND BLOWS INSIDE OF EYES」……布袋寅泰《GUITARHYTHM LIVE》（一九八八）ライヴ・パンフレット所収

「不思議の国のまりン　A TALE OF THE MAGIC ISLAND」……飯島真理写真集『MARRON』（ジ・アニメ特別編集、近代映画社、一九八四）所収

「ラッキー・ハードボイルド」……『LUCKY STORY』（ラッキーストライク販促材、一九八六）所収

「ソウル・マジックを信じるかい？」……『BRUTUS』一九八五年二月一五日号。大幅加筆

「優しい時の過し方」……加藤和彦『加藤和彦スタイルブック　あの頃、マリー・ローランサン』（CBS・ソニー出版、一九八三）所収。インタビュー

「FUAN FUAN氏の真夜中（ミッドナイツ）の島」……書き下ろし（『ジャーロ』No.69、二〇一九年秋号に先行掲載）。一九八七年上演の戯曲『FAN FAN氏の微睡みの南』のコンセプトのみを踏襲

山口雅也　小説リスト

0　13人目の名探偵……一九八七　JICC出版局
1　生ける屍の死……一九八九　東京創元社→創元推理文庫→光文社文庫（上）（下）
2　キッド・ピストルズの冒瀆……一九九一　東京創元社→創元推理文庫→光文社文庫
3　13人目の探偵士……一九九三　東京創元社→講談社ノベルス→講談社文庫
《Cat the Ripper――13人目の探偵士》（トンキンハウス）としてゲーム化
4　キッド・ピストルズの妄想……一九九三　東京創元社→創元推理文庫→光文社文庫
5　ミステリーズ……一九九四　講談社→講談社ノベルス→講談社文庫
6　日本殺人事件……一九九四　角川書店→角川文庫→創元推理文庫→双葉文庫
第48回日本推理作家協会賞（短編および連作短編集部門）受賞
7　キッド・ピストルズの慢心……一九九五　講談社→講談社ノベルス→講談社文庫→光文社文庫
8　垂里冴子のお見合いと推理……一九九六　集英社→講談社ノベルス→講談社文庫
9　續・日本殺人事件……一九九七　角川書店→角川文庫→創元推理文庫
10　マニアックス……一九九八　講談社→講談社ノベルス→講談社文庫
11　続・垂里冴子のお見合いと推理……二〇〇〇　講談社→講談社ノベルス→講談社文庫
12　奇偶……二〇〇二　講談社→講談社ノベルス→講談社文庫（上）（下）
13　PLAY プレイ……二〇〇四　朝日新聞社→講談社ノベルス→講談社文庫

14 チャット隠れ鬼……二〇〇五　光文社→光文社文庫
15 ステーションの奥の奥……二〇〇六　講談社→講談社ノベルス→講談社文庫
（講談社ノベルスから『古城駅の奥の奥』に改題）
16 モンスターズ……二〇〇八　講談社→講談社文庫
17 キッド・ピストルズの最低の帰還……二〇〇八　光文社→光文社文庫
18 新・垂里冴子のお見合いと推理……二〇〇九　講談社→講談社文庫
（講談社文庫から『垂里冴子のお見合いと推理 vol.3』に改題）
19 キッド・ピストルズの醜態……二〇一〇　光文社→光文社文庫
20 狩場（カリヴァ）最悪の航海記（リドル）……二〇一一　文藝春秋→文春文庫
21 謎（リドル）の謎（ミステリ）その他の謎（リドル）……二〇一二　早川書房
22 落語魅捨理（ミステリ）全集　坊主の愉しみ……二〇一七　講談社
24 ミッドナイツ《狂騒の八〇年代（ロアリング・エイティーズ）》作品集成……二〇一九　講談社
23 生ける屍の死　永久保存版……二〇一九　光文社

山口雅也（やまぐち・まさや）

神奈川県横須賀市生まれ。早稲田大学法学部卒業。大学ではワセダミステリクラブに所属。在学中からミステリに関する評論やエッセイを発表。1989年に『生ける屍の死』で長編デビュー。本作は2018年に「このミステリーがすごい！」30周年企画「キング・オブ・キングス」でトップに選ばれるほどの衝撃的な傑作。1995年に『日本殺人事件』で第48回日本推理作家協会賞（短編および連作短編集部門）を受賞。パラレル英国を舞台にした『キッド・ピストルズの冒瀆』から始まる本格ミステリ「キッド・ピストルズ」シリーズ、ユーモア本格「垂里冴子のお見合いと推理」シリーズ、アンチミステリの極北『奇偶』、落語とミステリの融合を試みた『落語魅捨理（ミステリ）全集 坊主の愉しみ』も高い評価を受けている。また2017年には雑誌「奇想天外」の〈復刻版〉アンソロジーと〈21世紀版〉アンソロジーを刊行するなど、アンソロジストとしても名高い。本書『ミッドナイツ』は『ミステリーズ』『マニアックス』『モンスターズ』に続く「M」シリーズ第4弾。『生ける屍の死』で長編デビューする以前から発表していた短編、中編などを一挙に収録した大著である。

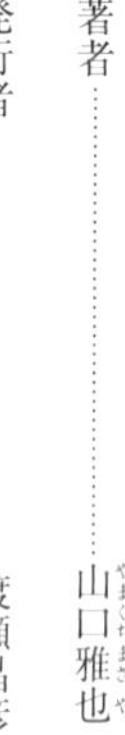

ミッドナイツ

《狂騒(ロアリング・エイティーズ)の八〇年代》作品集成(さくひんしゅうせい)

2019年11月26日　第1刷発行

著者……………………山口雅也(やまぐちまさや)

発行者…………………渡瀬昌彦

発行所…………………株式会社講談社
〒112-8001
東京都文京区音羽2-12-21
電話　出版　03-5395-3506
　　　販売　03-5395-5817
　　　業務　03-5395-3615

本文データ制作………凸版印刷株式会社
印刷所…………………凸版印刷株式会社
製本所…………………株式会社若林製本工場

ISBN978-4-06-517023-6
N.D.C.913 487p 20cm